Lights – So wie Mondschein

Kira Kaltwasser wurde am 22. Dezember 1999 in Dormagen geboren, wo sie auch heute noch mit ihrer Familie lebt. Schon als Kind hat sie sich gerne Geschichten ausgedacht und mit *Lights - so wie Mondschein* nun ihren ersten Roman veröffentlicht. Momentan studiert sie an der Universität zu Köln die Fächer Deutsch und Kunst auf Lehramt.

Besuchen Sie die Autorin auf Instagram:
@kira.kaltwasser

Für Zoe und Feenja

Kira Kaltwasser

Lights

So wie Mondschein

FSC
www.fsc.org
MIX
Papier aus verantwortungsvollen Quellen
Paper from responsible sources
FSC® C105338

Bibliografische Information der Deutschen Nationalbibliothek:
Die Deutsche Nationalbibliothek verzeichnet diese Publikation in der Deutschen Nationalbibliografie;
detaillierte bibliografische Daten sind im Internet über http://dnb.dnb.de abrufbar.

Herstellung und Verlag: BoD – Books on Demand, Norderstedt

ISBN: 978-3-7543-0126-5

„Am dunklen Himmel
leuchtet das Licht am hellsten."

(Andreas Tenzer)

Chapter 1

Linn

„Du fragst mich das jetzt schon zum tausendsten Mal, Linn", sagt meine Großmutter und verdreht die grünen Augen. „Ich kann es nicht schöner reden, als es ist. Meine Antwort wird dir wie immer nicht gefallen. Aus dem einfachen Grund, weil ich dir keine andere geben kann."

Ich kaue ungeduldig auf meiner Lippe und sage: „Na und? Erzähle es mir doch endlich ganz."

Die alte Frau seufzt und es klingt fast so wie der Wind, der durch die kleinen Risse unseres alten Zeltes pfeift. „Also gut. Du bist nicht hier im Wald, sondern in der Stadt geboren."

„Du meinst dort, wo wir niemals hingehen?", frage ich entgeistert und zugegeben auch etwas lauter als beabsichtigt. „Worüber ich nicht einmal wirklich sprechen darf?"

Meine Großmutter nickt unwirsch und bedeutet mir, leise zu sein. Sie hat es nicht besonders gern, wenn man sie unterbricht. Und so fängt meine Lebensgeschichte also mit einer richtigen Sensation an. Das besagte Zelt, in dem wir leben, steht mitten in einem großen Wald und solange ich denken kann, dient es uns schon als Zuhause. „Ich wusste sofort, dass du etwas Besonderes bist", fährt meine Großmutter fort. „Und das sage ich nicht nur, weil du meine Enkelin bist und das jede Großmutter behaupten würde. Irgendetwas war anders, aber noch konnte niemand sagen, was es war. Das, was wir wussten, war, dass du kleines Würmchen dem Rat Angst eingejagt hast. Und das war das Großartigste, was seit sehr langer Zeit passiert ist. Dieses Gefühl waren die obersten Herren der Darkness-Organisation nicht gewohnt, da sie es waren, die Angst und Schrecken verbreiteten." Meine Großmutter stoppt und streicht sich gedankenverloren eine ihrer weißen Haarsträhnen hinters Ohr.

„Was ist?", frage ich und blicke auf.

„Ach, Schätzchen", fängt sie wieder an, „ich habe dich da rausgeholt - aus dieser tristen, grauen Welt. Du hättest sonst dein Leben schon in der allerersten Nacht verloren. Also sagte ich zu deinen Eltern, dass wir keine Zeit verlieren dürften und dich sofort an einen sichereren Ort bringen müssten. Doch sie wollten nicht weg, zu sehr hatte sie das Leben in der dunklen Stadt eingenommen. Sie waren zu sehr der grauen Einheit der Menschen dort angepasst. Sie wollten nicht hier draußen leben und darum mussten sie dort drinnen sterben."

„Also hätten sie mich nie geboren, würden meine Eltern jetzt noch leben?", frage ich und bin schockiert. Das hatte meine Großmutter mir bisher verheimlicht. „Das verstehe ich nicht", presse ich verwirrt und mit wachsenden Schuldgefühlen hervor.

Meine Großmutter sieht mich liebevoll aus ihren grünen Augen an und streicht mir eine dunkelblonde Haarsträhne aus dem Gesicht. „Sie brauchten jemanden, an dem sie sich rächen konnten, dass du existierst. Wie gesagt: sie hatten Angst ... Angst vor einem Baby, Angst vor dir. Das hat mich fasziniert! Ich habe endlich Hoffnung geschöpft, dass eines Tages alles gut wird. Es war Hoffnung für die Rebellion. Du musst wissen, dass ich eine begeisterte Rebellin gewesen bin, als ich noch dort war. Ich habe gekämpft, wo ich konnte, doch nie einen wirklichen Ausweg erkannt. Und dann kamst du und hast alles verändert. Meine Enkelin!" Der ernste Blick weicht aus ihrem Gesicht und Stolz schwingt in ihrer Stimme mit, als

Großmutter zu berichten beginnt. „Eine echte Rebellin war ich. Es gibt sie immer, sobald es auch einen ungerechten Herrscher gibt. Das lässt sich nicht vermeiden, es ist sozusagen ein waschechtes Gesetz." Sie gähnt. „Schluss für heute."

„Nein, Granny, das kannst du nicht machen", flehe ich ohne Erfolg, denn die alte Dame macht es sich gemütlich und schließt langsam ihre Augen. Schon nach einer kurzen Zeit ist sie eingeschlafen, was ein leises, aber kontinuierliches Schnarchen beweist.

Heute kann ich nichts mehr aus ihr herausbekommen, das weiß ich. Also rolle ich mich auf meinem Lager zusammen und kuschele mich unter die alte, kratzige Wolldecke mit den Löchern. Doch so schnell, wie meine Großmutter es mir gerade vorgemacht hat, kann ich nicht einschlafen. Ich habe noch viel zu viele Fragen, die mich beschäftigen. Doch die müssen wohl oder übel bis morgen warten. Auch, wenn es etwas länger dauert, irgendwann bin auch ich eingeschlafen.

Alle Dinge, die wir besitzen, sind mindestens sechzehn Jahre alt, denn meine Großmutter hatte sie mit mir zusammen nach draußen geholt. Und darum weckt mich auch an diesem Morgen ein kühler Wind, der durch die Risse des Zeltes über mein Gesicht streicht. Ich friere, denn meine Decke liegt neben mir auf dem Boden. Ich muss sie wohl in der Nacht weggetreten haben.

Wie auch immer, jedenfalls schläft meine Großmutter noch, weshalb ich aufstehe und schon mal Wasser für ihren morgendlichen Kräutertee auf dem kleinen, wackeligen Campingkocher aufsetze. Es ist der letzte Rest und ich beschließe, beim Jagen am Bach vorbeizuschauen und den Vorrat aufzustocken. Wer weiß, vielleicht bringt mir das ja ein paar Pluspunkte ein und ich bekomme heute den Rest meiner Vergangenheit erzählt. Auch, wenn ich grundsätzlich sehr viel kaputt mache, was ich anfasse, so liegt mir eine Sache doch recht gut: das

Jagen. Und darum fange ich auch heute wieder ein Eichhörnchen und einen Wildlachs, der sich im Bach herumgetrieben hat. Beide hatten ein zu großes Vertrauen. Ihr Pech, unser Glück. In unserer Welt überlebt nur der Misstrauische. „Sei immer auf der Hut, sonst hast du keine Chance" ist einer der Leitsprüche meiner Großmutter, die sie mir scheinbar ununterbrochen einzutrichtern versucht. Überleben in der Wildnis für Tollpatsche, wie sie immer so schön sagt. Eine Bemerkung, die man sich auch hätte sparen können.

Nachdem ich noch ein paar Kräuter gesammelt habe, fülle ich den Kanister mit klarem Wasser und laufe guter Dinge nach Hause. Als ich ankomme, ist meine Großmutter schon dabei, ihren Tee zu schlürfen. Sie sitzt - eingewickelt in ihre Decke - auf dem Bett und grinst mich an. „Na, schon fleißig gewesen?", fragt sie.

„Morgen, Granny", sage ich anstelle einer Antwort und lege meinen Beutel auf den Tisch. Als Letztes ziehe ich das Bündel frischer Minze aus meiner Jackentasche und halte es ihr unter die Nase. Ich weiß, dass Pfefferminztee Grannys Lieblingssorte ist und sie für eine Tasse von diesem sogar über Leichen gehen würde, wenn sie ihre kleine Enkelin nicht so sehr liebhaben würde, wie sie es mir des Öfteren klar macht.

Meine Großmutter klatscht vor Freude in die Hände und ihre Augen glänzen wie die meinen, wenn ich an seltenen Tagen meiner Kindheit Schokolade essen durfte. Ein Luxusgut, was nicht oft zu uns geschmuggelt wurde. „Zu schade, dass ich schon einen Tee habe!", murmelt sie dann und starrt betrübt in ihre Tasse. Dann schiebt sie mir lächelnd einen Teller mit Rührei und Kräutern rüber. Ich habe schon lange aufgehört zu fragen, woher sie die ganzen Lebensmittel bekommt, denn eine richtige Antwort gab sie mir nie und ihre fadenscheinigen Ausreden hätte ihr wirklich niemand abgenommen.

Jedes Mal stelle ich mir eine romantische Liebesbeziehung zwischen ihr und einem Mann aus der dunklen Stadt vor, der Granny einfach nicht verhungern lassen kann, weil er sie doch über alles liebt. Doch immer, wenn ich damit anfange, ernte ich nur einen ärgerlichen Blick und den Spruch, dass doch eine so alte Frau wie sie auch ihre kleinen Geheimnisse haben dürfe. Und dann belasse ich es meistens dabei.

„Du schaust mich so komisch an", bemerkt meine Großmutter meinen erwartungsvollen Blick. „Schon gut, schon gut, du brauchst gar nichts zu sagen. Deine Neugier bringt dich noch mal in Teufels Küche. Wo war ich denn gestern stehen geblieben? Bei den Rebellen? Es gibt sie immer, dass musst du wissen, mein Kind, das ist Gesetz."

„Ich weiß, Granny, das sagtest du bereits", unterbreche ich sie.

„So?", fragt sie erstaunt und zieht eine Augenbraue hoch - eine Eigenschaft, um die ich sie insgeheim sehr beneide. „Dann habe ich dir doch auch sicher von dem Tagebuch erzählt, nicht wahr?"

„Was für ein Tagebuch?", frage ich nach und horche gespannt auf.

„Nun ja, eigentlich ist es ja nur ein halbes. Genau genommen nur die erste Hälfte eines Tagebuchs. Es wurde von einem Mädchen geschrieben, das auf wundersame Weise irgendwann spurlos verschwand. Man sagt, dass sie aber ein paar Jahre später noch einmal gesehen wurde, wie sie in Nebelschwaden gehüllt auf dem großen Versammlungsplatz stand und alle Menschen verfluchte, sodass sie bei Vollmond das Haus nicht mehr verlassen durften, da ihnen sonst ein schreckliches Leid widerfahren wäre. Diese Geschichte wurde den Kindern zur Abschreckung erzählt, doch das heißt ja nicht, dass nicht doch ein Körnchen Wahrheit in ihr steckt." Sie stoppt.

„Meinst du, sie wurde in jener Nacht, in der sie verschwunden ist, umgebracht?“, frage ich sie mit Gänsehaut am ganzen Körper.

„Niemand weiß, was damals wirklich geschehen ist, außer denen, die dieses Tagebuch haben.“ Ein triumphierendes Lächeln umspielt ihre Mundwinkel

„Und was steht in dem Tagebuch drin?“, frage ich aufgeregt.

„Lies es doch selbst oder hast du das etwa wieder verlernt?“, fragt sie nur grinsend und überreicht mir zwinkernd ein altes, zerknittertes halbes Buch. „Ich glaube, du bist jetzt soweit; außerdem kann ich meine Lesebrille nirgends finden. Von daher ist es eh unbrauchbar für mich geworden.“

„Danke“, hauche ich ehrfürchtig, bevor ich endgültig verstumme. Ich schnappe mir eine Decke und ziehe mich mitsamt Tagebuch nach draußen zurück. Eingewickelt in die kuschelige – okay: ehemals kuschelige - Decke mache ich es mir auf einem der großen Steine hier auf unserer Lichtung bequem, schlage die erste Seite auf und bin beim Anblick der vielen Buchstaben etwas verunsichert. Natürlich hat meine Großmutter mir Rechnen, Schreiben und Lesen beigebracht, denn sie war der Meinung, dass dies genauso wichtig sei wie der Kampf ums Überleben, aber ich brauche trotzdem immer lange, um die Schriftzeichen zu entziffern. Aufgeben will ich nicht, das ist klar, denn ich weiß, dass jeder neue Satz nicht nur eine neue Herausforderung mit sich bringt, er wird mir auch Antworten liefern und diese suche ich momentan mehr als alles andere. Also kneife ich meine Augen zusammen und fange an zu lesen.

***

15. August
Ich halte es hier nicht länger aus. Die Wände scheinen von Tag zu Tag grauer zu werden und vielleicht bilde ich mir das nur ein, aber sie scheinen auch näher zu kommen. Und die nackte Glühbirne an der Decke treibt mich irgendwann noch in den Wahnsinn - wie sie einfach nur da ist und sich nicht bewegt. Ich muss hier raus, denn ich weiß nicht, wie lange ich es hier drinnen noch aushalten kann. Wenn ich wenigstens wüsste, warum sie mich hier festhalten. Aber mit mir wird ja so gut wie nicht geredet.

Ich war nicht immer hier. Früher war alles anders. Ich habe mit meinen Eltern gelebt und war glücklich. Ich weiß schon gar nicht mehr, wie sich das anfühlt. Die Menschen, die immer mal wieder die Tür öffnen, verschwinden so schnell, wie sie gekommen sind und hinterlassen nur einen Teller mit Essen. Wie sehr ich mich nach einer anständigen Konversation sehne, vermag ich gar nicht zu beschreiben. Doch mir wird so langsam, aber sicher klar, dass die Welt, wie ich sie kenne, eine andere geworden ist. Die Nächte werden immer länger und ich sehne mir schon nach dem Aufstehen den Tag herbei, wenigstens dann kann ich schlafen und im Traum frei sein.

Ich weiß nicht, was ich getan habe, aber ich scheine aus einem unerklärlichen Grund gefährlich zu sein. Ich spüre die Angst, die mir von jedem hier entgegengebracht wird. Und ich spüre, wie sie von Nacht zu Nacht wächst.

***

„Was ist das denn bitte, Granny?“, murmle ich vor mich hin und stehe auf, um ins Zelt zu gehen.

„Stimmt etwas nicht, Schätzchen?“, fragt sie, als sie meinen verwirrten Gesichtsausdruck sieht.

„Als du noch dort warst“, setze ich an, „hast du da auch so seltsam gelebt? Also, ich meine, ich weiß ja, dass die Menschen unter dem Glass anders leben als wir. Dass sie zum Beispiel Tag und Nacht tauschen. Aber so?“

Meine Großmutter lächelt schwach und irgendwie traurig. „Nein, eigentlich lebt dort keiner so. Nur sie, wegen eines besonderen Merkmals, welches nur sie zeichnete und dort alle ziemlich verstört hat.“ Meine Großmutter wirkt auf einmal sehr geheimnisvoll.

„Was war es?“, frage ich und gehe hinüber zum Schaukelstuhl, den wir aus Ästen aus dem Wald zusammengeschustert haben, setze mich und winkele die Knie an.

Meine Großmutter grinste mich an. „Was glaubst du denn?“, sagt sie dann verschmitzt und deutete mit zwei Fingern auf meine Augen. „Darum!“

„Aber“, setze ich erneut an, „warum hat der Rat so viel Angst vor ein paar Augen, dass sie solche Maßnahmen ergriffen haben und sie wegsperrten?“

„Das …“, sagt meine Großmutter leise, „ist das große Geheimnis, welches Jahre meiner Zeit verschlungen hat, ohne sich irgendwann zu revanchieren und die Lösung preiszugeben. Es ist einfach zu verzwickt. Aber eins weiß ich: du bist wie sie und darum gibt es Hoffnung, denn du bist frei! Löse das Rätsel für mich … für mich und die Rebellion.“ Sie sieht mich liebevoll an und streicht mir über das Haar. Ich lächle zurück.

Chapter 2

Linn

16.August

„Du willst doch sicher nicht, dass alle Menschen hier sterben, oder Jolina?“, hatten sie mich gefragt. „Dann musst du weg von hier, denn wenn du noch länger bleibst, schadest du ihnen allen!“ Ich habe nicht verstanden, warum ich auf einmal eine solche Gefahr darstellen sollte oder besser gesagt, wie. Ich habe ja den Großteil meines bisherigen Lebens unter der Erde verbracht. Einsam und verlassen saß ich in diesem fensterlosen Raum und habe jede neue Nacht scheinbar grundlos an mir vorbeirauschen lassen. Mir wurde viel erzählt, doch das meiste davon verstehe ich auch jetzt nicht mal ansatzweise. Und als ich mich schließlich außerhalb der Stadt befand, die ich komischerweise mein ganzes Leben als Heimat bezeichnet habe, war ich verwirrt und alleine. Tausend Fragen schwirrten mir durch den Kopf. „Es sind deine scheußlichen Augen“, haben sie zu mir gesagt. „Mach bloß, dass du wegkommst.“ Ich bin mir sicher, sie gehen davon aus, dass ich hier sterben werde. Aber da kennen sie mich schlecht. Ich bin dank ihnen in all der einsamen Zeit zäh geworden und eines Tages werde ich wiederkommen und ihnen alles zurückzahlen, was sie mir je angetan haben.

***

Beim Verlassen der Stadt ist diese Jolina wohl noch einmal gesehen worden und dann für immer verschwunden, denke ich mir. Ich kann zwar nun ein paar wenige Puzzleteile zusammenfügen, aber mir will sich der Sinn dahinter einfach nicht erschließen. Was haben ihre Augen an sich? Es sind doch nur Augen, damit kann man doch wirklich gar nichts anrichten?! Ich habe so lange gelesen, dass ich gar nicht bemerkt habe, wie es langsam um mich herum dunkel wurde. Ich sitze hier in der Dämmerung und starre den Mond an, der sich majestätisch hoch an den Himmel schiebt.

„Kommst du rein, Mäuschen?“, fragt meine Großmutter. „Ich habe Suppe aus deinem Fisch gemacht, welchen du heute Morgen so grandios gefangen hast und wenn du noch länger liest, ist sie kalt, bevor du auch nur einen Löffel meines Meisterwerkes probiert hast.“ Also sammle ich meine Sachen zusammen und komme zu ihr ins Zelt. Ich habe Hunger, mein Magen knurrt. „Du brummst ja wie ein hungriger Grizzly“, schmunzelt meine Großmutter, als sie es hört.

„Ich könnte auch mindestens einen ganzen verdrücken!“ Mit diesen Worten lasse ich mich auf einen der wackeligen Campingstühle plumpsen. Er hat nur noch drei Beine, weshalb nun ein Stapel Bücher das vierte ersetzt. Es ist zwar sehr wackelig, aber es hält relativ gut. Eine große dampfende Schüssel mit Suppe steht jetzt vor mir und ich stürze mich hungrig darauf.

„Langsam, langsam“, lacht die alte Frau mir gegenüber. „An einer Suppe zu ersticken ist nun wirklich nicht besonders ruhmreich, meine Liebe.“ Ich muss lachen. Nach dem Essen greife ich sofort wieder zu dem Tagebuch. Ich will Antworten und das so schnell wie möglich. Mein ganzes bisheriges Leben habe ich darauf gewartet, zu erfahren, was an mir falsch ist und jetzt scheint es endlich möglich zu sein, an Antworten zu kommen. Also nehme ich mir eine der wenigen, noch übrig gebliebenen Kerzen mit nach draußen, die wir aufgrund des ominösen Lieferanten meiner Großmutter ab und zu neben anderen nützlichen Dingen bekamen. Ich frage mich, ob sie mir jemals verraten wird, was dies für ein Kontakt ist, den sie da pflegt und wie es weitergehen wird, wenn sie, nun ja, nicht mehr bei mir sein kann. Aber sie weicht jedes Mal aus, wenn ich sie darauf anspreche. Ich vertiefe mich wieder in die eng beschriebenen Seiten. Eingemummelt in meine Decke beginne ich zu lesen.

20.August

Es sind bisher nur wenige Tage vergangen und doch lebe ich noch, ein Aspekt, der andere Leute wohl ziemlich unglücklich machen würde, wenn sie davon erfahren. Ob es wohl ein Fehler war, mich einfach nur gehen zu lassen, aus der Stadt zu verbannen und zu hoffen, mich nie wiederzusehen? Ich denke ja. Ich bekomme sehr wohl mit, wie ihre Angst weiterhin wächst. Sie haben eine kahle Fläche rund um den Würfel, der einst über ihre Stadt gestülpt wurde, gerodet. Ob sie nun wirklich eine bessere Sicht für ihre Überwachungskameras geschaffen haben, sei dahingestellt. Jetzt, wo ich draußen bin, hat sich so einiges geändert. Sie lügen… das ist mir schmerzlich klar geworden. Die Sonne schien zwar anfangs unglaublich hell zu sein und tat mir in den Augen weh - so viel Licht war ich einfach nicht gewohnt - aber mittlerweile schätze ich ihr Licht und ihre Wärme sehr, sodass ich meinen Tagesrhythmus kurzerhand umgedreht habe. Das Einzige, was mir noch zu schaffen macht, sind die kühlen Nächte. Sie sind einfach grauenhaft! Ich bin es nicht gewohnt, unter freiem Himmel zu schlafen, weshalb jedes noch so kleine Rascheln ausreicht, mich aus meinem ohnehin schon unruhigen Schlaf zu reißen. Gestern Nacht war es besonders schlimm! Ich wachte von einem beängstigenden Knacken im Unterholz auf. Es war zu laut gewesen, um von einem heimischen Tier verursacht worden zu sein, außer vielleicht von einem Panther. Aber die hatte man - soweit ich wusste - seit über 300 Jahren nicht mehr zu Gesicht bekommen. Ich sprang auf und tastete in der Dunkelheit nach einem großen Stein oder einem dicken Ast, mit dem ich mich verteidigen konnte. Ich spannte meine Muskeln an und war bereit, den Stein einzusetzen, doch jetzt war alles um mich herum still, totenstill. Ich ließ meinen Blick herumschweifen und achtete auf jede noch so kleine Bewegung. Doch da war keine und es blieb still. Können Panther klettern? Als ich am nächsten Morgen die Augen aufschlug, wunderte ich mich nicht nur darüber, dass ich überhaupt ein Auge zugetan hatte, sondern blickte auch noch in zwei haselnussbraune Augen, welche zu einem kleinen Eichhörnchen gehörten. Es schaute mich mit schief gelegtem Kopf an, bevor es sich umdrehte und verschwand. Dieser Wald ist voller Leben, ganz anders als der hohe Rat es uns immer weismachen wollte. Ich war lange nicht mehr glücklich, doch jetzt habe ich das Gefühl, genau dies ist wieder möglich. Irgendwann werde ich dort wieder reingehen und dann wird sich so einiges ändern.

***

Als ich jetzt aufblicke, ist es ganz dunkel geworden und der Mond steht voll und rund am Himmel. Mir ist noch nie aufgefallen, wie schön er eigentlich ist. Jede Nacht taucht er die Welt in ein silbriges Licht und ich habe nichts davon mitbekommen. Ich muss blind gewesen sein! Ich gähne und beschließe, dass es nun auch für mich Zeit ist, die Augen zu schließen und ins Bett zu fallen. Also gehe ich ins Zelt. Vorher puste ich noch schnell die Kerze aus, sehe dem Rauch hinterher, der sich gen Himmel ringelt und ziehe den Reißverschluss der Zelttüre behutsam und leise hinter mir zu, um meine Großmutter nicht aufzuwecken. Sobald ich mich hingelegt und die Augen geschlossen habe, falle ich in einen ruhigen, aber traumlosen Schlaf, aus dem ich erst wieder erwache, als der Mond schon lange untergegangen und auch die Sonne schon am höchsten Punkt ihrer Bahn angelangt ist. Kurz gesagt: es ist schon Mittag. Ich springe auf und rufe noch ganz schlaftrunken: „Granny, warum um alles in der Welt hast du mich denn nicht geweckt? Jetzt habe ich den halben Tag verschlafen!"

„Du hast so süß ausgesehen", antwortet sie entschuldigend. „Fast so, als wärst du wieder mein kleines Baby. Nur, dass du nicht so gesabbert hast wie damals", grinst sie nun.

„Da bin ich aber beruhigt, Granny!" Meine Stimme trieft vor Sarkasmus und ich schaue sie grimmig an. Dann schnappe ich mir meinen Bogen aus der Ecke.

„Halt!", brüllt meine Großmutter da. Vor Schreck lasse ich ihn wieder fallen und hebe reflexartig beide Hände in die Luft. „Heute wird nicht gejagt." Ich werde an den Tisch dirigiert, damit ich etwas frühstücke.

„Aber", will ich protestieren, doch da wird mir das Wort abgeschnitten. „Nix da, du bleibst schön zu Hause. Wer die ganze Nacht lang wach bleibt, muss sich tagsüber ausruhen."

„Du gibst mir ernsthaft Hausarrest? Das hast du noch nie wirklich durchgezogen", sage ich verwundert und etwas aufgebracht.

„Zeltarrest", kommentiert meine Großmutter meine Frage nur ausdruckslos. Ich nehme mir vor, abends nicht mehr so lange wach zu bleiben und zu lesen, denn wenn ich dadurch am nächsten Tag so gerädert bin, dass ich bis mittags schlafe und nicht jagen darf, rechnet sich das einfach nicht. Außerdem müssten wird dann wohl verhungern. Und da ich jetzt nichts anderes tun darf und sonst vor Langweile platze, lese ich einen weiteren Eintrag im Tagebuch.

31.August

Heute habe ich etwas Merkwürdiges gesehen, etwas, das ich in anderer Form von Zuhause kenne. Es waren Nachtfalter, aber eigentlich müssten es ja Tagfalter sein, denn sie flogen mir gegen Mittag entgegen. Sie waren so anders als meine weißen und schwarzen Freunde, die mich in so manchen Nächten besuchen kamen. Sie schlüpften durch die Luke in der Tür und flatterten um die nackte Glühbirne, welche einsam und alleine an einem Kabel von der Decke baumelte. Ab und an setzte sich einer von ihnen auf meinen ausgestreckten Finger und flog erst wieder weg, wenn ich ihm leicht auf seine Flügel blies. Diese hier waren nicht grau, sie waren rot und blau mit grünen und gelben Sprenkeln und Tupfen und sie flogen lustig umher. Auf einmal landete ein Falter auf meiner Nase und ich musste lachen, was ihn kurz aufschreckte und dazu veranlasste, sich von meiner Nase in die Lüfte zu erheben.

Irgendwann am Ende dieses Tages ging die Sonne in leuchtenden Farben hinter den Baumwipfeln unter und die Nacht machte sich breit, der Mond ging auf und viele kleine Lichtpunkte waren am Himmel zu sehen. „Sterne", schoss es mir durch den Kopf. Warum kannte ich sie nicht? Man hatte mir von der Sonne und dem Mond erzählt, aber warum hatte man mir die Sterne verschwiegen? Und weshalb waren sie mir erst jetzt aufgefallen? Vielleicht war es ja immer zu wolkig gewesen oder ich war, erschöpft vom langen und hellen Tag, immer zu früh eingeschlafen, um sie zu bemerken. „Sterne!", flüstere ich schon die ganze Zeit vor mich hin. „Sterne!" "Sterne!" Es klingt so vertraut.

***

Der Wind blättert einige Buchseiten um und ich schlage es zu. Meine Stelle werde ich jetzt so oder so nicht mehr wiederfinden. Aber das ist jetzt auch egal, denn seit einer kurzen Weile beschleicht mich das Gefühl, dass ich eh nicht mehr genau begreife, was ich da eigentlich gelesen habe. Zu sehr habe ich mich auf das leise Schnarchen konzentriert, was aus dem Zelt dringt. Meine Chance. Als ich jetzt das Tagebuch aus der Hand lege, ist es schon Nachmittag. Ich klappe das Buch zu und gehe zurück ins Zelt. Als ich reinkomme, sitzt meine Großmutter im Schneidersitz auf dem Teppich und hat den Kopf auf ihre Brust gelegt. Vermutlich hat sie mal wieder meditiert. Ich finde es schrecklich langweilig, so still dazusitzen und nichts zu tun; ich tanze lieber oder renne - so schnell ich kann - durch den Wald. Doch meine Großmutter liebt es, denn es entspannt sie völlig. Ich schleiche möglichst leise auf Zehenspitzen an ihr vorbei. In der Ecke steht unser kleiner Spiegel, er reflektiert das Sonnenlicht, dass durch den Zelteingang, den ich zum Lüften offengelassen habe, reinfällt und lässt tausend kleine Lichtflecken über die Zeltwände tanzen. Und das alles, obwohl er fast blind und dreckverkrustet ist. Ich beschließe, ihn mit zum Bach zu nehmen und ihn ordentlich sauber zu schrubben. Heimlich nehme ich auch Pfeil und Bogen mit und schleiche mich raus. Als meine Großmutter zu blinzeln beginnt, bin ich schon fast aus ihrem Blickfeld verschwunden. Ich weiß, dass sie nicht lange sauer auf mich sein wird und so mache ich mich fröhlich pfeifend auf den Weg.

Am Bach angekommen, hocke ich mich erst einmal hin und schöpfe mit beiden Händen Wasser, welches ich zur Abkühlung in mein Gesicht spritze. Dann kremple ich meine Hose hoch und renne mit ausgebreiteten Armen durchs Wasser. Ich fühle den Widerstand des kühlen Nasses und jeden kleinen Stein unter meinen Füßen… ich könnte schreien vor Glück! Nach einer Weile lasse ich mich wieder neben den Spiegel ins Gras fallen und beginne, ihn zu säubern. Ich bin so in meine Arbeit vertieft, dass ich vor Schreck den Spiegel fallen lasse, als mich etwas am Kopf streicht. Er zerspringt in tausend kleine Teile, als er auf einem großen Stein am Rande des

Baches aufkommt. Ich fluche und bemerke das beschriebene Blatt Papier, das zwischen den Scherben im Bach liegt und vom Wasser leicht hin- und hergeschaukelt wird erst nach einer Weile. Ich fische es aus dem Wasser und lasse es am Ufer auf einem großen Stein in der Sonne abtropfen. Die Tinte ist an manchen Stellen verlaufen, aber man kann trotzdem fast alles lesen. Den Rest reime ich mir einfach dazu. Es ist ein altes Lied oder Gedicht, so schnell kann ich das auf den ersten Blick nicht feststellen, zumal es auch das erste ist, was ich selber in den Händen halte. Es ist wunderschön und ich lese es mehrmals, um es richtig wirken zu lassen.

Schattenlied
Wenn spätabends in frühmorgens übergeht,
wenn der Mond trotz Sonne noch am Himmel steht,
wenn das Sternenlicht funkelt beim ersten Hahnenkrähen,
dann wird das Dunkel das Helle übersehen.
Ein funkelnder Regen erstickt den Nebel.
Ein Traum oder Wahrheit?
Zum Greifen nah oder fern?
Besiegelt das Schicksal, um die Antwort zu klären.
Ein Fehler
und ist er noch so klein
löscht die Flamme,
er wird der Auslöser sein.
Richtet den Blick gen Himmel,
dem Band aus Rauch hinterher.
Dunkel wird herrschen,
Licht gibt es nimmermehr.
Du kannst alles zum Guten,
zum Schlechten wenden.
Das Schicksal liegt nun
in deinen Händen.

Ich rolle das inzwischen trockene Blatt Papier zusammen und stecke es in meine Jagdtasche. Noch ist sie leer, wenn man von der Papierrolle einmal absieht. Und das wird sich heute auch nicht mehr ändern, es ist schließlich spät und ich sollte mich auf den Heimweg machen. Ich sammle nur noch schnell die Scherben des Spiegels zusammen und lasse sie klimpernd zu dem Gedicht in die Tasche fallen. Als ich mich gerade zum Gehen aufrichten möchte, sehe ich noch eine letzte, verbliebene Scherbe auf dem Grund des Baches glitzern. Ich greife nach dem schönen Ding, ziehe jedoch mit einem leisen Aufschrei meine Hand zurück, als sich die scharfen Kanten in meine Haut bohren. Ein dünnes Blutrinnsal läuft meine Hand hinunter und tropft in regelmäßigen Abständen ins feuchte Gras. Es tut jetzt gar nicht mehr weh und ich blicke fasziniert auf das Muster, welches mein Blut im Wasser bildet, während ich die Scherbe nun vorsichtiger heraushebe. Mit einem klirrenden Geräusch landet auch sie schließlich bei den anderen, als ein Vogel ganz in schwarz pfeilschnell auf mich zuschießt. Geistesgegenwärtig greife ich nach meinem Bogen und ein Pfeil schießt dem Vogel entgegen. Er trifft ihn genau zwischen seinen beiden stechend blauen Augen und zusammen fallen sie wie ein Stein zu Boden. Das Tier liegt nicht weit von mir und ich hebe ihn an seinen Klauen auf und trage ihn kopfüber nach Hause. Der Schreck des Angriffs sitzt noch in meinen Knochen, weshalb ich den Rückweg nicht - wie sonst immer - singend, sondern zügig und still antrete. So einen Vogel habe ich vorher noch nie gesehen, vor allem keinen, der sich wie ein Irrer auf mich stürzt. Vielleicht - und das hoffe ich - weiß Großmutter mehr als ich.

Als ich reinkomme, werfe ich die Tasche auf mein Bett und es klirrt verdächtig.

„Was ist mit meinem Spiegel passiert?“ Ich fange mir einen entsetzten Blick ein, als meine Großmutter zum Bett hinüber humpelt und einen Blick in die Tasche wirft. „Und wenn du die Autorität deiner alten und weisen Großmutter schon missachtest und trotz meiner Anweisung mit deinem Bogen hinausgehst, dann bring doch auch etwas Essbares mit nach Hause. Aber wenn du willst, kann ich auch einen Scherben-Papier-Salat zubereiten.“ Ich ziehe den Vogel hinter meinem Rücken hervor und halte ihn ihr unter die Nase. Ihr Grinsen erstirbt, alle Farbe weicht aus ihrem Gesicht und sie stolpert einen Schritt zurück. Ihre Stimme gleicht einem heiseren Krächzen, als sie leise fragt: „Wo hast du den her? Bring ihn sofort weg, verstecke ihn und lass keinen sehen, dass du von ihm weißt. Warte... gib ihn lieber mir, ich erledige das. Hoffentlich hat dich kein anderer gesehen! Sie haben ihre Augen überall! Warum sind sie nur wieder da?“ Damit erstirbt ihre Stimme und sie sinkt kraftlos in sich zusammen. Dann streckt sie den Arm aus und gibt mir zu verstehen, ihr den Vogel auszuhändigen. Widerstrebend drücke ich ihn ihr in die zitternde Hand. Es ist plötzlich so kalt in diesem Raum. Eine Gänsehaut hat sich auf meinen Armen breitgemacht und die vielen kleinen Härchen dazu veranlasst, sich kerzengerade aufzustellen. „Linn, Liebes“, fängt sie noch einmal an. Sie klingt sehr kontrolliert, als wollte sie dem Zittern in ihrer Stimme keine Kraft geben. „Vergiss den Vogel, er ist es nicht wert, sich Sorgen zu machen, es ist eben nur ... ein Vogel!“ Damit verstummt sie endgültig und deutet nur müde auf die mit Dreck verkrustete Schaufel, welche verbeult und morsch in der Ecke steht. Ich gehe hin, um sie zu holen.

„Sag mir doch wenigstens, was das für ein Vogel ist“, flehe ich, „ich meine, du kannst doch nicht immer alles für dich behalten! Wenn dir was passiert und du dann nicht mehr da bist, bin ich der Gefahr wehrlos ausgesetzt, da ich sie nicht einmal kenne. Ich finde, ich bin alt genug, um endlich alles zu erfahren! Ich bin schließlich sechzehn, Granny." Jetzt bin auch ich still und hoffe, dass sie mir antworten wird und ich nun sehr viel mehr als nur Bruchstücke der Wahrheit erfahre.

„Ich erzähle dir morgen alles über den Rat, was ich weiß. Für heute muss diese Information reichen, schließlich muss ich ja noch Totengräber spielen." Sie deutet auf den toten Vogel und Erleichterung macht sich in mir breit, sie hat ihren Humor wiedergefunden, dann kann es wohl nicht so schlimm sein, wie ich anfangs angenommen habe. „Diese Vögel heißen Krypter, sie sind die perfekten Spione und werden in der Stadt unter dem Glas auch dazu eingesetzt, alles Mögliche herauszufinden. Sie spionieren die Menschen aus, um für die Darkness-Organisation in Erfahrung zu bringen, ob es irgendwo Lichtrebellen gibt, damit jeder Widerstand niedergezwungen werden kann. Sie gleiten nahezu lautlos durch die Luft und sind mit ihrem dunklen Gefieder perfekt getarnt, jedenfalls dort, wo es fast kein Licht gibt. Also eigentlich in der gesamten Stadt." Sie macht eine Pause und ich nutze sie. „Aber warum ist Licht denn so gefährlich? Ich meine, wir leben doch auch hier und es geht uns gut… sehr gut sogar! Im Sommer nimmst du sogar oftmals ein Sonnenbad und du bist noch nicht gestorben. Jedenfalls nicht, dass ich wüsste." Sie seufzt. „Ach Linn, Licht lässt Gefühle wachsen und Menschen, die Gefühle in sich tragen, sind sehr viel schwerer zu kontrollieren als jene, die mit starrem Gesichtsausdruck durch die Welt wandeln, sich keine eigene Meinung bilden und wie Schoßhündchen jeden Befehl ausführen. Mit jedem neuen Menschen, der geboren wird, haben sie eine Seele mehr dazu bekommen, eine Seele, die sie kontrollieren und die alles für sie tun würde, egal was, alles. Erinnerst du dich noch an die Sage um das Tagebuchmädchen? Ich denke, sie wird dazu benutzt, um die Menschen bei Vollmond zu Hause behalten zu können.

Dieses Licht ist zu stark, als dass man es wirklich abschirmen könnte. So wie das Sonnenlicht, weshalb sie ja auch tagsüber schlafen und nachts wach sind. Wir Rebellen haben versucht, dagegen anzukämpfen und die, die noch übrig sind, tun es auch heute noch. Ob wir jemals gewinnen werden, weiß ich nicht, aber wir werden niemals aufgeben." Ein Schauer durchläuft meinen Körper. Es ist nicht das wohlige, spannende Kribbeln, welches mich bei einer von Großmutter Gruselgeschichten erfasst. Es ist irgendwie anders, ernster. Ich gehe langsam - bedacht darauf, kein Geräusch zu verursachen - auf mein Bett zu und verkrieche mich unter der Decke. Normalerweise gibt sie mir ein Gefühl von Wärme, Geborgenheit und Sicherheit, doch heute wirkt sie viel zu dünn und kaputtbar, als dass sie mich beschützen könnte. Zitternd verharre ich und starre mit weit aufgerissenen Augen auf den Eingang, dann wieder weg und noch einmal hin. Immer wieder huschen meine Augen unruhig umher, bevor ich sie endlich schließe.

Chapter 3

Linn

Ich laufe, renne um mein Leben und weiß nicht einmal, warum. Doch dann sehe ich sie, es sind so viele, dass sie den Mond verdecken und den Himmel verdunkeln. Das Rauschen ihrer nachtschwarzen Schwingen dröhnt in meinen Ohren und ihre krächzenden Schreie lassen mich jedes Mal zusammenzucken. Es sind so viele! Ich renne weiter und weiter, doch das scheint sie nur noch mehr anzutreiben. Ich keuche, so langsam kann ich nicht mehr, doch ich darf nicht aufgeben, nicht jetzt, wo ich das Zelt fast erreicht habe. Es ist so, als würde ich auf einem Laufband laufen, ich komme nicht vorwärts, doch meine Verfolger holen immer mehr auf. Auf einmal stürzt ein Hagel aus Kryptern auf mich nieder. Ich ducke mich und halte die Hände schützend über meinen Kopf. Dann schreie ich.

Schweißgebadet schrecke ich aus meinem Traum hoch. Es ist leichter gesagt als getan, nicht an diese grauenhaften Viecher zu denken. Ich zittere noch immer, als ich leise aufstehe, um etwas frische Luft zu schnappen. Das Mondlicht fällt in silbrigen Fäden auf die Erde hinunter, es spinnt ein Seidentuch aus Licht, welches sich hauchdünn über den Boden legt. Ich genieße den Augenblick und schließe die Augen, um die kühle Nachtluft in mich einzuatmen. Es entspannt mich und ich höre langsam auf zu zittern. Zögernd gehe ich ein paar Schritte, setze einen Fuß vor den anderen und atme noch einmal tief ein und aus, bevor ich wieder ins Zelt gehe, um den Rest der Nacht hoffentlich ruhig zu verbringen. Und als ich meine Augen schließe und dem Rauschen des Windes lausche, der an den Zeltwänden rappelt und mich so langsam, aber sicher in einen traumlosen Schlaf wiegt, stiehlt sich ein flüchtiges Lächeln auf mein Gesicht.

Ich erwache früh am Morgen. Doch nicht früh genug, denn meine Großmutter ist schon wach, was das unüberhörbare Getöse bestätigt, welches sie beim Teekochen veranstaltet. Der Kessel pfeift und der Campingherd klappert. Verschlafen reibe ich mir die Augen und gähne. „Hand vor den Mund!" Meine Großmutter unterbricht das Summen irgendeines uralten Liedes. „Na, auch schon wach?" Sie reicht mir eine Tasse frischen Pfefferminztee. Ich halte sie mit beiden Händen unter meine Nase und sauge den heißen Dampf in mich auf. Vorsichtig nehme ich einen kleinen Schluck von dem Tee, der eigentlich noch zu heiß zum Trinken ist und verbrenne mir die Zunge. Die Matratze wackelt verdächtig, als sich meine Großmutter neben mich fallen lässt und ich beginne, ihr von letzter Nacht zu berichten. Mittendrin stocke ich, denn mir fällt gerade ein, dass sie mich angewiesen hat, nicht mehr an die Krypter zu denken.

„Schon gut", schmunzelt sie. „Ich kann dich verstehen, ich habe auch nicht direkt alles ausgeblendet, was ein bisschen gruselig war. Dafür bin ich immer noch viel zu neugierig." Sie grinst in sich hinein. „Und das bist du auch." Ich lächle schief, während meine Großmutter mir das Tagebuch hinhält, welches sie unter meinem Kopfkissen hervorgekramt hat. „Endspurt, Liebes", sagt sie und fügt noch hinzu: „Lies noch den letzten Eintrag, dann erfährst du von mir alles, was ich weiß." Also schnappe ich ihr das Buch aus der Hand und beginne, den letzten, von mir noch ungelesenen Eintrag zu enthüllen.

15.Dezember

Es ist viel passiert in letzter Zeit, aber ich habe keine Zeit und Lust gehabt, es aufzuschreiben. Heute habe ich mir dann gesagt: Jolina, du musst wieder etwas zu Papier bringen. Dann fange ich wohl mal an. Dies sind wichtige Informationen, lieber Leser, denn ich habe mir gedacht, dass ich einige Experimente und Beobachtungen machen könnte. So habe ich zum einen erfahren, dass es einen Ausgang aus dem Würfel - oder besser gesagt: einen Eingang für mich wieder hinein - gibt und wo er sich befindet. Zum anderen weiß ich nun, wie sich die Kameras umgehen lassen und ich ungesehen meinen Plan in die Tat umsetzen kann. Es steht also fest: ich werde zurückgehen und zurückschlagen. Doch das ist nicht alles, ich habe etwas herausgefunden, wovon ich nicht einmal zu träumen gewagt hätte. Etwas, was alles ändert und mir endlich eine wirkliche Möglichkeit bietet, all das zu bekommen, was ich will. Gerechtigkeit. Es ist so unglaubwürdig, dass ich es selbst noch gar nicht wirklich fassen kann. Aber endlich ergibt alles einen Sinn, was sie zu mir gesagt haben. Ich frage mich nur, ob der Rat wirklich weiß, mit wem er es zu tun bekommt. Ich denke nicht, denn sonst hätten sie vermutlich ganz anders gehandelt. Ich werde es nun lüften, mein Geheimnis. Ich bin…

***

Ich schaue auf. Meine Großmutter hat es sich auf dem alten Schaukelstuhl gemütlich gemacht und wippt leicht hin und her. Er knarzt unangenehm in den Ohren, doch zerbrochen ist er noch nie und das wird er auch heute nicht. Sie schaut mich gespannt an. „Was?“, frage ich und schaue nochmals auf die letzte Seite. Ich hätte zu gerne gewusst, was Jolinas Geheimnis ist und mehr herausgefunden, aber die nächsten Seiten sind alle herausgerissen worden. Entweder wollte jemand - vielleicht sogar sie selber - nicht, dass man sie liest oder sie sind aus Versehen weggekommen. Letzteres halte ich aber für ziemlich unwahrscheinlich. Wie dem auch sei. Ich klappe das Buch zu, es staubt und ich streiche mit der Hand über den ledernen Einband. Dann schaue ich meine Großmutter wieder an, denn nun ist sie an der Reihe, ihr Versprechen einzulösen und mir alles, wirklich alles zu erzählen. Und wirklich, sie fängt an.

„Es stimmt", sagt sie, „dieser Würfel ist dafür da, das Licht, welches die Natur auf natürlichem Weg erzeugt, so gut es geht fernzuhalten. So wie ein Fliegengitter lästige Fliegen vom Obst fernhält. In letzter Zeit habe ich immer mehr Krypter gesehen; sie haben ihre Bahnen über unser Zelt gedreht, sind dann aber immer wieder abgezogen, ohne irgendetwas verrichtet zu haben. Also habe ich mir nicht wirklich etwas dabei gedacht, aber nun wurdest du angegriffen. Sie wissen also, dass du noch lebst und wo du bist." Sie endet und mir läuft ein eiskalter Schauer über den Rücken. „Das war auch schon alles, was ich weiß", murmelt meine Großmutter. „Ich hätte nicht gedacht, dass wir in einer so ernsten Situation stecken."

Diesen verstörten Gesichtsausdruck habe ich noch nie bei ihr gesehen. Es scheint echt ernst zu sein! Wenn ich die Gefahr besser kennen würde, hätte ich wahrscheinlich auch ein sehr mulmiges Gefühl in der Magengegend. Meine Großmutter verschwindet hinter einem großen Berg aus Kisten, der an der linken Wand aufgestapelt ist und wühlt in einer von ihnen herum. Sie kommt wieder zu mir zurück und hält mir eine kleine Schachtel hin. „Hier, nimm!" Und das tue ich. Als ich sie öffne, kommt ein kleiner Ring an einer Silberkette zum Vorschein. Er sieht wunderschön fremd und gleichzeitig auch irgendwie sehr vertraut aus und ich bewundere seine filigranen Schnörkeleien und Verzierungen. Auf der Innenseite ist mein Name eingraviert. Linn Linora.

„Den haben dir deine Eltern zur Geburt geschenkt", lässt meine Großmutter aus dem hinteren Teil des Zeltes vernehmen. „Er ist dir schnell zu klein geworden. Du bist damals so schnell gewachsen, als hätte ich dich gedüngt! Ich habe ihn dann für dich verwahrt, um ihn dir an einem Tag wie diesem wieder zurückzugeben. Ich wusste, dass du mich irgendwann verlassen musst, um deinen eigenen Weg zu gehen, doch dass es schon so bald sein wird, trifft mich hart. Ich habe dich so unendlich doll lieb, Linn! Möge dieser Ring dir auf ewig Glück bringen." Mit diesen Worten legt sie mir die Kette um und lächelt mich traurig an. „Es ist schwer, doch ich muss dich loslassen. Flieg wie ein Schmetterling in die weite Welt und lasse dich nicht umbringen." Sie drückt mir mit Tränen in den Augen einen Kuss auf die Stirn. Irgendwie kommt mir das bekannt vor.

„Mama", flüstere ich. Es war nur ein kurzer Moment, doch ich habe sie wieder… die Erinnerung, wie eine junge Frau einem Baby Lebewohl wünscht und dieses auf die Stirn küsst. Sie sieht blass und traurig aus, doch das Glück über ihr Kind spiegelt sich noch in ihren Augen wider. Die Erkenntnis trifft mich mit einer solchen Wucht, dass ich mich setzen muss. Das Baby bin ich.

Chapter 4

Linn

„Merk dir eins, mein liebes Kind: je dunkler es wird, desto heller erscheint das Leuchten eines einzelnen, noch so kleinen Lichtes!“ Und das waren sie, die letzten Worte meiner Großmutter, bevor sie mich rausschmeißt. Es hat lange gedauert, bis sie mich hat gehen lassen und ehrlich gesagt ist mir das nur recht gewesen. Ich will auch jetzt nicht ohne sie sein, sie ist mein Anker, gibt mir Sicherheit und nur sie schafft es, dass ich mich geborgen und zu Hause fühle. Egal, wo wir unser Zelt im Laufe meines Lebens aufgeschlagen hatten… sobald meine Großmutter in ihrem wackeligen Schaukelstuhl saß und mich angegrinst hat, habe ich mich wohl gefühlt. Es ist schwer, das alles jetzt hinter mir zu lassen und ich bin froh über jede einzelne Sekunde, die ich noch länger mit ihr verbringen konnte. Sie hat mich so fest an ihre Brust gedrückt, dass ich meinte, gleich zu ersticken, aber das war mir egal. Genauso wie die vielen Küsse, mit denen sie mich zum Abschied übersät hat und die mich sonst so genervt hatten. Eben habe ich sie genossen und jetzt vermisse ich die Berührungen schon. Meine Großmutter hat mir so viel beigebracht, dass ich es auch ohne sie schaffen werde, das weiß ich. Und das weiß sie auch, immerhin hat sie jahrelang darauf hingearbeitet, mich eines Tages ziehen zu lassen, damit ich mein eigenes Leben beginnen kann. Ein Leben von großer Bedeutung, wie sie mir noch einmal einschärfte, bevor ich gehen musste. „Du bist das

Wichtigste, was ich habe, aber nicht nur für mich bist du dies, sie alle vertrauen auf dich." Ich weiß nicht, was sie damit meint und mich beschleicht das merkwürdige Gefühl, dass sie sehr viel mehr weiß, als sie zugeben wollte. Aber es hat wohl einen Sinn, mich außen vorzulassen, so wie alles einen Sinn hat, was meine gewitzte Großmutter in ihrem Leben getan hat. Und darum vertraue ich ihr, niemand weiß es besser als sie. Ich liebe sie und wenn es an der Zeit ist, werde ich zurückkommen, egal, ob sie das möchte oder nicht.

Ich laufe durch den Wald, so wie sie es mir aufgetragen hat. Meine Tasche ist voller Dinge, die ich eventuell gebrauchen könnte. Aber die meisten sind wohl eher unnötig und dienen ausschließlich dazu, das Gewissen meiner besorgten Großmutter zu beruhigen. So weiß ich noch immer nicht, warum sie darauf bestanden hat, dass ich ein paar Bände von „Wie überlebe ich am besten in der Wildnis" mit mir herumschleppe. Nur unnötiger Ballast, wie ich finde... schließlich habe ich mein ganzes bisheriges Leben in der sogenannten Wildnis verbracht. Meinen Bogen habe ich mir über die Schulter gehängt. Die Hitze ist drückend und wird immer unerträglicher, je weiter ich durch den Wald stolpere. Doch ich höre nicht auf, ich muss weiter, erst einmal einen gewissen Abstand zwischen mich und mein altes Zuhause bringen. Irgendwann lasse ich mich erschöpft und außer Atem auf einen umgestürzten Baumstamm fallen, um zu verschnaufen. Langsam rutsche ich hinunter, sodass ich nun auf dem Boden sitze und mich anlehnen kann.

Ich schaue durch die Baumwipfel nach oben und beobachte die Wolken, die über mich hinwegziehen. Wie gerne würde ich jetzt auf einer von ihnen liegen! Ich würde einfach die Augen schließen und sie erst wieder öffnen, wenn die Wolke mich irgendwohin geweht hätte, wo es weder Krypter noch einen dunklen Rat gäbe und wo ich ihnen nicht die ganze Zeit entkommen müsste. Auf der Flucht vor etwas, das ich nicht einmal mit eigenen Augen gesehen habe. Ich meine, ich kenne den Rat doch gar nicht und er hatte mich auch vergessen oder dachte zumindest, dass ich tot wäre. Oh, wie ich diesen Krypter hasse, der mich verraten hat. Ich schließe die Augen und bemerke daher nicht, dass die fluffigen Wattewolken dicken, schwarzen und tiefhängenden Regenwolken weichen, welche zu platzen drohen.

Dicke Tropfen klatschen auf mein Gesicht und reißen mich abrupt aus meiner Traumwelt. Wie ein begossener Pudel bleibe ich im Regen sitzen. Irgendwann rappele ich mich auf und stolpere klitschnass weiter, um einen Unterschlupf zu suchen. Nicht etwa wegen des Regens, der vom Himmel prasselt, sondern eher, um einen geeigneten Schlafplatz für die Nacht zu finden. Ich stoße auf einen mittelgroßen, schrägen Felsen, unter dem ich Schutz suche. Nachdem ich mich niedergelassen habe, schaue ich nach draußen. Dicke Fäden aus Regentropfen ziehen sich vom Himmel bis zur Erde hinab und weichen diese in Sekundenschnelle auf. Ich schlinge die Arme um meine angewinkelten Beine und starre mit leerem, ausdruckslosem Blick hinaus. Die Blitze, die über den Himmel zucken und den ohrenbetäubenden Lärm, den der darauffolgende Donner erzeugt, nehme ich gar nicht wirklich war. Immer wieder werden die Bäume im hellen Licht der aufflackernden Blitze zu gruseligen Fratzen. Solche Sommergewitter sind normal und dauern meist auch nicht lange an. Trotzdem bin ich eingeschlafen, noch bevor es ganz vorüber ist.

Als ich am nächsten Morgen die Augen aufschlage, weiß ich nicht, wo ich bin. Und auch nachdem ich mehrmals geblinzelt habe, will sich mein Kopf einfach nicht an diese Umgebung erinnern. Im nächsten Moment sitze ich kerzengerade auf einem wackeligen Ausklappsofa, welches sich in einem fensterlosen Raum zusammen mit einem Tisch und zwei Stühlen befindet. Panik macht sich in mir breit und mein Herz beginnt unnatürlich schnell zu schlagen. Wer hat mich gefunden? Etwa ein paar dieser widerlichen Krypter? Heißt das jetzt, dass ich mich im Glas befinde? Ach du Scheiße! Das hat dann wohl überhaupt gar nichts gebracht, wegzulaufen. Muss ich jetzt etwa sterben? Schließlich bin ich ja vor sechzehn Jahren nicht gestorben. Aber warum haben sie mich dann nicht gleich umgebracht? Soll es vielleicht öffentlich geschehen, als Schachzug gegen die Rebellion? Mittlerweile zittere ich am ganzen Körper und kaue an meinen Fingernägeln… eine schreckliche Angewohnheit, die ich mir eigentlich abgewöhnt hatte. Es sind einfach zu viele beunruhigende Fragen so früh am Morgen, die sich in meinem Kopf breitmachen.

Eine einzelne Glühlampe spendet Licht, sie hängt nackt an einem Kabel von der Decke. Alles erinnert mich an die Zelle, die Jolina in ihrem Tagebuch beschrieben hat. Das Licht flackert, als ich dabei bin, in dem kleinen Raum unruhig auf und ab zu gehen. Dann ist es auf einmal ganz weg. „Na toll", denke ich, „jetzt darf ich die wahrscheinlich letzten Stunden meines Lebens auch noch im Dunkeln verbringen." Ich taste mich zum Bett vor und bleibe dort mit dem Rücken zur Wand sitzen. Dann lehne ich meinen Kopf an und warte voller Angst auf das, was kommen wird. Als nach einer gefühlten Ewigkeit immer noch nichts passiert ist, stehe ich auf und gehe zum Lichtschalter neben der Tür. Ich klicke ihn langsam, dann immer schneller hin und her, bis ich schließlich aus lauter Verzweiflung auf ihm herumhämmere. Doch wie beim ersten Mal, welches kurz nach dem Eintreffen der Dunkelheit erfolgt war, passiert auch jetzt nichts. Ich hätte es wissen müssen, doch ich wollte mein letztes bisschen Hoffnung nicht aufgeben… noch nicht. In meiner Verzweiflung haue ich immer und immer wieder gegen die Tür. Dann fange ich an zu schreien. Ja, so tief bin ich gesunken. Irgendwann geht mir die Puste aus und ich rutsche erschöpft am Türrahmen hinunter, vergrabe meinen Kopf in den Händen und fange an zu weinen. Die einzelnen Tränen, welche mir die Wangen hinunterrinnen und mit einem leisen Geräusch auf dem Boden aufkommen, halten nicht lange an, sie werden stärker. Ich schluchze laut vor mich hin, meine Hände sind mittlerweile schon ganz nass, denn ich weine und weine. Doch irgendwann bin ich wohl leer, denn es will kein Wasser mehr aus meinen Augen kommen. Also bleibe ich sitzen und schniefe nur noch ein bisschen vor mich hin. Ein Knacken und Rasseln lässt mich aufspringen. Es ist das Geräusch, welches ein sich im Schloss drehender Schlüssel verursacht. Ich zucke zusammen, als sich die Tür neben mir öffnet und dort eine dunkle Gestalt steht. Ihre Hand wandert zum Lichtschalter und ich höre ein vertrautes Klicken, gefolgt von einem leisen Fluchen. Ich konnte hören, dass es sich bei der Gestalt um einen Jungen oder einen jungen Mann handelt - auf jeden Fall männlich. Er geht weg und schließt die Tür hinter sich, aber das Geräusch, welches ich vermutet habe zu hören, vernehme ich nicht. Er hat die Tür nicht wieder verschlossen.

Langsam schleiche ich mich vorwärts, öffne die Tür einen Spalt breit und spähe hinaus. Es ist nichts Auffälliges zu entdecken, also setze ich einen Fuß vor den anderen und mache eine paar zögerliche Schritte nach draußen, dann ziehe ich die Tür hinter mir zu. Ein aufgeregtes Kribbeln macht sich in mir breit und ich verscheuche die Angst, die mir immer noch in den Knochen sitzt. Ich fühle mich wie ein Spion aus Großmutters vielen Geschichten und schaffe es nur sehr schwer, dem Drang zu widerstehen, meine Hände zu einer Pistole zu formen und eine astreine Agentenrolle hinzulegen. Es macht mir trotz der Angst irgendwie Spaß, die Gänge auf Zehenspitzen hinab zu schleichen und vorsichtig um die Ecken zu spähen. Bei Weggabelungen entscheide ich mich für eine einfache

Strategie: erst rechts, dann links und das immer so weiter. Jedes Mal merke ich mit klopfendem Herzen, dass die Luft rein ist. Womöglich befinden sich alle in einem großen Speisesaal und essen einen Haufen von unglaublich gut schmeckenden Dingen, wie Pfannkuchen oder Suppe. Unwillkürlich nehme ich das Knurren wahr, welches ich bis gerade eben so vortrefflich ausgeblendet hatte. Das leere Gefühl in meiner Magengegend ist unangenehm und das Brummen lässt mich jedes Mal zusammenzucken und herumwirbeln. Ich brauche etwas, um zu begreifen, dass es sich dabei keinesfalls um einen Verfolger, sondern eher um meinen eigenen Bauch handelt.

Auf einmal schießt mir ein Gedanke durch den Kopf, der mich erstarren lässt: Meine Sachen! Ich habe sie in der kleinen Kammer - vor lauter Freude über die zum Greifen nahe Freiheit - stehen lassen. Soll ich zurückrennen, um sie zu holen? Schließlich sind es meine einzigen Besitztümer und das erste, wonach ich gegriffen habe, als ich im Dunkeln aufgewacht bin. Und wenn ich ehrlich zu mir selber bin, vermisse ich meinen Bogen schon jetzt. Ich verharre einen kurzen Augenblick, den ich zum Überlegen nutze. Doch es dauert nicht lange, da bin ich schon wieder auf dem Weg zurück. Auch wenn es vielleicht größtenteils an dem älteren Jungen liegt, den ich auf der Treppe gesichtet habe und der genau in meine Richtung zu kommen scheint. Ohne weiter darüber nachzudenken, bin ich davongestürzt, auf dem Weg zu meiner Waffe.

Ob es jetzt nur daran liegt, dass ich meinem Feind entkommen will oder vielleicht auch ein klein wenig daran, dass er ein Mensch ist und ich außer meiner Großmutter noch nie zuvor einen gesehen habe, ich weiß es nicht. Ich will einfach meinen Bogen und die damit verbundene Sicherheit spüren. Er ist nützlich, denn mit ihm kann man sich verteidigen. Im schlechtesten Fall, wenn dir die Pfeile abhandengekommen sind, kannst du ihn deinem Angreifer immer noch über die Rübe hauen. Ich suche nach jeder Möglichkeit oder Chance, hier in naher Zukunft lebendig herauszukommen. Doch als ich stolpernd vor der Tür zum Stehen komme, öffnet sich diese und ein weiterer Junge kommt heraus. Er hält meine Tasche in der einen und das sehnlichst Vermisste und den Köcher mitsamt Pfeilen in der anderen Hand. Ich renne fast in ihn hinein, kann dann aber im letzten Moment noch auf dem Absatz kehrtmachen und in die entgegengesetzte Richtung davonlaufen.

In jeder Geschichte geht der ursprüngliche Plan nicht auf und alles kommt anders als erhofft, das habe ich gelernt. Trotzdem formt sich in meinem Kopf keine neue Strategie, so sehr ich mich auch anstrenge. Mein Gehirn arbeitet auf Hochtouren und trotzdem kommt nur etwas dabei heraus, dass sich von der Nützlichkeit mit Vanillepudding vergleichen lässt. Blind und ohne Plan renne ich weiter. Als ich an der Ecke ankomme, biegt dort gerade der ältere Junge ab und ich drehe mich noch einmal um.

Das Erste, was mir klar wird, ist, dass ich umzingelt bin. Das Zweite, dass ich hier auf keinen Fall wieder wegkomme. Sie nähern sich mir und ich bleibe einfach stehen – unfähig, mich zu rühren angesichts dieser aussichtslosen Situation. Nun wird mir die Wahrheit des Sprichwortes „vor Angst gelähmt" schmerzlich bewusst… ich schlucke. Der eine macht noch einen Schritt auf mich zu, dann packt er mich an den Schultern. Ich schließe die Augen und ergebe mich. Doch mit geschlossenen Augen ist man nicht taub und so bekomme ich ihre Unterhaltung ohne Probleme mit.

„Ist sie das? Ich frage mich, wie sie da rausgekommen ist, ich bin mir sicher, dass ich gestern Abend sogar zwei Mal hinter ihr abgesperrt habe", sagt der eine betont lässig.

„Wahrscheinlich hat Lian, dieser Trottel, die Tür offengelassen, als er nach ihr geguckt hat. Mein kleiner Bruder ist auch echt zu nichts zu gebrauchen."

„Ey, Mann, sei nicht so hart zu ihm, schließlich hat er sie gestern während deiner Schicht aufgelesen“, meldet sich der Erste wieder zu Wort.

„Ist ja schon gut, aber hey, wieso hat sie die Augen geschlossen?“, kommt erst die Beschwichtigung und dann die nächste Frage vom Zweiten.

„Kein Plan, vielleicht bekommen sie es dort momentan so beigebracht? Also, wenn sie jemanden von außerhalb zu Gesicht bekommen.“

Oh Gott, was soll ich nur tun? Wie verhält man sich in einer solchen Situation? Ich blinzele. Vielleicht sollte ich ihnen die Hand geben, meine Großmutter hatte so etwas mal erwähnt. Zögerlich strecke ich einen Arm aus und halte einem meine Finger unter die Nase. Niemand rührt sich und ich lasse meine Hand verunsichert wieder sinken. Also doch unangemessen, so blöd wie der Typ vor mir grinst, aber was dann? Ich muss mit ihnen reden, denke ich. Reden ist immer gut! Aber was sage ich? Ein schlichtes „Hallo“ scheint mir unangebracht, zu wenig irgendwie. Andererseits will ich auch keine Freundschaften finden, das sind schließlich meine Feinde, die da vor mir stehen. Mir wird bewusst, dass wir uns schon viel zu lange anstarren und dabei schweigen, als mich der Typ mit einem Finger anstupst. Das ist auch der Moment, in dem mir wieder einfällt, was der Junge zu mir gesagt hat und das verwirrt mich endgültig. Wer ist denn hier bitte von außerhalb? Das bin doch wohl ganz eindeutig ich. Ich blicke meinem Gegenüber nun endlich ins Gesicht, obwohl ich wohl immer noch total dämlich aus der Wäsche starre.

„Hey, sie kann ja doch die Augen aufmachen!“ Ich werde angestupst. „Hey, Kleine, endlich aufgewacht?“

„Nenn mich nicht so!“, keife ich mit neu gewonnenem Selbstbewusstsein zurück, erschrecke deshalb kurz über mich selbst und schüttle dann seine Hände, die immer noch auf meinen Schultern liegen, ab. Er hebt sie beschwichtigend in die Höhe. „Schon gut, schon gut. Flipp doch nicht direkt so aus."

Vielleicht war es ja wirklich ein klein wenig überreagiert. Aber wenn, dann wirklich nur ein ganz klein wenig. Wer so ein Blödmann ist... ach, ist ja jetzt auch egal. Wenn alle anderen Menschen auch so sind wie er, kann ich getrost auf ihre Gegenwart verzichten. Wenn ich es mir aussuchen könnte, wäre ich sowieso viel lieber wieder zu Hause bei meiner Großmutter und sonst niemandem. Ich mag es, alleine zu sein, meine Privatsphäre zu genießen und meine Freiheiten zu haben. Das hier fühlt sich einfach nur komisch und falsch an und etwas in mir ist wachsam, immer auf eine Gelegenheit zur Flucht hoffend, doch die ergibt sich nicht.

Ich werde stattdessen in einen Raum geführt, in dessen Mitte ein kleiner und wackliger Tisch drapiert ist, an dem schon zwei andere Leute sitzen. Noch mehr Menschen. Ich atme tief durch und sage mir immer wieder, dass ich damit klarkomme und dass sie netter sein werden als ihre Artgenossen.

„Die blonde Schönheit dort drüben ist Elena und der Lauch daneben ist Lian, ich bin Nick und der Vollpfosten dahinten nennt sich Paul."

Ich weiß nicht ganz, warum er den einen Jungen gerade Lauch genannt hat, diesen Ausdruck habe ich noch nie zuvor gehört und grün sieht er auf jeden Fall nicht aus. Tatsächlich sieht er mit seinen braun-goldenen Augen und den ebenfalls braunen Haaren gar nicht so schlecht aus.

Der Typ, der eben mit mir gesprochen hat, anscheinend heißt er Nick, lässt seine Hand einmal vage im Kreis herumschweifen. Er ist muskulös, was man sogar durch sein lockeres T-Shirt noch gut erkennen kann. „Und der da", er deutet auf den Jungen am Tisch, dem er eben noch einen Gemüsenamen verpasst hat, „ist dein Retter!"

Ich kann es nicht fassen. „Mein bitte was?“ Ich schaue ihn an und hoffe, dass er in meinen Augen lesen kann, dass ich nicht so recht weiß, ob ich jetzt entgeistert gucken oder laut loslachen soll. Außerdem hoffe ich inständig, dass ich nicht noch immer total verwirrt und verängstigt gucke, sondern mich wenigstens äußerlich unter Kontrolle habe.

„Ach, komm schon, Süße“, grinst mich Paul an.

Ich verziehe das Gesicht… noch so ein Muskelprotz und dazu anscheinend auch noch ein ziemlich vorlauter – eine Superkombination.

„Hätte mein Bruder dich nicht rechtzeitig aufgegabelt“, setzt er weiter an, „wärst du spätestens übermorgen tot. Und die Betonung liegt auf spätestens. Mich hat es sowieso schon gewundert, wie du es soweit geschafft hast, ohne als Abendessen zu enden! Es lauern nämlich überall in dem großen, bösen Wald genauso große und böse Tiere, die nur auf so einen schmackhaften Snack wie dich gewartet haben.“

„Ach, echt?“, werfe ich ihm entgegen. Seine Worte haben dafür gesorgt, dass ich mich nun endgültig aus meiner Schockstarre befreien kann und die komische neue Situation erst einmal vergesse. Stattdessen bin ich jetzt sauer. „Ich weiß genau, welche Tiere in dem ach so bösen Wald leben und hast du etwa meinen Bogen vergessen? Ganz so wehrlos, wie du es hier gerade darstellst, bin ich wohl doch nicht. Dann werde ich gekidnappt und soll auch noch schön Danke sagen, während ihr euch wie Helden feiert? Ihr habt sie doch nicht mehr alle!“

„Du triffst doch nicht mal einen Baum, der zwei Meter vor dir steht und versucht, deinen lächerlich geschossenen Pfeil zu fangen“, entgegnet Paul gereizt.

„Ach, haltet jetzt mal endlich eure verdammten Klappen.“ Elena steht auf und zu mir gewandt sagt sie: „Normalerweise sind sie echt nicht so.“ Es folgt ein scharfer Blick in Richtung Paul. „Manchmal müssen sie sich halt größer aufspielen, als sie in Wirklichkeit sind. Wenn du sie etwas näher kennengelernt hast, sind sie total ok."

„Naja", setze ich an, „ich war wohl auch nicht besonders freundlich, aber eines muss ich noch klarstellen." Mit diesen Worten greife ich nach meinem Bogen und augenblicklich durchzuckt mich ein vertrautes Gefühl der Sicherheit. Ich setze einen Pfeil an und lasse meine Augen im Raum umherschweifen, um nach einem passenden Ziel zu suchen. Sie bleiben an einem kleinen Klebezettel an der gegenüberliegenden Wand des Zimmers hängen und schon steckt ein Pfeil genau an der Stelle, wo sich der winzig kleine Punkt über dem I befunden hatte.

„Anfängerglück!" Paul verzieht sich grummelig und lässt Nick keine andere Wahl, als auch mitzukommen, denn sein Griff schließt sich eisern um dessen Handgelenk. Mein Blick fällt nun wieder auf Elena und auch sie blickt zu mir. „Sag mal, es ist jetzt also erlaubt, in der dunklen Stadt einen Bogen oder sonstige Waffen zu besitzen? Oder bist du etwa eine Rebellin?"

Jetzt bin ich an der Reihe, die Stirn zu runzeln und ich bemerke, wie meine eine Augenbraue langsam nach oben wandert. „Also ihr denkt, ich komme von da, aus dem Glas? Wie kommt ihr darauf? Ich dachte, wir wären gerade dort."

„Wie jetzt? Wir dort? Niemals!" Das schlanke blonde Mädchen mit den stechenden blauen Augen schaut mich entgeistert an. „Ich glaube, da müssen wir erst mal einiges klarstellen!" An den Tisch gelehnt, beginnt sie zu erzählen: „Es ist noch gar nicht so lange her, als die gezielten Verfolgungen der Rebellen begonnen haben. Davor hatte es immer wieder vereinzelt allgemeine gegeben. Als wir merkten, dass sie uns beobachteten, kontrollierten und wie ein unabschüttelbarer Schatten immer um uns herum waren, nur auf eine Gelegenheit wartend, zuzuschlagen, da mussten wir einfach weg. Nick war anfangs total dagegen, aber glücklicherweise konnten wir ihn davon überzeugen, dass es keine andere Möglichkeit für uns gibt. Also haben wir unsere nötigsten Dinge gepackt und sind so heimlich, wie es uns nur möglich war, durch einen unbekannten Hintereingang geflüchtet. Er wurde beim Glasbau von Rebellen eingebaut und ist auf keiner bekannten Karte eingezeichnet. Wir hatten Verfolger, aber die konnten wir supergut abschütteln, weil wir sowas von schnell gerannt sind, das glaubst du mir gar nicht."

Mir schwirrt der Kopf, als sie eine kurze Unterbrechung einlegt, um nach Luft zu schnappen. Kaum vorstellbar, dass sie zwischen den ganzen Sätzen nicht eine Pause zum Atmen eingelegt hat. „Ähm, also hat die Darkness-Organisation euch alle verfolgt?", bringe ich nur leise hervor.

Elenas Antwort kommt ohne Zögern, so als hätte sie sich nur schwer beherrschen können, in der kurzen Zeit nichts zu sagen. Dass sie am Anfang so lange geschwiegen hat, kommt mir jetzt wie ein kleines Wunder vor. „Es wurde längst nicht jeder verfolgt, nicht mal alle Rebellen - dafür manchmal Leute wie wir, die nicht zum Widerstand gehören, aber sich dennoch der Macht des Rates widersetzen. Was auch daran liegt, dass damals noch nicht alle kontrolllosen Menschen entdeckt worden waren. Die Darkness-Organisation ist ja lange Zeit davon ausgegangen, dass ihre Methoden bei allen Menschen anschlagen. Sie sind gar nicht erst auf die Idee gekommen, dass sich immer noch ein paar wenige wehren können. So sehr waren oder sind sie von sich überzeugt. Und viele Menschen sind ihren Methoden auch unterlegen. Sie gehorchen ihnen aufs Wort und haben keinen eigenen Willen mehr. Die Menschen, die unter der Kontrolle der Darkness-Organisation stehen, sind so eingeschüchtert und machtlos, dass sie es nicht einmal wagen, den Namen Darkness-Organisation auszusprechen. Es würde mich nicht wundern, wenn sie es auch vermeiden, ihn nur zu denken. Aber du hast recht, wenn sie jemanden gefunden haben, der in ihren Augen ein vermeintlicher Rebell zu sein schien, dann wurde dieser rund um die Uhr kontrolliert. Jede falsche Bewegung - und war sie auch noch so unscheinbar - wurde genauestens analysiert. Dein Leben war von da an vollends zerstört, sofern du nicht eh schon zu denen ohne Leben gehört hast." Wieder eine Pause, eine kurze Sekunde zum Luftholen. „Also in Kurzform: wir sind da vor etwa zehn Monaten weg und jetzt bist du dran." Sie grinst mich an und wartet darauf, dass ich ihren unaufhörlichen Redeschwall fortführe.

Ich atme einmal tief durch und beginne. „Ich bin vor ein paar Tagen von zu Hause fortgegangen, aber nicht von dort, wo du denkst, denn ich lebte nie in dieser von euch so gehassten dunklen Stadt. Ich habe ein gemütliches Leben mit meiner Großmutter außerhalb in diesem Wald geführt. Morgens ging die Sonne vor unserem Zelt auf und abends verschwand sie hinter ihm wieder. Unser Leben war also jeden Tag ziemlich..."

„Ziemlich ruhig und eintönig", fällt mir Elena ins Wort.

„Ja, wenn du es so sagst, war es ziemlich ruhig". Das eintönig überhöre ich geflissentlich. „Aber nur solange, bis wir Besuch von Kryptern bekamen. Ich bin geflohen und wurde dann von euch bei meiner Flucht gestört". Ich ende und kann deutlich in Elenas Augen lesen: „Wie... das war es schon?", bis sie sich abwendet. Geschirr klappert, ich fahre herum. Da steht er, Gemüse-Lian, ich habe total vergessen, dass er noch hier ist.

Er räuspert sich. „Du kannst natürlich jederzeit wieder gehen und deine Flucht fortsetzen, aber vielleicht wäre es gar nicht so verkehrt, erst mal eine Weile hierzubleiben. Ich meine, du wirst im Umkreis von mehreren Kilometern nichts finden außer Wald. Also, wie gesagt, vielleicht wäre es gar nicht so verkehrt. Denk darüber nach."

Ich brauche nicht darüber nachzudenken, ich bleibe, denn es scheint mir hier doch recht sicher zu sein. Lian grinst, als ich es ihm verkünde. „Ich habe mir gedacht, dass du bleibst."

„Ach ja?", frage ich ihn wieder leicht ärgerlich. „Und woher wolltest du das bitte wissen, du kennst mich doch gar nicht und kannst mich daher auch nicht einschätzen. Niemand hier kann das." Trotz schwingt in meiner Stimme mit, auch wenn ich versuche, ihn krampfhaft zu verbannen, er macht sich in mir breit, umklammert meinen Kopf und greift nach meinem Herzen. Ich schweige, kein Wort wird über meine Lippen kommen, bis dieses erdrückende Gefühl vorüber ist.

Lian wird rot, verlegen starrt er auf den Boden. „Ich wollte damit ja nicht sagen, dass du so leicht zu lesen bist wie ein offenes Buch, aber wenn man etwas länger Kontakt zu anderen Menschen hat, merkt man doch, dass sie alle irgendwie ähnlich ticken." Was sollte das denn bitte heißen? „Es tut mir leid!" Sein Blick ist noch immer betreten nach unten gerichtet, also presse ich ein „Schon ok!" heraus; schließlich sieht er so bedröppelt aus, wie er da mit hängenden Schultern steht, die nicht so muskulös sind wie die der anderen beiden Jungs, sich aber dennoch echt sehen lassen können. Ich frage mich, warum ich die ganze Zeit auf diese Äußerlichkeiten achte und weshalb sie mir so zusagen. Das ist doch lächerlich.

Bevor mich Elena an die Hand nimmt und aus dem Zimmer zieht, winke ich Gemüse-Lian zu, merke aber im selben Moment, wie albern das aussehen muss und lasse die Hand sinken, froh darüber, um die nächste Ecke gezogen zu werden. Langes blondes Haar weht hinter Elena her und mir wird klar, dass ich sie schon die ganze Zeit beneidet habe. Unwillkürlich fasse ich an meinen Kopf. Wie immer habe ich einen einfachen Dutt aus meinen Haaren geknotet. Da ist nichts mit Glänzen oder so. Ich kann sie nicht mal richtig blond nennen, denn was sich da auf meinem Kopf befindet, ist wahrscheinlich ein Mix aus all den Resten, welche beim Verteilen der Haarfarben übriggeblieben ist. Sie lässt meine Hand los und bedeutet mir, ihr in ein Zimmer zu folgen. Ich komme mir selbst beim Gehen so tollpatschig und plump vor, wenn ich hinter ihr, der scheinbar zu schwebenden Elfe, her trample.

Chapter 5

Lian

Nun sind alle weg. Jetzt ist sie weg und ich sitze mal wieder alleine am Tisch und grüble vor mich hin. Irgendwas hat sie an sich. Etwas, was mich auf eine ganz besondere Weise fasziniert. Mir war schon klar gewesen, dass sie nicht aus dem Glas kam, als ich sie das erste Mal bei unserer monatlichen Streife zur Kontrolle unserer Umgebung durch den Wald gesehen habe. Die Menschen dort… ich habe sie immer noch vor meinen Augen, wenn ich nachts schlafe. Mit ihrer grauen Haut und den leeren Blicken. Ich wollte sie einfach in meiner Nähe wissen, als ich sie gefunden habe und den anderen weismachte, dass sie es niemals alleine schaffen würde. Auch jetzt muss ich mir ein kleines Grinsen verkneifen, welches mir ohne Vorwarnung über das Gesicht huscht. Niemand hatte gesehen, was ich in dieser Nacht gesehen habe. Ein wunderschönes, angedeutetes Lächeln ihrerseits auf ihrem blassen Gesicht mit den vielen kleinen Sommersprossen. Dieses Lächeln war dazu bestimmt, mich in ihren Bann zu ziehen. Auch jetzt geistert sie mit ihrem Namen ununterbrochen durch meinen Kopf. Linn, er ist so wunderbar. Sie ist so schön, aber das scheint ihr gar nicht bewusst zu sein, so wie sie Elena hinterher gestarrt hat. Ich stehe auf und schiebe den Stuhl ordentlich an den Tisch, weil Elena da immer so ein Geschiss drum macht und ich im Moment echt keinen Bock auf Ärger mit ihr habe. Seufzend verlasse ich den Raum und mache mich auf den Weg. Wohin?

Keine Ahnung. Ich bleibe vor einem Zimmer stehen und drücke die Klinke hinunter. Als ich den Raum betrete, sehe ich Linn. Sie liegt auf dem Bett und starrt Löcher in die Luft. Abrupt setzt sie sich auf und schaut mich verwundert an. Ihre grauen Augen funkeln. Ich bleibe wie angewurzelt stehen. Jetzt denkt sie vermutlich, dass ich ihr nachlaufe, was ich in gewisser Weise ja auch tue. Unbewusst natürlich.

„Sorry", murmle ich möglichst cool, während mir heiß wird, „falsches Zimmer". Ich mache auf dem Absatz kehrt und knalle die Tür hinter mir zu. Mehr aus Gewohnheit als aus überlegtem Handeln. Ich könnte mich ohrfeigen, denn wenn sie mich jetzt nicht für vollends gestört erklärt, grenzt das an ein Wunder. Ich wende mich der nächsten Türe zu, gehe auf mein Zimmer und schmeiße mich ebenfalls aufs Bett.

Keine drei Sekunden später fliegt die Zimmertür wieder auf und Nick und Paul stürmen auf mich zu. „Hey, wir wollen eine Runde Fußball spielen, kommst du mit?", brüllt mir mein Bruder Paul entgegen.

„Nein, lass mal", wehre ich ab, „vielleicht später". Mehr sage ich nicht.

„Dann kannst du aber auch vergessen, dass wir springen, wenn du uns um irgendwas bittest", entgegnet Paul beleidigt.

Ich zucke nur mit den Schultern… für eine ausgewachsene Diskussion mit den beiden habe ich jetzt echt nicht genug Kraft. Außerdem würde ich diesen Chaoten eh zuletzt um etwas bitten. Langsam stehe ich wieder auf und laufe ratlos durchs Zimmer. Irgendwann trete ich dann durch meine Balkontür ins Freie. Sie befindet sich genau neben der von Linn und ich genieße den perfekten Blick in ihr Zimmer. Mittlerweile hat sie einen Block und einen Kohlestift hervorgeholt und ich schaue ihr beim Zeichnen über die Schulter. Strich um Strich setzt sie ein perfektes Muster zusammen, welches so langsam die Form einer alten Frau annimmt. Kleine

Lachfältchen lassen ihr Gesicht strahlen und erwecken das Bild zum Leben. Es scheint so, als würde sie mir zuzwinkern. Ich blinzele, doch jetzt kann ich nur noch ein herzliches Lachen erkennen. Keine Regung. Ich fahre zusammen, als sich die Tür zu Linns Zimmer öffnet und Elena eintritt. Eigentlich hätte ich ihr Kommen durch das kleine Fenster, welches fast jede Tür hier im Haus schmückt, bemerken müssen, aber ich war wohl zu vertieft in den Anblick der Zeichnung. Oder in den der Zeichnerin? Auch Linn scheint sie nicht bemerkt zu haben, denn sie zuckt zusammen und ein schwarzer Strich ziert das Kinn der alten Dame; hastig sammelt sie alles zusammen und steckt es zurück in ihre Tasche. Doch Elena hat es gesehen, aber Linn scheint es ihr nicht zeigen zu wollen, denn sie schüttelt den Kopf und hält ihre Tasche fest umklammert.

„So, das reicht dann wohl jetzt mit dem Beobachten!“, höre ich eine Stimme hinter mir und kurz darauf werde ich zurück in mein Zimmer gezogen. Nick schaut mich finster an. „Sag mal, hast du noch nie etwas von dem Wort Privatsphäre gehört? Lass sie doch erst mal ankommen und wenn du dann etwas von ihr willst, geh durch die Tür und rede anständig mit ihr.“ Er scheint ziemlich sauer zu sein, so habe ich ihn noch nie erlebt, weshalb ich ihn auch entgeistert anstarre. Doch er schnaubt nur verächtlich und verlässt das Zimmer.

Ich will mich wieder der Balkontür zuwenden und rausgehen, doch als ich die Klinke herunterdrücke, ist sie verschlossen. „Mist“, fluche ich leise vor mich hin, aber Nick hat ganze Arbeit geleistet. Selbst den Schlüssel, welcher sonst auf dem Türrahmen liegt, hat er mitgehen lassen. Vielleicht hat er ja recht mit seinen Worten, auch wenn sie mir nicht wirklich besonders gut gefallen. Noch einmal rüttele ich probeweise an der Tür, dann taste ich ein weiteres Mal den oberen Türrahmen ab, doch er ist noch immer leer, wenn man mal von den ganzen Staubflusen absieht.

Frustriert lasse ich mich auf meinen Sessel fallen und schnappe mir meinen iPod vom Tisch. Ich drehe die Musik voll auf, der Lärm schallt in meinen Ohren und lässt mich alles um mich herum vergessen. Die Bässe wummern durch meinen Kopf, ich schließe die Augen und lasse sie in mein Blut übergehen. Minutenlang bleibt für mich die Welt stehen und die Musik ist das Einzige, was weiter geht. Als ich die Augen wieder öffne, nehme ich nur verschwommene Umrisse wahr, die mich mit rotem Kopf anschreien. Ich schalte nicht schnell genug und mir werden die Kopfhörer aus den Ohren gerissen. Langsam nimmt Elena wieder Form an. Das, was sie mir lauthals schreiend an den Kopf wirft, höre ich noch immer nicht. Klar, denn ein helles Piepsen nimmt mein ganzes Gehörspektrum ein. Irgendwann dreht sie sich schwungvoll um und rauscht davon. Den Knall, welche die zuschlagende Tür hinterlässt, kann ich schon wieder hören. Schulterzuckend stecke ich die Stöpsel wieder in die Ohren, doch das Lied ist schon fast vorbei. Ich drücke auf „Wiederholen" und schalte den Ton leiser. Ich lehne mich zurück, doch dieses Mal lasse ich die Augen offen.

Irritiert starre ich auf meinen iPod, weil dieser plötzlich und ohne Grund verstummt ist. Die Zeitanzeige läuft weiter ab, doch es ist nicht mal ein undefinierbares Rauschen zu hören. Ich will mir gerade die Stöpsel aus den Ohren ziehen, als die Musik so plötzlich, wie sie aufgehört hat, wieder beginnt. Es ist ein altes Gerät, welches ich aus der grauen Stadt mitgenommen und umprogrammiert habe. Die Ortungsfunktion habe ich ausgestellt und auch die Propagandanachrichten erreichen mich nicht mehr. Doch manchmal bin ich mir nicht sicher, ob alles wirklich so funktioniert hat, wie es sollte. Langsam und mit einem flauen Gefühl im Magen drücke ich auf Pause und lege das Gerät auf den kleinen Beistelltisch. Dann stehe ich auf.

Chapter 6

Linn

Ich werde von einem leisen Klopfen geweckt und noch ehe ich ganz wach bin, steckt Nick seinen Kopf durch meine Tür. „Guten Morgen“, sagt er verlegen. „Also, es gibt jetzt Frühstück in der Küche, aber wenn du lieber erst mal alleine was essen möchtest, kann ich dir auch was aufs Zimmer bringen.“ Er kratzt sich verlegen am Kopf.

„Nein, nein“, beeile ich mich zu sagen. „Ich würde wirklich gerne mit euch zusammen frühstücken.“ Nick lächelt, dann dreht er sich um und will den Raum verlassen, damit ich mich umziehen kann. „Und… Nick?“, rufe ich ihm hinterher. Er dreht sich fragend um. „Danke fürs Wecken.“ Er nickt mir nur lächelnd zu, bevor er die Tür hinter sich schließt.

Ich springe aus dem Bett und werfe mir in Windeseile ein dunkelgraues T-Shirt über und schlüpfe in eine der abgeschnittenen kurzen Jeans. Aufs Haarekämmen verzichte ich, schließlich warten ja jetzt schon alle auf mich.

„Ich bin fertig“, rufe ich, als ich die Tür meines neuen Zimmers aufreiße.

Nick zuckt zusammen, er hat tatsächlich genau davor auf mich gewartet. „Das ging aber schnell. Ein neuer Rekord würde ich sogar behaupten.“ Er zwinkert mir zu, dann gehen wir gemeinsam in Richtung Küche.

„Es ist schön, dass du jetzt bei uns bist“ unterbricht Nick unser Schweigen. „Für Elena meine ich“, sagt er eilig. Bilde ich mir das nur ein oder wird er ein wenig rot um die Nase herum? „Jetzt hat sie noch ein weiteres Mädchen zur Verstärkung an ihrer Seite", fügt er noch hastig hinzu und starrt auf seine Fußspitzen.

Ich lächle. „Ich freue mich auch, hier zu sein", versichere ich ihm dann und das meine ich auch ganz ehrlich. Auch wenn es am Anfang merkwürdig war, anderen Menschen zu begegnen, so scheint mir Gesellschaft gerade das Beste zu sein, was mir passieren konnte.

Als wir den Raum betreten, in dem die anderen bereits um einen gedeckten Tisch sitzen, wird es schlagartig ruhig um uns herum. Elena sieht natürlich wieder umwerfend aus und ich fahre mir unbehaglich durch meine vom Schlaf verwuschelten Haare. „Guten Morgen", sage ich verlegen.

„Guten Morgen", lächelt mich Gemüse-Lian an. Ich weiß nicht, wieso sich dieser Spitzname so hartnäckig in meinem Kopf festgesetzt hat.

Paul und Elena sagen gar nichts. Letztere würdigt mich nicht mal eines Blickes. Stumm starrt sie auf ihren Teller vor sich, auf dem sich zwei Scheiben Brot mit Marmelade befinden.

Ich setze mich auf einen der freien Plätze und reibe mir verlegen über die Arme. Ich fühle mich fehl am Platz, so als hätte ich sie gestört.

Lian räuspert sich. „Die ist selbst gemacht, bediene dich." Lächelnd schiebt er mir die Marmelade zu und sieht mich auffordernd an.

Ich lächele verkrampft zurück und greife nach dem Glas. Kurz berühren sich unsere Finger, es kribbelt und ich ziehe meine Hand mitsamt Marmelade hastig zurück. Ich bin gespannt, ob der Aufstrich dem meiner Großmutter gerecht werden kann. Der Deckel ist ziemlich fest zugedreht. Ich strenge mich an, so gut es geht, aber er will sich einfach keinen

Millimeter bewegen. „Ich bekomme das Glas nicht auf", muss ich irgendwann kleinlaut eingestehen. Peinlich.

Elena unterdrückt ein Lachen, während Paul seine Arme anspannt. „Gib es mir, ich mach das schon".

Ich esse meine Scheibe Brot und während ich kaue, bleibt es still im Raum.

„Wie hast du geschlafen?", fragt Lian plötzlich in die Stille hinein. Ich weiß nicht, ob dies tatsächlich seinem Interesse geschuldet ist oder ob er die Situation retten will.

„Gut, danke", sage ich. Er nickt. Nach einer kurzen Pause füge ich noch hinzu: „Das Zimmer ist wirklich schön."

„Ja, wir haben es uns hier ganz gemütlich gemacht, finde ich", sagt Nick lächelnd.

„Also, ich bin dafür, dass jemand außer Paul und mir abräumt", sagt Elena, als wir aufgegessen haben. Es ist das Erste, was sie sagt, seit ich den Raum betreten habe. „Wir haben ja schließlich schon gedeckt, während die gute Linn ausschlafen konnte. Nicht wahr, Linn?" Sie lächelt mir künstlich entgegen.

„Ähm klar, ich kann das machen, ich weiß nur gar nicht, wo all die Sachen hingehören", stottere ich - völlig aus dem Konzept gebracht.

„Ich helfe dir", sagt Nick freundlich.

„Ich kann das aber auch machen, ich hab jetzt eh nichts zu tun" meldet sich Lian ebenfalls zu Wort.

„Ist das so?" Nick zieht spöttisch die Augenbrauen hoch. „Ich dachte ja, dass du ein Date mit dem Putzzeug und dem Badezimmer hast."

„Respekt, Bruder, das ist ein Dreier", lacht Paul und klopft ihm sarkastisch anerkennend auf die Schulter.

„Was bitte ist ein Dreier?", frage ich und ernte entgeisterte Blicke. Dann prusten alle gleichzeitig los, bis auf Lian… der schaut die anderen nur finster an. „Das kann ich ja auch danach noch machen", murmelt er vor sich hin, was allerdings im Lachen der anderen beinahe gänzlich untergeht.

„Das könntest du", pflichtet Nick ihm bei und wischt sich eine Lachträne aus dem Augenwinkel, „aber einfacher ist es, wenn du es mal endlich direkt erledigst und nicht immer vor dir herschiebst."

Grummelnd verlässt Lian mit Elena und Paul den Raum. Nick und ich sind jetzt alleine.

„Bitte, lach mich jetzt nicht schon wieder aus, aber was ist ein Dreier?", frage ich und beiße mir verlegen auf die Unterlippe.

Nick zieht eine Augenbraue hoch. „Das weißt du echt nicht?", fragt er, aber es klingt nicht spöttisch, sondern einfach ehrlich erstaunt. Ich schüttele den Kopf.

„Das ist, wenn drei Leute miteinander schlafen", erklärt er dann.

Ich nicke und tue so, als hätte ich nun alles verstanden, auch wenn dies nicht ganz der Fall ist. Es gab Bücher bei uns im Zelt, in denen verliebte Leute miteinander geschlafen hatten, aber irgendwie war das immer so eine Sache gewesen, die man nicht ansprach und darum habe ich mit meiner Großmutter nie darüber geredet. Wieso auch, es gab ja niemanden, in den ich mich hätte verlieben können. Aber jetzt sieht alles anders aus.

„Na, dann legen wir mal los." Nick schnappt sich einen Teller und bringt ihn zum Waschbecken. Ich tue es ihm gleich. „Und... schon angefangen, dich hier einzuleben?", fragt er mich, während wir gemeinsam abwaschen.

„Du und Gem..." Ich stoppe - fast hätte ich meinen albernen Spitznamen ausgesprochen. „Lian", setze ich nach kurzem Zögern wieder an, „ihr seid echt nett zu mir und Paul ist ja auch irgendwie lustig. Das macht es leichter, sich hier wohlzufühlen." Elena lasse ich bewusst unausgesprochen. Ich weiß einfach nicht, wie ich sie einschätzen soll, da sie mir gegenüber bislang irgendwie abweisend reagiert hat und ich kann mir beim besten Willen nicht erklären, wieso.

„Naja, du bist ja auch ziemlich süß, wie könnte man da nicht nett zu dir sein?“, fragt Nick mit einem Zwinkern.

Ich weiß nicht, was ich darauf antworten soll, also schenke ich ihm bloß ein Lächeln, was prompt erwidert wird.

„Deine Großmutter muss sehr stolz auf dich sein“, sagt Nick da unvermittelt.

Ich habe einen Kloß im Hals, wenn ich an sie denke. „Ja, das ist sie. Aber ich bin auch sehr stolz auf sie. Sie hat so viel erreicht und ist die wichtigste Person in meinem Leben. Naja, bis vor Kurzem war sie auch die einzige“, gebe ich zu.

„Dann musst du sie sehr liebhaben“, sagt Nick sanft. Ich nicke. „Ich kann dich total verstehen, mir geht es mit meinem Großvater genauso, er war mein ganzes Leben für mich da und ist mein größtes Vorbild. Ihn zurückzulassen war das Schwerste für mich. Wir haben uns so gut verstanden und hatten immer dieselben Ansichten.“ Er sieht ehrlich betroffen aus und darum gehe ich zu ihm und streichle ihm über den Rücken. Er zuckt kurz zusammen, als meine Finger ihn berühren, dann zieht er mich näher zu sich und schließt mich in eine feste Umarmung ein. Es fühlt sich irgendwie gut an, kribbelig, aber schön und ich will nicht, dass es aufhört.

Da wird die Küchentür aufgerissen. „Habt ihr es mal langsam? Wir wollen los!“ Eine genervte Elena steht im Türrahmen und wippt ungeduldig mit den Füßen auf und ab.

„Wir sind gerade fertig geworden“, erwidert Nick knapp und hängt das nasse Handtuch zum Trocknen auf.

„Wohin geht ihr denn?“, frage ich.

„Du meinst wohl, wohin wir alle gehen“, lacht Nick.

„Na, zum See, du Dummerchen, da haben wir doch eben beim Frühstück drüber geredet.“ Elena verdreht genervt ihre Augen und scheint wohl völlig auszublenden, dass - als ich dabei war - beim Frühstück gar nicht mehr geredet wurde. „Und jetzt los, sonst ist die Sonne weg.“ Also machen wir uns auf den Weg zu besagtem See.

„Es ist schön hier“, staune ich.

„Und weißt du, wie es noch schöner wird?“, fragt mich Nick. Ich schüttele den Kopf.

„Nein… wie?“

„Na, wenn du endlich auch ins Wasser kommst und nicht nur am Ufer stehen bleibst“, lacht er.

„Ich finde es hier schön genug“, erwidere ich.

Nick zieht eine Augenbrauche hoch, greift nach meiner Hand und will mich ins Wasser ziehen. Ich schreie auf und reiße ihm meinen Arm aus der Hand.

„Was ist los?“ Lian kommt angeschwommen.

„Ich will einfach nicht ins Wasser“, sage ich kleinlaut. „Aber Nick ist das egal.“

„Stimmt“, grinst dieser.

„Du kannst sie doch nicht einfach zwingen“, knurrt Lian.

„Ach, komm schon, das sollte doch witzig sein.“ Nick hebt beschwichtigend beide Hände. „Ich gehe jetzt schwimmen und würde mich sehr über deine Begleitung freuen.“ Er zwinkert mir zu, bevor er ins Wasser springt und untertaucht, um zu Elena und Paul zu schwimmen.

„Was ist denn wirklich los?“, will Lian nun von mir wissen.

„Ich habe keine Schwimmsachen dabei“, sage ich wenig überzeugend.

Mein Gegenüber lacht. „Na und? Wir doch auch nicht.“ Er zeigt grinsend auf seine Boxershorts und mein Blick wandert unwillkürlich zu seinen durchtrainierten, aber nicht zu extremen Bauchmuskeln. Okay… wow.

„Also?“, unterbricht er mein Starren.

„Also was?“, frage ich verwirrt und peinlich berührt.

„Also was ist der wahre Grund?“

Ich zögere. „Ich kann nicht schwimmen." Wir schweigen.

„Soll ich es dir zeigen?", fragt Lian dann unvermittelt.

Ich schlucke… es ist irgendwie beängstigend. „Beim nächsten Mal gerne", antworte ich und will mich abwenden und irgendwo ans Ufer setzen.

„Warte!" Er hält mich zurück. „Ich lasse dich doch jetzt nicht hier alleine rumsitzen."

„Aber du wolltest doch auch schwimmen gehen", werfe ich ein.

„Das kann ich auch beim nächsten Mal", grinst er.

„Danke!", sage ich glücklich. Und zusammen setzen wir uns ins Gras und schauen den anderen beim Planschen zu.

***

So langsam habe ich mich hier eingelebt. Es sind schon mehrere Wochen verstrichen und auch der Spätsommer neigt sich dem Ende zu. Ich vermisse meine Großmutter so sehr; es fühlt sich so an, als könnte ich keinen Tag länger ohne sie auskommen. Manchmal habe ich das Gefühl, dass Elena mein Heimweh spürt, denn immer öfter ruhen ihre Blicke teils mitleidig, teils verständnisvoll auf mir. Mich regen sie auf, soll sie sich doch um ihre eigenen Angelegenheiten kümmern, anstatt mich ständig so anzustarren. Und trotzdem… ich würde gerne noch einmal zurückgehen und meine Großmutter in die Arme schließen, sie ganz fest drücken und nie wieder loslassen. Und als ich Nick davon erzähle, versteht er mich sofort und macht mir eine riesige Freude. Wir gehen meine Großmutter besuchen.

„Wir müssen nur unsere monatliche Nachtwanderung machen, bevor es losgehen kann", sagt Paul.

„Es ist wahrscheinlich gar nicht so schlecht, das jetzt zu machen, dann können wir wenigstens sicher sein, dass die Luft rein ist, wenn wir uns auf den Weg machen", stimmt Lian ihm zu und auch Nick ist einverstanden. Selbst Elena zeigt zum ersten Mal wirklich Mitgefühl für mich. Vielleicht hofft sie aber auch einfach nur, mich wieder loszuwerden, indem sie zustimmt, meine Großmutter besuchen zu gehen.

„Die übliche Route?", fragt Paul, als wir am Abend bereit an der Haustür stehen. Sie haben mir erklärt, dass sie bei Nacht die Kontrollgänge machen und dies einmal im Monat, weil man sich im Dunkeln besser tarnen kann und sie sich weit von ihrem Zuhause wegbewegen, um wirklich sicher zu sein, dort immer noch unentdeckt geblieben zu sein.

„Es wird die ganze Nacht dauern", warnt mich Nick vor und reicht mir eine Thermoskanne mit Kaffee. „Hier, damit du nicht einschläfst." Ich nehme sie dankbar entgegen.

Elena zieht ihren Schal fester; nachts ist es im Wald ziemlich kühl. Sie blickt mich an und scheint zu überlegen. Schließlich fragt sie mich: „Soll ich dir ein Halstuch von mir ausleihen?" Und sie sieht dabei so aufrichtig freundlich aus, dass ich ganz verwirrt bin.

„Gerne", gebe ich zurück und bin immer noch überrascht, als sie mir den Schal tatsächlich nur um den Hals legt und nicht versucht, mich damit zu erwürgen.

Kleine Äste knacken unter unseren Füßen und der Wind raschelt durch die Blätter der Baumkronen, ansonsten ist es still. Ab und zu hört man eines der nachtaktiven Tiere durch den Wald rufen. Von uns macht niemand ein Geräusch, wenn es nicht sein muss. Anfangs schleichen wir noch und versuchen, möglichst keine Spuren zu hinterlassen, doch je später es wird, desto müder und unachtsamer werden wir. Paul gähnt laut.

„Leise!", kommt es von Nick, Elena und Lian gleichzeitig. Doch keine fünf Minuten später muss Elena gähnen und auch, wenn sie dies sehr viel eleganter und leiser macht, müssen wir uns eingestehen, dass es wirklich sehr spät geworden ist.

„Können wir zurückgehen?", fragt Lian flüsternd, nachdem wir noch eine halbe Stunde hintereinander hergetrottet sind. Und niemand antwortet mit einem aufgebrachten „Leise!"; stattdessen lassen alle ein zustimmendes Gemurmel erklingen.

„Ich war noch nie in meinem Leben so müde", gähne ich, als wir endlich am Haus angekommen sind.

„Und ich muss den Scheiß jeden Monat durchziehen", murmelt Elena schläfrig.

„Du hast deinen Kaffee ja gar nicht getrunken", wundert sich Lian, als er meine volle Thermoskanne aus dem Rucksack zieht.

„Oh", murmle ich, „den habe ich vergessen."

„Kein Wunder, dass du auf dem Rückweg quasi schon geschlafen hast", lacht Nick, der wieder erstaunlich wach zu sein scheint.

„Wie machst du das nur?", wundert sich Elena und piekst ihm in die Wange. „Wieso bist du so wach?" Sie gähnt ausgiebig.

„Oh man, Elena, immer wenn du müde bist, wirkst du absolut besoffen." Paul lacht vor sich hin. Sie schaut ihn böse an und macht ein paar halbherzige Versuche, ihn zu hauen, schlägt aber nur in die Luft, ohne dass er ihr hätte ausweichen müssen.

„Ab ins Bett mit dir", grinst Nick und schiebt sie in die entsprechende Richtung. „Gute Nacht, Leute", verabschiedet er sich. Und bevor er sich ganz umdreht und geht, wirft er mir noch einen lächelnden Blick zu, was von Lian mit einem leisen, aber ärgerlichen Grunzen kommentiert wird.

„Ich muss pinkeln", ertönt es nicht besonders poetisch, dafür umso leidender von Paul. Und schon ist er verschwunden.

„Er sollte weniger Kaffee trinken", grinst Lian. „Der läuft direkt durch." Ich erinnere mich daran, dass Paul bei unserer

Wanderung auch diverse Male hinter Bäumen verschwunden ist. Ich grinse ebenfalls.

„Elena findet diese Nachtschichten nervig und unnötig", sagt Lian.

„Aha", sage ich wenig geistreich.

„Sie sind ja auch etwas anstrengend", füge ich noch hinzu. Ein wenig kommt es mir so vor, als wollte er noch nicht „Gute Nacht" sagen. Wir stehen noch immer im Flur vor der Haustür.

„Wollen wir vielleicht irgendwo hingehen, wo es etwas wärmer ist?", frage ich und schaue auf meine Arme.

„Du siehst aus wie ein Teddybär", bewundert Lian meine Gänsehaut. Ich weiß nicht, ob ich das gut oder peinlich finden soll. Vorsichtshalber verstecke ich meine Arme hinter meinem Rücken, aber er greift nach ihnen und zieht sie zu sich, womit er auch mich näher zu sich zieht. Und auf einmal bin ich wieder hellwach. Niemand sagt etwas, wir stehen einfach nur da und schauen uns nicht einmal in die Augen. Meine Arme befinden sich noch immer in fremden Händen. Wir schweigen und es ist irgendwie seltsam. Dann lässt er mich los und ich kann nicht sagen, ob ich das gut oder schlecht finde. Nun deutet Lian den Gang entlang. „Drüben ist es wärmer." Ich nicke und folge ihm.

„Ein Glas Wasser?", fragt mein Begleiter und steuert - ohne meine Antwort abzuwarten - auf die Küche zu. Aber ich hätte ohnehin nichts dagegen einzuwenden gehabt. Er hält mir ein Glas hin und ich nehme es dankend an. Dann setzen wir uns an den Küchentisch.

„Freust du dich schon darauf, deine Großmutter wiederzusehen?", fragt Lian mich.

„Natürlich", nicke ich heftig. „Es gibt - seit ich von ihr weggegangen bin - keinen Tag, an dem ich nicht an sie denke und sie vermisse. Und in den letzten Tagen ist es immer schlimmer geworden. Ich möchte wieder von ihr gekuschelt werden.“ Mein Herz fühlt sich auf einmal so eng und schwer an, wie ein bleierner Klumpen.

„So lange, bis wir noch nicht da sind, kann ich dich ja in den Arm nehmen“, schlägt mein Gegenüber schüchtern vor. „Also, ich bin wahrscheinlich nicht mal annähernd so gut wie sie und auch nur, wenn du willst“, beeilt er sich zu sagen.

„Einen Versuch ist es wert“, antworte ich eben so schüchtern. Und dann wechselt er den Stuhl, setzt sich neben mich und legt einen Arm um mich. Ich bin so müde und daher kuschele ich mich an seine Brust. Ich könnte sofort einschlafen, wenn da nicht dieses komische, hibbelige Gefühl in meinem Bauch wäre. Ich werde doch wohl nicht krank?

„Wieso hat dich Nick eigentlich einen Brokkoli genannt, ganz am Anfang?“, frage ich und gähne.

„Brokkoli?“, kommt es entgeistert zurück.

Ich nicke verschlafen. „Ja, er hat gesagt: und der Brokkoli da ist Lian, oder so ähnlich.“ Ich gähne noch einmal. „Vielleicht war es auch ein anderes Gemüse?“, überlege ich laut. „Sellerie? Nein. Hmm… keine Ahnung. Seitdem bist du für mich jedenfalls Gemüse-Lian.“ Ich weiß nicht, ob er mich entgeistert oder belustigt anschaut, denn meine Augen sind mittlerweile zugefallen und ich bekomme sie einfach nicht mehr auf.

„Meinst du Lauch?“

Ich nicke schwach und er lacht. „Du bist witzig, Linn!“ Seine Erklärung bekomme ich nur noch so halb mit, irgendwas mit wenigen Muskeln, was nicht unbedingt zu dem Oberkörper passt, den ich am See gesehen habe. Höchstens im Vergleich zu Paul.

Nach einer Weile bin ich wohl eingenickt, denn ich kann mich am nächsten Morgen nicht mehr daran erinnern, den Weg von der Küche in mein Bett gemeistert zu haben. Ich weiß absolut nicht, wie spät es ist, als ich es endlich schaffe, das warme und kuschelige Bett zu verlassen und verschlafen im Gemeinschaftsraum zu erscheinen. Nick und Elena sitzen auf dem Sofa und spielen ein Brettspiel, dass ich nicht kenne. Sie bewegen kleine schwarze und weiße Figuren auf einem karierten und quadratischen Feld hin und her. Paul sitzt daneben und schaut zu.

„Wie könnt ihr euch nur merken, wie diese ganzen Türme, Könige und wer weiß, was es da noch alles gibt, gespielt werden müssen?", fragt er und starrt konzentriert auf das Brett.

„Weil es nicht so kompliziert ist, wie du denkst", sagt Elena genervt und setzt eine der kleinen weißen Bauern ein Feld vor.

„Das war nicht besonders klug", kommentiert Nick ihren Zug und versetzt eine schwarze Figur, die wie ein Pferd aussieht, und nimmt danach eine der weißen vom Brett.

Elena flucht. „Paul lenkt mich die ganze Zeit ab."

„Gar nicht wahr", ruft dieser.

„Guten Morgen", mache ich mich da endlich bemerkbar. Alle schauen auf.

„Es ist zwar eher Mittag, Süße, aber trotzdem guten Morgen." Elena grinst, dann wendet sie sich wieder dem Spiel zu. Auch Nick grinst und sein Blick wandert an mir entlang. Erst da fällt mir auf, dass ich nur ein T-Shirt trage. Peinlich berührt ziehe ich den Saum nach unten und verabschiede mich möglichst schnell unter dem Vorwand, frühstücken zu wollen. In der Küche treffe ich auf Lian, nachdem ich mir eine Hose angezogen habe, wofür ich in dem Moment dann auch recht dankbar bin.

„Morgen", begrüßt er mich fröhlich.

„Du hast mich gestern Abend ins Bett gebracht?", frage ich und er nickt. „Dann hast du mich ausgezogen?", erkundige ich mich und ziehe meine Augenbrauen verärgert zusammen. Er hebt beschwichtigend die Hände.

„Nur den Pullover und die Jeans. Ich habe dich nicht nackt gesehen - keine Sorge."

„Oh, wie beruhigend, danke", kommentiere ich seine Antwort sarkastisch.

„Ich dachte, das wäre bequemer", entschuldigt er sich.

„Danke", sage ich. „Ich war wohl einfach noch nicht richtig wach heute Morgen und bin deshalb ohne Hose hier rumgelaufen und den anderen begegnet."

„Ach, ist doch nicht schlimm, du sahst bestimmt super aus." Lian verkneift sich ein Grinsen.

„Was heißt hier bestimmt?", frage ich empört. „Du hast das doch gestern Nacht auch gesehen."

Er wird rot. „Ja, okay, du siehst sehr gut aus ohne Hose." Er denkt über das Gesagte nach und wird noch einen Tick röter.

Ohne Kontext ein sehr komischer Satz. Ich fange an zu lachen und mein Gegenüber stimmt mit ein.

„Frühstück?", fragt er und ich nicke. Wie zur weiteren Bestätigung fängt mein Magen an zu knurren.

„Sehr gerne, Lian".

Er schaut mich gespielt entrüstet an. „Gemüse-Lian, wenn ich bitten darf."

Ich frage mich noch, wann ich ihm davon erzählt habe, aber dann lacht er bereits und ich stimme ein.

Chapter 7

Linn

Heute ist es soweit, ich werde wenigstens für eine kurze Zeit zurück bei meiner Großmutter sein. Und alle werden mich begleiten.

Wir treten aus der Tür, welche mit einem leisen Klicken hinter uns ins Schloss fällt. Vor lauter Vorfreude drehe ich mich lachend und mit ausgebreiteten Armen im Kreis. Dann hopse ich voraus. Die Strecke ist lang, doch mir erscheint sie noch länger, da die Sehnsucht mit jedem Schritt, dem wir meinem Ziel näherkommen, wächst. Und darum habe ich nichts gegen ein kleines Wettrennen durch das hohe Gras einzuwenden. Zum zweiten Mal an diesem Tag breite ich fröhlich meine Arme aus, um beim Rennen mit den Fingern über die Grasspitzen zu streichen. Ich könnte sie alle überholen, so langsam wie sie sind - bis auf Lian vielleicht. Doch mir geht es nicht um den Sieg, sondern darum, den Moment mit all seiner Schönheit einzufangen. Alles schimmert golden im Licht der untergehenden Sonne; es lässt mich kurz verharren. Irgendwann reiße ich mich von dem Anblick los und fange endlich an, wirklich zu rennen. Ich presche los und kann die anderen schnell einholen. Die Strecke ist lang und ich gewinne die Führung. Der Wind pfeift in meinen Ohren, als ich noch ein kurzes Stück weiter renne, bis ich mich in einen gemütlichen Trab fallen lasse.

Eine Weile lang geht es bergauf und ich denke mir gerade, dass es nicht steiler werden darf, als uns eine Felswand zum Anhalten zwingt. Ich war auf dem Weg hierher mehrmals ausgerutscht und mir tat alles weh. Jetzt stehe ich hier - mit in den Nacken gelegten Kopf - und starre die steile Wand mit all den scharfen Vorsprüngen hinauf. Wieso wir nicht durch den Wald gegangen sind, ist mir rätselhaft. Von wegen Abkürzung denke ich und lasse mich frustriert auf den Boden sinken. „Nur ein bisschen Kraft tanken", murmle ich erschöpft und streiche mir das verschwitzte Haar aus der Stirn. Erfreut stelle ich fest, dass auch Elena mal nicht ganz so perfekt aussieht. Dann schließe ich meine Augen. Als ich sie nach einem gefühlten Wimpernschlag wieder öffne, ist es dunkel geworden.

Elena und Lian schlafen, ich liege unter einer großen Jacke auf dem Boden und Nick sitzt ohne am Feuer.

Ich stehe auf und gebe sie ihm mit einem Lächeln zurück. „Danke, aber du kannst sie wiederhaben - mir ist überhaupt nicht mehr kalt und sonst frierst du!" Dann setze ich mich zu ihm und stecke meine Hände den Flammen entgegen. Trotz der Wärme des Feuers ist mir kalt und als Nick meine Gänsehaut sieht, welche ich - wohl ohne Erfolg - versucht hatte, vor ihm zu verstecken, gibt er mir die Jacke mit einem Grinsen zurück. „Das sehe ich, wie sehr dir überhaupt gar nicht mehr kalt ist."

Ich nehme verlegen, aber dankend an und lege sie über meine Schultern. Er zieht mich zu sich ran und erlaubt mir, mich an ihn zu lehnen.

„Du bist wie ein großer Bruder für mich, den ich nie hatte, weißt du das?"

Seine Mundwinkel heben sich ganz leicht, doch seine Augen bleiben seltsam kalt, so als könnte er sich nicht ganz über dieses Kompliment freuen. Ich weiß nicht, warum er dieses

Lachen abschwächen möchte und mir nur ein kleines Lächeln zugesteht.

„Ich habe dich sehr gern, Linn“, sagt er leise und es hört sich fast traurig an.

„Ist alles ok?“, frage ich ihn, doch er antwortet nicht, sondern wechselt schnell das Thema. Er berichtet von seinem Leben in der dunklen Stadt, wie schwer seine Flucht war, weil sie verraten worden waren und wie sich letztendlich alles zum Guten gewendet hat. Wenn ich jemals in einer vollständigen Familie aufgewachsen wäre, so müsste mein Bruder wie Nick sein. Ich habe ihn lieb und bin ihm auch gar nicht mehr böse, weil er diese Abkürzung vorgeschlagen hat. Es dauert nicht lange, da färbt sich der Horizont orangerot und die Sonne geht langsam auf. Nach einem notdürftigen Frühstück geht es einigermaßen gestärkt weiter. Oder in dem Falle hoch hinaus, hinauf in die Felswand

Der Felsen leuchtet hell im Licht der aufgehenden Morgensonne und zeigt uns, dass ein langer und mühsamer Weg bevorsteht, bis wir den oberen Rand erreichen werden. Ich drücke meine Fußspitzen in den Stein und versuche, es Elena gleichzutun, die flink wie ein Wiesel die Steinwand hochgeklettert ist. Meine Finger tasten - nach Vorsprüngen suchend - den kühlen Fels entlang. Ich darf keinen Fehler machen, dafür bin ich schon zu weit oben. Ich grabe meine Nägel noch tiefer in den vermeintlich sicheren Untergrund und löse langsam einen meiner Füße, um meinen Aufstieg fortzusetzen. Als ich ihn wieder abstellen will, bröckelt es unter mir und eine Sekunde später klammere ich mich nur noch mit den Händen, welche langsam, aber sicher abrutschen, an die Wand. Ich zittere und schweißüberströmt hänge ich hier und merke, dass ich es ganz sicher nicht mehr lange schaffen werde, mein Gewicht zu halten. Ich werde fallen, in die Tiefe stürzen und nicht mehr aufstehen. Mir schießt ein Bild durch den Kopf, von der

Zeit gezeichnet. Mit vielen kleinen Lachfältchen um die Augen, aber auch den ernsten Stirnfalten, welche sich beim stundenlangen Nachdenken bilden. Ein vertrautes Gesicht, umrahmt von ergrautem, fast weißem Haar. Großmutter! Ich kann es nicht ertragen, sie nie wiederzusehen. Ich werde es zu ihr schaffen, ich muss einfach, ich muss. Mit neuer Kraft ziehe ich mich hoch und suche nach Trittmöglichkeiten. Von oben packt mich Elena, nachdem ich ihr meinen linken Arm hingehalten habe, was mich einige Überwindung gekostet hat, da ich den vermeintlich sicheren Stein nicht loslassen wollte, und zieht mich hoch. Sie hat nur geschnaubt, als ich ihr erklärt habe, dass ich nicht vorhatte, hier hinunterzufallen und dass ich deshalb auch nicht loslassen würde, was ich letztendlich aber doch getan habe, da ein peinliches Schweigen entstanden ist und ich keine Kraft zum alleinigen Weiterklettern mehr besessen hatte.

Nach mir kletterten Lian und Paul vergleichsweise schnell zu uns hinauf. Nur Nick scheint Probleme mit dem Aufstieg zu haben. Immer wieder rutscht er an der porösen Steinwand ab und kann sich nur noch in letzter Sekunde an irgendeinen nahgelegenen Vorsprung klammern, um sich aufs Neue hochzuziehen und den Schwierigkeiten die Stirn zu bieten. Sein verbissener Blick, welcher krampfhaft versucht, seine angsterfüllten Augen in den Hintergrund zu stellen, jagt mir einen Schauer über den Rücken. Er streckt uns einen Arm entgegen, doch er befindet sich noch zu weit unten und seine Fingerspitzen berühren nicht einmal die von Paul, der sich bäuchlings auf den Boden gelegt hat und zum Abgrund vorgerutscht ist, um nach ihm zu greifen.

„Holt einen langen Ast“, brüllt Nick uns zu und wir vier drehen uns um und rennen panisch auf die nahegelegenen Bäume zu.

„Ich habe einen", ruft Paul und zusammen geht es zurück zum Abgrund. Doch Nick hängt nicht mehr dort. Die Zeit zieht sich endlos hin, bevor ich begreife, was soeben passiert ist. Während Nick schon in gekrümmter Haltung am Boden liegt, realisiere ich erst, dass sich seine zweite Hand vom Felsen gelöst haben muss und er vermutlich mit vor Schreck geweiteten Augen nach hinten rübergekippt ist. Für mich fühlt es sich einfach nur unwirklich an. Ich habe keinen Aufprall gehört und doch sehe ich ihn dort unten liegen, fast so, als würde er schlafen. Ich schreie. Tränen rinnen mir über die Wangen, mein Brustkorb drückt sich zusammen, ich bekommen keine Luft mehr, ich werde ersticken…

„So etwas kann kein Mensch überleben, Elena, denk doch mal nach… das sind über 30 Meter an dieser Stelle", ertönt Lians krampfhaft beruhigende Stimme „Wir müssen Abschied nehmen, jeder von uns, es ist für alle schwer!"

„Aber für uns ist es schwerer als für sie!", kreischt sie und deutet auf mich. „Sie hatte ja kaum Zeit, ihn kennenzulernen", nehme ich Elenas hysterische Worte wahr.

„Leise", versucht es Lian erneut, „es wird alles wieder gut, vertraue mir. Seien wir einfach froh, dass wir, Linn eingeschlossen, ihn überhaupt kennenlernen durften."

Paul sagt gar nichts, er sitzt einfach nur da, den Kopf in seinen Händen vergraben und es dringt kein Laut über seine Lippen. Jeder hat seine eigene Art, mit Trauer umzugehen.

„Jetzt hör auf zu weinen", meldet sich Lian wieder zu Wort. „Denk an die positiven Dinge, zum Beispiel daran, dass wir deine Granny besuchen gehen. Die Verlorenen werden ein anderes Mal betrauert." Er scheint alles so gut verdrängen zu können, dass es schon fast so wirkt, als wäre er nicht so betrübt wie wir anderen. Aber das kann nicht sein, vielleicht ist es einfach nur seine Art, den Schmerz erträglicher zu machen, wenn er ihn verdrängt. Erst jetzt geht mir auf, dass er mit mir gesprochen hat und das mir immer noch ganze Sturzbäche übers Gesicht laufen. Werde ich wohl je wieder damit aufhören können, wenn ich es nicht einmal kontrollieren kann und es einfach ununterbrochen aus mir herausbricht? Ein dicker Kloß sitzt in meinem Hals und ich kann nicht sprechen, ihnen nicht sagen, wie leid es mir tut.

„Es ist meine Schuld", presse ich erstickt hervor.

„Was redest du da?", fragt mich Lian entgeistert. „Du kannst nichts dafür!" Er wischt mir mit seinem Ärmel die Tränen weg.

„Doch", flüstere ich. „Nur meinetwegen sind wir unterwegs. Wären wir doch nur einfach bei euch geblieben." Ich schluchze laut auf und die Tränen beginnen von Neuem zu fließen.

Jetzt gesellt sich auch Paul zu uns und legt eine Hand auf meine Schulter. Mit der anderen streichelt er noch immer Elenas Arm. „Niemand kann etwas dafür und du schon mal gar nicht", sagt er und versucht, dabei beruhigend auszusehen, denke ich. So genau lässt sich das durch den Tränenschleier nicht erkennen.

Elenas wütendes Gesicht ist allerdings trotzdem gut zu erkennen. „Sie hat recht... wären wir einfach zu Hause geblieben, wäre nichts passiert." Sie kreischt und schluchzt in einem und holt immer wieder hektisch Luft. Paul zieht sie von Lian und mir weg und beginnt, leise auf sie einzureden. Dann nimmt er sie in den Arm und ihre Schluchzer werden langsam weniger.

Ich sitze wie erstarrt auf dem Boden und kann mich nicht daran erinnern, wie ich hier runtergekommen bin.

Lian rückt ein Stück näher an mich heran. „Hör nicht auf sie, sie ist einfach nur traurig, wie wir alle und weiß nicht, was sie da sagt." Wir sitzen noch eine Weile Arm in Arm nebeneinander, bis die Tränen nicht mehr laufen und mich nur noch kleine Schluchzer schütteln. Vielleicht ist es gar nicht so schlecht, nicht nur daran zu denken, wie grausam das Schicksal sein kann, sondern die schönen Momente zu genießen, die es uns geschenkt hat.

***

Ich blicke nicht zurück, als wir aufbrechen. Ich kann es nicht ertragen, ihn noch einmal dort unten liegen zu sehen. Wir haben ihm jeder eine Blume hinuntergeworfen und ein paar Worte gesagt. Runtersteigen und den gefährlichen Aufstieg ein weiteres Mal riskieren konnten wir nicht. Paul stand einfach nur da und hat hinuntergestarrt, bis Lian ihn weggezogen hat und ich habe mich für unsere schöne Zeit bedankt, für all die schönen und aufmunternden Momente, die er mit mir verbracht hat. Ich werde ihn vermissen, obwohl ich ihn nicht lange kannte, das ist klar, aber ich werde auch lernen, mit dem Schmerz umzugehen. Ich werde es müssen!

Lian stellt sich mit einem leichten Lächeln neben mich: „Wie stellst du dir das Sterben vor?“, fragt er mit weicher Stimme.

„Ich denke, sterben ist wie einschlafen, nur das man nicht mehr aufwacht. Man befindet sich für immer in dieser Tiefschlafphase, gefangen in etwas, an das man sich am nächsten Morgen nicht mehr erinnern kann. Aber in diesem Fall wird es keinen nächsten Morgen mehr geben.“ In meinem Herzen verankert sich diese Sichtweise. Natürlich ist mir klar, dass es niemand wirklich wissen kann, aber ich weiß auch, dass sich jeder selbst ein Bild vorstellen sollte, mit dem er glücklich ist und an das er glaubt. Nur so kann man wirklich Abschied nehmen.

Wir gehen immer noch, obwohl der Himmel sich schon längst dunkel gefärbt hat und die Bäume schwarze Silhouetten in die ohnehin schon dunkle Nacht zeichnen. Wir laufen. Nebelschwaden winden sich über den Boden und umgeben meine Füße. Bei jedem Schritt werden die dichten Wolken aufgewirbelt. Ich kann fast nichts mehr sehen und muss mich auf die Stimmen der anderen konzentrieren. Ich taste nach einer Hand und finde sie schließlich. Ich greife nach ihr und lasse sie nicht mehr los. Kurz darauf werde ich in eine Richtung gezogen und stolpere hinterher. Dabei trete ich in eine der unzähligen Pfützen, die den holprigen Waldweg zieren. Matsch spritzt und Wasser läuft mir in den Schuh. Fluchend entziehe ich der Person meine Hand wieder, um das Gröbste noch zu retten. Ich kippe meinen Schuh aus und merke, dass es da sonst nichts mehr zu retten gibt. Als ich dann wieder nach der Hand greifen möchte, ist sie verschwunden.

Ich rufe, bekomme jedoch keine Antwort. Wo sind sie nur alle und wo bin ich? Ich lausche in die vernebelte Nacht hinein, doch außer dem Rascheln der Baumkronen und dem Pfeifen des Windes ist nichts um mich herum zu hören. Plötzlich wird alles noch schwärzer, ich fühle mich blind und schutzlos, kann mich nur noch langsam und orientierungslos vorwärts tasten. Dann falle ich, schließe die Augen für einen Moment und somit meinen Geist von der Außenwelt ab und schreie ein letztes Mal um Hilfe, bevor ich mich einfach auf dem Boden zusammenrolle, warte und hoffe, dass mich jemand findet.

Als mich jemand packt und hochreißt, werde ich unsanft aus meiner Gedankenwelt gerissen und in die Wirklichkeit zurückgeholt. Das Licht einer Taschenlampe blendet mich und lässt mich nur blinzelnd ein vertrautes Gesicht erkennen. Paul. Erleichterung durchflutet mich, ein irrationales Lachen bricht aus mir heraus, so wunderschön ist dieser Moment. Ich springe auf und klammere mich an Paul, ich bin einfach nur so unendlich froh, ihn zu sehen.

„Wo sind die anderen?", frage ich und die Erleichterung schwingt immer noch in meinen Worten mit.

Er drückt sich kurz an mich, schiebt mich dann aber weiter von sich weg. „Wo warst du? Wir haben uns Sorgen gemacht. Du musst bei so einem Nebel in unserer Nähe bleiben. Wenn du noch einmal verschwindest, können wir die Reise hier knicken und wir blasen alles ab. Dann gehts wieder ganz schnell zurück nach Hause."

Ich ziehe den Kopf ein, eine Gänsehaut lässt sich nicht vermeiden. Wenn ich nicht bei den anderen war, dann gehörte diese Hand wohl auch nicht zu ihnen. Ich verkrampfe mich. Sie kam mir so seltsam vertraut vor, als hätte ich ihren Besitzer gut gekannt. Meine Faust wandert in Richtung Hosentasche, so als wollte ich sie vor den Blicken der anderen schützen; aus Angst, dass mich irgendetwas an ihr verraten könnte. Ohne Worte stapfe ich hinter Paul her, es ist mir unangenehm, dass ich mich auflesen lassen musste. Trotz der herzlichen Begrüßung der zwei Zurückgebliebenen fällt es mir schwer, mir ein Lächeln abzuringen. Doch es fällt keinem weiter auf. Kopflos und fast blind setzen wir unsere Reise fort, doch diesmal achte ich darauf, keinen Fehler mehr zu begehen und keinen mehr aus meinem Blickwinkel zu lassen. Ich habe schon zu viel Zeit vertrödelt, indem ich scheinbar kopflos und von den anderen getrennt in eine ganz falsche Richtung gestolpert bin. Aber ich war doch nicht alleine. Oder doch?

Auch wenn ich es für unmöglich gehalten habe, wird der Nebel noch dichter. Wie eine undurchdringbare Mauer baut er sich vor uns auf und nimmt uns unseren letzten Rest Sehkraft. Mit ihr schwindet unsere Motivation, weiterzugehen. Der Nebel weicht diese Nacht keinen Zentimeter von uns, er ist ein ständiger Begleiter und umhüllt mich wie eine schützende Decke. Trotzdem fühle ich mich schutzlos, als ich die Augen schließe und der Schlaf nach mir greift.

Eine Hand, ausgestreckt mit faltiger Haut und blass, so als hätte sie lange kein Sonnenlicht mehr zu sehen bekommen, streicht mir über die Wange. Langsam tritt die alte Frau aus dem Nebel auf mich zu. Ihre Augen kommen mir seltsam bekannt vor, sie sind dunkelblau und von silbrigen Flecken durchzogen. Der Rest ist völlig fremd. Wenn ich sie ansehe, ist es so, als schaue ich in einen Spiegel. Einen Spiegel, in dem die Zeit keine Rolle spielt. Wenn ich das bin, dann müssen viele Jahre verstrichen sein. Wer weiß, was ich in dieser langen Zeit so alles erlebt habe. Sind all meine Träume in Erfüllung gegangen? Mir ist ein wenig mulmig zumute, mein um Jahrzehnte gealtertes Ich vor mir stehen zu sehen. Wir starren uns beide fasziniert an. Vielleicht erinnert sie sich gerade an die Zeit, als sie so jung war wie ich. Werde ich dann noch wissen, dass ich Nick so unglaublich gerne hatte und wie unsagbar traurig ich wegen seines Todes in genau diesem Augenblick bin? Anscheinend nicht, denn mein Spiegelbild lächelt mir nur freundlich mit leuchtenden Augen entgegen.

„Endlich habe ich dich gefunden, mein Kind", flüstert die alte Frau mit heiserer Stimme.

Nein, dies ist nicht meine Stimme, merke ich mit leicht verwirrtem Ausdruck im Gesicht, wie mir kurz darauf zu verstehen gegeben wird. Denn die Frau lächelt nun umso breiter, ja es ist fast ein Grinsen, welches sich da auf ihr faltiges, aber auf außergewöhnliches Weise immer noch wunderschönes Gesicht stiehlt.

„Ich bin Jolina, mein liebes Mädchen", setzt sie wieder an.

Sie ist nicht ich. Natürlich, meine Augen sind auch nicht dunkelblau, sondern grau. Lediglich diese silbrigen Flecken haben wir gemeinsam. Es ist ein langer Weg von meinem eigenen, aber deutlich älteren Selbst zu dem einst so jungen Mädchen, welches Tagebuch schrieb. Und doch es scheint wahr zu sein, aber es ist auch so unglaublich. Sie müsste doch längst gestorben sein.

„Ich weiß, wer du bist", setze ich mit zitternder Stimme an. „Ich habe dein Tagebuch gelesen, also jedenfalls einen Teil davon und jetzt habe ich eine sehr große und wichtige Frage."

Sie unterbricht mich und lächelt wissend. „Das ist ein Thema, welches ein andermal Gehör findet. Ich bin heute Nacht hergekommen, um dich zur Rückkehr zu bewegen. Es ist nicht nur ein Rat, den du befolgen solltest. Es ist weitaus mehr, als du dir jetzt noch vorstellen kannst. Ich habe gesehen, wie es in der dunklen Stadt zugeht und viel mehr herausgefunden als die meisten anderen Eingeweihten dort. Es ist kein Ort für junge Mädchen, vor allem kein Ort für jemanden wie dich und deine Begleitung. Noch nicht. Ihr müsst noch warten, bis die Zeit reif ist, also kehrt um", fügte sie mit ernstem Blick hinzu. „Ihr werdet keine zweite Chance bekommen, so wie ich damals. Sie werden sich den Fehler nicht eingestehen, dafür sind sie viel zu hochmütig, aber sie werden ihn kein zweites Mal begehen."

Ich verstehe sie nicht, keiner hat ihr etwas davon erzählt, dass wir in die dunkle Stadt wollen. Ich hatte bis jetzt nicht einmal daran gedacht. Alles, was ich wollte und auch immer noch möchte, ist zu meiner Großmutter zu gelangen und nicht einmal der seltsamste Traum würde mich davon abhalten. Jolina mustert mich eindringlich und ich bekomme das Gefühl, dass sie bis in meine Seele und noch viel weiter schauen kann. Wenn ich ein Geheimnis hätte, von dem selbst ich noch nichts weiß... ich bin mir sicher, dass sie dies jetzt kennt.

Die alte Frau grinst noch einmal und öffnet den Mund: „Selbst, wenn du es jetzt noch nicht vorhast, so bin ich mir sicher, dass du es trotz meiner Warnung tun würdest, sobald sich dir ein Gedanke in den Kopf gesetzt hat. Du bist genau wie ich und ich kenne mich gut."

Es ist seltsam, aber ich glaube ihr jedes Wort und mich beschleicht das ungute Gefühl, dass sie mich tatsächlich ziemlich gut zu kennen scheint. Zu gut für meinen Geschmack.

Sie lächelt mir noch einmal zu und schickt flüsternd ein „Wir sehen uns wieder, vermutlich bald sogar" entgegen, ehe sie sich in Nebelschwaden auflöst und unter die anderen mischt. Alles dunkelt sich ab und ich merke noch, dass ich in die Tiefschlafphase hinübergleite, als auch schon die erinnerungssperrende Wirkung eintritt.

Chapter 8

Jolina

Sie kann sich am nächsten Morgen an mich erinnern. Dafür habe ich gesorgt. Es ist eindeutig schwieriger, als einfach wieder aus dem Gedächtnis zu verschwinden, aber in diesem Fall war es notwendig, dass dieses Mädchen meine Warnung behält. Die erinnerungslöschende Phase auszutricksen ist für mich wie immer keine schwere Aufgabe gewesen, die ich zu meistern hatte. Und trotzdem behagte es mir soeben gar nicht, jemand anderes beim Träumen zu stören. Jedes Mal fühle ich mich dabei so, als würde ich das Tagebuch des Träumers einfach auf irgendeiner Seite aufschlagen und anfangen, darin zu lesen. Es ist ungemein interessant und aufschlussreich, das muss ich zugeben. Aber bei ihr ist es doch noch irgendwie etwas anderes. Sie ist zu sehr wie ich. Es hatte lange gedauert, sie aufzuspüren. Ich bin mir auch nie sicher gewesen, wie ich mich ihr offenbaren soll. Schließlich hat sich die Traummethode als einfach und effizient herausgestellt, weshalb ich sie gewählt habe. Auch wenn ich die unausweichlichen Nebenwirkungen, die ich sonst so nützlich finde - wie das Spionieren -, in diesem Fall hasse. Und es bereitete es mir jedes Mal sehr viel Freude, die Showeffekte auszuprobieren. Das spektakuläre Auflösen in Nebelschwaden war neu und äußerst befriedigend gewesen, als ich Linns entgeisterten Gesichtsausdruck gesehen habe. Die meisten Menschen sind sich überhaupt nicht bewusst, dass sie träumen, während ich mir hingegen bei

Linn nicht so sicher war, ob sie es nicht doch irgendwo in ihr drin geahnt hat. Die vier wissen es noch nicht, aber ich werde ein Auge auf sie haben, besonders auf zwei von ihnen. Doch mir ist schon jetzt klar, dass meine Worte von letzter Nacht in Vergessenheit geraten oder gar einfach nicht ernst genommen werden, auch wenn sie nun noch nicht damit rechnen. Sie wissen nicht, was ich bereits weiß. Und das wird für sie alles ändern.

Linn liegt mit offenen Augen auf dem Waldboden. Sie haben alle einen langen Weg hinter sich. Durch Felder, Wiesen und Wälder führte ihre Reise und jetzt fühlt es sich so an, als sei ihr Ziel zum Greifen nah. Der Nebel hat sich verzogen und es verspricht, ein schöner Tag zu werden. Sie richtet sich auf und schlingt die Arme um ihre Knie. Der Morgen hat mit dem Verschwinden des Nebels kleine Tautropfen gebracht, welche sich auf alles niedergelassen haben und ihre Kleidung durchnässten. Sie reibt sich fröstelnd über die Arme, während sie den kleinen Tropfen beim Funkeln in der Sonne zusieht. Linn blickt sich zu den anderen um und lächelt versonnen. Wenn sie bald aufwachen, geht ihre Reise weiter, vielleicht erreichen sie schon heute ihr Ziel. Diese Abkürzung hat sie schon einen Tag gekostet, denn während sie nur einen unterwegs war, um zu Lian, Elena, Paul und Nick (sie seufzt bei dem Gedanken an ihn), zu gelangen, so brach mit diesem Morgen bereits der dritte Tag ihrer kleinen Reise an.

Nach einem kurzen Fußmarsch wächst Linns Zutrauen auf ein baldiges Erreichen des Zieles, denn die Umgebung wird vertrauter. Sie erkennt einzelne Bäume und Sträucher wieder und als sie an ihrem geliebten Bach eine kurze Rast machen, schlägt ihr Herz vor Aufregung Purzelbäume. Sie kann es gar nicht abwarten, endlich wieder aufzubrechen, doch Elena verzögert den ersehnten Zeitpunkt immer mehr. Erst muss sie sich abkühlen, da sie unter einem Sonnenstich leidet, wie sie behauptet. Dann muss sie in der Sonne trocknen, um kurz darauf ausgiebig von Lian massiert zu werden, damit ihre Verspannungen verschwinden, die ihr das Weitergehen unmöglich machen. Linn kocht vor Wut und auch Paul reißt irgendwann der Geduldsfaden. Nur Lian scheint damit kein Problem zu haben, er ist voll und ganz damit beschäftigt, Elena so gut es geht zu verwöhnen.

„Was findet der Blödmann nur an der?", zischt Linn, als sich Paul mit mürrischem Ausdruck auf dem Gesicht zu ihr setzt. „Ich meine, die kommandiert ihn die ganze Zeit nur herum. Ich wäre mit Hitzschlag und Verspannungen noch dreißig Kilometer weitergelaufen, ja sogar noch mehr."

Paul grinst. „Ich weiß, du wärst selbst mit gebrochenem Bein noch über den höchsten Berg der Welt geklettert, um zu deiner Großmutter zu kommen, stimmt's?"

Sie boxt ihm in die Seite. „Na und, jedenfalls bin ich nicht so eine Memme wie sie!"

Jetzt muss er lachen. „Ich habe schon immer gewusst, dass ihr zwei beste Freundinnen werdet und euch gegenseitig Frisuren flechtet und so Mädchenkram macht."

Linn zieht die Stirn in Falten. „So schlimm, wie du es hier gerade darstellst, ist es gar nicht. Sie kann ja auch richtig nett sein und am Anfang war sie ja auch irgendwie immer für mich da." Sie sieht ehrlich und aufrichtig aus, als sie zu Paul aufblickt und dies sagt. Dann fügt sie hinzu: „Aber irgendwann ist sie dann so abweisend mir gegenüber geworden. Ich weiß bis heute nicht, wieso. Und irgendwie beschleicht mich das Gefühl, dass sie diese Zeitverzögerung auch nur einbaut, um mich wütend zu machen."

Pauls Gesicht ist ernst, als er die nächsten Worte an sie richtet. „Wenn er es dir noch nicht gesagt hat…"

„Was gesagt?", unterbricht sie ihn.

Er schaut sie tadelnd an, so als wollte er sie dafür rügen, ihn unterbrochen zu haben. „Das ist kein Thema, wo es mir zusteht, mit dir darüber zu reden. Das muss er schon selber tun. Und wenn er es bis jetzt noch nicht getan hat, musst du dich halt noch etwas gedulden. Er wird es früher oder später eh machen." Und murmelnd fügt er hinzu: „Eher später, wenn du mich fragst."

Sie zieht die Augenbrauen hoch und fragt sich, was er mit seinen Andeutungen wohl meinen mag. Dann zuckt sie mit den Schultern und wendet sich ab.

Paul steht auf und geht zu den anderen rüber. Er unterhält sich leise mit ihnen. Worte, die Lian dazu veranlassen, sofort aufzuspringen. Elenas Reaktion fällt ein wenig anders aus. Sie zieht eine Grimasse und bleibt demonstrativ sitzen. Was nicht nur Paul ein wütendes Funkeln in die Augen zaubert, sondern auch Lian aus seiner ruhigen Fassung bringt. Den erfreuten Ausdruck auf Linns Gesicht über diese Gefühlsregung Elena gegenüber fällt sonst keinem weiter auf.

Dadurch, dass sich Linn in diesem Teil des Waldes zu Hause fühlt und auch dementsprechend auskennt, dauert es nicht lange, bis die Umrisse des alten Zeltes zwischen den Bäumen auftauchen. Voller Ehrfurcht treten die vier darauf zu. Vor dem Eingang bleiben sie stehen. Mit klopfendem Herzen zieht Linn den Reißverschluss des vertrauten Eingangs hinauf. Das dabei verursachte Geräusch lässt ihr ein wohliges Kribbeln durch den Körper jagen. Angefangen im Herzen bis hin zu den Fußspitzen durchfährt es sie.

Sie atmet einmal tief ein und öffnet den Eingang endgültig. „Hallo Granny, ich habe dich so verm…". Sie stoppt und blickt sich suchend um. Dann wirft sie einen Blick hinter sich, wo die anderen ungeduldig darauf warten, auch hinein zu dürfen. „Sie ist nicht hier", beginnt Linn und kaut nervös auf ihrer Unterlippe.

Lian wirft ihr einen beruhigenden Blick zu. „Sie ist bestimmt nur mal raus gegangen. Sich die Beine vertreten oder so."

Elena tut dies alles mit einem Schulterzucken ab. „Alte Frauen laufen schon nicht weg." Sie tritt einen Schritt vor und schiebt Linn zur Seite. Dann schmeißt sie sich in den hölzernen Schaukelstuhl, welcher unter der Wucht ihres Aufpralls verdächtig knackt. „Ganz schön alt sind die Dinge hier." Elena schnaubt verächtlich. „Und geputzt wird hier wohl auch nur jedes halbe Jahr mal." Dabei zieht sie ihren Finger durch die dicke Staubschicht, welche sich auf der Armlehne des Schaukelstuhles niedergelegt hat. Dann hält sie ihn Linn demonstrativ unter die Nase und pustet. Diese reagiert nicht schnell genug, der Staub fliegt ihr ins Gesicht und sie wischt ihn sich ärgerlich mit dem Handrücken von der Nase. Elena grinst nur schadenfroh.

Als Paul vorschlägt, hier auf Linns Großmutter zu warten, denn sie müsse ja schließlich irgendwann zurückkommen, stimmen alle mehr oder weniger begeistert zu. Linn wirft ihm einen dankbaren Blick zu, während er sich einen genervten von Elena einfängt. Als er daraufhin zu Lian schaut, nickt er ihm nur zustimmend zu.

„Also gut", setzt Elena an, „wenn ihr vorhabt, den ganzen Tag hierzubleiben, muss ich wohl oder übel damit leben. Aber mir gehört der Platz auf dem Bett. Ich halte es nämlich auf dem harten Ding hier", sie deutet unter sich, „keine zwei Minuten länger aus." Mit verschränkten Armen lässt sie sich auf Linns ehemaligen Bett nieder. Nach einer Weile sinkt sie noch tiefer in die Kissen, den mürrischen Gesichtsausdruck immer noch beibehaltend. Dann zupft sie eins der Kissen zurecht, nur um kurz darauf genervt mit den Fingern auf die Matratze zu trommeln. Es soll ihnen ihren Unmut und ihre damit verbundene Unruhe symbolisieren. Und dies scheint seine Wirkung auch nicht zu verfehlen, denn Lian sagt daraufhin an sie gewandt: „Ja doch, Elena, uns ist allen langweilig. Aber nicht jeder verhält sich hier so kleinlich wie du."

Während die Zeit unaufhaltsam vorwärts eilt, wird die Falte auf Linns Stirn immer größer. Man merkt deutlich, dass ihre Sorge mit jeder Minute, die verstreicht, wächst. Sie hat schon eine ganze Weile lang nichts mehr gesagt, sondern nur unruhig an ihrer Kette gespielt. In der ganzen Zeit, in der ich sie beobachtet habe, hat sie sie nicht einmal abgenommen. Der kleine Ring wandert von der einen in die andere Hand.

„So lange war sie schon ewig nicht mehr draußen", flüstert Linn mit zittriger Stimme. „Was ist, wenn ihr wirklich irgendetwas passiert ist? Womöglich liegt sie irgendwo im Wald, weil sie ausgerutscht ist und nicht mehr alleine aufstehen kann. Ich will sie suchen gehen. Und zwar jetzt sofort!" Ihre Unterlippe zittert verdächtig und sie ist den Tränen nah. Wenn sie nicht bald etwas unternehmen werden, wird es aus ihr herausbrechen.

Lian springt auf. „Ich komme mit." Er sieht fragend zu den anderen, doch Elena bleibt desinteressiert auf dem Bett liegen. Und auch Paul rührt sich nicht.

„Ich bleibe hier, dann ist niemand alleine und wenn deine Granny vorbeikommt, ist hier jemand, der sie zum Bleiben auffordert."

Linn nickt und auch Lian scheint seinen Einwand logisch zu finden. Doch ich weiß, dass da noch etwas anderes hinter steckt.

***

Während die zwei durch den Wald rennen, wende ich meinen Blick einem anderen Ort entgegen. Er ist dunkler und meine Augen brauchen einen Moment, um sich an die veränderten

Lichtverhältnisse zu gewöhnen und einige Umrisse wahrzunehmen. Das Fehlen der Farben kostet mich wie immer die größte Überwindung. Immer, wenn ich hier bin, wird mir schmerzlich bewusst, dass meine Augen doch nicht mehr die jüngsten sind. Graue Hochhäuser säumen die langen und geraden Straßen, welche sich unaufhaltsam durch die gesamte Stadt zu schlängeln scheinen. Kleinere Häuser sind erst etwas weiter außerhalb des Stadtzentrums zu finden. In der Vorstadt sozusagen.

Ich verkrampfe mich bei all den ausdruckslosen Gesichtern der im Gleichschritt laufenden Menschen und bin froh, dass mir wenigstens der Blick in ihre leeren Augen erspart bleibt, da sie trotz dieser schummrigen Dunkelheit alle Sonnenbrillen tragen. Ich weiß nicht, ob ich mich daran jemals gewöhnen werde oder ob es mich zu sehr an meine Zeit in Gefangenschaft erinnert. All diese Gefühllosigkeit macht mich krank, doch ich habe eine Aufgabe zu erfüllen und kann vorerst nicht wieder von hier verschwinden.

Meine Augen zucken umher, ich suche nach Pria. Das Mädchen muss irgendwo in der Nähe sein, schließlich ist sie stets hier. Mein Blick schweift über alle Köpfe hinweg, auf der Suche nach einer Regung. Aber wie immer ist sie gut. Zu gut für mich. Aber in solch einer Welt kann man nicht gut genug sein. Ich seufze, die Dunkelheit macht es mir auch nicht gerade leichter. Doch dort ist unser Zeichen, flüchtig kreuzen sich zwei Finger hinter einem Rücken, ein Symbol der Lügen, welche selbst die Luft hier verpesten. Ich folge ihr - so wie jedes Mal. Lasse meinen Geist um Ecken biegen und weiche ihr nicht von der Seite. Pria hat meine Anwesenheit dank des eingepflanzten Chips gespürt. Anfangs suchte ich nach einer weitaus schmerzfreieren und einfacheren Möglichkeit, meinen Geist mit ihrem Bewusstsein zu koppeln. Aber der seitens des Rates während einer feierlichen Zeremonie und unter scheinheiligen Vorwänden im frühen Kindesalter implantierte Chip, der zur Überwachung und Manipulation diente, bevor wir ihn umprogrammiert haben, hat es uns nicht ermöglicht, eine andere Wahl zu treffen. Mit freudiger Musik, wie sie sonst an keinem anderen Tag zu hören ist, werden die kleinen Kinder von ihren Müttern zum Podest des Marktplatzes getragen, auf dem in schwachem Grün zwei Fahnen im Wind flattern. Diese sind die einzigen Farbkleckse in der sonst so grauen Welt. Er ist etwas Besonderes und lässt alle Anwesenden gebannt die Augen nur auf sie richten. So bekommt niemand den eigentlichen Teil der Zeremonie mit… den Teil, in dem der Chip eingesetzt wird.

Es ist ganz ähnlich wie mit einem Magier, welcher ein Dutzend weißer Tauben aus seinem Umhang fliegen lässt, während er eine Münze in die Jackentasche eines ahnungslosen Zuschauers steckt und am Ende behauptet, diese dort hinein gezaubert zu haben. Genau wie dieser Zauberer arbeitet der Rat mit Illusion und Ablenkung. Wer nicht auf das zappelnde und schreiende Kind achtet, sondern nur die Schönheit der Farben sieht, der ist blind für die Wahrheit. Jedes Mal dasselbe Grün, jedes Mal dieselbe Begeisterung und jedes Mal dasselbe Ergebnis. Die Menschen gehen nach Hause mit ihren zitternden Kindern auf den Armen und denken, wie schön doch diese Zeremonie war und wie sinnvoll doch die Maßnahmen des Rates sind. Wer achtet schon auf die Kinder, die mit ihren kleinen Fingern vorsichtig über die gerötete Stelle an ihrem Arm streichen, an welcher noch vor wenigen Minuten das nagelneue Stück aus kaltem Metall eingesetzt wurde.

Diesen schrecklichen Chip zu entfernen war unser erster Gedanke gewesen, doch dieser erwies sich als unmöglich, da die Aufseher der Darkness-Organisation auf alle chiplosen Menschen aufmerksam geworden wären, noch ehe der nächste Morgen anbräche. Sie haben ein System, mit dem sie jeden Morgen die Zahl der Bevölkerung kontrollieren und schauen, wer sich gerade in dem Moment an welchem Ort aufhält. Die Ortungsfunktion konnten wir stören, doch wir konnten kein Risiko eingehen und den Sender, der die Anwesenheit belegt, ebenfalls ausschalten.

Es war keine leichte Prozedur gewesen, da jegliche Betäubungsmittel diesen sensiblen Datenträger zerstört hätten. Und doch war es ein Muss, genau diesen umzuprogrammieren. Es bereitet mir jedes Mal eine Gänsehaut, mitanzusehen, wie ein neuer Chip des Rates erst herausgenommen, dann umprogrammiert und schließlich auch wieder ohne Narkose eingesetzt wird. Jeder Rebell muss da durch, denn ich kann mir nicht erlauben, dass jemand - und sei es nur eine einzelne Person - von ihnen bei einer meiner sorgfältig geplanten Missionen einen Befehl gesendet bekommt, den er ohne Umprogrammieren kopflos befolgen müsste. Egal, wie stark der Wille eines jeden ist, dagegen kann niemand ankämpfen. Er würde alles gefährden und monatelange Arbeit wäre umsonst. Das würde uns in unserem Zeitplan zurückwerfen.

Bei Pria waren es zwei Operationen, die durchgeführt werden mussten. Die erste war - wie bei allen anderen - zum Umprogrammieren des Chips. Doch dann mussten sie ihr auch noch einen zweiten Chip einsetzen durch dem sie mit mir verbunden ist und der mir erlaubt, sie zu jeder Zeit in ihrem Kopf zu besuchen. Warum ich damals sie ausgewählt habe? Sie war die Stärkste von allen. Auch wenn sie noch ein Kind gewesen ist, konnte ihre geistige Stärke die der anderen um Längen überragen. Genau, was ich brauchte: eine starke, noch nicht verlorene Seele. Sie schien die perfekte Wahl zu sein und auch heute bin ich nicht enttäuscht von ihren Leistungen.

Meine Botin hastet, so schnell es ihr der gleichmäßige Gang erlaubt, die engen Gassen entlang. Ich kann ihr Herz schlagen hören. Sie hat nicht mehr viel Zeit, ehe das Tor geschlossen wird, aber wenn sie ihre Schritte beschleunigt, werden sie auf sie aufmerksam werden. Pria weiß, dass nicht auf sie gewartet wird. Dass machen sie nie. Wer zu spät am Treffpunkt erscheint, kommt nicht mehr rein. Das war schon immer so und bei ihr - der sowieso keiner mehr traut seit dem Jason-Vorfall - werden sie ganz sicher keine Ausnahme machen.

In der Ferne taucht das ersehnte Gebäude endlich auf. Nur noch wenige Schritte trennen sie von dem schweren Tor, welches sich nun langsam in Bewegung setzt und den Bezirk wegen des nahenden Tages abgrenzt. Am liebsten würde sie loslaufen, doch das würden die kleinen Kameras links und rechts neben ihr erfassen und eine Meldung „Auffälliges Verhalten“ an die Zentrale der Darkness-Organisation, zusammen mit ihren Daten, senden. Und ihren Stützpunkt zu verraten, würde ihr auch nicht wirklich Vertrauenspunkte einhandeln. Also behält sie ihren gleichgültigen Gesichtsausdruck bei und geht im einheitlichen Tempo auf das nur noch wenige Zentimeter geöffnete Tor zu.

Es schließt mit einem dumpfen Geräusch hinter ihr. Auch ich bin erleichtert… eine neue Botin zu besorgen, welche über vergleichbare Willensstärke verfügt, wäre nahezu unmöglich geworden. Dass sie ihr gutes Ansehen verloren hatte, schadete den Ausführungen meiner durch sie übertragenen Befehle zum Glück in keiner Weise, denn niemand stellt meine Autorität infrage. Dafür habe ich gesorgt. Ich war ihre Anführerin und meine Kompetenz wurde von niemandem angezweifelt.

Pria kommt an der Wendeltreppe an, welche in den Keller des Wohngebäudes führt. Ihrer Meinung nach wäre ein altes Fabrikgelände viel passender gewesen, aber sie weiß auch, dass das Treffen an einem solchen Ort mehr Gefahren aufweist, weswegen sie ihren Vorschlag nicht mit den anderen teilt.

Sie berührt das Geländer nicht, um keine Fingerabdrücke zu hinterlassen, als sie die Treppe vorsichtig hinuntersteigt. Unten empfängt sie das flackernde Licht einer Kerze. Keiner wagt es, das schwache, aber kalte elektrische Licht an der Decke einzuschalten, dafür ist die Zeit der Bettruhe schon zu nah. Wir dürfen um keinen Preis auffallen, denn selbst Kleinigkeiten veranlassen den Rat dazu, genauer hinzuschauen. Etwas, was sich keiner der hier Versammelten leisten kann.

An diesem Tag findet der gewohnte Wechsel statt, weshalb es Pria auch so wichtig war, rechtzeitig anzukommen, denn wer nicht reinkam, wusste nicht, wo sie sich das nächste Mal treffen würden. Kein Treffpunkt wird länger als zwei Mal verwendet und dass heute ein drittes Treffen an diesem Ort stattfindet, ist ihre Schuld. Sie hatte durch den unglücklichen Jason-Vorfall jegliche Planung durcheinandergebracht und unser heutiges Treffen fast um einen Monat verzögert. Sie weiß es und zieht somit alle Blicke auf sich, als sie den Raum betritt.

„Ähm, hallo“, räuspert sie sich. „Sie ist auch bei uns.“ Damit meint sie mich. Ein Tuscheln wird lauter. Ich kann ihr Unbehagen spüren.

„Hat sie irgendwelche neuen Anweisungen für uns?“, meldet sich ein Junge aus dem hinteren Teil des Raumes zu Wort.

Ich kenne ihn, ich kenne sie alle und sie glauben, auch mich zu kennen. Emmett… er ist der Begleiter von Jason gewesen. Dass er noch mit ihr spricht, hätte ich am allerwenigsten erwartet.

Sie schaut fragend zu mir hinauf. Ich schicke ihr die Informationen, die sie benötigt, und sie teilt sie den Anwesenden mit.

Mir fällt auf, dass Bay und Alex fehlen. Es kommt immer wieder vor, dass jemand zu spät kommt oder kalte Füße kriegt. In unserer Gesellschaft muss man sich auf alle verlassen können, daher ist es mir lieber, sie gehen direkt ganz, als dass sie im letzten Moment verschwinden und unser Plangerüst in sich zusammenfällt.

„Jolina hat nach einen neuen Treffpunkt Ausschau gehalten, da wir den ehemals ausgewählten ja“, Pria macht eine verlegene Pause, „nicht mehr verwenden können. Er liegt am anderen Ende der Stadt.“ Sie holt eine Karte aus ihrer Tasche und breitet sie im Schein der schon fast heruntergebrannten Kerze auf dem Boden aus. Sie deutet mit dem Zeigefinger auf ihren Standpunkt und fährt dann die engen Straßen entlang, bis sie schließlich auf einem Gebäude im östlichen Teil der Stadt stoppt. Der von mir gewählte Ort ist preisgegeben und mit ihm wurde eine Wegbeschreibung geliefert. Wer ihn nicht findet, gehört nicht länger zu unserer Sondergruppe. Die Besten der Besten müssen nicht nur mit vollem Einsatz dabei sein, sie müssen auch clever und vor allem mutig sein. Karte lesen und Wege behalten, zählen für mich zu den Grundvoraussetzungen, weshalb ich diese und noch viel mehr Dinge regelmäßig teste. Wer die Tests nicht besteht, gehört weiterhin zu uns Rebellen; sie sind mir viel zu kostbar, als dass ich es wagen würde, auch nur einen Einzelnen zu verlieren. Wir sind ohnehin schon in der Unterzahl. Und wenn ich jemanden finde, der mit Leib und Seele ein Rebell ist, so wird er auch herzlich aufgenommen. Aber um zu dem innersten Kreis aufzusteigen, muss man noch mehr draufhaben. Dort ist man einer noch größeren Gefahr ausgesetzt, da sie es sind, die in den Mittelpunkt des Geschehens treten und die gefährlichsten Pläne ausführen. Jeder Rebell zählt und das wissen sie. Jeder hilft mit, um für unsere Sache zu kämpfen und deshalb bleiben sie, auch wenn sie nicht alle zum inneren Kreis gehören können.

Keiner der Anwesenden sagt irgendetwas. Alle warten darauf, das Pria fortfährt, ihnen neue Befehle gibt oder ihnen einfach sagt, was sie jetzt tun sollen. Sie schaut auf, blickt Emmett in die Augen und senkt ihren Blick dann wieder auf die Karte hinab.

„Sie hat die beiden anderen gefunden", gibt sie weitere Informationen preis. „Sie befinden sich außerhalb der Stadt - in dem Wald, der uns umgibt."

„Du meinst den hinter dem kargen Streifen Land rund um die Stadt?", fällt ihr der Neuzuwachs Lea Heth ins Wort.

„Ja, genau den meine ich", antwortet Pria mit einer Geduld, für die ich sie insgeheim beneide. „Bald werden sie eintreffen und ihr wisst, was das für uns alle bedeutet! Sie werden den Eingang benutzen müssen, den wir Rebellen des Öfteren gebrauchen. Nach dem Vorfall ist er instabil geworden - aber eine andere Möglichkeit wird uns nicht geboten. Sie kommen zu früh und daher haben wir keine Zeit, einen neuen Durchgang anzufertigen." Sie macht eine Pause. Selbst sie weiß, dass sie nicht planen können, wie alles ablaufen wird. Niemand kann vorhersehen, wie aufmerksam die Beobachter sein werden.

Schwierigkeiten kann man auch nicht berücksichtigen. Wenn man sie plant, passieren sie einem nicht, stattdessen eröffnen sich neue, andere, vielleicht sogar weitaus gefährlichere. Man muss mit ihnen rechnen und darf sie nicht fürchten. Das hatte ich ihnen immer wieder eingebläut. Zeig keine Angst, egal wie schwach du dich fühlst und deine Gegner werden dich größer in Erinnerung behalten, als du eigentlich bist. Mein Mantra, unser Überleben.

Ich schaue noch einmal wohlwollend auf meine Truppe hinunter und verabschiede mich durch Pria von ihnen. Ich sage ihnen noch einmal, dass sie vorbereitet sind und ich stolz auf sie bin. Selbstbewusst lächelnde Gesichter blicken Pria entgegen, als sie es an sie weitergibt. Dann lasse ich sie noch schwören, dass sie immer für unsere Sache einstehen werden - egal, was die Zukunft hervorbringen mag. Dass sie tapfer bis zu ihrem Tod kämpfen werden und mir ohne Furcht, dafür aber mit deutlich mehr Treue folgen und dienen werden. Sie wiederholen es im Einklang… eine Gemeinschaft… Rebellion gegen die Herrschaft der Darkness-Organisation.

Mit einem zufriedenen Lächeln wende ich mich wieder Lian und Linn zu, welche seit fast zwei Stunden durch den Wald laufen, ohne irgendwelche Erfolge vorweisen zu können. Die Hoffnungslosigkeit steht ihnen deutlich ins Gesicht geschrieben, während sie mutlos und voller Sorge Baum um Baum hinter sich lassen. Sie dringen tiefer und tiefer in den Wald hinein und als sie an eine Stelle kommen, an der das Weitergehen durch eine dichte Dornenhecke unmöglich wird, lässt sich Linn mutlos und erschöpft auf den feuchten Waldboden fallen. Sie stützt den Kopf in die Hände und gibt auf. Es hat keinen Zweck mehr - so weit wäre ihre Großmutter nie gegangen… warum auch? Das anfängliche Durchkämmen der näheren Umgebung hatte ihr auch keine Erleichterung gebracht. Es war aussichtslos! Ihre geliebte Großmutter war wie vom Erdboden verschluckt. Also treten sie widerstrebend den Rückweg an.

Linns letzter Funke Hoffnung wird von Elena zerstört, als sie nach einem stillen Fußmarsch wieder am Zelt ankommen. Sie hat es sich außerhalb des nach ihrer Meinung muffigen Zeltes bequem gemacht und ruft ihnen schon von Weitem zu: „Ehe du fragst, nein - sie ist nicht hier aufgetaucht." Die Beine übereinandergeschlagen, sitzt sie auf einem Stein und hat ein falsches, mitleidiges Lächeln aufgesetzt. „Nimm Abschied, Linn, nimm Abschied!" Sie steht ächzend auf. „Diese Steine sind echt nichts für meinen Rücken." Sie setzt eine leidende Miene auf und schaut zu Lian hoch. Paul kommt mit einem Staubwedel stirnrunzelnd aus dem Zelt.

„Du hast jetzt nicht wirklich für sie geputzt?" Linn schaut ihn ungläubig an. „Und dann auch noch du und nicht er." Sie deutet auf Lian, welcher sich an ihrer Linken empört räuspert. „Sie bekommt euch doch alle immer wieder dazu, ihren persönlichen Diener zu spielen." Ohne auf ihre Bemerkung einzugehen, nimmt Paul seinen Freund beiseite. Er geht mit ihm hinters Zelt und wirft Linn einen warnenden Blick zu. Er weiß, dass sie ohne zu zögern hinter ihm herschleichen würde, deshalb legt er so viel Strenge, wie er nach dem Vorwurf eben noch übrig hat, in seinen Blick. Er schaut noch einmal prüfend hinter sich, ehe er mit der Sprache herausrückt.

„Das Suchen hat nur unnötige Zeit verschwendet. Ich weiß, wo sie ist und es wird dir nicht gefallen. Keinem von euch."

Lian schluckt. „Du meinst…", er bricht ab.

Paul nickt traurig. „Sie ist dort, in der dunklen Stadt, im Glas, wie auch immer du es nennen magst, es ist in jedem Fall gleich schlecht. Sie ist so gut wie tot. Ich habe das Symbol der Darkness-Organisation, ein tiefschwarzer, ausgefüllter Würfel mit den etwas helleren, angedeutet Umrissen ihrer Stadt in seinem Innern, auf einem der Bücher gefunden."

Ein unterdrückter Aufschrei lässt sie herumfahren. Linn sitzt zusammengekauert auf dem Boden, die Augen vor Angst weit aufgerissen.

Paul verdreht die Augen. „Wenigstens brauchen wir uns jetzt keine Sorgen mehr darüber machen, wie wir es ihr schonend beibringen, denn sie wollte ja nicht auf mich hören, sondern musste den harten Weg nehmen." Sein Blick wird weicher, er tritt einen Schritt zu ihr hinüber und zieht sie tröstend zu sich hoch. Auch Lian legt bedauernd eine Hand auf ihre Schulter. Sie zittert unter der Last der Erkenntnis, wo ihre Großmutter sich befindet.

„Wir müssen sie da herausholen", schluchzt sie verzweifelt gegen Pauls Schulter.

Er schiebt sie von sich weg und schaut ihr in die Augen. „Das ist unmöglich, Linn. Es tut mir leid."

Sie reißt sich von ihm los und fällt in Lians Arme. Dann schaut sie zu ihm auf und flüstert mit tränenerstickter Stimme: „Aber ihr habt es doch auch geschafft, wieso können wir es denn nicht wenigstens versuchen?“ Tränen laufen aus ihren großen Augen und rollen ihr über die Wange und tropfen auf den ohnehin schon nassen Boden.

„Das ist nicht so leicht, schließlich ist es nicht mit dem Rein- beziehungsweise wieder Hinauskommen getan. Du musst auch daran denken, dass wir sie aus irgendeinem Gefängnis befreien müssen. Ob wir das ohne Aufmerksamkeit schaffen, ist mehr als fragwürdig.“

Sie schluchzt noch heftiger. „Das ist alles meine Schuld! Wäre ich nicht weggegangen, hätten sie sie in Ruhe gelassen. Sie hat es immer wieder betont, sie wollten mich, nicht sie.“ Ihre Stimme bricht. Unfähig, weiterzusprechen und von einem neuen Weinkrampf geschüttelt, drückt sie sich enger an Lian. „Wie konnte ich nur so egoistisch sein? Es ist mir egal, was ihr sagt, ich werde gehen… mit oder ohne euch. Es ist sogar besser, wenn ihr nicht mitkommt, dann bringe ich nicht noch mehr Menschen durch meine Selbstsüchtigkeit in Gefahr.“ Ich sehe es ihr deutlich an, die Schuldgefühle fressen sie innerlich auf. Nicht mehr lange und es wird nichts mehr von ihr übrig sein als eine leere Hülle ihrer selbst.

Paul scheint dies auch zu bemerken, denn er schluckt und wirft seinen Schwur, die dunkle Stadt nie wieder zu betreten, kurzerhand über Bord, als er sagt: „Das ist doch Schwachsinn. Wenn du gehst, dann kommen wir mit. Und wieso sollten sie dich wollen? Das kann ich mir nicht vorstellen. Gib dir nicht die Schuld an etwas, für das du gar nichts kannst!“

Ein schwaches Lächeln schleicht sich auf ihr von Tränen feuchtes Gesicht. „Es hat irgendwas mit meinen Augen zu tun, mehr weiß ich auch nicht.“

Paul wirft Lian einen bedeutungsvollen Blick zu, doch der sieht ihn nur warnend und mit zusammengekniffenen Augen an.

Dann wendet er sich an Linn. „Es wird riskant. Sehr gefährlich sogar, weil sie hinter Menschen wie dir her sind, aber wenn wir es schaffen wollen, dann nur zusammen."

Selbst wenn sie es nicht gutheißt, dass sie ihre Freunde in Gefahr bringt, so weiß sie, dass sie es ohne diese niemals schaffen wird, auch nur in die Nähe des Geheimeingangs zu gelangen. Und obwohl sie alle wissen, dass dies höchstwahrscheinlich von der Darkness-Organisation geplant ist, lassen sie Linn nicht allein.

Ich seufze schwer. Aber was mache ich mir da gerade eigentlich vor? Ich habe es schließlich schon vorhergesehen und gewusst, dass sie meine Warnung schlichtweg ignorieren wird, wenn ihr Herz eine andere Richtung des Handelns bevorzugt. Etwas Gutes hat das alles aber auch, immerhin hätte ich sie ja sowieso irgendwann hier gebraucht.

Chapter 9

Linn

Es ist noch nicht lange her, seit ich von dem Schicksal meiner Großmutter erfahren habe. Der Schock sitzt mir noch immer tief in den Knochen, er treibt mich an und die anderen in den Wahnsinn. Ich glaube, sie können meine Ungeduld zwar verstehen, aber teilen meine Begeisterung, so schnell wie möglich in die dunkle Stadt zu kommen, nicht wirklich. Keine Nacht Pause habe ich ihnen und mir gegönnt. Übermüdet und vor Hunger und Durst ganz schwach, kämpfen wir uns also weiter vorwärts. Ich will ankommen, am besten heute noch, am liebsten sofort. Unsere Schritte werden schwerer, da unsere Glieder schmerzen. Auch sie sehnen sich nach einer Auszeit. Mein Kopf sagt: bleib stehen, mein Körper stimmt ihm zu, doch mein Herz schreit sie nur an und ich zwinge mich immer weiter vorwärts. Nichts wird mich stoppen, nichts... Ich stolpere über eine Wurzel, welche gefühlt urplötzlich aus dem Boden geschossen ist, nur um mich zu Fall zu bringen und ganz nah bei sich zu haben. Meine Muskeln quittieren den Dienst, also bleibt mir nichts anderes übrig, als hier regungslos und bäuchlings zu verharren, bis ich mich wieder aufrappeln kann. Hinter mir höre ich ein erleichtertes Seufzen, gefolgt von dem Geräusch von drei auf den Waldboden fallenden Körpern. Sie sind im Gegensatz zu mir froh über diese kurze Rast. Ich will mich zu ihnen umdrehen, aber selbst dazu fehlt mir jegliche Kraft. Also bleibe ich still liegen und schließe nur deprimiert meine Augen. Erst jetzt nehme ich richtig wahr, was ich meinem Körper da angetan habe. Alles schmerzt, nicht wie ein Muskelkater, der einem beweist, dass man etwas geleistet hat. Nein, meine Muskeln brennen, mein Rücken schmerzt und mein Brustkorb fühlt sich merkwürdig eng an. Ich atme nur flach, um den Schmerz so gut es geht in Schach zu halten, aber bei jedem Atemzug zieht sich meine Brust noch enger zusammen. Dass ich nicht auf dem Rücken liege, macht die ganze Situation auch nicht gerade besser. An den so dringend benötigten Schlaf ist nicht zu denken.

Meine Hände ballen sich zu Fäusten, als eine neue Welle aus Schmerzen über mich hinwegrollt. Ich stocke, öffne meine Hand vorsichtig und bewege meine Finger einen nach dem anderen; meine Muskeln funktionieren wieder, wenigstens ein bisschen. Dann rolle ich mich mit einem Stöhnen auf den Rücken, was meine Lunge dankend zur Kenntnis nimmt und ich endlich wieder normal Luft holen kann. Erleichtert atme ich ein und aus. Ich würde ja einschlafen, wenn mir garantiert wäre, einfach nur in einen traumlosen Erholungsschlaf zu fallen. Der nächtliche Besuch von Jolina gestern hatte mich nicht nur aufgewühlt, ich hatte auch am nächsten Morgen das unangenehme Gefühl gehabt, überhaupt kein Auge zugetan zu haben. Das kann ich mir heute auf keinen Fall leisten, das weiß ich. Aber es würde auf dasselbe hinauslaufen, würde ich krampfhaft versuchen, meine Augen offenzuhalten, nur damit mich der Schlaf nicht übermannt und ich alleine bleibe.

„Wir müssen weiter“, sage ich schwach.

„Nein!“, kommt die knappe, aber eindeutige Antwort von Lian.

„Ihr versteht das nicht“, widerspreche ich kläglich, „ich muss wissen, ob es ihr gut geht!“

Es folgt ein müdes Brummeln von Paul. „Wir wissen nicht, seit wann sie überhaupt schon dort ist. Da machen ein paar Stunden auch keinen Unterschied mehr.“

Ich schweige. „Außerdem sind sie doch hinter dir her, sie werden schon auf uns warten“, fügt er hinzu. Mich beruhigen diese Worte nicht im Geringsten. „Womit warten?“ frage ich, aber eine Antwort bleibt aus.

„Schlaf jetzt“, meldet sich Lian nach einer kurzen Ewigkeit wieder zu Wort. „Unausgeschlafen nützt du uns nämlich gar nichts.“

Verstehen heißt nicht gleich völliges Einverständnis und egal, wie viele Konterargumente ich auf Lager habe, ich halte den Mund, auch wenn es mir schwerfällt. Es ist nicht leicht zu akzeptieren, aber manchmal ergeben ihre Worte Sinn. Und auch heute haben sie recht, wenn sie uns eine kleine Auszeit verschaffen wollen. Um unseren Plan vernünftig realisieren zu können, müssen wir unser komplettes Potenzial ausschöpfen und das wird in einem Zustand wie diesem, in dem wir uns derzeitig befinden, kaum möglich sein. Es fällt mir schwer, die Augen offenzuhalten, kostet aber auch so viel Überwindung, bis ich sie letztendlich dann doch schließe.

Kein Nebel umfängt mich diesmal, es ist so hell. Alles um mich herum scheint ist in gleißendes Licht getaucht. Ich blinzle, aber meine Augen wollen sich einfach nicht daran gewöhnen. Alles ist weiß um mich herum, weiß und leer. Hier ist einfach nichts; ich laufe, immer weiter und weiter, doch die Umgebung ringsherum bleibt unverändert. Weiß und leer, einsam. Keine Wände, nichts, was mich zum Anhalten zwingt, einfach nur unendliche Weiten, bestehend aus nichts außer diesem grellen Weiß. Ich fühle mich so alleingelassen, ich wünsche mir jemanden herbei, irgendjemanden. Ich sehne mich so sehr nach menschlichem Kontakt, dass es mich beinahe zerreißt. Immer noch tragen mich meine Füße durch das

Nichts hindurch. Die Zeit zieht sich ewig hin, wenn es doch nur einen Ausweg gäbe.

Dann ist der Boden unter mir - das Einzige was mir Halt geboten hat - verschwunden und ich falle. Das Nichts rast an mir vorbei, denke ich zumindest, denn zu sehen ist nichts. Ein leichter Wind - erzeugt durch meinen Fall - weht mir das offene Haar ins Gesicht. Mein Körper beruhigt sich nach dem anfänglich einsetzenden Kribbeln soweit, dass ich wieder klar denken kann.

Meinen ersten Impuls, zu schreien, hatte der Ort für wenig hilfreich erklärt, als er meinen Schall schluckte.

Ich stoppe, kein Aufprall, nein, ich habe einfach nur irgendwann aufgehört zu fallen. Wie ist das möglich? Doch mir ist keine lange Auszeit gegönnt. Der Boden, der nun wieder vorhanden zu sein scheint, zieht mich weiter runter. Treibsand denke ich, als mein Körper noch etwas tiefer einsinkt. Meine Knie sind verschwunden und egal, was ich auch versuche, ich werde immer weiter hineingezogen. Mal langsam, was mich aufatmen lässt, dann aber wieder schneller, wenn ich durch einen Ruck das Stück wieder wettmache, was ich beim langsamen Hinuntersinken eingespart habe.

Mir steht der Untergrund bis zum Bauchnabel, ich strample wie verrückt mit den Beinen, was mich noch schneller in die Tiefe sinken lässt. Als ich bis zu den Schultern bedeckt bin, ergebe ich mich meinem Schicksal und bleibe ruhig stehen, während ich langsam, aber sicher weitergezogen werde.

Ein stummer Schrei dringt aus meiner Kehle, als ich - mit beiden Armen über dem Kopf - das letzte Stück mit einer mir bis dahin unbekannten Geschwindigkeit hinabgezogen werde und sich der Boden über mir wieder schließt.

Ich bekomme keine Luft. Meine Lunge schmerzt, sie möchte sich aufblähen, Sauerstoff in sich aufnehmen, aber da kommt keiner. Mein Brustkorb möchte sich heben und senken. Aber auch das bleibt ihm verwehrt. Ich halte es nicht mehr aus, ich brauche Sauerstoff, dringend. Panik durchflutet mich. Ist das ein Traum oder die grauenvolle Wirklichkeit? Es fühlt sich so echt an. Ich will…

Ich wache auf. Mit dem Sauerstoff, den ich gierig in mich aufsauge, kommt auch die Erleichterung, welche jede Zelle meines Körpers auszufüllen zu scheint. Es scheint so gut wie keine Zeit vergangen zu sein, während ich in meiner Traumwelt umherwandelte. Der Mond steht noch immer hoch über mir am Himmel und sein Licht fällt prickelnd auf meine Haut, als würde es eine sanfte Umarmung andeuten. Der große weiße Kreis am Himmel erstrahlt in meinen Augen auf einmal so hell, dass die Sterne ringsherum zu verblassen scheinen.

Ich halte es für sinnvoll, aufzustehen und setze meinen Gedankengang auch sogleich in die Tat um. Meine Schritte sind wackelig, von den Strapazen des Vortages gezeichnet, aber in meinem Kopf bin ich frei, laufe über die Baumwipfel gen Süden. Bewege mich leichtfüßig von Baumkrone zu Baumkrone, ohne dass die dünnen Äste unter meinen nackten Füßen nachgeben. Und dennoch verleihe ich meinen Schritten Gewicht, denn sie tragen mich zum Ziel. Wo es sich befindet? Ich weiß es nicht. Nur, dass sich all meine düsteren Probleme wie von selbst in den Hintergrund schieben und ich endlich wieder froh sein kann, das ist gewiss! Niemand hat das Recht, mich aus diesem Zustand des wohligen Verdrängens in die schnöde und grausame Wirklichkeit zu reißen. Und doch legt sich eine Hand auf meine Schulter, ich zucke zusammen und fahre herum. Aber ich bin allein. Hinter mir erstrecken sich nur die verlassenen Weiten des Waldes, während ich das Gewicht der Berührung auf meiner Schulter noch immer spüren kann. Ich taste nach der Stelle und grabe meine Fingernägel in die Haut. Der Schmerz durchläuft blitzartig meinen gesamten Körper und lenkt ihn von der gruseligen Berührung ab, aber mein

Gehirn lässt sich nicht so leicht täuschen und sendet beunruhigende Signale aus. Immer wieder blicke ich mich um, inspiziere den Waldweg hinter mir und versuche, einen eventuell vorhandenen Jemand dabei zu erwischen, wie er mir vielleicht folgt, indem ich - ohne ein gewisses Muster im Hinterkopf zu haben - meinen Blick unkontrolliert nach hinten werfe. Doch es scheint, als wäre ich schon längst wieder die einzige Person in dieser Gegend. Mein Puls rast noch immer meinem zu schnell gehenden Atem hinterher, als ich wieder an unserem Lager ankomme. Eine einzelne, einsame Träne rinnt mir über die Wange, bleibt auf halbem Wege liegen und trocknet auf meiner Haut. Ich liege zitternd und zusammengekauert auf meinem provisorischen Schlafplatz und spüre immer noch diese eine bestimmte Stelle an meinem linken Schulterblatt. Auch wenn es diesmal der Schmerz ist, der mich nicht vergessen lässt.

Schlafen ist schon etwas Seltsames. Wir legen uns in einen abgedunkelten Raum auf einen weichen Untergrund, legen eine Decke über unseren Körper und schließen die Augen für mehrere Stunden. Träumen ist schon etwas Seltsames. Wir tauchen hinab in eine Welt voll Fantasie, die nicht wirklich existiert, uns aber genau dies weismachen will. Wir stellen uns Dinge so lebhaft vor, als könnten wir sie fühlen oder schmecken und am nächsten Morgen sind doch meistens jegliche Erinnerungen an das noch so lebhaft Geträumte verschwunden. Nicht alles ist zu verstehen!

***

Der Aufbruch am nächsten Tag kommt unerwartet, eigentlich wollte ich noch weiterschlafen, da ich in dieser Nacht nicht die gewünschte Erholung erhalten hatte. Ich werde auf die Beine gezwungen und mit vorwärts geschleift.

„Was ist?“, murmle ich schlaftrunken, doch anstelle einer Antwort werde ich nur weitergezogen. „Ich verstehe das nicht! Hey, warte mal, was ist hier eigentlich los?“ Ich blicke mich im Vorbeistolpern fragend um. „Meine Schuhe“, brülle ich und versuche, mich aus Lians Griff zu befreien, „sie stehen noch an unserem Schlafplatz, wir müssen zurück und sie holen.“ Seine Hand bleibt eisern um meinen Arm gelegt. Probehalber zapple ich noch etwas herum, aber mir gebührt keine Gnade.

Wenigstens eine knappe Antwort wird mir zuteil: „Wenn du jetzt zurückgehst, läufst du dem Ding, was uns verfolgt, genau in die Arme. Ich weiß nicht, wer oder was es ist, aber du solltest es nicht auf die leichte Schulter nehmen. Schließlich hängt es schon seit gestern Mittag an unseren Fersen.“

„Ach“, werfe ich ihm an den Kopf, „und dann hältst du es nicht für nötig, uns frühzeitig einzuweihen, sondern zerrst mich lieber unwissend aus dem Bett?“

Er lacht nur freudlos. „Wenn es ein Bett gewesen wäre, in dem ich heute Nacht geschlafen hätte, dann wären meine Rückenschmerzen heute nur eine Einbildung, entsprungen aus meiner makabren Fantasie.“ Auf meinen Vorwurf geht er erst gar nicht ein.

Ich reiße mich trotzdem los und hole meine Schuhe, schließlich steht uns auch weiterhin ein langer Weg bevor. Den wütenden Blick der anderen wegen meines leichtsinnigen Verhaltens ignoriere ich so lange, bis es mir zu bunt wird. „Ich muss noch sehr viel laufen, ich brauche die Schuhe und es ist ja nichts passiert.“ Alle schweigen, aber die Blicke werden sanfter.

Mittlerweile laufen wir im Gleichschritt. Lian hat meine Hand wieder genommen, als ich zurückgekommen bin, aber sein Griff hat sich gelockert. Nicht so sehr, dass ich mich ihm noch einmal entziehen könnte (denkt er, ich laufe jetzt echt nochmal alleine zurück?), aber immerhin quetscht er meine Blutzufuhr nicht ab, was von Vorteil für mich ist.

Ich boxe ihm mit meiner freien Hand gegen die Schulter. „Hallo, ich habe dir eine Frage gestellt, warum hast du das mit dem Verfolger nicht schon längst erwähnt?“, necke ich ihn halb spielerisch, halb ernst.

Er wird nicht langsamer, als er mit zusammengepressten Zähnen nuschelt: „Ich dachte, es wäre weg.“ Dann höre ich ein sehr viel deutlicheres „Außerdem brauchten wir nach deiner Hetzjagd alle eine Pause, auch du!“.

Ich bleibe empört stehen, schließlich veranstaltet er gerade genau dasselbe mit uns, ein böser Fehler. Durch die Wucht, mit der mich Lian weiter geradeaus reißt, stolpere ich und lande unsanft auf dem Erdboden. Kleine, spitze Steinchen graben sich in meine Hände und die krümelige Erde verschmiert meine Knie. Fluchend stehe ich auf und bemerke, dass ich endlich losgelassen wurde. Ich beiße die Zähne zusammen und ziehe die Steine, welche stecken geblieben sind, einen nach dem anderen heraus. Lian mustert mich besorgt und ich wandle meinen schmerzverzerrten Ausdruck in einen bösen Blick um, den ich ihm zuwerfe. Ich mache mir nicht die Mühe, meine schmutzigen Hosenbeine abzuklopfen, geschweige denn, meine dreckverschmierten Knöchel zu säubern.

„Also dann, weiter“, sage ich und puste mir eine Haarsträhne aus dem Gesicht, die sich aus meinem Pferdeschwanz gelöst hat.

Mittlerweile haben auch Paul und Elena gemerkt, dass wir ihnen nicht mehr folgen und sind abwartend stehengeblieben. Ich laufe ihnen hinterher, mein Ziel wieder vor Augen, auch Lian kommt hinterhergerannt. Als sich der Wald zu lichten beginnt, macht sich ein angespanntes Kribbeln bemerkbar. Es hat bei uns allen eingesetzt. Vielleicht liegt es an der Luft; sie ist zu sauerstoffarm, um richtig atmen zu können. Dass dies aber weder an unserer Anspannung liegt noch an der Nähe der dunklen Stadt, merken wir alle erst, als wir mitten auf der großen Lichtung stehen.

Mir verschlägt es die Sprache, ein dicker Kloß bildet sich in meiner wie zugeschnürten Kehle. Ich schlage mir meine Hände vor den Mund und schaue mich mit weit aufgerissenen Augen um. All diese Pflanzen hier sind tot oder sehen schwach und krank aus. Kein einziger Baum wirkt mehr stark und tief verwurzelt, wie er es sollte. Mit hängenden Ästen, teils kahl oder mit vereinzelten, gelblichen Blättern bestückt, stehen sie hier, zwar groß und alt, aber umso müder und kraftlos. Ehe mich jemand daran hindern kann, trete ich mit Tränen in den Augen auf einen vergammelten Strauch zu meiner Rechten hin, strecke eine Hand aus und berühre ihn ganz vorsichtig. Er zerfällt zu dickem gelblichen und stinkenden Staub. Ich stolpere hustend zurück, meine Augen tränen jetzt noch mehr, angetrieben von Wut und dem beißenden Staub, welcher sich in der Luft verteilt. Wer hat ihm das angetan, meinem geliebten Wald? Ekel überrollt mich, nimmt mich völlig ein. Wie kann man nur so grausam sein?

Ich lasse mich verzweifelt auf meine Knie fallen. Der Waldboden ist übersät von abertausend toten Blättern; man könnte meinen, der Herbst wäre dieses Jahr zu früh und weniger farbenfroh ausgefallen, wenn man all das Leid ausblendet. Es gelingt mir nicht. Verzweifelt blicke ich zurück zu den anderen. Ich kann es nicht glauben... Elena grinst, ich hasse sie. In ihren Augen schimmert der Wahnsinn, die dünnen Lippen umspielt ein irres Lächeln. Dann wirft sie sich ohne Vorwarnung auf den Boden, neuer Staub wirbelt auf, und krümmt sich vor Lachen. Einen Grund scheint es nicht zu geben. Sie lacht und lacht, es will einfach kein Ende nehmen. Wir anderen stehen hilflos daneben und starren sie traurig und verwirrt an. Auf einmal schüttelt sich auch Paul, ihn scheint es gepackt zu haben. Ich drehe mich langsam zu ihm um, doch er liegt schon ausgestreckt am Boden und kleine Lachtränen laufen ihm über das Gesicht. Sind denn jetzt alle verrückt geworden? Immer, wenn ich denke, es ist vorbei, schüttelt ihn eine neue Lachwelle und macht es mir unmöglich, ihn anzusprechen.

Jetzt spüre ich es, ein leichtes Kribbeln. Doch ich weiß, dass ich ihm nicht erlauben darf, als Lachen aus mir herauszubrechen. Denn dann liege ich auch dort unten und Lian ist allein. Allein unter Verrückten. Ich verkrampfe mich und wage es nicht, zu atmen. Sodann wende ich meinen Kopf und schaue ihm in die Augen. Auch er scheint verzweifelt gegen etwas anzukämpfen. Da passiert es, erst leise und zaghaft, dann immer lauter und kraftvoller. Wir lachen, prusten los und können uns nicht mehr beherrschen. Mein Bauch tut weh und meine hochgezogenen Mundwinkel schmerzen, doch ich muss weiter lachen, immer weiter. Es wird niemals enden.

Es ist schon ein bizarres Bild, wie wir alle in einer fast toten Landschaft liegen und uns vor Lachen am Boden wälzen, was dazu führt, dass immer mehr Blätter pulverisiert werden. Ein klarer Gedanke in meinem ansonsten so chaotischen Kopf? Darüber muss ich noch mehr lachen, es ist einfach zu komisch, dass ich so etwas in dieser Situation noch zustande bringe. Wie es in den Köpfen der anderen wohl aussehen mag, frage ich mich und lege den Kopf lachend schief. Bestimmt fliegt dort auch nur alles kreuz und quer, so wie bei mir. Ach - einfach herrlich!

Ich stocke… was rede ich da? Es ist ganz und gar nicht lustig, was hier mit all den Lebewesen passiert ist oder was da gerade mit uns geschieht. Doch ist es, widerspricht mir mein Unterbewusstsein, sehr sogar! Ich schüttle meinen Kopf. „Nein“, schreie ich aus voller Kehle, um es zu übertönen. Aber die Stimme in meinem Kopf bleibt standhaft und fordert mich auf, es den anderen gleichzutun und weiterzulachen. Denn dies, so sagt sie, sei das einzig Richtige, was ich in diesem Moment tun könnte. Das Kribbeln setzt wieder ein, doch diesmal ist es leichter zu unterdrücken, denn ein starkes Pochen hat sich in meinen Kopf gepflanzt. So habe ich zwar etwas, auf das ich mich konzentrieren kann, aber es tut so weh.

Ich drücke meine Finger an die pochenden Schläfen, es soll aufhören. Schwankend richte ich mich auf und blicke wie durch einen Schleier auf meine Gefährten hinab. Ich stupse sie mit meinem Fuß an, jeden Einzelnen, doch keiner macht Anstalten, aufzustehen oder mit diesem dämlichen Lachen aufzuhören. Ich beuge mich zu ihnen runter, mit der Gewissheit, dass ich es selbst nicht wirklich länger aushalte, stark zu sein. Und ich weiß auch, dass mir keine zweite Chance gegönnt sein wird.

Es erfordert viel Kraft, als ich Lian an den Beinen packe und von der Lichtung wegziehe. Schweiß überströmt meinen Körper, als er endlich außerhalb der Gefahrenzone liegt. Seine Befreiung hat noch mehr giftigen Staub aufgewirbelt und ich halte die Luft an, als ich wieder hineintrete, um Elena zu holen. Nach allem, was sie gesagt oder getan hat, hätte ich sie am liebsten dort drin liegen lassen, aber ich weiß, dass ich es mir nie verziehen hätte.

„Ich bin anders als sie, ich bin nett und stark", murmle ich mir zu, als ich sie packe und hinausschleife. Außer Atem lege ich sie neben Lian; beide lachen noch immer, aber Lian scheint sich so langsam wieder zu beruhigen. Ich seufze erleichtert, hole ein letztes Mal tief Luft und renne zurück zu Paul. Er ist größer und schwerer als die anderen beiden. Ich spüre, wie meine Kraft nachlässt und die Welt um mich mit einem leichten Schwindelgefühl zu wanken beginnt.

„Auch das noch", denke ich mir, als ich mit einem Ruck an Paul ziehe. Ein winziges Stückchen rutscht er vorwärts und ich stöhne auf. Ein Fehler, wie mir schmerzlich bewusst wird, als mir die Luft ausgeht. Natürlich könnte ich wieder zurückrennen und mir neuen Sauerstoff holen, aber wer weiß, wie viel Zeit mir noch bleibt, uns beide hier rauszuholen. Von einem neuen Lachkrampf geschüttelt, windet sich Paul aus meinem Griff. Seine Füße fallen mit einem dumpfen Poltern auf den Boden. Gelber Staub wirbelt mir entgegen und nimmt mir die Sicht. Blind taste ich nach dem Stiefelpaar, immer hektischer suchen meine Hände den Waldboden ab. Neuer Staub wirbelt auf, bevor sich der alte gelegt hat, doch die Stiefel finde ich nicht. Ich lausche auf das Lachen, welches aus Pauls Kehle dringt, doch es scheint viel zu weit weg zu sein, als dass ich es greifen könnte. Ein schleifendes Geräusch lässt mich erst stutzen, dann herumfahren. Zu sehen ist noch immer nichts außer Staub, welcher den Tag gelb färbt. Meine Lunge schreit nach Sauerstoff, ein zu vertrautes Gefühl, es macht mir keine Angst mehr. Zum ersten Mal in meinem Leben bin ich dankbar für einen Alptraum, dankbar für das Training, welches ich durch diesen hatte. Das Lachen ist verstummt, der pochende Schmerz in meinem Kopf und meiner Lunge ist umso deutlicher zu spüren. Ich benutze meine letzte Kraft, um auf den Knien vorwärts zu kriechen und Paul zu suchen.

„Alles hängt von mir ab", denke ich. Ich bin stark, ich werde es schaffen!

„Alles ist gut Linn, bleib stehen", höre ich noch, dann verliere ich das Bewusstsein.

Als ich die Augen wieder öffne, liege ich neben Paul im Gras. Elena steht neben Lian und redet auf ihn ein. Meine Kopfschmerzen haben noch nicht nachgelassen, aber ich zwinge mich trotzdem zum Aufrichten. Während ich zu ihnen hinübergehe, schlägt auch Paul seine Augen auf.

„Hast du mich daraus gezogen? Warst du das?", frage ich an Lian gewandt. Er nickt und ich falle ihm dankbar um den Hals.

„Du solltest dich eher bei Elena bedanken, schließlich hat sie mich da zuerst rausgezogen. Ohne sie lägen wir wahrscheinlich immer noch dort drin. Ich frage mich, wie sie es geschafft hat, sich von der Wirkung des Staubes zu befreien!“

„Was?“ Ich schreie das einzelne Wort beinahe hinaus. Ich trete langsam, sehr langsam auf Elena zu. Sie weicht ein paar Schritte zurück.

Dann sage ich mit gefährlich ruhiger Stimme: „So - du hast dich selber daraus befreit und Lian gleich mit dir und das war niemand anders?“ Ich mache eine Pause, um sie zu einer Antwort zu bewegen. Aber sie schweigt und beißt sich nur verlegen auf die Unterlippe. „Es ist ja nicht nur so, dass du mir nicht dankst, sondern auch noch, dass du dir meine Leistung andichtest. Sag mal, was habe ich dir eigentlich getan, dass du immer so… ach so zu mir bist, wie du eben bist? So hinterlistig und gemein und…?“ Die letzten Worte schreie ich ihr nun wirklich ins Gesicht. Ich will auf sie zu springen, sie zu Boden reißen und ihr verlogenes Lächeln aus dem Gesicht bekommen. Doch Lian zieht mich von ihr fort und flüstert in mein Ohr: „Alles ist gut, beruhige dich, Linn.“

Aber das ist es nicht, was meinen Puls herunterfahren lässt, sodass ich mich langsam wieder beruhigen kann.

„Danke für die Rettung“, flüstert er weiter. Und dieser einzelne leise Satz ist der Auslöser.

Ich werde ruhiger und schmiege mich an ihn. „Was war nur mit dem Wald los?“, frage ich ihn traurig.

„Ich weiß es nicht“, sagt Nick schulterzuckend. „Möglicherweise eine Art Abwehrsystem der Darkness-Organisation, damit sie niemand ungebeten besuchen kommt.“

„So wie wir“, sage ich.

„So wie wir“, bestätigt Lian.

Unseren Weg setzen wir schweigend fort, niemand würdigt Elena eines Blickes. Ich habe keine Lust, mit einem von ihnen eine Konversation zu starten und die Jungs halten sich zurück, weil sie die Blicke sehen, welche Elena und ich austauschen. Spannung liegt in der Luft.

Ich bin fast erleichtert, als vor uns in der Dämmerung der hereinbrechenden Nacht ein Streifen karges Stück Land auftaucht und in der Ferne die Umrisse des dunklen Würfels zu erkennen sind. Wir haben es so weit geschafft, was kann schon noch groß auf uns zukommen, denke ich mir und ignoriere die Stimme in meinem Kopf, die mich ermahnt, dass es sehr wohl viel schwieriger wird als jetzt noch vermutet. Aber mal ehrlich, hörst du auf die Stimme, die von Zeit zu Zeit durch dein Bewusstsein geistert und dir Vorträge über dein Handeln hält? Ich schätze mal nicht, wer tut dies auch? Am allerwenigsten wohl ich selbst.

Chapter 10

Pria

Nur wenige Schritte von mir entfernt bleibt er stehen. Seine Gestalt ist groß und muskulös, so wie die eines jeden von ihnen. Rein optisch kann ich keine Unterschiede erkennen und auch sein Gang ist identisch mit dem der anderen. Und doch… irgendetwas lässt mich stutzen; vielleicht ist es das schwache Zusammenzucken seinerseits, welches sich zeigt, als er seinen Blick über mich hinweg schweifen lässt. Niemand sonst scheint es bemerkt zu haben, aber ich bin trainiert, auf solche Kleinigkeiten zu achten. Er ist stark, vielleicht stärker als Emmett und ich zusammen und ich habe ihn alleine gefunden. Ich atme einmal tief durch, bevor ich mich aus der Masse der Menschen löse, um die Aufgabe zu erfüllen, die Jolina uns aufgetragen hat. Ich werde meinen Fehler wieder gut machen, so hoffe ich, wenn ich es schaffen werde. Dann werden sie mich endlich wieder als wahres Mitglied ansehen und mich nicht nur als Überbringer akzeptieren, immerhin ist er eine gute Partie für uns.

Ich sehe, wie sich einer der Wachleute zu mir umblickt, mein Herz stolpert und schlägt dann schneller. Nein, nein, das ist der Falsche, nicht er soll auf mich aufmerksam werden. Wieso geht bei mir denn immer alles schief? Ich hatte doch das wissende Zucken seines Körpers gesehen, als er mich angeschaut hat. Warum bewegt er sich jetzt nicht zu mir, sondern einer von denen, die ich so gar nicht gebrauchen kann? Ich höre ein Räuspern neben mir. Langsam, ganz wie es ein von der Dunkelheit Eingenommener getan hätte, blicke ich mich um. Emmett! Ich kann es nicht fassen, warum tut er das für mich? Eigentlich müsste er mich noch mehr hassen als jeder andere und doch hilft er mir aus irgendeinem unerfindlichen Grund.

Ein dankbares Lächeln huscht über mein Gesicht, doch er blickt mich nur warnend an, dann beginnt er zu rennen. Der Wachmann, welcher sich eben noch so brennend für mich interessiert hat, startet die Verfolgung und ich bin frei.

Mein Blick ruht auf der dunklen Sonnenbrille meines Zielobjektes, auch er scheint mich anzustarren. Ich drehe den Kopf ganz leicht und bedeute ihm somit, mir zu folgen. Es ist ein Risiko, welches ich gerade eingehe, aber sicher bin ich mir sowieso nie. Woher soll man auch mit absoluter Gewissheit sagen können, dass es sich bei einem Menschen, dessen aussagekräftigstes Körperteil hinter einer Sonnenbrille versteckt ist, um einen wie uns handelt. Wenn das einzige Tor zur Seele verdeckt ist, woher soll man dann wissen, ob eine Person überhaupt noch eine besitzt? Falls es ein Irrtum sein sollte, kann ich nur noch hoffen, dass ich schneller bin, denn seine Stärke überragt meine um Längen, da bin ich mir ausnahmsweise mal sicher. Ich gehe bedächtig ein paar Schritte zurück, ihn nie aus den Augen lassend und endlich… er wechselt ein paar Worte mit einer nebenstehenden Frau in einer identischen Uniform und kommt dann auf mich zu.

Ohne mich umzudrehen, beschleunige ich meine Schritte. Noch läuft er langsam auf mich zu, doch wenn ich noch schneller werde, wird auch er seinen Gang beschleunigen und ich bin noch nicht weit genug außerhalb, als dass ich es mir erlauben könnte, von Kameras aufgezeichnet zu werden, wie ich wie eine Verrückte davonrenne.

In der Innenstadt halten sich für gewöhnlich die meisten Menschen auf, weshalb dort auch ihre zusätzlichen Augen, die Kameras, fast überall zu finden sind. Weiter in den engen und noch dunkleren Gassen mit den kleineren Häusern hängen sie nur noch vereinzelt an den Häuserecken.

Ich habe eine genaue Route im Kopf, hunderte Male habe ich sie mir auf dem Plan angesehen, bin sie mit dem Finger nachgefahren und habe mir vorgestellt, die Häuserblocks wirklich zu durchlaufen. Ich kann es nicht riskieren, eine andere Strecke zu nehmen. Zusätzlich muss ich mich beeilen, da es nicht lange dauern wird, bis sie in der Zentrale bemerken, dass einige Kameras kein Bild mehr aufzeichnen.

Noch immer gehen wir beide recht langsam, er auf mich zu und ich von ihm weg. Als ich an der Ecke mit dem hellsten Haus der Straße vorbeikomme, drehe ich mich um und renne. Ich höre das Summen einer sich drehenden Kamera, doch da bin ich schon um die nächste Ecke gebogen. Sie ist abgesichert und lässt mich aufatmen. Ich höre seine schweren Schritte auf dem dunklen Asphalt, sie kommen näher. Der Weg ist noch lang und wer weiß, ob der Plan aufgeht, wenn er mich schon vorher zu fassen bekommt. Aber ich muss es versuchen, Aufgeben ist keine Option, das war es noch nie.

Ich renne so schnell, wie mich meine Füße tragen, doch mein Verfolger holt auf. Ein gewisses Stück soll ich ihn an mich herankommen lassen, doch nicht so weit, dass er mich - wenn er die Arme ausstreckt - mit den Fingerspitzen berühren kann. Ich höre, wie er schnauft, als er all seine Kraft zusammennimmt und noch schneller nach vorne prescht. Ich weiß jetzt, ich habe keine Chance, rechtzeitig ans Ziel zu kommen, jedenfalls nicht, wenn ich den Plan einhalte und den vorgegebenen Weg weiter einschlage. Also gehe ich im Kopf den gesamten Stadtplan durch, um einen Weg zu finden, eine Abkürzung, welche zugleich den Treffpunkt schneidet. Aber da ist keine.

Ich zwinge meinen Körper, den letzten Rest Energie dafür herzugeben, mein Tempo zu beschleunigen, doch dann schießt mir ein Gedanke durch den Kopf und ich werde langsamer. Unkontrolliert schnappe ich nach Luft, während meine Füße gleichmäßig auf den geteerten Boden trommeln. Ich laufe langsam und warte darauf, dass er aufholt, ein Überraschungsangriff scheint die beste und zugleich einzige Möglichkeit zu sein, die mir noch bleibt, schießt es mir durch den Kopf, als mich zwei starke Hände packen und gegen eine Hauswand pressen. Ich habe schon wieder versagt.

„Wer bist du?", flüstert eine gepresste Stimme neben meinem Ohr, sie klingt verdammt sexy, was mir in dieser Situation nicht gerade hilft.

„Lina, Lina McLain", gebe ich meine falsche Identität preis.

„Ach ja?", fragt er nur und dreht mich um. Unfähig, mich zu rühren, folge ich seiner vorgeschriebenen Bewegung. „Das denke ich nicht", fährt er fort. „Es sind schon zu viel McLains gefasst worden. Ihr solltet euch einen anderen Nachnamen einfallen lassen. Wie heißt du wirklich?"

Nun bin ich mir ziemlich sicher, dass er so ist wie wir. Niemandem, der seiner Seele beraubt wurde, wäre dies aufgefallen. Ich schaue ihn an, presse meine Lippen aber fest aufeinander. Von mir wird er nichts erfahren. Nicht, dass der auffällige Nachname mit zum Plan gehört und auch sonst nichts. Es hatte uns viel Mühe gekostet, diesem Nachnamen Gewicht zu verleihen, damit ihn diejenigen, für die er bestimmt war, sofort erkennen würden, aber nicht, welche Rolle er hier überhaupt spielt.

Er zieht mir die Sonnenbrille vom Gesicht, ich nutze meine Chance und stoße ihn mit der kurzzeitig frei gewordenen Hand von mir weg. Dann lasse ich mich auf den Boden fallen und rutsche zwischen seinen halbgeöffneten Beinen hindurch. So einfach hätte er es mir echt nicht machen brauchen, aber wer beschwert sich schon darüber? Ich ducke mich unter seiner Faust weg, lande aber auch keinen Treffer, als mein Fuß auf seinen Magen zu schießt. Mittlerweile gibt es keinen Zweifel mehr, dass er der Richtige ist, denn sein Kampfstil passt nicht zu den mechanischen Bewegungen der normalen Wache, auch wenn er verbissen versucht, diese zu imitieren.

Ein Faustschlag gegen mein Knie zieht mir den Boden unter den Füßen weg, was mich aber nicht daran hindert, meinen Gegner mit mir zu reißen. Wir wälzen uns über den Boden und als ich ihn mit einem gezielten Kick die Sonnenbrille von der Nase trete, gibt es keine Zweifel mehr: das ist der Junge, den ich mir so oft auf dem kleinen unscharfen Foto angesehen habe. Jedes kleinste Detail ist in meinem Kopf gespeichert. Das Muttermal unterhalb seines linken Auges oder die kleine Narbe am Kinn, welche es in Form eines Tropfens ziert.

Ein Tritt von ihm in meinen Magen nimmt mir die Luft, doch ich darf nicht aufgeben, die Zeit läuft ab und ich muss es irgendwie schaffen, bevor sie die Kameras wieder neu programmiert haben.

Ein Knacken und ein darauffolgendes Stöhnen versichern mir, dass ich ihm die Nase gebrochen habe. Immer noch ohne Sauerstoff, dafür mit neuer Willenskraft ausgerüstet, kämpfe ich verbittert weiter und kann immer wieder Treffer landen. Ich selbst muss zwar auch welche einstecken, aber lang nicht so viele wie er.

Plötzlich hört er auf, mich zu schlagen und hebt nur stöhnend beide Hände. Meine Faust bleibt mitten in der Bewegung stehen, dann richte ich mich auf. Erst jetzt spüre ich, wie mir das Blut aus einer Platzwunde am Kopf rinnt. Das Adrenalin, welches noch immer durch meinen Körper jagt, lässt mich die anderen Schäden ausblenden. Auch er erhebt sich und ich schaue ihn mit zusammengekniffenen Augen misstrauisch an. Dann bedeute ich ihm, mir zu folgen; er tut dies ohne

Kommentar, sondern wischt sich nur das Blut aus dem Gesicht. Er zuckt zusammen, als er dabei aus Versehen seine Nase berührt. Jeder Schritt schmerzt, als ich ihn unaufhaltsam vorwärts ziehe.

Wir kommen am Treffpunkt an, wo wir schon unruhig erwartet werden. Meine Augen schweifen umher, auf der Suche nach einem ganz bestimmten Gesicht, doch ich kann ihn nirgends finden.

Kasra kommt auf uns zugelaufen, sie hat Verbandszeug dabei. Tadelnd schaut sie zu mir auf. „Du solltest ihn nur herlocken, nicht gleich auseinandernehmen."

Auch wenn sie eindeutig jünger ist als die meisten hier, so gebührt ihr derselbe Respekt, den ich einmal genossen habe. Als wir alle im Gebäude verschwinden, werde ich erst einmal ins Bad geschickt. Dort angekommen, schaue ich fasziniert in den Spiegel. Noch nie hat es jemand geschafft, mich dermaßen zuzurichten. Er ist echt gut. Mit zitternden Fingern wasche ich mir vorsichtig das Blut aus Gesicht und Haaren. Das Wasser brennt auf meiner Haut, doch ich muss jegliche Spuren beseitigen, jedenfalls so gut es geht. Schließlich fallen Wunden in dieser Stadt genauso schnell auf wie Farben.

Ich höre einen unterdrückten Schrei aus dem Nebenzimmer und weiß, dass sie gerade seine Nase behandeln. Jetzt tut es mir leid, ihn so zugerichtet zu haben, aber das verfliegt ganz schnell wieder, als ich mich meinen geschwollenen Knöcheln widme. Eine weitere Tour in nächster Zeit kann ich vergessen. Ich schnaube frustriert auf. Wieso zum Teufel war dieser Junge so gut? Ich hatte es bis jetzt mit jedem Wachmann aufnehmen können, ohne auch nur einen Kratzer davonzutragen, aber keiner hatte so gekämpft wie er. Ich muss zugeben - so schwer es mir auch fällt -, dass er mich um ein Haar besiegt hätte und das gefällt mir gar nicht.

Humpelnd gehe ich aus dem Raum, nachdem ich mich abgetrocknet und frische Kleider übergeworfen habe. Kasra legt von hinten ihre Hand auf meine Schulter, was mich zusammenzucken lässt. Sie merkt es und zieht ihre Hand betreten wieder zurück. Ich blicke lächelnd auf sie hinab, ganz so, als ob nichts gewesen wäre.

Als ich nach der Türklinke greifen will, springt sie mir in den Weg. „Du kannst da jetzt nicht rein", meint sie nur, als ich sie missmutig anstarre. Dann blickt sie auf meinen angeschwollenen Knöchel und tritt doch noch zur Seite.

Ich sehe Kasra das schlechte Gewissen an, welches ihr ins Gesicht geschrieben steht. Wahrscheinlich hat sie die ausdrückliche Anweisung erhalten, mich aus diesem - zum Krankenzimmer umfunktionierten - Raum fernzuhalten. Aber mein ramponierter Fuß ist meine Eintrittskarte in genau diesen.

Ich grinse in mich hinein, als ich die Tür aufstoße und eintrete. Kasra huscht hinter mir durch die Tür, ehe sie sich schließt. Sie zeigt nur auf meinen Knöchel, als ihr grimmige Gesichter entgegenblicken. Der Junge liegt mitten im Raum auf einer Liege. Sie sind gerade dabei, ihn hochzuheben und in eins der an der Wand aufgereihten Betten zu legen. Mich führen sie zu einem Bett am anderen Ende des Zimmers - das mit dem größtmöglichen Abstand zu ihm. Warum? Denken sie etwa, ich würde wieder auf ihn losgehen? Das ist doch… ok... möglich wäre es. Nachdem ich letztes Jahr ein Mädchen, welches mir die Hand gebrochen hatte, zusammengeschlagen habe – aus Versehen, muss ich hinzufügen -, weil sie an meiner Stelle für die Mission ausgewählt werden wollte. Ich wusste ja nicht, dass ein einziger Schlag von mir dazu in der Lage war. Da möchten sie jetzt wohl kein Risiko eingehen. Natürlich bekam ich damals die ganze Schuld zugeschrieben, was ich bis heute ungerecht finde, schließlich hat sie aus einem ganz nichtigen Grund meine Hand gebrochen und ich habe mich nur revanchiert. So sehe ich das zumindest.

Nachdem mein Knöchel mit einer Salbe eingerieben und in einen Verband gepackt wurde, bin ich zur absoluten Bettruhe verdammt worden. Es bestehe zwar nicht direkt die Gefahr, dass mein Knochen ganz durchbricht, aber sicher ist sicher, so sagen sie zumindest. Wir werden nicht allein gelassen, obwohl doch immer jede einzelne Person gebraucht wird. Und als sich unsere Wache abwechselt, weiß ich, dass irgendetwas so gar nicht nach Plan verläuft. Denn den schmächtigen Jungen, den sie schicken, hätte ich sogar mit zwei angebrochenen Füßen erledigen können. Höchstwahrscheinlich wollen sie ihm nur das Gefühl geben, auch wichtig zu sein, während er aus der Gefahrenzone gebracht wird, um niemanden zu stören. Der Arme.

„Hey, du“, rufe ich zu ihm herüber. Er zuckt zusammen und dreht sich ängstlich zu mir um. Ich runzle die Stirn - er ist der Letzte, der gerechtfertigt Angst vor mir haben muss. Ich lächle ihm vorsichtshalber zu.

„Kennst du zufällig einen gewissen Emmett?“
Er nickt langsam.

„Und hast du ihn heute schon gesehen?“, frage ich weiter. Er zuckt nur mit den Schultern und meine Sorge mischt sich mit Frustration. „Wie heißt du?“, setze ich erneut an.

Er tritt zaghaft einen Schritt auf mich zu und flüstert dann unsicher: „Luke, mein Name ist Luke.“

Ich setze mich immer noch lächelnd auf. „Hallo Luke, ich bin…“

„Pria“, unterbricht er mich. „Dich kennt hier doch jeder.“ Jetzt bin ich die, die verunsichert schaut. Ich nehme ein unterdrücktes Lachen war; es kommt von dem Jungen am anderen Ende des Zimmers. Bisher hat er ja nicht viel dazu beigetragen, dass wir uns näher kennenlernen. Auf alle meine Fragen hat er stets nur mit Schweigen geantwortet, solange, bis ich es schließlich frustriert und genervt aufgegeben habe.

Doch jetzt meldet er sich zu Wort: „Dann hatte ich ja die Ehre, mich von einer echten Berühmtheit k. o. schlagen zu lassen. Jetzt fühle ich mich gleich besser." Die Ironie, welche in seinen Worten mitschwingt, lässt sie nicht weniger heiß klingen. Fast hätte ich aufgeseufzt, aber nur fast.

„Willst du ein Autogramm auf deine Nase?", frage ich spöttisch. Er soll ruhig merken, dass mir sein ironischer Unterton aufgefallen ist und annehmen, dass er mich überhaupt nicht beeindruckt.

Luke räuspert sich verlegen. „Also, wenn du nichts dagegen hättest, ich würde gerne eins haben."

Ich werfe ihm mein Kissen an den Kopf und kann nur krampfhaft ein Lachen unterdrücken; der Kleine meint es doch tatsächlich ernst. Er fängt es ohne Probleme und kommt noch näher auf mich zu.

„Wir finden dich echt toll!", sagt er mit einem versonnenen Blick in Richtung Kissen. Das wird ja immer besser.

„Wer ist wir?", frage ich ihn mit leichtem Entsetzen in der Stimme. Ich hasse diese Art von Aufmerksamkeit, ich habe sie schon immer gehasst und jetzt wird mir das hier eindeutig zu viel. Wieder ist ein Lachen zu hören.

„Na, wer wohl… deine Fangemeinde natürlich."

Der Junge am anderen Ende des Zimmers lacht noch lauter.

„Sei leise, sonst komme ich rüber", warne ich ihn, doch er antwortet nur:

„Ich freu mich auf dich, Süße!"

Ich mache Anstalten, aufzustehen, doch Luke hält mich zurück. „Du darfst nicht aufstehen."

Sobald seine Hand meine Schulter berührt, um mich wieder runterzudrücken, schleicht sich ein verzückter Ausdruck auf sein Gesicht. Ich stöhne auf, lege mich freiwillig wieder hin und ziehe mir die Decke über den Kopf. Das Lachen wird lauter.

„Sie ist mit Jolina, unserer Anführerin, verbunden", höre ich Lukes gedämpfte Stimme. „Und sie kann super kämpfen, sie gehört zum inneren Kreis und ist bei jeder Mission dabei."

Ich setze mich auf und schaue ihn scharf an. „Meinst du nicht, dass es noch ein bisschen früh ist, um ihn in alles einzuweihen?"

Er zieht ertappt den Kopf ein.

„Und verdammt nochmal, wieso findest du mich so toll? Gerade jetzt, nach dem Vorfall mit…" Ich stocke.

Eifrig fängt er an: „Es ist doch klar, dass du nichts dafürkannst, dass sie ihn umgebracht haben."

Ich lächle schwach. „Das sehen hier aber einige anders!"

„Und dass unser Versteck aufgeflogen ist und ein paar Pläne beschlagnahmt wurden und wir dadurch total aus dem Zeitplan geflogen sind und fast noch mehr von uns entdeckt worden wären und...".

„Das reicht", unterbreche ich ihn mit einem Kloß im Hals. „Ich weiß, was ich da angestellt habe. Und es tut mir leid. Ich würde liebend gerne die Zeit zurückdrehen und dann alles anders machen. Aber das kann ich nun mal nicht."

Das Lachen ist verstummt und meinem leisen Schluchzen gewichen. Ich höre ein Flüstern, kann aber nicht verstehen, was die beiden bereden, dann dringt ein anderes Geräusch an mein Ohr - das Verschieben eines Bettes mit Rollen. Ich öffne zaghaft die Augen und schaue in das lächelnde Gesicht des Jungens, dessen Name ich nicht kenne. Er hat zusammen mit Luke sein Bett neben meines gezogen.

„Willst du darüber reden?" Er sieht mich fragend an.

Ich überlege… ja, ich würde so gerne darüber reden. All die Anspannung lösen, welche sich in meinem Herzen gestaut hat. Also nicke ich zögerlich und beginne.

„Wir hatten soeben von Jolina erfahren, dass ein Händler zu einem Hintereingang käme, welcher uns eine Lieferung Lampen bringen sollte. Richtige helle Lampen. Nicht die, die du in manchen Kellern finden kannst. Diese spenden echtes Licht und helfen uns beim Überleben. Sie schenken uns Farben und Hoffnung. Und mit Hoffnung und Zutrauen können wir es vielleicht schaffen. Jason und ich wurden ausgewählt, diese zu empfangen. Als wir auf dem Weg durch ein Feld am Rande der Stadt waren, habe ich meine Sonnenbrille verloren, als ich über einen größeren Stein gestolpert bin. Wir konnten sie weder finden noch lange danach suchen, schließlich ist es immer dunkel und der Lampenmann würde auch nicht ewig auf uns warten. Also bin ich ohne Brille weiter gegangen… sehr riskant, ich weiß, aber die Ladung hätte nicht alleine transportiert werden können und sie war zu wichtig für uns. Als wir zu den Straßen kamen, hat mir Jason seine Sonnenbrille gegeben. Ich wollte sie nicht annehmen, aber er hat darauf bestanden, dass ich sie trage. Letztendlich habe ich eingewilligt. Wir haben uns getrennt, damit im Falle einer Kontrolle kein Verdacht auf eine Zusammenarbeit zwischen uns fällt. Es war ein Fehler, denn natürlich wurde er ohne die Brille, hinter der er seine Emotionen fast gänzlich hätte verstecken können, entdeckt. Sie haben ihn direkt getötet. Es war kurz vor unserem Treffpunkt, ich habe alles mit angesehen. Es war so schwer, meine Tränen zu verstecken, aber ich hatte das Gefühl, dass ich es zu Ende bringen musste. Für ihn… sein Tod sollte nicht umsonst gewesen sein. Als ich diese Entscheidung traf, habe ich alles nur noch schlimmer gemacht.

Sie haben den geheimen Eingang entdeckt, als ich den Teil der Ladung, den ich alleine tragen konnte, gerade angenommen hatte. Ich ließ sie fallen, um schneller weglaufen zu können. Die Lampen waren in dem Moment für mich genauso unbrauchbar geworden wie der Eingang für alle anderen

Rebellen. Natürlich sind sie hinter mir hergelaufen, aber die Trauer und aufsteigende Wut verlangsamten mich, sodass sie mir bis zu unserem Versteck folgen konnten. Und so habe ich an einem Abend einen Freund verloren, unser Versteck verraten, den Geheimeingang zerstört, in meiner Mission versagt und - was am schlimmsten ist - ich bin Schuld daran, dass sie sieben weitere Rebellen mitnehmen konnten und geheime Aufzeichnungen von uns gefunden haben.

Ich weiß nicht, was sie mit mir angestellt hätten, hätte sich Jolina vor all den Jahren jemand anderen ausgesucht, in dessen Kopf sie eingepflanzt wird. All meine Verdienste, welche ich über Jahre hinweg angehäuft hatte, waren mit einem Mal vergessen, nur noch der eine Abend zählte. Und ich kann es ihnen nicht verübeln - es war dumm, zu unserem Treffpunkt zu laufen. Ich hätte sie weglocken sollen, aber anstatt dies zu tun, habe ich sie nur brav zu uns geführt und alle bedenkenlos ins Verderben gestürzt."

Es tut weh und gut zugleich, jemandem alles zu erzählen. Nach viel zu langer Zeit für dieses Geschäft - uns bleiben oft nicht mal mehr als ein paar Stunden um zu trauern - habe ich endlich das Gefühl, dass sich die Wunde in meinem Herzen langsam, sehr langsam zu schließen beginnt. Niemand sagt etwas, keine Vorwürfe, keine tröstenden Worte, ich bin erleichtert, nichts von alledem würde mir helfen. Das Schweigen, welches sie mir entgegenbringen, ist viel wertvoller als jedes noch so weise gewählte, gesprochene Wort. So viele haben mir schon versichert, dass es hätte jedem passiert sein können, der an meiner Stelle mitgekommen wäre. Falsch lächelnde Gesichter, die versucht haben, mich aufzumuntern, ohne mir wirklich verziehen zu haben. Aber der einzige Mensch, der mir wirklich verzeihen muss, bin ich selber. Und ich glaube, ich habe angefangen, es zu tun.

Der Junge kommt langsam zu mir rübergerutscht und legt einen Arm um mich. Ich spüre, wie meine Tränen versiegen.

„Ben", flüstert er.

Ich lache schwach. „Bitte, was?"

„Na, mein Name", grinst er schief, „du kennst ihn noch nicht. Und ich füge hinzu, es ist der richtige, denn mein Nachname ist nicht McLain, sondern Maxwell".

„Ich bin…", setze ich an, doch er unterbricht mich.

„Pria, habe ich eben gehört", er deutet auf Luke.

Ich seufze auf. „Moore", füge ich hinzu, „Pria Moore. Ist es mir denn gar nicht gegönnt, mich in diesem Raum selber vorzustellen?" Ich stöhne gespielt verzweifelt auf, muss dann aber doch grinsen. „Freut mich, dich endlich wie jeden normalen Menschen kennenzulernen, Ben Maxwell."

Die Tür wird aufgestoßen und Kasra kommt mit einem nervösen Gesichtsausdruck herein. Aufgewühlt fragt sie uns, ob wir laufen können. Ben springt auf, sein Fuß war ja nicht verletzt, sondern seine Nase gebrochen und läuft zu ihr hinüber. Ich versuche, mich ebenfalls so enthusiastisch fortzubewegen, scheitere aber kläglich, als mir mein angeschwollener Knöchel einen Strich durch die Rechnung macht. So schnell, wie es mir erlaubt ist, aber immer noch viel zu langsam, komme ich auf sie zu gehumpelt. Luke kommt wenig hilfreich auf mich zugesprungen und will mich stützen, bricht unter der Last aber fast zusammen. Ich entziehe mich ihm und kämpfe mich tapfer alleine weiter. Immer wieder wandert Kasras Blick zwischen der Uhr, die sie am Handgelenk trägt, und der Tür am hinteren Ende des Korridors hin und her.

„Was ist passiert?", frage ich sie im Flüsterton, als ich mich neben sie vorgearbeitet habe. Ich hatte die Tatsache ausgeblendet, dass sie ausgerechnet Luke geschickt haben, der mich nicht einmal stützen konnte. Der Gedanke an meine Frage lässt mich lustlos auflachen, sonst bin immer ich es, die

Informationen besitzt und weitergibt. Dass ich jetzt in so einer Situation stecke, scheint ein makabrer Scherz des Schicksals zu sein, falls ein solches überhaupt existiert. Da gehen die Meinungen ja für gewöhnlich auseinander.

„Emmett", zischt sie nur und dieses Wort reicht aus. Erleichterung macht sich in mir breit.

„Ist er hier?", frage ich aufgeregt, sie schweigt nur und lenkt ihren Blick stur geradeaus. „Ist etwas passiert?", frage ich sichtlich nervöser, doch wieder erhalte ich keine Antwort. Langsam wandelt sich meine Nervosität in Panik und ich kann förmlich spüren, wie sie sich in meinem Körper ausbreitet. „Ist er…", ich mache eine Pause, „ist er tot?" Flehend schaue ich sie an; irgendeine Information muss sie doch preisgeben. Ich verzweifle und wie immer in solchen Augenblicken der Ungewissheit rechne ich mit dem Schlimmsten. Male mir Dinge aus, welche in einer bestimmten Reihenfolge ablaufen. Ich habe alles so perfekt geplant, doch in Wahrheit kommt es dann immer ganz anders. Wann höre ich endlich auf, mir etwas vorzumachen? Ich muss den Tatsachen ins Auge sehen und mir nicht meine ganz eigene Geschichte zusammen spinnen. Doch das ist nicht so leicht, wenn man die Tatsachen nicht kennt, in deren Augen man anschauen möchte. Es liegt wohl in unserer Natur, sich so zu verhalten, die Handlung zu planen und Angst vor dem Ungewissen zu haben.

„Nein… und jetzt sei leise und beeil dich", presst Kasra nervös hervor. Überwältigende Erleichterung besiegt jegliche anderen Gefühle, ich seufze auf. Immer noch humpelnd, versuche ich, meinen Schritt zu beschleunigen, als ich von hinten gepackt und hochgehoben werde. Im nächsten Moment befinde ich mich in den Armen von Ben. Mein Kopf kann sich nicht entscheiden, ob ich das jetzt toll oder unangenehm finde. Das Ergebnis: vorläufiges Chaos.

Wir laufen weiter die schier endlosen Flure entlang, bis wir vor einer kleinen, unscheinbaren Tür zum Stehen kommen. Der Raum, welcher sich hinter ihr befindet, ist jedoch weder klein noch unscheinbar. Der gesamte innere Kreis hat sich um einen runden Holztisch versammelt und studiert ein darauf liegendes, ausgebreitetes Stück Papier, was sich bei näherem Betrachten als ein Plan der Kanalisation entpuppt. Mein gerne im Voraus planendes Hirn braucht sich diesmal nicht wirklich anstrengen. Ich weiß, was dies zu bedeuten hat… wir gehen da runter. Zwar sicherer, aber auch dunkler als je zuvor.

Ich blicke umher, inspiziere jedes einzelne Gesicht auf der Suche nach ihm.

„Emmett", schreie ich, als ich ihn entdecke und alle Augen sind auf uns gerichtet. Ich laufe rot an, als mir bewusst wird, dass ich mich immer noch auf dem Arm eines gut aussehenden Jungen befinde. Ich winde mich etwas, um ihm zu signalisieren, mich runterzulassen und werde abgesetzt. Emmett kommt auf mich zu, ich falle ihm um den Hals und lache erleichtert auf. „Du hast sie alle abgehängt, ich wusste es!"

Er grinst nur und geht nicht weiter auf das Thema ein.

„Wir haben beschlossen, dass es hier nicht mehr sicher ist", lässt sich Aurelia, die Zirkelälteste - abgesehen von Jolina - vernehmen. „Und ich rede nicht nur von unserem jetzigen Standpunkt." Sie macht eine ausschweifende Handbewegung, die allumfassend wirken soll. „Nein, ich rede generell von unserem Leben über der Erde. Wir haben beschlossen, es unterhalb zu probieren." Sie rollt den Plan zusammen und erhebt sich von ihrem Stuhl. „Und ich erwarte, dass bis Mitternacht jeder einzelne Rebell aufgespürt ist. Bringt sie zu den Gullys westlich des Hauptgebäudes der Darkness-Organisation."

Bei diesem Wort geht ein Raunen durch die Menge. Niemand nennt die Organisatin beim vollen Namen, alle sprechen sie immer nur vom Rat. Es ist also amtlich, wir bauen uns unser kleines Imperium unterhalb der Stadt auf und jeder ist eingeladen. Der Unterschied zwischen Zirkel und normalen Rebellen ist scheinbar aufgehoben.

Aus dem Augenwinkel nehme ich eine Bewegung wahr. Es ist Kasra, die auf das leise Piepsen ihrer Armbanduhr reagiert. Einige von uns, so wird mir klar, werden nicht gänzlich unter der Erde verschwinden. Kasra ist eine von ihnen. Sie holt die Informationen vom Rat, sozusagen von der Quelle. Immer wieder muss sie fort in irgendein Amtsgebäude. Sie kehrt jedes Mal mit einer Fülle von Informationen zu uns zurück. Was sie dort aber wirklich macht, bleibt ihr Geheimnis

Rebellen strömen aus, um unseren Umzug zu verkünden und Punkt Mitternacht haben wir uns versammelt an den westlichen Gullys dieser Stadt, bereit für den Abstieg.

„Sie sind da", dröhnt Jolinas Stimme in meinem Kopf. „Macht euch bereit!" Auch das noch.

Chapter 11

Kasra

Ich spürte das Kribbeln in meinen Händen vor ungefähr drei Jahren zum ersten Mal. Damals habe ich mir nichts dabei gedacht, doch wenn ich es heute mal wieder bemerke, weiß ich, es ist so weit. So wie jetzt.

Ich trete aus der Tür und gehe quer durch die Stadt. Mein Ziel ist mir so vertraut, aber weder mit warmen noch mit wohligen Gefühlen verknüpft. Die Tür öffnet sich schwungvoll und wie immer geräuschlos, als ich eintrete und die vielen glatten Stufen erklimme. Ich trete hinter die mir zugewiesene Person. Sie ist mir völlig fremd und ich kenne sie nicht einmal vom Sehen. Es ist ein kleines Mädchen mit großen Locken und lustigen Sommersprossen, die fröhlich über ihre winzige Nase tanzen. Sie werden nach diesem Besuch das Einzige sein, was Emotionen zeigt. In ihre dunklen Augen kann ich einen Funken Hoffnung ausmachen. Ich schlucke schwer, ziehe mir dann aber doch die Ärmel meines Pullovers hoch und strecke meine Hände über ihren Kopf.

Ich versuche, mir immer einzureden, dass es bei Kindern nicht so schlimm sei, da sie schnell wieder neue Eindrücke gewinnen. Aber in Wahrheit weiß ich, dass es keine Rolle spielt, wer dort vor mir steht. Ihnen geht es allen gleich, sie teilen dasselbe Schicksal.

Langsam beginne ich, meine Finger zu bewegen, in ihre Gedanken einzudringen und alle Gefühle einzusammeln, die mir über den Weg laufen. Die guten wie die schlechten. Lichtfäden steigen aus ihren sich wie unter Wasser windenden Haaren, schlängeln sich kurz und werden dann von meinen Händen aufgesogen. Die Schönheit des Lichts lässt mich des Öfteren die Grausamkeit dieser Tat vergessen. Doch sie wird mir auch heute wieder schmerzlich bewusst, als sich die Mundwinkel des Mädchens senken und der Glanz in ihren Augen erlischt. Ausdruckslos und ohne jegliche Gefühle, denn die habe ich ihr genommen, starrt sie mich an und verlässt den Raum. Ich habe ihr nicht alles genommen, das mache ich nie. Ein Gefühl lasse ich jedem, mehr würde auffallen. Manchmal ist es das Glück oder die Liebe - je nachdem, was sie am dringendsten benötigen, aber meistens ist es die Hoffnung, die bleibt.

Die Schiebetür öffnet sich automatisch vor mir, als ich nach dem letzten Patienten hinaustrete. Raus aus dem videoüberwachten Raum, in dem es selbst mir schwerfällt, mich zu beherrschen. Selbst bei den wohligsten Erinnerungen, den schönsten Gefühlen oder süßesten Träumen, die mich übermannen und sich in meinem Herzen ausbreiten, muss ich einen kühlen Kopf bewahren. Kein Lächeln darf über meine Lippen huschen, nicht mal ein Schimmern darf in meinen Augen aufblitzen. Alles könnte mich verraten, ihnen sagen, dass ich die Gefühle aufnehme und nicht verkommen lasse, um sie eines Tages vielleicht zurückgeben zu können. Aber selbst andere Eraser können nicht alle Gefühle sterben lassen. Ein Teil wird immer aufgenommen und so wiederhole ich wie jedes Mal die reinigende Prozedur und tauche meine Hände in die dafür vorgesehene milchige Flüssigkeit. Widerwillig gebe ich dem Rat so einen kleinen Teil meiner gesammelten Gefühle, aber ich muss meine Identität wahren.

Wie immer frage ich mich, ob ich zu lange gezögert habe, denn das wäre mein Ende. Jeden Monat werden die Menschen zu uns geschickt, da der Rat gemerkt hat, dass das Licht

Gefühle wachsen lässt. Sie haben den Lichteinfall auf das geringstmögliche minimiert, indem sie den Würfel über die Stadt gestülpt haben. Er hält wie eine Sonnenbrille, die zum zusätzlichen Schutz zur Pflicht wurde, das Sonnenlicht fast gänzlich ab. Aber selbst der winzigste Lichtblick reicht aus, um kleine Gefühle am Leben zu erhalten und im Laufe der Zeit unausweichlich zu nähren, sodass sie auch in der ewigen Dämmerung schneller wachsen. Und die saugen wir Eraser immer wieder ab, da sie eben nicht gänzlich auf Licht verzichten können. Unser Körper braucht es zum Überleben und das wissen sie nur zu gut, auch wenn es nicht gerade zu den Dingen zählt, die sie begeistern - es ist nicht zu ändern.

Chapter 12

Linn

Die Sonne geht auf und es sieht so aus, als lege sich feiner Goldstaub auf die Welt. Wir stehen am Rande des Waldes und schauen bedächtig auf unser großes, nicht zu verfehlendes Ziel. Ringsherum befinden sich Felder mit Getreide und anderen Pflanzen. Innerhalb des Würfels wird nichts wachsen, denke ich, dafür fehlt das Licht. Aber wer bestellt die Felder? Sie würden ja keinen normalen Menschen hier rauslassen. Wahrscheinlich haben sie Maschinen für diese Arbeit. Aber die Felder allein werden nicht reichen. Vermutlich wird der breite Weg an der rechten Seite von Wagen genutzt, um weitere Nahrungsmittel in die Stadt zu bringen, aber wo kommen sie her? Hier ist doch nur Wald. Alles nur Fragen und vage Vermutungen, denn ich weiß nicht, was drinnen auf mich wartet.

Der Wind rauscht in den Baumwipfeln und schickt mir flüsternd Warnungen zu. Es dringen jedoch nur vereinzelte Wortfetzen zu mir herunter und so verstehe ich mit einiger Mühe Worte wie: Kalte Herzen, dunkel, grau, bleib. Immer wieder ist dieses eine Wort zu verstehen… bleib. Erst sanft und leise, wie ein raschelndes Hauchen, ein Seufzen des Windes, dann immer ernster und drängend. Doch die Warnung wird nicht befolgt werden. Noch stehen wir im Schutz der Bäume, doch bald müssen wir unser Versteck verlassen, hinaustreten und uns der Aufgabe stellen. Ich sehe die kleinen Kameras, welche die Umgebung mit ihren mechanischen Augen nach

Bewegungen absuchen. Wir haben keine Chance gegen sie, die karge Fläche ist zu weitläufig, als dass wir es schaffen würden, schnell genug hinüberzulaufen, ohne aufgezeichnet zu werden. Selbst der erste Schritt aus dem schützenden Grün des Dickichts würde von ihnen aufgenommen werden. Es ist schon klar, dass sie keine Eindringlinge wollen und es scheint auch Stellen zu geben, an denen keine Kameras zu finden sind. Sozusagen tote Winkel, aber wie sollen wir genau die bloß finden?

Der Stein fliegt, noch ehe ich einen weiteren Gedanken fassen kann.

Ich drehe mich blitzschnell zu Lian um. „Dir ist schon klar, dass der erste Stein sein Ziel nicht verfehlen darf, sonst wissen sie, von wo wir geworfen haben und dass wir überhaupt da sind? Dann kommen wir da niemals rein." Ich schreie ihn an, es klirrt, Glas splittert, das Ziel ist getroffen.

„Hast du etwa an meinen Wurfkünsten gezweifelt?", fragt er gespielt beleidigt und schiebt uns vorwärts. „Los jetzt, Beeilung!" Wir rennen.

Als wir uns kurz darauf schwer atmend an die dunkle Wand pressen, kann ich es nicht glauben - ich bin meiner Großmutter einen beachtlichen Schritt nähergekommen. Meine Zuversicht scheint grenzenlos, als wir beginnen, die Wand nach einer Öffnung abzusuchen. Die Grenzen, welche eben noch so unglaublich weit weg erschienen, sind schnell erreicht, nämlich als wir einmal im Kreis gegangen sind, ohne irgendwelche Erfolge die Wand abgetastet haben und demnach immer noch draußen stehen.

„Und was jetzt?", kommt die bis dato unausgesprochene Frage aus meinem Mund. „Ihr müsst euch doch daran erinnern, wo ihr damals rausgekommen seid!" Ich werde immer verzweifelter, je mehr Zeit verstreicht.

„Ja schon", murmelt Paul, „aber da ist kein Eingang mehr."

„Tja, da kann man nichts machen, ich würde sagen, das heißt dann: ab nach Hause, Leute“, meldet sich Elena nach einer langen Zeit des Schweigens wieder zu Wort. Mit schief gelegtem Kopf und zuckersüßem Lächeln auf den Lippen schaut sie Lian an und klimpert übertrieben mit den Augen. „Oder was meinst du, Süßer?“

Ihr Süßer kommt nicht dazu zu antworten, denn neben uns geht plötzlich eine Tür auf und eine Hand packt mich und zieht mich ins Innere. Ehe ich vor Schreck aufschreien kann, presst sich eine weitere Hand auf meinen Mund. Riesige Blöcke aus Aluminium ragen meterhoch in den Himmel und nehmen mir die durch die Dunkelheit ohnehin schon spärliche Sicht. Lian, Paul und Elena lassen nicht lange auf sich warten und mit erhobenen Fäusten stürmen sie den Eingang und laufen prompt in die Arme drei weiterer dunkel gekleideter Männer.

Jetzt bin ich wirklich im Glas, denke ich noch, da werde ich auch schon hochgehoben und zusammen mit den anderen in einen Gully gesteckt. Alles geht so verdammt schnell und ich realisiere erst, dass der Deckel geschlossen ist, als ich auch schon mitten in einer der vielen unterirdischen Rohre einer Kanalisation stehe.

Nicht jedem ist es vergönnt, in seinem Leben einen solchen Ort zu besichtigen, ich sollte mich glücklich schätzen. Die Wände sind feucht und irgendwo tropft es stetig von der Decke. Das leise Aufprallen von Wassertropfen ist in einem immerwährenden, monotonen Rhythmus zu vernehmen. Es mischt sich unter das Getrappel von vielen verschiedenen Füßen. Alle gehen sie das Rohr entlang, geredet wird nicht. Nicht einmal ein Flüstern schwebt leise und zaghaft durch die hohlen Gänge.

Ein Mädchen drängelt sich in die entgegengesetzte Richtung durch die dahinwatende Prozession. Im Schlepptau hat sie einen großen dunkelhaarigen Jungen. Sie humpelt, was sie aber nicht davon abhält, sich ihren Weg freizuboxen. Außer Atem bleiben sie vor uns stehen und wir werden einer genauen Musterung unterzogen.

„Das sind sie?", fragt das Mädchen argwöhnisch, „na, dann gute Nacht."

Der Junge räuspert sich. „Willst du mir nicht endlich sagen, was ihr hier für ein Spiel spielt?" Er erntet einen bösen Blick.

„Nein", kommt die Antwort. Plötzlich hält sie sich den Kopf und blickt sich suchend um. „Wo bist du?", stellt sie eine Frage. Ich wundere mich, mit wem sie spricht. Ein wissendes Lächeln streift über ihr Gesicht, dann dreht sie sich immer noch lächelnd um.

„Jolina?", rufe ich überrascht aus, die Frau aus meinem Traum steht vor mir und ich schnappe nach Luft. „Wie… wie ist das möglich?" stottere ich.

Das Mädchen wendet sich verwundert zu mir um. „Du kennst sie?" Mit zusammengekniffenen Augen spricht sie weiter. „Woher?"

„Aus einem Traum, meine Liebe". Die Stimme klingt vertraut und fremd zugleich. Die alte Frau ist größer und ihr Haar ist weißer, als ich es in Erinnerung habe.

Das Mädchen fasst sich mit fragender Mine an den Kopf, doch Jolina schüttelt nur den Kopf. „Nein, du bist die Einzige." Die Erleichterung ist ihr anzusehen, auch wenn ich nicht verstehe, was all dies zu bedeuten hat.

Wir werden an den Anfang der Menschenmenge geleitet, durch enge Gänge führt unser Weg. Es ist dunkel, nur vereinzelte Fackeln, welche anfangs verteilt wurden, erleuchten lodernd die Seiten der Gänge. Zusammen mit dem rutschigen Moos und den Algen wirken die aufflackernden Wände irgendwie gespenstisch. So hatte ich mir das nicht vorgestellt. Aber was hatte ich mir schon vorgemacht? Das wir einfach hier hereinspazieren würden und dann im Nullkommanichts zusammen mit meiner Großmutter wieder draußen ständen? Dass es nicht so einfach werden würde, hatten sie mir doch immer wieder gesagt. Als wir nach langem Wandern durch die unendlichen Weiten der Kanalisation endlich auf einen großen Raum stoßen und unser Ziel erreicht zu haben scheinen, bin ich müde und will nur noch eines: schlafen.

Ich lasse mich neben dem Mädchen, welches sich als Pria vorgestellt hat und ihren Begleiter Ben auf den Boden fallen. Er ist feucht und modrig, genau wie die Luft hier überall. Auf dem langen Fußmarsch hierher wurde uns viel erklärt, so wussten wir jetzt, dass uns die Rebellen aufgegriffen hatten und sie sich ein neues Quartier unterhalb der Erde suchten, da es oben einfach zu gefährlich geworden war, seit einige Pläne bei irgendeinem Vorfall den Besitzer gewechselt hatten. Viele schleppen Kisten und Kartons mit sich, welche sie jetzt vor Jolina abstellen. Decken werden verteilt und Schafplätze aufgesucht. Es wird wohl noch etwas länger dauern, bis wir es uns hier gemütlich eingerichtet haben.

Wir sind beim Widerstand angekommen und auch, wenn ich es nicht weiß, scheint dies die beste aller Möglichkeiten zu sein, die uns hätten passieren können. Ich hatte schon immer in gewisser Weise Kontakt zu den Rebellen, nicht nur durch die Familienverhältnisse meiner aufmüpfigen Großmutter. Auch unser heimlicher Lieferant stellt sich nun als Anhänger dieser Gruppierung heraus. Selbst wenn ich nicht alles verstanden habe, was Jolina uns erzählt hat, dieser eine Punkt liefert mir eine Antwort auf eine schon längst überfällige Frage.

Als auch das letzte Licht einer Fackel gelöscht wird, schließe ich die Augen und versuche, in die Traumwelt hinabzusteigen. Der Weg ist genauso rutschig wie die Reise durch die Kanalisation. Während ich vorsichtig die Treppe hinabsteige, klammere ich mich an das eiskalte Geländer. Nach und nach nehmen meine Finger den beißenden Geruch des grauen Metalls an, während ich Stufe um Stufe hinabsteige. Ich habe diesen Weg schon viele Male bewältigt, nicht immer mit freudiger Erwartung. Doch heute bin ich gespannt, wohin mich mein Unterbewusstsein diesmal führen wird.

***

Der nächste Morgen - oder besser gesagt Abend - kommt schneller, als mir lieb ist. Zum ersten Mal in meinem Leben werde ich nicht von den Strahlen der aufgehenden Sonne geweckt; einzig und allein die Uhrzeit sagt einem hier, dass es Zeit zum Aufstehen ist.

Während um mich herum schon emsiges Treiben herrscht, würde ich mich am liebsten unter meiner Decke verkriechen und weiterschlafen. Innerhalb weniger Stunden hat sich unser kaltes, graues Loch in eine bewohnbare Umgebung verwandelt. Leute verschwinden und kehren bald darauf mit Kisten, Lampen oder sonstigen Möbeln wieder. Während viele fleißige Hände damit beschäftigt sind, Lampen an der Decke zu montieren und Stromleitungen zu verlegen, schließe ich mich dem Trupp an, welcher an die Oberfläche verschwindet, um mit Nahrungsmitteln zurückzukehren.

In den typischen grauen Pullis und schwarzen Hosen, die hier jeder trägt, brechen wir, möglichst ohne Spuren zu hinterlassen, in Häuser ein und plündern die Kühlschränke. Immer nur so viel, dass es nicht beim ersten Blick auffällt, wurde uns eingeschärft. Das Risiko, dass wir Aufmerksamkeit erregen, wird so gering wie möglich gehalten.

Ich stehe vor einem einzelnen Haus und hinter mir wartet Pria. Meine Finger umschließen das Brecheisen fester und ich zwinge sie, nicht allzu sehr zu zittern. Ich atme einmal tief ein und aus und werfe einen prüfenden Blick über die Schulter.

„Die Luft ist rein", zischt Pria von hinten. „Aber wenn du noch länger wartest, ändert sich das garantiert."

Ich weiß, dass wir nicht ewig Zeit haben, also straffe ich mich und trete näher an das Fenster heran, um das Brecheisen so einzusetzen, wie sie es mir gezeigt hat. Reinstechen und raushebeln. Das Fenster gibt unter meinem Druck nach und springt auf. Es ist jetzt nicht mehr zu gebrauchen, aber unser Zutritt bleibt nicht länger verwehrt.

Wir suchen hauptsächlich nach offenstehenden Fenstern. Manche stehen auf Kipp, manche auch sperrangelweit offen. Die müssen wir nicht beschädigen, um eindringen zu können, aber manchmal geht es nicht anders.

Ich klettere hinein und Pria folgt mir ohne zu zögern. Im Gegensatz zu mir ist sie ein Profi und das lässt sie mich auch immer wieder spüren, wenn sie gekonnt und elegant die Beine über das Fensterbrett schwingt. Auf Zehenspitzen schleiche ich den Gang entlang auf der Suche nach der Küche. Der Kühlschrank ist schnell gefunden und wir packen Käse und Wurst ein. Suchend blicke ich mich um und entdecke einen großen Laib Brot auf der gegenüberliegenden Arbeitsplatte. Möglichst leise schleiche ich hinüber. Aber als ich nach dem Brot greifen will, stolpere ich über eine ungesehene Kante im Boden.

Die Welt um mich herum beginnt sich zu drehen, dann lande ich mit einem lauten Poltern unsanft auf der Erde. Pria fährt erschrocken und gleichzeitig auch wütend zu mir herum, schließt hektisch den Kühlschrank und zischt ärgerlich:

„Willst du uns umbringen?" Dann fügt sie hinzu: „Jetzt komm wieder auf deine Füße, wir müssen von hier verschwinden, ehe jemand, von deinem Lärm geweckt, herunterkommt". Sie zieht mich am Ärmel zu ihr nach oben und will aus der Tür treten. Ich greife mir im Vorbeihasten noch schnell das Brot und stopfe es zu den anderen Lebensmitteln in den Stoffbeutel, als ein Lichtschalter umgelegt wird und wir im schwachen Licht einer kalten Glühbirne stehen.

„Scheiße!", ist der einzige Ausruf, der von Pria kommt. Noch ehe ich reagieren oder gar realisieren kann, was hier gerade passiert, hat sie mich zu sich hinter die halb geöffnete Tür gezogen. Die Umrisse einer dritten Person zeichnen sich im Türrahmen ab, mein Herz klopft mir bis zum Hals. Schwere Schritte poltern über das dunkle Parkett, ehe der Mann mitten in der Küche stehenbleibt.

Ein tiefes Knurren ertönt, gefolgt von einem: „Verdammt, ich weiß, dass ihr hier seid, Dreckspack von Rebellen!" Der Mann sieht sich um, sein Blick wandert im Raum umher, scheint jeden verborgenen Winkel zu enthüllen und jede Unebenheit abzutasten. Seine Augen bleiben an der Küchentür hängen, ich presse mich enger an Pria, die mich nur ansieht, als wollte sie sagen: „Ohne dich wäre mir das nie passiert! Warum muss ausgerechnet ich dich überall hin mitnehmen?" Ich ziehe den Kopf ein.

Der Man blickt sich weiter um, dann tritt er ein paar gefährliche Schritte auf unser Versteck zu. Er legt seine Hand auf die Klinke. Ohne Vorwarnung reiße ich die Tür nach vorne, meine Begleiterin kreischt erschrocken auf. Der Mann gibt keinen Ton von sich. Die Tür hat ihn am Kopf getroffen und er liegt ohne Regung bewusstlos am Boden.

„Musst du so einen Lärm veranstalten?" Ausnahmsweise bin ich mal diejenige, die diesen Satz aussprechen darf.

„Das hätte auch nach hinten losgehen können", entgegnet die Rebellin nur völlig ungerührt, „und jetzt komm".

„Ach ja?", schnaufe ich, als ich hinter ihr herrenne. „Er hätte uns so oder so entdeckt, wir hatten nichts zu verlieren!"

Ein Schnauben ist die einzige Antwort, die ich darauf von ihr bekomme. Wir rennen im Schatten der Häuser die Straßen entlang, sodass wir für jegliche Aufnahmegeräte unsichtbar erscheinen.

„Warte mal", sagt Pria und stoppt abrupt, sodass ich in sie hineinrenne. „Habe ich nicht gerade gesagt, dass du warten sollst?", fährt sie mich an.

Ich erwidere gar nichts, ich bin es leid, mich von ihr herumschubsen zu lassen.

„Ich gehe hier rein und hole noch das, was wir eben nicht mitgehen lassen konnten. Du bleibst hier. Ich will echt nicht noch mehr bewusstlose Männer zurücklassen! Vor allem nicht, wenn sie bei der Regierung arbeiten und noch all ihre Sinne beisammenhaben."

Ich nicke nur und bleibe draußen stehen, während Pria gekonnt ins Haus einsteigt.

Dunkler Qualm ringelt sich durch die spärlich beleuchtete Gasse. Ihr Ursprung ist eine einzelne Zigarette, welche bei jedem Atemzug orangerot aufglimmt. Ein leises Lachen ertönt und zwei Reihen gelber Zähne werden entblößt.

„Na Süße", lässt sich eine kratzige Stimme - von den vielen Zigaretten zerstört - vernehmen. „So spät noch unterwegs und dann auch noch alleine?" Er macht einen Schritt auf mich zu, ich presse mich dichter an die Hauswand und blicke nach hinten, doch es gibt keinen Zweifel, er meint mich.

„Wer sagt, dass ich alleine bin?", frage ich leise und hoffe darauf, dass Pria fertig ist und mir zur Hilfe kommt.

Ein raues Lachen ertönt, gefolgt von einem heiseren Husten. „Süße, so lange ich hier keinen anderen sehe, bist du für mich ganz alleine unterwegs". Der Mann macht noch einen weiteren Schritt auf mich zu und sein Grinsen wird breiter. „Komm doch aus dem Schatten heraus, damit ich dein Gesicht besser betrachten kann".

Ich rühre mich nicht von der Stelle. Wann kommt nur endlich Pria?

Ein enttäuschter Ausdruck wischt das Grinsen für einen kurzen Moment von seinem mit Bartstoppeln übersäten Gesicht, als ihm klar wird, dass ich seiner Bitte nicht folgen werde. Er streckt mir seine Hand entgegen, um mein Gesicht zu berühren. Ich weiche den nach Zigarettenqualm stinkenden Fingern aus und stolpere rückwärts. Er folgt mir.

„So, so, du willst also nicht ins Helle kommen und du willst nicht stehenbleiben? Was mache ich bloß mit dir?" Er lacht sein heiseres Lachen. Dann packt er mich am Arm, sein eiserner Griff umschließt ihn und ich habe keine Chance, ihn ihm wieder zu entziehen, so sehr ich mich auch wehre, ihn winde und mit meiner freien Hand um mich schlage. Er ist stärker. Der Mann zwingt mich, stillzuhalten, indem er seine Finger noch enger um meinen Arm zusammendrückt. Ein stechender Schmerz zuckt durch meine Glieder und ich schreie auf. Er fährt mir mit seiner linken Hand durchs Haar, spielt mit einer einzelnen Strähne und kommt mit seinem Gesicht verdächtig nah an meines heran. Diskretion hin oder her, jetzt ist es mir herzlich egal, dass Pria mich angewiesen hat, so wenig Aufsehen wie möglich zu erregen, ich schreie ihren Namen.

Der Mann wird von mir weggerissen. Da er nicht damit gerechnet hat, dass mir wirklich jemand zur Hilfe eilt, ist der Kampf schnell entschieden. Fäuste schlagen auf ihn ein und Pria zwingt ihn mit ein paar gekonnt gesetzten Tritten zu Boden. Als er bewusstlos da liegt, hängt sie sich den Mann wie einen Sack über die Schultern und wir machen uns endlich auf den Rückweg. Pria, unter dem Gewicht des schlaffen Körpers schnaufend und ich immer noch zitternd.

„Danke", ist das einzige Wort, was mir über die Lippen gehen will, denn sie wollen mir auch nach ein paar Minuten noch immer nicht gehorchen. Der Gullydeckel wird angehoben und dann geht es wieder unter die Erde. Gang um Gang lassen wir hinter uns, bis wir endlich am Ziel ankommen.

Ich staune, denn während wir oben unterwegs waren, um Lebensmittel zu besorgen, haben andere Teams ganze Arbeit geleistet und den kargen Raum mit den glatten Wänden in einen gemütlichen Wohnraum verwandelt. Der Boden ist übersät mit Teppichen, in einer Ecke liegen nahezu tausend Kissen in verschiedenen Größen auf dem Boden. An einer der langen Seiten des Raumes haben sie unzählige Matratzen nebeneinander aufgereiht und mit Decken bestückt. Neben diesem ersten Raum befindet sich anscheinend der Essbereich, denn ich sehe einige Campingkocher und kleine Kühlschränke, die noch an den Strom angeschlossen werden. Ein großes Mädchen liegt auf dem Boden und schraubt an ihnen herum. Als das Licht angeht und ein elektronisches Brummen ertönt, reibt sie sich zufrieden den Schweiß von der Stirn. Ich verstaue das Essen in einem der Kühlschränke und lasse mich dann erschöpft auf eine Matratze fallen. Ich höre noch, wie Pria den Mann zu Jolina bringt, bevor ich die Augen schließe.

Doch ehe ich wirklich schlafen kann, schießt mir ein Gedanke durch den Kopf, der mich augenblicklich wieder hellwach werden lässt. Der eigentliche Grund unserer Reise: meine Großmutter. Ich liebe sie über alles, wie konnte ich das nur vergessen? Bis gerade eben dachte ich noch, dass so etwas nur irgendwelchen Figuren aus echt schlechten Geschichten passiert. Ich habe sie jedes Mal für ziemlich dumm erklärt und diese Handlung einfach nur idiotisch und unlogisch gefunden. Schließlich vergisst man ja nicht einfach seinen hauptsächlichen Handlungsgrund. Ja, schließlich vergisst man seine Großmutter nicht einfach. So wie ich.

Ich richte mich abrupt auf und stoße mit Lian zusammen, der sich gerade neben mich legen wollte.

„Entschuldigung“, murmle ich zerstreut, während wir uns beide den Kopf reiben und zu grinsen anfangen. Viel zu schnell werde ich wieder ernst. „Meine Granny“, flüstere ich mit gepresster Stimme, „ich habe sie total vergessen. Wer weiß, wo sie hier ist und ob es ihr gut geht." Ich spüre den Kloß in meinem Hals deutlich, wie er mir die Kehle zuschnürt und mich am Weiterreden hindert. „Ich will wissen, ob es ihr gut geht, und das eigentlich schon jetzt sofort", bringe ich noch mit großer Mühe über die Lippen, bevor die Tränen so stark werden, dass sie den Damm brechen und über mein Gesicht laufen. Ich rolle mich schluchzend in Lians Armen zusammen. „Ich bin eine schlechte Enkelin", kommen die Worte zwischen den Schluchzern aus meinem Mund. „Das hat sie nicht verdient, wir müssen sofort zu ihr!"

Noch ehe Lian irgendetwas Tröstendes erwidern kann, um die Fluten zu stoppen, kommt Pria zusammen mit Jolina und Ben zu mir herüber.

„Morgen Nacht wird sie auf dem Versammlungsplatz in der Mitte stehen und der Rat gibt das Urteil bekannt, was mit ihr geschehen soll. Sie werden vermutlich fragen, ob jemand irgendwelche Einwände hat, was die Verurteilung und die damit verbundene Strafe angeht. Aber du wirst nichts sagen, denn es erhebt niemals jemand Einspruch und du darfst nicht auffallen, genauso wenig wie ich oder sonst jemand von uns. Es ist sehr wichtig, dass du mir vertraust und dich an meine Anweisungen hältst. Zeige keine Emotionen, falle nicht auf und sage nicht ein einziges Wort, sonst können wir alles hier vergessen." Sie schaut mir direkt in die mit Tränen gefüllten Augen und ich habe das Gefühl, dass sie schon jetzt ganz genau weiß, was passieren wird. Aber sie sieht zuversichtlich aus und darum nicke ich schwach. Jolina blickt zufrieden zu ihren zwei Begleitern. „Ihr zwei passt auf die hier auf", sagt sie und deutet auf Lian und mich. „Außerdem richtet ihr bitte Kasra und Emmett aus, dass ich sie für die anderen beiden einsetzen möchte. Wer wen übernimmt, ist mir egal, Hauptsache ihr erledigt euren Job gut, besonders bei…", Jolina macht eine Pause und deutet mit dem Kopf erst auf Lian und dann auf mich. „Sie sind wichtig und wenn sie draufgehen, war es das endgültig für uns!“

Pria nickt nur und auch Ben scheint heute - im Gegensatz zu unserer ersten Begegnung gestern - im Bilde zu sein. Er verzieht die Mundwinkel zu einem angedeuteten Lächeln, ehe er sich umdreht und hinter Pria herläuft. Ich wische mir die Tränen mit meinem Ärmel vom Gesicht, bleibe aber bei Lian liegen. Ich will nicht, dass ich wichtig bin, ich will nicht hier sein, ich will einfach mein altes Leben zurück. Mit meiner Großmutter in der Sonne liegen und Tee trinken, ohne an irgendwelche Gefahren denken zu müssen. Unwissend und glücklich... ein Leben, welches ich jetzt nie wieder führen kann. Viel zu viele Eindrücke trüben das Bild einer heilen Welt. Hier ist rein gar nichts perfekt und doch muss ich bleiben.

Irgendwann stehe ich auf, denn an Schlaf ist nicht zu denken. Ich gehe aus dem großen Ram, in dem mich so viele Augenpaare anstarren, hinein in einen der zahllosen, wohl nirgends endenden Gänge. Ich rutsche an der Wand hinunter und bleibe mit angewinkelten Knien dort angelehnt sitzen. Die Stille fühlt sich gut an und ich merke, wie ich mich allmählich entspannen kann. Ich habe kein gutes Zeitgefühl ohne das Tageslicht, also weiß ich nach einer ganzen Weile nicht mehr, ob nun wenige oder doch eher mehr Stunden vergangen sind. Irgendwann lasse ich mich noch tiefer gleiten und liege dann ganz auf dem Boden. Ich rolle mich ein und schließe die Augen... endlich kann ich schlafen.

Lian liegt im Wald, neben ihm liege ich. Mein Blick streift suchend über das hohe Gras, ich muss mich aufrichten, um über die Spitzen der langen Grashalme hinweg gucken zu können. Doch auch jetzt sehe ich niemanden sonst auf dieser Wiese liegen. Elena und Paul sind nicht bei uns und aus irgendeinem unerfindlichen Grund gefällt mir die Tatsache, dass ich mit Lian alleine bin, gut - sehr gut sogar.

Er hat seine Augen geschlossen, liegt einfach nur da und seine Brust hebt und senkt sich gleichmäßig. Wie zum Takt einer langsamen Musik. Ich schaue ihn mir genauer an und berühre sein dunkelblondes Haar, was im Licht der Sonne fast golden wirkt. Vorsichtig streiche ich ihm eine Strähne aus dem Gesicht, um sein zweites Auge freizulegen. Seine Wimpern sind kurz und fast genauso golden wie seine restlichen Haare. Lian öffnet die Augen und ich schrecke zurück. Erst jetzt wird mir bewusst, wie nah ich ihm gerade war. Verlegen stecke ich mir eine Haarsträhne hinters Ohr und schaue weg. Er streckt nur seine Hand aus und dreht lächelnd meinen Kopf wieder zu seinem.

„Du hast wunderschöne Augen", flüstert er und dieser eine Satz macht mich so glücklich wie schon lange nicht mehr. Mein Bauch beginnt zu kribbeln, als flögen Tausende winzige Nachtfalter in ihm herum. Ich halte inne und bin überglücklich und verunsichert zugleich. Mein Herz beginnt stärker zu schlagen und ich habe das Gefühl, jeder könnte es in meiner Brust tanzen sehen. Was passiert mit mir? Ich schaue panisch in Lians Augen, er zieht mich sanft in eine Umarmung, aber sie beruhigt mich ganz und gar nicht. Immer wilder flattern die Falter in meinem Bauch herum und es scheint fast so, als wollten sie mein Herz motivieren, miteinzusteigen, denn es schlägt schneller als je zuvor.

„Du bist verliebt", wispert das Gras um mich herum. Verliebt… ich? Nein! Ich weiß doch gar nicht, wie man das überhaupt macht.

„Verliebt, verliebt", stimmt nun auch der Wind säuselnd mit ein.

Ich schüttele nun energisch den Kopf… das kann nicht sein!

„Oh ja, sie ist verliebt", seufzen jetzt auch die Blumen um mich herum gerührt. „Das erste Mal verliebt".

Lian beugt sich über mich, kommt mir immer näher. Ich weiß nicht, ob ich es schön finden darf oder vor Panik ausflippen soll.

„Verliebt, verliebt", dröhnt es immer lauter um mich herum und ich entscheide ich für Letzteres.

Chapter 13

Linn

Ein kalter Luftzug weht durch den Gang, die Härchen an meinen Armen stellen sich auf, Gänsehaut macht sich breit. Ich liege alleine, ohne Decke hier und weiß nicht, ob es noch mitten am Tag oder schon früher Abend ist. Die Menschen leben nach einem Zeitplan, der umgekehrt zu meinem eigentlichen Rhythmus verläuft und das wirft mich so ziemlich aus der Bahn. Tagsüber schlafen und nachts, wenn es dunkler ist, zu leben, fühlt sich wirklich komisch an.

Ich stehe auf und reibe mir fröstelnd über die Arme, geschlafen habe ich so gut wie gar nicht. Nach dem Traum war ich aufgewacht und an Einschlafen war danach nicht wieder zu denken.

Meine Schritte dröhnen dumpf im Gang, als ich mich langsam wieder auf den Weg zu den anderen mache. Dum, dum, dum - das Geräusch meiner auftretenden Füße prallt von den Wänden ab und hallt in meinen Ohren. Der Wind ist verschwunden, aber die Kälte bleibt, während ich durch das Gewirr von Gängen laufe. Sie weicht erst einer wohligen Wärme, als auch das Stimmengewirr wieder einsetzt und ich in den großen Raum trete.

Dort scheine ich schon erwartet zu werden, denn Lian kommt zusammen mit Elena und Paul auf mich zugelaufen. Bei seinem Anblick muss ich sofort an meinen Traum denken und vereinzelte Bilder schießen mir durch den Kopf. Seine

Augen, seine Nähe. Es ist fast so, als könnte ich seinen Atem wieder fühlen, welcher über meine Wange streicht.

„Wo warst du, Linn?“, wird mir zugerufen.

Ich schrecke aus meinen Erinnerungen hoch und frage etwas planlos: „Was?“

„Wo du den ganzen Tag über warst, möchte ich wissen“, sagt Lian, kommt näher und legt seine Hand auf meine Schulter. Eine Welle aus Energie durchflutet mich und macht es mir nicht gerade leicht, mich auf etwas anderes als seine Berührung zu konzentrieren.

Ich nehme alle Kraft zusammen und reiße mich vom Anblick seiner auf meiner Schulter liegenden Finger los. „Ähm… wo ich war?“, stottere ich und merke, dass meine Augen scheinbar wie magnetisiert wieder zu seiner Hand gleiten. „In einem der vielen Gänge… denke ich“.

„Ach, das denkst du?“, erwidert Paul und zieht fragend eine Augenbraue hoch. Dann sieht er meinen Blick, wie ich hypnotisiert auf die besagte Hand starre, grinst und zieht E-lena, die heftig protestiert, mit sich weg. Na super, der Einzige, der mich eventuell noch ablenken könnte, ist jetzt weg und ich kann meinen Blick immer noch nicht kontrollieren.

„Alles ok?“, fragt Lian leise.

Mit der größten Anstrengung drehe ich meinen Kopf und schaue in seine braunen Augen mit den kleinen goldenen Sprenkeln um die Pupille. „Ja, Gemüse-Lian“, krächze ich heiser, dann drehe ich mich von ihm weg, was ein Tornado an Gefühlen in mir auslöst. Mein Herz will bleiben und ihn für immer anschauen, seine wunderschönen Augen, seine glatten Haare - einfach alles. Mein Kopf aber will weg, um mir weitere Peinlichkeiten zu ersparen und ich gebe ihm widerstrebend recht. Wenn ich jetzt nicht gehe, dann werde ich es nicht mehr schaffen. Ich gehe.

Lian will mich zurückhalten, aber ich entziehe ihm meine Hand - ohne ihn anzusehen - und gehe auf Jolina zu. Mit ernstem Gesicht schaut sie mich an.

„Es ist fast so weit, alle sind bereit. Nun möchte ich von dir wissen: bist du es auch?"

Ich nicke bestimmt und sage mit fester Stimme: „Ja, ich bin bereit. Für alles!" Ich würde alles tun, wenn ich es muss, ich bin bereit.

Es sind acht Leute, die aufbrechen. Lian und ich zusammen mit Kasra, Emmett, Pria, Ben, Jolina und einem großen Mann, welcher ihr nicht von der Seite weicht und sich als Tom vorstellt. Wir sind komplett und mehr Personen würden auch keinen Sinn machen. Je größer die Anzahl ist, desto schneller fällt man auf. Selbst wir teilen uns - nachdem wir aus dem Untergrund hinaufgestiegen sind - in zwei Gruppen. Jolina und Tom mit Kasra und Emmett und der Rest, zu dem ich zähle.

Nebeneinander gehen wir die Straßen entlang und schließen uns den monoton laufenden Menschen an, welche sich als Strom in Richtung Zentrum bewegen. Ich rücke die Sonnenbrille zurecht, welche wir noch in der Kanalisation aufgesetzt haben und lasse meine Gesichtsmuskulatur erschlaffen. Ausdruckslos und langsam bewege ich mich hinter den Menschen her. Immer darauf konzentriert, meine Gefühle zu verstecken. Als wir auf dem großen Platz ankommen, hat sich dort schon eine beachtliche Menschenmenge versammelt. Es besteht scheinbar Anwesenheitspflicht, das hatte uns Jolina gesagt und es entsetzt mich zu sehen, wie viele Menschen sich hier ausdruckslos versammeln. Wie viele Personen die Darkness-Organisation in ihrer Gewalt hat.

Wortlos mischen wir uns unter sie und bleiben mit einem guten Blick auf das Podium stehen. Alles ist leise - nur ein Gong schlägt drei Mal, bevor ein grauhaariger Mann auf die Erhöhung tritt und zu sprechen beginnt.

„Wir haben uns heute hier versammelt, um das Verbrechen zu verkünden, welches Una Grey schändlicherweise begangen hat. Sie gefährdete die Sicherheit unserer Gesellschaft über viele Jahre hinweg, indem sie einem Rebellenmädchen Schutz bot und sie aufzog. Una hat sie erzogen in dem Glauben, wir wären schlecht, damit dieses Mädchen uns eines Tages alle auslöscht. Somit stellt sich Una Grey gegen die Regierung, was die Höchststrafe fordert."

Der Mann gibt einer Frau unterhalb des Podiums ein Zeichen. Sie sitzt an einer Art Schaltpult und legt einen Hebel um, als sie die Handbewegung wahrnimmt. Ein leiser, sehr hoher Ton ertönt, während sich der Boden des Podiums öffnet und ein eiserner Käfig langsam emporsteigt.

Es ist schwer, jegliche Gefühle aus meiner Mimik zu verbannen, als ich meine Großmutter nach so langer Zeit endlich wiedersehe. Sie ist blass und mit blauen Flecken übersät und das Lächeln, was sonst pausenlos über ihr Gesicht huscht, ist wie weggewischt. Nicht einmal in ihren Augen ist ein letzter Rest davon zu finden. Ihre sonst so strahlend blauen Augen wirken grau und ich bin mir sicher, dass dies nicht nur an den Lichtverhältnissen liegt. Ich fixiere sie mit meinem Blick und als ihrer meinen streift, weiten sich ihre Augen unmerklich. Schwach schüttelt sie den Kopf, eine Bewegung, die ausschließlich für mich bestimmt ist.

Ich weiß, was sie mir damit sagen möchte. „Geh weg", schreit ihre Geste förmlich. Die Verzweiflung über meine Anwesenheit ist ihr deutlich anzusehen, ehe sie sich wieder fängt und zu dem neutralen Gesichtsausdruck zurückkehrt.

„Das ist sie", ertönt wieder die Stimme des Mannes, „die Verbrecherin Una Grey höchstpersönlich." Er holt einen kleinen Schlüssel aus seiner Manteltasche und schreitet hinüber zum Käfig. Steckt ihn ins Schloss und dreht ihn um. Mit einem leisen, fast geräuschlosen Klicken springt die Tür auf. Der erste

Mann winkt einen zweiten, breitschultrigen herbei und deutet auf meine Großmutter.

„Hol sie raus", lautet sein Befehl. Grob zerrt der zweite am Arm meiner Großmutter und zieht sie so aus der Käfigtür hinaus ins Freie. Doch so frei, wie es auf den ersten Blick aussieht, ist sie nicht. Schwere Handschellen umschließen ihre Hände und erschweren ihre Beweglichkeit.

„Bitte, Thomas", fleht sie den Redner an, doch dieser würdigt sie keines Blickes und fährt ungerührt fort.

„Aufgrund zahlreicher anderer Vergehen, die ich an dieser Stelle nicht alle einzeln aufzählen werde, blieb mir und meinen Ratskollegen keine andere Wahl. Wir haben uns einstimmig für die…", er macht eine kurze Pause, als sei diese Vorstellung einzig und allein für meine Großmutter und mich bestimmt und fährt dann gehässig fort, „Todesstrafe entschieden." Er lässt das Wort auf der Zunge zergehen, doch in mir löst es Schock und Ekel aus.

Hilfesuchend blicke ich zu Pria und Ben, doch die haben ein ebenso fassungsloses Gesicht aufgesetzt, fangen sich jedoch schneller wieder als ich.

„Sonst sperren sie jegliche Verbrecher ein und lassen sie für sich arbeiten. Meistens experimentieren sie auch an ihnen herum, sie wollen herausfinden, ob es tödlich ist, den Lichteinfall noch weiter zu senken", flüstert Ben mir zu, doch was bringt mir das jetzt? Was bringt es meiner Großmutter, dass sie sonst keine Todesstrafe verhängen? Thomas zieht einen Revolver.

„Noch irgendwelche letzten Worte, meine gute alte Freundin? Du hättest ein wunderbares Leben an meiner Seite führen können, aber du hast dich für die falsche entschieden, meine Liebe."

„Ich hatte eine wunderbare Zeit auf der besseren Seite des Lebens“, zischt meine Großmutter mit zusammengepressten Lippen.

Thomas entsichert die Waffe mit einem metallischen Klicken.

„Für die Freiheit“, brüllt meine Großmutter. „Und für den Menschen, den ich am allermeisten auf der Welt liebe!“ Sie blickt mir in die Augen und grinst. Dann reißt sie die Wucht der Kugel nach hinten.

Er hat tatsächlich abgedrückt. Immer noch leicht lächelnd schlägt ihr Körper auf dem Boden auf und sie bleibt reglos liegen. In ihren letzten Augenblicken war sie wieder sie selbst.

„Nein“, schallt meine eigene Stimme über den Platz. Ich strecke meine Hand nach meiner Großmutter aus. Lian hält mich fest und drückt mir eine seiner Hände auf den Mund. Ich weiß, dass wir kein Aufsehen erregen dürfen und trotzdem will ich mich losreißen und nach vorne auf die Tribüne laufen. Ich winde mich, doch Lians Griff ist eisern und seine Fingernägel graben sich in meine Haut. Der Schmerz lenkt mich ein wenig ab und ich kann mich wieder beherrschen. Ich straffe mich und blicke wie jeder Umstehende teilnahmslos auf den Boden. Der Griff um meinen Arm lässt nach, auch Lian hat sich in eine unauffällige Pose geworfen. Jetzt, wo seine Fingernägel wieder nur ihm gehören, kommen die Bilder zurück und ich schaffe es nicht, sie zu verdrängen. Es sind einfach zu viele, mit zu starken Emotionen verbunden. Kraftlos sacke ich zusammen und sinke auf den Boden, rolle mich zusammen und will am liebsten einfach alles vergessen. Doch ehe ich die letzten Schutzmaßnahmen fallen lassen kann, werde ich wieder auf die Füße gezogen.

„Hey, reiß dich verdammt nochmal zusammen“, zischt Pria gefährlich in mein Ohr. „Die kontrollieren hier alle, weil sie deinen nicht zu überhörenden Schrei wahrgenommen haben." Ich blicke sie nur traurig an und entgegne:

„Ist mir egal, sollen sie mich doch finden".

Pria schaut mich mit zusammengekniffenen Augen und schmalem Mund an. „Schön, wenn dir dein Leben egal ist, aber ich wollte meines noch gerne etwas länger behalten. Du bringst mit deinem lächerlichen Verhalten nicht nur dich, sondern uns alle in Gefahr. Also reiß dich jetzt endlich zusammen. In dieser Stadt gibt es einen Haufen Möglichkeiten zu sterben. Und wenn du es noch nicht bemerkt hast: auch ohne uns." Sie stoppt ihr Flüstern und verfällt wieder in den ausdruckslosen Zustand.

Ich schlucke, sie hat ja recht, also tue ich es ihr gleich. Mehrere Wachmänner schreiten die Reihen entlang, drehen Gesichter hin und her und meine Trauer mischt sich mit Panik. „Was, wenn ich es nicht schaffe, ausdruckslos zu bleiben?", frage ich leise mit zitternder Stimme.

„Ok, ich habe genug, wir machen es anders", flüstert Pria genervt zurück. „Mach es mir einfach nach." Langsam geht sie mehrere kleine Schritte nach hinten, bis sie am äußersten Rand angelangt ist. Nach einer kurzen Pause folge ich ihrem Beispiel und gehe rückwärts.

Ich wage es nicht, mich umzublicken; mein Ausdruck bleibt leer und starr. Völlig konzentriert setze ich meinen Weg fort und lasse dabei den Aufseher, welcher mir am nächsten steht, nicht aus den Augen. Ich werde jäh gestoppt, als ich mit einem hinter mir stehenden Menschen zusammenstoße. Er bewegt sich kein Stück, doch ich gerate ins Straucheln und kippe um. „Möglichst wenig Aufmerksamkeit erregen", sage ich mir und bleibe auf dem Boden liegen. Ich krabble zwischen abertausend Beinpaaren hindurch. Mein Herz klopft wie wild, während ich mich langsam immer weiter auf Pria zu bewege, an deren Seite auch schon Jolina und ihr Begleiter unauffällig warten. Ich beschleunige meine Bewegung, blicke nach hinten und erkenne die Beine eines sich schnell durch die Reihen bewegenden Sicherheitsmannes. Lians Beine sind nirgends zu entdecken. Egal, wie oft ich meinen Blick hektisch hin- und herschweifen lasse… er scheint wie vom Erdboden verschluckt. Einzelne Strähnen haben sich aus meinem Pferdeschwanz gelöst und fallen mir ins Gesicht, als ich bei den anderen ankomme und mich langsam aufrichte.

„Wo ist Lian?", japse ich leise und schaue Pria fragend an.

„Noch da, wo du ihn zurückgelassen hast", antwortet diese ungerührt. Ich blicke über die Köpfe der Menschenmasse hinweg und wirklich… dort steht er, allein.

„Und wo steckt Ben?", frage ich weiter.

„Hier", ertönt die leise Antwort und er stellt sich geschmeidig zu uns.

„Du hast ihn allein gelassen?" Ich werde vorwurfsvoll lauter.

„Scht!", kommt es aus mehreren Mündern gleichzeitig.

„Aber es war deine Aufgabe, auf ihn aufzupassen", meckere ich leise weiter. „Und jetzt steht er da ganz alleine!" Ich schaue ihn vorwurfsvoll an.

„Was hätte ich denn deiner Meinung nach machen sollen?", erwidert Ben ärgerlich. „Die kennen mich, wissen wie ich aussehe. Ich wäre doch direkt aufgefallen und hätte alle verraten. Sie sind nicht gänzlich ohne Gefühle, Linn, sie sind immer noch voller Wut und Hass, damit sie vom Rat zwar kontrolliert werden können und trotzdem keinen Widerstand leisten, während sie mit Gewalt vorgehen. Sie bekommen mit, was um sie herum geschieht, können ihr Handeln aber nicht genau selber bestimmen. Selbst wenn mein bester Freund, mein engster Vertrauter mich erkennen würde, müsste er mich verraten, egal, ob er das will oder nicht. Du bist noch nicht so lange hier und darum verstehe ich auch, dass du nicht weißt, was hier vor sich geht. Aber dann lass uns bitte das tun, was wir für richtig halten, ohne dass du dich immer einmischst und uns mit Vorwürfen überschüttest." Er stoppt, ich nutze die Pause.

„Aber du hättest ihn mitnehmen können", flüstere ich - ohne auf das zu achten, was er mir eben versucht hat, zu erklären. Ben zieht nur die Augenbrauen zusammen und funkelt mich wütend an, aber er erwidert nichts.

„Hah!", rufe ich leise, „du hättest es also tun können, warum hast du es dann nicht gemacht?"

Pria zieht mich weg, so diskret wie möglich. Im Weggehen sehe ich noch, wie der Kontrolleur zu Lian geht, seinen Kopf zwischen die kräftigen Hände nimmt und zu ihm dreht. „Wir gehen, Jolina schließt sich uns gleich an und die anderen kommen mit Lian nach. Wir brauchen ihn und werden daher alles dransetzen, ihn unbeschadet hier rauszubekommen. Aber wir können es nicht riskieren, euch beide zu verlieren, verstanden?"

Ich nicke widerwillig und wende mich mit einem Gefühlschaos ab, denn ich fühle mich blind, blind für das, was mit Lian passiert.

***

Ich stehe alleine am Rande einer großen Pfütze, welche sich in einem der unendlichen Gänge in der Kanalisation gebildet hat. Eine kleine Vertiefung - ausgefüllt mit dreckigem und trübem Wasser, ein Spiegelbild meiner Gefühle. Alles scheint so unwirklich. Meine kleine perfekte Welt in tausend Einzelteile zersprungen. Unmöglich, etwas wieder zusammenzukleben. Irgendwann bemerke ich etwas Nasses in meinem Gesicht. Dass es Tränen sind, die meine Wangen hinunterrinnen und ins Wasser fallen, registriere ich gar nicht. Ich sehe nur zu, wie die salzigen Tropfen nacheinander auf die Wasseroberfläche platschen und das glatte, vollkommen wirkende Bild zerstören. Jede aufkommende Träne ist wie ein Stich in mein Herz; ich fühle, wie sich stetig mehr Risse darin bilden. Nicht mehr lange und es zerspringt wie ein Spiegel, auf den mit einem scharfen Stein immer und immer wieder eingeschlagen wird. Ich sinke auf die Knie und vergrabe mein Gesicht in den Händen - leer und einsam, so fühle ich mich. Kraftlos und alleingelassen. Ich habe keine Ahnung, wie lange diese Gefühle bleiben werden, genauso wenig weiß ich, wie lange ich hier verharren muss, bis mich jemand findet und mir aufhilft. Alleine werde ich es nicht schaffen, wieder aufzustehen. Man sagt, die Zeit heilt alle Wunden und bei meinen häufigen Verletzungen, die das Leben im Wald mit sich brachte, kann ich das nur bestätigen, doch wie ist es mit denen, die man nicht auf den ersten Blick sieht? Mit denen, die nicht deinen Körper, sondern deine Seele belasten und gegen die es keine Salbe gibt? Ich hoffe, der Schmerz vergeht, während die Erinnerungen bleiben - die guten wie die schlechten, denn erst eine Mischung aus beidem ist das, was einen Menschen ausmacht. Ich weiß sehr wohl, was gerade passiert ist, aber ich rede mir ein, doch noch eine Möglichkeit zu finden, wie alles wieder so wie früher wird.

„Ach, hier bist du", schallt eine Stimme durch den Flur.

Ich zucke nicht einmal zusammen, auch wenn sie laut ist und mich erschreckt.

„Wir haben dich schon überall gesucht." Ben setzt sich zu mir und legt einen Arm um meine Schultern. „Lian ist wieder hier, ich habe keine Ahnung, wie der Junge das angestellt hat, nicht erwischt zu werden, aber er ist anscheinend verdammt gut." Er blickt mich an. „Komm schon, dafür hätte ich gerne ein winziges Lächeln". Ich reagiere nicht. „Ein Zucken mit den Mundwinkeln?" Er klingt fast flehentlich, dann piekt er mir mit einem Finger in die Seite. Ich krümme mich und dann bricht das Lachen aus mir heraus, zwar zaghaft, aber es ist da. Und von dem Augenblick an bin ich mir sicher: Freude vertreibt und die Zeit heilt!

Ich lächele noch immer, als ich auf wackeligen Beinen in den Gemeinschaftsraum gelange und mich suchend umblicke. Als ich ihn sehe, laufe ich - so gut es mit eingeschlafenen Beinen geht - auf Lian zu. Kurz bevor ich ihn erreiche, stoppe ich und bleibe wenige Zentimeter vor ihm stehen.

Ich bin mir unsicher, was ich machen soll. Ihm die Hand geben, ihn einfach nur anlächeln oder ihn womöglich umarmen. Aber das wage ich nicht, ich weiß ja schließlich nicht, was er überhaupt möchte. Vielleicht findet er mich ja blöder als ich ihn. Also nicht, dass ich ihn doof finde, eher im Gegenteil, sogar sehr im Gegenteil, wenn ich mir das jetzt mal so recht überlege. Mein Gehirn scheint sich zu verabschieden. Ich kann keine klaren Gedanken mehr fassen. Und während ich verzweifelt versuche, den dicken Knoten aus meinem Gehirn zu bekommen und das Wirrwarr von auf mich einstürzenden Gefühlen zu ordnen, kommt Lian die fehlenden Zentimeter auf mich zu und schließt mich in eine feste Umarmung ein. Mein Herz verabschiedet sich und mischt sich unter das Chaos in meinem Kopf, so als wollte es mir sagen: „Tja, jetzt kann selbst ich dir nicht mehr helfen, da musst du schon irgendwie selber rauskommen. Und weißt du was? Ich habe auch keine Lust, mich damit weiter zu beschäftigen; für die nächste Zeit bist du auf dich gestellt. Was musst du dich auch verlieben? Denkst du etwa, ich hätte nicht schon genug Arbeit?"

„Das habe ich doch gar nicht", murmle ich aufgebracht.

„Was?" Lian schiebt mich ein kleines Stück von sich weg, gerade so weit, dass er mir in die Augen schauen kann. „Was hast du gerade gesagt?"

„Ach, nichts", erwidere ich. „War eher so eine Art Selbstgespräch". Ich komme mir so unglaublich blöd vor und wende mich ab. „Und du findest mich auch ganz bestimmt überhaupt gar nicht verrückt?", frage ich ungefähr zwei Sekunden später und drehe mich wieder zurück.

„Naja", gibt er zu, „vielleicht ein klein wenig".

Ich ziehe die Augenbrauen zusammen und schaue ihn ärgerlich an.

„Aber positiv", sagt Lian schnell.

„Ach ja - und was soll daran bitte positiv sein?", gebe ich ein wenig mürrisch zurück.

Lian grinst nur. „Du bist einfach du und das kann niemand ändern, das ist es, was ich so an dir liebe."

Mein Herz stolpert, ich bringe nur ein Nicken zustande. Habe ich das jetzt richtig verstanden? Zu viele verschiedene Gefühle an einem Tag, mir wird schwindelig, ich falle. Die Welt um mich herum ist viel zu klar für meinen Geschmack. Ich möchte verschwinden, in die übliche Schwärze eintauchen und erst wieder aus ihr emporsteigen, wenn sich alles zum Guten gewendet hat. Doch stattdessen liege ich zusammengerollt am Boden, die Augen weit geöffnet. Mir bleibt nicht viel Zeit, in dieser Position zu verharren, schon werde ich wieder auf die Füße gezogen.

„Alles ok?", fragt Lian und hält mich fest.

„Mhm", krächze ich. Mehr bringe ich nicht zustande. Dann winde ich mich aus seinem Griff und laufe davon. Es kommt mir so vor, als wäre nichts mehr von dem starken Mädchen übrig, welches ich früher mal war. Weglaufen… was denke ich mir eigentlich? Hat meine Großmutter nicht immer gesagt, dass ich mich jeder Situation stellen sollte? Aber zurückgehen? Auch blöd. Und überhaupt, wie soll es jetzt eigentlich weitergehen? Ich beschließe, in den Gemeinschaftsraum zurückzukehren und Pria aufzusuchen. Sie hat auf alles eine Antwort.

„Ich habe keine Ahnung“, kommt es aus Prias Mund. „Frag Jolina“, fährt sie fort, „die plant alles“. Dann wendet sie sich wieder Ben zu, lächelt ihn an und ich bin vergessen.

Na toll, denke ich mir und blicke mich suchend um. Irgendwo muss Jolina ja stecken.

„Sie ist nicht hier.“ Kasra steht hinter mir und ein überlegenes Grinsen ziert ihr hübsches Gesicht.

„Ach, nein?“, entgegne ich, „und wo ist sie dann, du…“, mir fällt kein passendes Wort ein.

„Superstar“, hilft sie mir und wirft ihr Haar in einer gespielten Geste über die Schulter.

Ich verziehe mein Gesicht. „Ja, ja, jetzt spuck es schon aus“, sage ich so genervt, wie es mir möglich ist und boxe ihr dann spielerisch in den Bauch, bevor wir beide laut anfangen zu lachen.

„Ts, ts, ts“, tadelt mich Elena, welche mit einem aufgesetzt freundlichen Lächeln zu uns herübergeschlendert kommt. „Du bist so mürrisch, seit deine liebe Omi nicht mehr unter uns weilt.“

„Du bist ja fies“, höre ich Kasra noch sagen, dann kann ich mich nicht mehr kontrollieren. Mit einem wutverzerrten Schrei stürze ich mich auf Elena, meine Sicht ist durch heiße Tränen versperrt. Adrenalin durchflutet meinen Körper, aber betäubt den Schmerz nur mäßig, als Elena an meinen Haaren zieht.

„Was ist dein Problem?“, bringe ich keuchend hervor, während wir uns am Boden wälzen.

„Tu nicht so unschuldig“, brüllt Elena, während sie Schwung holt und mit ihrem ganzen Gewicht auf meinen Brustkorb drückt und mir die Luft nimmt.

Jetzt reicht es, bisher habe ich mich nur gewehrt, wenn man mal davon absieht, dass ich das hier irgendwie angefangen habe. Ich schüttele meine Gegnerin, was dazu führt, dass sie sich den Kopf stößt. Es tut mir sofort leid, auch wenn sie dieses Mitleid eigentlich gar nicht verdient hat. Sie gibt einen unterdrückten Aufschrei von sich und lässt für einen kurzen Moment ihre Aufmerksamkeit von mir ab.

„Spinnst du eigentlich?“, keift Elena, doch das ist mir egal. Ich nutze den günstigen Moment und rolle mich unter ihr weg, dann stehe ich schwankend auf. Mittlerweile hat sich eine große Menschenmenge um uns gebildet, aber ich nehme sie überhaupt nicht wahr.

„Du bist eine so eine miese Kuh, du nimmst dir einfach alles, was du willst, auch wenn es gar nicht dir gehört“, schreit Elena mich an und will mich an meinem Bein zurück zu sich auf den Boden ziehen.

„Du redest nur Schwachsinn“, brülle ich zurück. „Ich habe dir nie was getan und du behandelst mich wie Dreck. Schön und gut, aber lass meine Verwandtschaft aus dem Spiel.“

„Dann lass du auch meine Familie in Ruhe und such dir eine eigene“, werde ich weiter angebrüllt. Ich weiß, dass sie damit unsere Freundesgruppe meint, der ich mich mittlerweile so zugehörig fühle. Niemals würde ich diese Menschen wieder aus meinem Leben streichen wollen. Mit einem kräftigen Ruck reißt Elena mir den Boden unter den Füßen weg und wir liegen wieder kreischend aufeinander.

Auf einmal werde ich von ihr weggezerrt. Als ich aufblicke, sehe ich, dass Elena auch aus dem Weg gezogen wird und zwar von Lian. Der Blick, den er mir zuwirft, zeigt deutlich, wie sauer und enttäuscht er von mir ist.

Ich strample noch immer, doch bei seinem Anblick sacke ich in mich zusammen und höre Ben neben meinem Ohr erleichtert aufstöhnen. War ja klar, dass er zu Elena geht und sauer auf mich sein würde. Eine einzelne Träne voll Trauer und heißer Wut rollt mir über die Wange. Was mache ich noch hier? Für wen lohnt es sich überhaupt zu bleiben? Für Elena, die mich hasst? Für Lian, der mich verachtet und für den ich immer an zweiter Stelle stehen werde? Für Pria, die sich insgeheim für etwas Besseres hält? Oder für Jolina, die nichts wirklich preisgibt? Für Kasra und Paul vielleicht und für die anderen, die auf meine Hilfe vertrauen. Aber was zählen die schon, wenn Lian nicht zu ihnen gehört? Der einzige Mensch, bei dem es mir etwas ausmacht, ignoriert zu werden. Vielleicht sollte ich wirklich einfach gehen!

Chapter 14

Kasra

Mit einem leisen, fast lautlosen Zischen öffnet sich die automatische Eingangstür des grauen Hochhauses vor mir. Als würde ich mit einem Seufzen begrüßt werden. Die mechanische Stimme einer Frau kündigt mein Eintreten an und ich bewege mich steif auf den Tresen zu.

„Kasra, meine Gute“, werde ich begrüßt und ein Lächeln mit zusammengepressten Lippen, welche einem auf dem Schreibtisch liegendem Bleistift Konkurrenz machen, zeigt mir, dass es auch für sie bald wieder Zeit wird, zu mir zu kommen. „Wir haben dich schon erwartet. Thomas befindet sich in der obersten Etage in seinem Büro, enttäusche ihn nicht.“

Diese unausgesprochene Warnung macht mir Angst. Wieder und wieder bin ich mit Emmett dieses Treffen durchgegangen, habe Dialoge geprobt, Sätze formuliert und meinen Ausdruck optimiert. Doch jetzt, wo es auf jede Kleinigkeit ankommt, wo jedes einzelne Wort auf die Goldwaage gelegt wird, raubt mir die Panik den Atem. Niemand hatte mich auf den wirklichen Zeitpunkt vorbereiten können, oder darauf, dass mein Kopf wie leergefegt sein würde. Niemand hatte mir sagen können, worauf ich mich hier überhaupt tatsächlich einlasse.

„Nun geh schon“, sagte die Frau am Empfang monoton, als ich ihr den ausgefüllten Anmeldebogen entgegenschiebe.

Ich weiß, dass sie es – wenn sie könnte - mit einem aufmunternden Lächeln gesagt hätte, aber dazu ist sie nicht in der Lage.

Die Aufzugtüren schließen sich hinter mir und ich drücke mit zitternden Fingern die Taste „12". Das Feld leuchtet schwach auf und beginnt nahezu im selben Moment zu flackern, ganz so, als wäre die schwache Glühbirne ebenso aufgeregt wie ich. Ratternd fährt der Aufzug empor, ich habe es schon vor Jahren aufgegeben, die Treppe zu benutzen, auch wenn ich es hasse, eingesperrt in diesem engen und zugleich wackeligen Raum festzusitzen. Mit einem leisen Quietschen kommt er zum Stehen, in mir verkrampft sich alles, während sich vor mir die Tür öffnet und mir zeigt, dass es kein Zurück mehr gibt.

Ich rücke mich gerade und stoppe das nervöse Kauen auf meiner Unterlippe. Das ist ganz normal, Kasra, sage ich mir immer und immer wieder, am Ende des Tages wirst du erleichtert ins Bett fallen und wissen, dass du es wieder überstanden hast. So wie jedes andere Mal zuvor auch.

Ich setze mich auf einen der viel zu großen Ledersessel, in denen meine Füße nicht einmal den Boden berühren und übe das starre Geradeausschauen, während ich darauf warte, dass sich die Tür öffnet und ich hereingebeten werde. Früher musste ich fast klettern, um auf dem glatten Leder Platz zu nehmen. Heute bin ich größer, doch immer noch genauso unsicher wie damals. Ich bin nicht wirklich allein, sie werden sich in das Sicherheitsnetz hacken und zusehen, wie ich mir mit zitternden Händen den Rock glatt streiche, wie ich mit leicht wackeligen Schritten auf die soeben geöffnete Tür zugehe und eintrete… in den Raum, in dem ich überhaupt nicht sein möchte und den ich am liebsten sogleich wieder verlassen würde. Mit einem flüchtigen Nicken bedeutet mir Thomas, mich auf einem der Stühle vor seinem Schreibtisch zu platzieren. Dann schickt er den anderen Gast, welcher mir die Tür geöffnet hatte, mit einer energischen Handbewegung hinaus. Mir bleiben nur wenige Sekunden, bis er sich mir endgültig zuwendet.

„Na, Kleine… aufgeregt?"

Ich antworte nicht. Zum einen, weil ich es nicht darf, aber hauptsächlich, weil ich es nicht kann.

„Ach, was rede ich da, dir geht es bestens, so wie allen hier. Aufgeregt. Hahaha." Er lacht ein falsches Lachen. Ich bleibe so ruhig, wie es mir nur möglich ist. Thomas gibt ein paar unverständliche Anweisungen per Mikrofon durch, bevor er sich wieder zu mir dreht. „Wie lautet die konkrete Zahl der „Erased people", die du seit unserem letzten Treffen…", er macht eine Pause, „befreien konntest?"

„264", gebe ich die Zahl preis, welche sich nachts in meine Träume schleicht und mich am Weiterschlafen hindert.

Er nickt nur, keine Auskunft darüber, was diese Zahl bei ihm auslöst. Die Tür öffnet sich mit einem leisen Zischen und herein tritt die Frau vom Empfang, in der Hand eine große Schüssel. Diese ist bis oben hin gefüllt mit einer milchig schimmernden Flüssigkeit. So glatt und kalt, wie sie aussieht, wirkt sie fast unwirklich und dennoch habe ich Gänsehaut, denn ich weiß, dass sie dazu da ist, damit ich meine grausame Arbeit verrichten kann. Die Empfangsdame stellt ihr Mitbringsel wortlos vor uns ab und verschwindet lautlos wieder. Nicht einmal die Absätze ihrer Schuhe verursachen einen dumpfen Aufschlag auf dem metallenen Boden.

Thomas faltet seine Hände zusammen und grinst. „Jetzt wäre ein guter Zeitpunkt, um aufgeregt zu sein, meine Gute."

Ich schlucke. Was hat das hier alles zu bedeuten? Ich will hier weg - sofort.

Die Schüssel schwappt fast über, als das Ratsoberhaupt Thomas mit seiner flachen Hand auf die Tischplatte schlägt.

Ein verräterisches Zucken durchfährt meinen Körper, dicht gefolgt von einer weiteren Panikattacke. „Hände", lautet der einzige Befehl, den er mir gibt.

Ich befolge ihn, ohne zu zögern und strecke sie ihm entgegen. Noch ehe ich begreife, was ich da eigentlich tue, sind sie auch schon in die kühle Flüssigkeit eingetaucht. Eine Schwere übermannt mich, legt sich wie ein bleierner Mantel um meine Glieder und lässt mich reglos verharren. Das Gefühl der Lähmung ist unerträglich, aber es lässt sich nicht abstellen. So sehr ich auch versuche, mich zu rühren, ich kann mich nicht einmal einen Millimeter von der Stelle bewegen. Ein Ziehen lenkt meine Aufmerksamkeit zurück auf meine im Nass steckenden Hände. Weiße Lichtfäden schlängeln sich aus meinen Fingerspitzen und winden sich um meine Hände, ehe sie sich wie Tinte im Wasser auflösen. Mit den Lichtfäden kommt auch die Kälte, erst nur zaghaft, dann immer zuversichtlicher wandert sie an meinen Händen hoch über die Arme auf direktem Weg zu meinem Herzen.

Nein, das kann nicht wahr sein, schießt es mir durch den Kopf, als mir klar wird, was dies alles zu bedeuten hat. Es scheint wie ein makabrer Scherz des Schicksals zu sein, die Rollen umzudrehen und mich - wie ein Lamm zur Schlachtbank - so hilflos in die Rolle meiner Patienten zu führen. Immer weiter steigt die Kälte in mir empor. Am liebsten würde ich schreien - vor Wut darüber, dass ich nichts tun kann - und aufstampfen oder einfach nur wie wild umhertoben. Das ist nicht gerecht. Das Leben ist nicht fair, meine Liebe, säuselt eine zuckersüße Stimme in meinem Kopf. Denkst du denn, dass es jedes andere Mal anständiger war, als vor dir jemand saß und du ihm die Erinnerungen und Gefühle gestohlen hast? Es ist leicht, über das Schicksal anderer zu urteilen, wenn es einen nicht selber betrifft. Wenn man heil aus der ganzen Sache wieder herauskommt, war sie nicht so schlimm. Aber wusstest du auch nur ein einziges Mal, wie es sich auf der gegenüberliegenden Seite, der Seite der Geschädigten, angefühlt hat? Vielleicht ist es nur gerecht, dass dir jetzt genau dasselbe passiert. Eine Träne löst sich aus meinem Auge und bahnt sich unaufhaltsam einen Weg über meine Wange. Nein, denke ich, ich wollte alles zurückgeben. Bist du dir da auch ganz sicher?, meldet sich die Stimme in meinem Kopf wieder zu Wort. Und du wusstest auch ganz bestimmt, dass du dies schaffen würdest? Außerdem weißt du doch selber so gut wie ich, dass du manche Erinnerungen so liebgewonnen hast, dass du dir eingeredet hattest, nicht mehr zu wissen, von wem sie ursprünglich stammen.

„Das ist nicht wahr, nichts von dem, was du sagst, stimmt. Nichts, hörst du?" Immer mehr Wut steigt in mir auf, Wut auf mich und mein Handeln, darauf, dass ich nichts tun kann, um mich zu befreien und darüber, dass ich nichts getan hatte, um den anderen zu helfen. Mit meiner gesamten Kraft, die ich aufbringen kann, reiße ich an meinen Händen, doch sie bewegen sich nicht ein Stück. Dann ist die Wut genauso schnell wieder verschwunden wie sie aufgetaucht ist.

Hattest du nicht immer eine wunderschöne Zeit? Die Stimme in meinem Kopf schaltet sich wieder ein. Mit all deinen Freunden, die im Laufe der Zeit zu deiner Familie geworden sind. Ich schlucke schwer. Wirst du sie je wiedersehen, wenn du kalt und gefühllos sein wirst? Aber was spielt das schon für eine Rolle, schließlich wirst du sie ja überhaupt nicht wiedererkennen ohne deine Erinnerungen an sie. Oh, wie ich diese gemeine Stimme hasse, obwohl sie doch nur die Gedanken preisgibt, welche mich tief in meinem Inneren beschäftigen und meine Emotionen hervorbringen, von denen ich stets behauptet hatte, sie nicht zu besitzen. All die Arbeit, eine Maskerade aus Fröhlichkeit und Zuversicht aufzubauen, wird in so kurzer Zeit zunichte gemacht, indem sie die Wut und

Trauer zum Vorschein bringt, welche ich nach und nach so sorgsam weggeschlossen hatte.

Du wirst deine neue Familie wohl auch verlieren, so wie deine erste, denn du kämpfst nicht gegen die Kälte in deinem Herzen an. Was ist aus dem tapferen kleinen Mädchen geworden, welches nichts und niemand erschüttern konnte? Ein weinender Haufen Elend, der sich nicht aus einer lächerlichen Schüssel Wasser befreien kann. Zu kraftlos, um wütend zu sein und von der Trauer ganz ausgelaugt. Tränen rinnen in Bächen über mein Gesicht. Ich habe so viel verloren in meinem Leben und mich doch nie beklagt oder bin in Selbstmitleid ertrunken. Wieso dann jetzt? Wieso kann ich nicht stark bleiben und weiterkämpfen? Stattdessen sitze ich jetzt hier noch zusätzlich von der Trauer gelähmt, die mich einnimmt.

Durch einen Tränenschleier sehe ich die Umrisse von Thomas, welcher sich mit einem missgünstigen Lächeln in seinem Stuhl zurückgelehnt hat und das Schauspiel scheinbar sichtlich erfreut betrachtet. Ein lauter Schluchzer erschüttert mich und diese kurze Bewegung meinerseits verdüstert seine Laune um einiges. Eine Falte zieht sich auf seiner Stirn entlang und sein Oberkörper rückt gefährlich langsam zu mir nach vorne. Die Trauer ist wie weggeblasen, doch dafür taucht ein neues Gefühl auf. Die Angst. Sie kommt mit dem Blick, der mir durch Thomas zuteilwird. Unaufhörlich laufen die Gefühle aus meinen Händen, hinein in das unbekannte Nass und verschwinden. Erst jetzt, vor Angst zitternd, wird mir klar, dass ich mich ein klein wenig bewegen kann. Und noch etwas scheint auf einmal so logisch zu sein. „Buh“, brüllt die Stimme in meinem Kopf, um mich zu erschrecken und unterstreicht meine Vermutung. Ich bin es, die jegliche Gefühle nacheinander aus den Tiefen meiner Vergangenheit hervorkramt, um diese in das Wasserbecken laufen zu lassen. Nach und nach sorge ich dafür, dass Thomas das bekommt, was er möchte.

Doch ich kann nichts dagegen unternehmen. Solange ich ängstlich hier sitze, wird mir dieses Gefühl genommen und dieser Gedanke macht mir noch mehr Sorge.

Zugegeben - es sind nicht die allerbesten Gefühle, welche ich schon entbehren musste, aber sie gehörten doch zu mir und bildeten meine Persönlichkeit. Was passiert mit mir, wenn ich keines mehr von ihnen besitze? Wie werde ich sein? Werden mich die anderen noch akzeptieren, so wie ich mich dann verhalte oder muss ich alleine unter denen leben, welche schon lange alles verloren haben, was ihnen eigentlich niemand hätte nehmen dürfen? Gedanken, welche die Angst schüren - das Gegenteil von dem, was ich erreichen möchte - geistern durch meinen Kopf. Dann ist sie weg, ganz so, als hätte es sie nie gegeben.

Ich bin froh, dass es nun vorbei zu sein scheint. So froh darüber, endlich gehen zu können. Zurückzukehren und mein Leben ganz normal weiter zu leben. Wohlige Wärme durchläuft meinen Körper und vertreibt scheinbar mühelos die Kälte aus meinem Herzen. Ein Lächeln schleicht sich auf mein Gesicht und auch Thomas lehnt sich wieder zufrieden zurück. Ich habe ihn wohl angesteckt mit meiner Glückseligkeit. Gelassen verschränkt er die Arme vor der Brust und schaut ausdruckslos auf mein lächelndes Gesicht. Mir geht es immer besser und scheinbar hat auch Thomas jetzt begriffen, dass er nichts daran ändern kann. Ich werde genauso, wie ich von unserem Treffpunkt aus weggegangen bin, dort auch wieder eintreffen. Dies bestätigt auch die Stimme in meinem Kopf, welche sich bei näherem Hinhören als meine eigene entpuppt. Viel zu schnell kommt die Kälte wieder zurück und mir wird schmerzlich bewusst, dass ich mich täuschen ließ und noch immer mit beiden Händen in der Schüssel im Büro des Ratsoberhauptes festsitze. Dann wird alles um mich herum schwarz.

Als ich die Augen wieder aufschlage, sehe ich gerade noch, wie ein Mann die leere Schüssel in ein Regal stellt und ein gefülltes Reagenzglas - mit einem Namen beschriftet, der mir aus irgendeinem Grund sehr vertraut vorkommt - dazu stellt. Kasra steht dort. „Du kannst gehen, Mädchen" sagt er und zieht seine Mundwinkel zu einer seltsamen Grimasse nach oben. Ich weiß nicht, was sie bedeutet. Ich höre noch, wie er zu jemandem sagt: „Du hast mich zu deinem Glück nicht enttäuscht. Hätte deine Flüssigkeit nicht funktioniert, hätte sie jetzt mit dir spielen dürfen und nicht umgekehrt." Ich verstehe nichts von dem.

Ehe ich mich versehe, stehe ich hilflos draußen vor der Tür - ohne zu wissen, wo ich hingehen soll. Wie von selber machen meine Füße ein paar stolpernde Schritte vorwärts. Anscheinend wissen sie, was jetzt zu tun ist, also lasse ich sie gewähren. Wackelig taumle ich auf einen Abgrund zu... es ist eine Treppe, wie sich kurz darauf herausstellt. Ratlos schaue ich die vielen Stufen hinab, doch ich habe keine Idee, wie ich diese bewältigen soll.

Eine Frau tritt aus einem der naheliegenden Zimmer und bewegt sich mühelos auf eine Schiebetür in der Wand zu. Sie drückt einen Knopf und bleibt wartend stehen. Mit unsicheren Schritten bewege ich mich auf sie zu, vielleicht kann sie mir helfen. Die Türen öffnen sich und geben die Sicht auf einen winzigen Raum preis. Spiegel versuchen - ohne großen Erfolg -, diesen wenigstens rein optisch zu vergrößern. Die Frau tritt ein, ich folge ihr hastig. Starr bleiben wir nebeneinanderstehen. Sie bewegt sich nur einmal, als sie mit einem Finger auf ein Feld drückt, auf dem eine große Eins zu sehen ist. Ich folge ihrem Beispiel und drücke auf die zwei, schließlich sind wir ja jetzt einer mehr in dieser Kammer. Der Raum beginnt zu schwanken, ich nehme es hin und betrachte stattdessen das Gesicht, welches mir aus dem Spiegel entgegenschaut. Es ist seltsam vertraut und fremd zugleich. So, als hätte ich es früher schon oft gesehen und nur vergessen, wie es aussieht. Mein Mund fällt mir auf... der ist anders als beim letzten Blick in einen Spiegel. Er gleicht jetzt einer Linie und ist nicht mehr geformt wie eine Banane. Einer der vielen winzigen Unterschiede, aber sie machen mir nichts aus.

Die Türen öffnen sich vor meinen Augen - kurz nachdem der Raum wieder zum Stillstand gekommen ist. Die Frau schaut mich von der Seite abwartend an, aber ich verstehe nicht. Immer noch sind ihre Augen starr auf mich gerichtet. Was erwartet sie von mir? Soll ich rausgehen? Aber warum bleibt sie dann hier drin? Ich bleibe stehen. Die Türen schließen sich mit einem leisen Zischen wieder und die Fahrt beginnt von Neuem. Der Kopf der Frau dreht sich abrupt und mit leerem Blick wieder nach vorne. Dabei fällt mir auf, dass auch sie einen Strich als Lippen besitzt. Nach einer kurzen Fahrt gehen die Türen wieder vor uns auf. Diesmal tritt die Frau hinaus, ich folge ihr.

Sie geht auf eine große Eingangstür zu und ich trete neben ihr ins Freie. Durch die dunklen Gassen der Stadt folge ich ihr. Wenn die Frau um eine Ecke biegt, tue ich es ihr gleich, Straße um Straße lassen wir hinter uns. Irgendwann dreht sich die Frau zu mir um. „Du kannst nicht die ganze Zeit hinter mir herlaufen", fährt sie mich an.

Ausdruckslos starre ich in ihr wütendes Gesicht.

Sie stöhnt auf. „Wieso? Wieso ich? Hättest du dir nicht einfach jemand anderen aussuchen können, den du verfolgst? Wer bist du überhaupt?"

Ich starre sie schweigend an, ich weiß nicht, wer ich bin und es ist mir auch egal. Das Einzige, was zählt, ist, dass ich bin.

„Na gut", gibt die Frau resigniert auf, „du musst mir nicht antworten, wenn du nicht willst, aber hör bitte endlich auf, mich so anzustarren!"

Ich schaue sie weiterhin unentwegt an.

Sie dreht sich um, beugt sich runter und hebt einen Gullydeckel an. „Hereinspaziert!“ Die Frau macht eine einladende Handbewegung. „Vielleicht bekommen sie dich ja wieder hin. Aber ich wäre mir da nicht so sicher. Ach, mit wem rede ich hier eigentlich? Du verstehst ja doch nicht wirklich etwas von dem, was ich sage.“

Ich weiß, dass ich nicht mit runtergehen darf, aber ich weiß nicht, wie ich es ihr sagen soll. Stumm bleibe ich stehen und schaue sie nur an. Die Frau bedeutet mir, hinunterzusteigen und ich setze einen Fuß vor den anderen und gehe auf das Loch zu, welches sich unter dem Gullydeckel aufgetan hat. Als ich den Rand erreiche, gehe ich einfach weiter, ich falle. Mein Aufprall wird von einem leisen, erschreckten Aufschrei begleitet. Ohne zu warten, stehe ich aus meiner gekrümmten Haltung, mit der ich auf dem Boden aufgekommen bin, wieder auf.

Hektisch kommt die Frau hinter mir hergeklettert. „Hast du dir wehgetan?“, fragt sie mit sorgenvoller Stimme.

Was meint sie damit? Ich starre in die Dunkelheit, welche den engen Gang füllt, nachdem der Gullydeckel wieder auf seinen ursprünglichen Platz geschoben worden ist. Es ist still und ich bin allein, denke ich. Eine Fackel leuchtet auf, die Frau ist noch da.

„Hey, warte“, ruft sie mir hinterher, denn ich habe mich schon in Bewegung gesetzt. Ich bleibe stehen, denn dies klingt mir nach einem Befehl und ich weiß, dass ich Befehle befolgen muss. Die Frau tritt vor mich und wir bewegen uns durch viele Gänge, hin zu einem großen Raum voller Menschen. Als wir eintreten, wird es augenblicklich ruhig. Viele Köpfe drehen sich langsam zu mir um. Still bleibe ich stehen, auch wenn ich jetzt allzu gerne weglaufen würde. Auf einmal ist es mir nicht mehr egal, wer um mich herum ist und wer mich anstarrt. Ich habe zwar immer noch keine Ahnung, wer ich bin, aber ich möchte auch nicht, dass es einer von den hier Anwesenden vor mir herausfindet. Ich will ihnen sagen, sie sollen mich in Ruhe lassen, doch über meine Lippen kommt kein einziges Wort. Ich weiß nicht, wie ich es anstellen soll zu sprechen, also gebe ich es auf.

Die Menge weicht zurück, als ich einen Schritt auf sie zu trete. Es bildet sich ein schmaler Gang und eine weitere Frau tritt auf mich zu. Ich mustere sie von Kopf bis Fuß, denn auch sie kommt mir bekannt vor, annähernd so wie das Mädchen aus dem Spiegel in dem Fahrstuhl. Aber nur annähernd.

„Kasra, meine Liebe." Sie stockt, als sie mich genauer betrachtet. Und an die Frau gewandt, welche mich herbrachte, sagt sie: „Ich bringe sie weg, danke". Sie nimmt mich an die Hand und zieht mich, von vielen neugierigen Augenpaaren verfolgt, wieder aus dem Raum. Währenddessen geistert ein Bild durch meinen ansonsten so leergefegten Kopf. Ein kleines Gefäß, welches gerade mit einem Namen beschriftet wird. Kasra… mein Name.

„Etage zwölf also", mehr sagt sie nicht.

Schweigend stolpere ich hinter ihr her, während wir einen Gang nach dem anderen hinter uns lassen, um Ecken biegen und schließlich vor einem winzigen Raum zum Stehen kommen. Er ist mit einer Tür ausgestattet, welche wiederum ein kleines Fenster beinhaltet. Ein Tisch, zwei Stühle und eine Matratze - umrahmt von vier grauen Wänden - mehr ist nicht zu sehen, auch nicht, nachdem die Frau die Tür aufgesperrt hat, wir eingetreten sind und uns an den Tisch gesetzt haben.

„Was haben sie nur mit dir gemacht, Mädchen? Ich brauche dich doch noch." Sie sieht mir in die Augen. „Kannst du dich noch an mich erinnern? Weißt du noch, wer ich bin?"

Als ich nicht antworte, packt sie mich mit beiden Händen an den Schultern und beginnt, meinen Oberkörper zu schütteln. Sie scheint verzweifelt, aber nicht besorgt um mich. „Jolina… ich bin Jolina und du bist Kasra… klein, schlau und tapfer. Und meine beste Informationsbeschaffungsquelle“, fügt sie noch leise, fast unverständlich hinzu. „Na, jedenfalls warst du es. Von jetzt an werde ich nicht mehr so leichtsinnig mit meinen Trümpfen umgehen, das war mir eine Lehre, verdammt.“ Sie fährt sich erregt durch die weißen Haare, „Was ist dort passiert? Unser Überwachungssystem hat versagt und wir konnten uns nicht in das System der Darkness-Organisation hacken.“

Ich schweige, sie versteht.

„Kannst du es zeichnen?“, fragt sie seufzend und schiebt mir ein Blatt Papier mitsamt einem Stück Kohle rüber. Ich nicke und greife danach. Dann zeichne ich mit wenigen, unbeholfenen Strichen die einzige Information, die ich besitze. Das kleine, gefüllte Gefäß mit meinem eigenen Namen drauf - in der Hand des Grimassen schneidenden Mannes. Als ich fertig bin, reiche ich Jolina das Blatt und wische meine mit Kohle verschmierten Hände an meinem Rock ab.

Sie zieht die Stirn in Falten und will sich erheben, als ihr noch etwas einfällt. „Emmett wird gleich kommen und zusammen mit dir versuchen, Teile deiner Erinnerung wieder zu erlangen, auch wenn ich denke, dass dies nicht die von ihm erhoffte Wirkung bringt. Jedenfalls nicht, wenn ich deine Zeichnung richtig deute.“ Sie steht auf. „So lange muss ich dich hier leider einsperren, sicher ist sicher, denn im Moment kann ich dir leider nicht mehr vertrauen. Ich denke, du würdest es verstehen, wärst du noch die Kasra, die ich dringend zurückbrauche.“ Sie dreht sich um und verlässt den Raum. Das Letzte, was ich von ihr höre, ist ein sich im Schloss drehender Schlüssel.

Ich, Kasra, bleibe sitzen und rufe mir diesen Namen immer und immer wieder ins Gedächtnis. Er ist wie ein Stück Holz, an das ich mich in einem reißenden Fluss klammere, während ich stromabwärts treibe und welches all meine Hoffnung auf Rettung darstellt. Kasra, so heiße ich.

Die Tür öffnet sich - nicht lange, nachdem Jolina sie hinter sich geschlossen hat. Die Zeit dazwischen hatte ich damit verbracht, mich an meinen Namen zu klammern und unentwegt auf die graue Wand zu starren.

Ein Junge tritt ein, ich schätze ihn auf siebzehn Jahre. „Hey, ich bin es, Emmett".

Ich kenne ihn nicht.

„Du kennst mich wahrscheinlich nicht mehr", setzt er wieder an.

Bingo, denke ich, keine Ahnung, wer du bist. Aussprechen kann ich es wieder mal nicht.

„Okay, fangen wir an. Du hast dich doch noch nicht aufgegeben oder?" Auch er zieht diese seltsame Grimasse, welche hier von so vielen aufgesetzt wird. „Ich werde dir erst einmal etwas über dich erzählen, dann über uns und unsere Arbeit hier." In seiner Stimme liegt so viel Zuversicht; er denkt wirklich, dass ich es schaffe, wieder ich selber zu werden. Er glaubt, dass ich wieder zu mir zurückfinde, ohne den Weg zu kennen.

„Du bist Kasra, eine Rebellin mit größerer Persönlichkeit als körperlicher Größe." Komische, glucksende Geräusche dringen aus seinem Mund. „Du weißt über alles Bescheid und besorgst jeden Monat eine Fülle von Informationen für uns aus der Zentrale, dem Hauptsitz der Darkness-Organisation. Gegen diese arbeiten wir, sie sind die Bösen und wir sind die Guten. Zugegeben, es läuft vieles nicht so, wie wir es geplant haben, aber irgendwie finden wir immer einen Weg, aus dem Schlamassel herauszukommen und das wird jetzt mit dir genauso sein. Vertrau auf uns und vor allem vertrau auf dich. Du bist stark - oder zumindest warst du es -, aber du wirst es wieder sein, da bin ich mir ganz sicher." Er redet und redet, so als wollte er überhaupt nicht mehr damit aufhören. Ich verstehe nichts von alledem, aber ich höre zu, denn das erscheint mir angebracht. Immer mehr Wörter kommen zwischen seinen Lippen hervor und verbinden sich zu Sätzen, die mir zeigen sollen, wer ich einmal war. Nach einer Ewigkeit scheint er es aufzugeben, mir das Leben eines Rebellen in allen möglichen Formen und Farben zu beschreiben.

Er seufzt und stützt dann seinen Kopf in beide Hände. „Wenn du wenigstens nicken oder mir nur annähernd eine Regung in deinem Gesicht zeigen würdest, dann wäre ich ja schon froh. Aber nein, seit Stunden sitzt du einfach nur kerzengerade auf diesem unbequemen Stuhl und starrst ausdruckslos auf die komplett graue Wand. Du schaust mir ja nicht mal in die Augen." Er schlägt auf den Tisch, nur um kurz darauf verzweifelt auszurufen: „Selbst, wenn ich dich eigentlich erschrecken sollte, zuckst du nicht einmal mit den Wimpern. Wer bist du nur geworden? Oder soll ich lieber sagen… was?"

Die Tür öffnet sich und ein Mädchen tritt mitsamt Tablett ein.

„Pria", stöhnt Emmett erleichtert auf.

„Na, wie läuft es so bei euch?", fragt sie nur und stellt das Essen vor uns auf dem Tisch ab. Es besteht aus zwei randvollen Schüsseln dampfender Suppe.

„Mpf", macht Emmett nur, während er sich hungrig auf das Essen stürzt. „Sie ist total anstrengend, weißt du. Nicht eine Regung bekommst du aus ihr heraus. Es ist zum Verzweifeln."

„Das sehe ich", entgegnet Pria und stupst ihn in die Seite. „Außerdem hat Jolina schon behauptet, dass du keinen Erfolg haben wirst, weil nämlich all ihre Gefühle abgesaugt worden sind. Die befinden sich jetzt in so einer Art Reagenzglas im Hauptgebäude des Rates. Aber sie kann sich keinen Reim darauf machen, wieso Thomas sie behalten hat, es wäre ja schließlich einfacher für ihn, sie direkt zu vernichten." Sie stoppt und lässt ihm somit eine Chance, zu Wort zu kommen.

„Dann müssen wir das Gefäß holen", beginnt er aufgeregt.

„Genau das hat sie auch gesagt. Wir sind alle bereits ausgerüstet, nur du fehlst noch." Pria zieht ihre Mundwinkel nach oben, eine Gesichtsverzerrung, die sich bei Emmetts nächsten Worten sofort wieder löst.

„Sie hat das gesagt? Du redest wirklich von der Jolina, die auch ich kenne? Von der, die sagt: einmal verloren - immer verloren?"

Sie nickt, aber in ihrer Miene sind Zweifel zu lesen. „Da habe ich auch schon drüber nachgedacht", beginnt sie langsam. „Vielleicht ist es diesmal anders, weil sie weiß, dass die Erinnerungen und Gefühle noch existieren. Oder... weil Kasra", sie schaut auf mich, „zum inneren Zirkel gehörte. Möglicherweise ist sie zu wichtig, um sie entbehren zu können. Hoffen wir mal, dass sie genauso handelt, wenn einer von uns erased wird." Pria zieht ihren Pferdeschwanz fester und dreht sich dann zur Tür. „Kommst du?", fragt sie an Emmett gewandt, welcher sich noch einmal zu mir umdreht.

Ich würde ihm gerne sagen, dass ich nicht ganz verschwunden bin, dass ich irgendwie noch immer ein wenig Kasra bin, aber ich kann es nicht. Ich bin machtlos in einem Körper gefangen, der mir nicht mehr gehorchen will, der mir nicht mehr zu gehören scheint.

„Sie wird dir schon nicht weglaufen, ich meine, schau sie dir doch mal an. Nicht einen Millimeter hat sie sich bewegt, seit ich hier reingekommen bin und ich gehe ganz stark davon aus, dass sie es vorher auch nicht getan hat." Pria verschränkt abwartend die Hände vor der Brust. „Du kannst ja abschließen, wenn es dich beruhigt, aber jetzt komm endlich. Es ist ja auch für sie." Als Emmett endlich aus der Tür tritt, höre ich noch, wie sie an ihn gewandt sagt: „Sie ist wie eine Schwester für dich, du kennst sie, seit sie vier Jahre alt ist und ich kann dich sehr gut verstehen, wenn du sie nicht alleine lassen möchtest! Aber du hilfst ihr doch, indem du ihr ihre Persönlichkeit zurückbringst. Etwas anderes scheint ja nicht zu funktionieren."

„Sie ist mehr als das, Pria", sagt Emmett leise.

Ich bleibe, an die Wand starrend, sitzen und überlege, was der Ausdruck Schwester wohl zu bedeuten hat. Ich habe das Gefühl, dass mir das theoretisch total egal sein sollte, ist es mir aber nicht. Kasra. Kasra, die Schwester. Oder mehr als das, was auch immer damit gemeint ist.

Chapter 15

Jolina

Ich habe sie wirklich losgeschickt, nicht lange darüber nachgedacht, sondern einfach gehandelt. Dabei habe ich mir vor nicht allzu langer Zeit noch vorgenommen, vorsichtiger mit meinen guten Leuten umzugehen. Aber ich brauche Kasra unbedingt zurück und ich sehe niemanden sonst in der Lage, diese Mission erfolgreich auszuführen. Wenn alles gut geht, werden heute zwei Aktionen gleichzeitig vonstattengehen. Ich habe unseren geplanten Anschlag einfach um eine Woche nach vorne verschoben. Was machen sieben Tage Unterschied schon groß aus? Mein Vertrauen ruht auf meiner Verbindung zu Pria, nicht auf dem Versprechen der Technologie, welches mich so bitter enttäuscht hat. Pria, Emmett, Ben… mehr schicke ich nicht los, mehr brauche ich nicht, denn sie sind meine besten Leute. Wenn es zu gefährlich wird, kommen sie zurück, das weiß ich. Aber wie schon gesagt, meine wirklichen Trümpfe bleiben sicher verwahrt, bis die Zeit reif ist, sie auszuspielen. Doch die Zeit zu handeln ist gekommen und ich werde alles Erdenkliche dafür tun, sie zu nutzen. Vielleicht werde ich Verluste einstecken müssen, aber wer beachtet diese schon, wenn ein weiterer Erfolg zu feiern ist?

Der Weg zum Hauptgebäude geht ohne Umstände vonstatten; es scheint mir fast zu leicht, wie sie so ungehindert eine Straße nach der anderen passieren, aber was beschwere ich mich. Vorsichtig linst Pria um eine Ecke; die Luft ist rein und sie bedeutet den anderen, ihr zu folgen. Möglichst leise schleichen sie - im Schatten der umliegenden Häuser - auf den Eingang des imposanten Gebäudes zu. Jetzt heißt es abwarten und den perfekten Zeitpunkt abpassen. Sie verharren in ihrer Position.

Es ist so weit, die Tür öffnet sich und ein Mann tritt ins Freie. Noch ehe sie sich wieder ganz geschlossen hat, sind die drei an ihm vorbeigehuscht, hinein in die Höhle des Löwen, ihrem Ziel einen weiteren Schritt näher.

Drinnen angekommen, hockt sich Pria hinter einen der riesigen Blumenkästen und öffnet leise den Reißverschluss ihres Rucksacks. Sie holt ein kleines Päckchen heraus und blickt sich suchend nach Ben um. Er hält ebenfalls ein Päckchen in seiner Hand, befindet sich aber auf der anderen Seite der geräumigen Eingangshalle. Mit der linken Hand zeigt er ihr den nach oben gereckten Daumen. Alles läuft wie geplant. Sie wendet sich wieder dem Paket in ihren Händen zu, verstaut es sicher zwischen den Blättern der Pflanze und drückt - ohne lange zu zögern - den kleinen schwarzen Knopf. Eine Zeitanzeige flackert in roten Leuchtbuchstaben auf und es beginnt leise zu piepen. Ab jetzt haben sie noch fünfzehn Minuten.

Fünfzehn Minuten sind eine lange Zeit, aber reicht sie auch aus, um acht weitere Bomben überall im Gebäude zu verteilen, Kasras Gefühle zu finden und wieder sicher hinauszugelangen? Wir wollen es hoffen.

Ohne Zeit zu verlieren hastet Pria weiter, hinter dem Tresen mit der ins Leere blickenden Angestellten, hin zum Treppenabsatz. Wir müssen Opfer bringen - nur so können wir die Gesamtheit retten. Dort trifft sie auf Emmett und Ben, welche schon unruhig auf sie warten. Immer wieder wandert Emmetts Blick auf die kleine Armbanduhr an seinem Handgelenk. Noch vierzehn Minuten zwanzig, jede Sekunde zählt. In Höchstgeschwindigkeit rennen sie die Treppenstufen empor, hinterlassen in Stock drei, sechs und neun jeweils eine Bombe und hasten weiter. Außer Atem kommen sie am oberen Ende der Treppe an, Etage zwölf ist erreicht. Es bleiben ihnen noch zehn Minuten und 58 Sekunden, auch ich habe die Uhr kontinuierlich im Auge.

Pria schleicht sich zu der großen Bürotür am Ende des Wartebereiches. Währenddessen lässt Emmett noch unauffällig ein weiteres tickendes Päckchen unter einen der Sessel fallen. Ben grinst ihm zu und macht es ihm nach, indem er auf den kleinen Abstelltisch in der hinteren Ecke springt und eine Bombe im Lampenschirm zurücklässt. Daraufhin reckt er wieder einen Daumen in die Höhe.

„Was ist, wenn jemand im Büro ist?“, fragt Pria flüsternd.

„Dann machen wir ihn platt“, entgegnet Emmett gelassen.

Sie zeigt ihm einen Vogel. „Damit uns jeder hier im Haus hören kann? Das ist doch viel zu riskant, außerdem braucht man da drin wahrscheinlich nur einen Knopf zu drücken, um Hilfe zu holen.“

„Hast du eine bessere Idee, Miss Neunmalklug?“, zischt er ihr ärgerlich entgegen.

„Hey, regt euch ab“, geht Ben dazwischen, „die Luft ist rein, der Adler ist ausgeflogen.“ Pria kann sich ein kurzes und leises Auflachen nicht verkneifen.

„Was?“ Ben zieht trotzig einen Schmollmund. „Das sagt man doch so oder etwa nicht?“

Man kann Emmett ansehen, dass auch er große Mühe hat, sich das Grinsen zu verkneifen. „Schon okay, Mann“ sagt er aufs Höchste konzentriert.

Noch zehn Minuten und zwei Sekunden.

„Planen wir fünf Minuten ein, um das Reagenzglas zu finden, dann müssen wir uns spätestens auf den Rückweg machen." Er gibt Pria die nächsten Anweisungen. Zusammen dringen sie in den Raum ein und durchstöbern sämtliche Regale. Aber nicht, ohne noch ein tickendes Todeskommando in der Schreibtischschublade zu hinterlassen. Die Zeitanzeige steht dieses Mal auf zehn Minuten, wohlgemerkt nur für eine Sekunde und erinnert die drei an ihre rasch verstreichende Zeit.

„Noch neun Minuten dreißig", gibt Emmett Auskunft und macht sich auf den Weg, die Regale zu inspizieren.

„Nichts!", sagt Pria und sieht fluchend aus dem großen Mahagonischrank heraus und auch Ben scheint kein Glück im Umfeld des gigantischen Schreibtisches zu haben. „Was ist mit dir, Emmett?", will er wissen, doch auch der schüttelt wenig erfreut den Kopf.

Noch sieben Minuten.

„Das Reagenzglas ist nicht in diesem Raum." Wütend tritt Emmett gegen einen der Bücherstapel, welcher mit einem lauten Poltern auf dem Boden fällt.

Pria fährt erschrocken zu ihm herum. „Sag mal, spinnst du?" Ich spüre, dass sie ihm diese Worte am liebsten schreiend an den Kopf werfen würde, aber sie reißt sich zusammen. „Was verstehst du an dem Wort leise nicht? Soll ich es für dich buchstabieren?"

Emmett zuckt ertappt zusammen. „Sorry", murmelt er.

„Dein Sorry hilft Kasra jetzt auch nicht, such lieber weiter". Er dreht sich weg.

„Und Emmett..."

Er schaut sie wieder an.

„...diesmal leise."

Er nickt wütend. „Ja doch."

Sechs Minuten und zwanzig Sekunden.

Sie durchkämmen jede Ecke des Raumes, doch das ersehnte Reagenzglas bleibt unauffindbar.

„Und du bist dir ganz sicher, dass dieser Raum auf der Zeichnung zu sehen war?“, fragt Ben nervös.

Pria nickt. „Ja, da war so ein Regal und da waren ganz viele von diesen Reagenzgläsern. Alle mit einem anderen Namen etikettiert. Aber es war ganz sicher dieser Raum. Ich erkenne die Topfpflanze am Fenster wieder. Und da, wo der Spiegel hängt“, sie deutet auf einen in einem dicken schwarzen Rahmen eingelassenen Spiegel, „stand es.“

„Aber da ist nichts“, entgegnet Ben frustriert.

„Das ist wohl das Problem, was wir haben“, stimmt Emmett ihm zu, „Kein Regal, kein Reagenzglas und am allerwichtigsten… keine Kasra.“

Pria schiebt sich an ihnen vorbei und betrachtet das geschliffene Glas genauer. „Wie steht es um unsere Zeit?“, fragt sie, ohne sich abzuwenden.

„Noch fünf Minuten neunzehn, wir müssten also in neunzehn Sekunden los“, gibt Emmett ihr die gewünschte Information.

„Ja, das stimmt wohl“, nickt sie resigniert, als es klickt und der Spiegel zur Seite schwingt. „Andererseits“, fährt sie fort, „kommt es auf die eine Minute auch nicht mehr an.“

Emmett atmet erleichtert aus. Stoppt aber sofort wieder, als ihm die Ausmaße des versteckten Regales bewusst werden. Scheinbar völlig unsortiert stehen tausende von Flaschen in allen erdenklichen Formen und Größen auf winzigstem Raum zusammengepfercht da.

„Kasras Flasche ist erst ganz frisch abgefüllt worden, der Logik nach müsste sie also ziemlich im Vordergrund stehen.“

Pria fährt sich mit einer Hand durch ihre Haare. „Wenn es hier wenigstens annähernd so etwas wie ein System gibt."

„Was hast du eigentlich eben gemacht, damit sich der Spiegel öffnet?", fragt Ben neugierig, während er den oberen Bereich des Regales unter die Lupe nimmt.

„Sie gar nichts", ertönt eine Stimme vom Türbereich aus.

Pria wirbelt herum und endlich, nach einer Ewigkeit aus Schrecksekunden kann auch ich den unerwünschten Zwischenfall genauer betrachten.

„Scheiße, es ist Thomas!", ertönt die Stimme von Emmett neben ihr.

„Das sehe ich auch! Du bist echt die beste Wache, die ich je einstellen durfte." Pria schnaubt ärgerlich. Unterdessen ist Ben dabei, unwillkürlich sämtliche Fläschchen aus dem Regal in seinen Rucksack zu räumen.

„Ja, es ist Thomas", meldet sich dieser zu Wort. „Denkt ihr kleinen Schlauberger etwa, ich würde euch so einfach hier reinspazieren lassen und diese winzige Information von meinem Geheimschrank zukommen lassen, wenn das für mich keinen Nutzen hätte? Also wirklich, für so unintelligent hätte selbst meine Sekretärin euch nicht gehalten, aber das ist mir nur recht." Er fängt an zu lachen - kein freudiges, sondern eher ein verbissenes, heiseres Lachen. Dann tritt er einen kleinen Schritt auf Pria zu und diese sucht den Augenkontakt mit Emmett. Ich kann ihre Gedanken hören: Hoffentlich ist er jetzt für ein paar Minuten nicht so abgelenkt von Kasra! Sie nickt ihm unmerklich zu und er versteht es. Ich seufze erleichtert auf.

Noch vier Minuten und dreizehn Sekunden.

Mit einem lauten Schrei schmeißt sich Emmett auf den überrascht dreinblickenden Thomas und wirft ihn zu Boden. Doch ein präzise ausgeführter Schlag seinerseits lässt Emmett schmerzerfüllt zusammenzucken. Ein Schlupfloch, welches auch sogleich genutzt wird, um sich aus dem Klammergriff des am Boden Zuckenden zu winden. Unterdessen hat auch Pria damit angefangen, wie wild das Regal leerzuräumen. Nur noch wenige Flaschen stehen dort, als sie sich umdreht.

„Sucht ihr etwas dieses hier?“ Thomas hält triumphierend ein kleines Reagenzglas in die Höhe, auf dessen Etikett deutlich „Kasra“ zu lesen ist und wischt sich das Blut von der Nase. „Denn dann muss ich euch leider enttäuschen, dieses hier bekommt ihr nicht.“ Provozierend schwenkt er es vor ihren Augen hin und her. „Und was würde eigentlich damit passieren, wenn ich es aus Versehen loslasse und es auf den harten Boden fällt?“ Ein hässliches Grinsen breitet sich auf seinem Gesicht aus. „Noch drei Minuten zweiundvierzig, ihr werdet hier sterben, findet euch mit dem Gedanken ab.“

„Woher…?“, stottert Pria entsetzt.

„Woher ich das mit den Bomben weiß, die ihr hier so liebevoll überall im Gebäude platziert habt? Tja, so ein leises Piepen ist zwar unauffällig, meine Liebe, aber nicht unüberhörbar. Jetzt ist es wohl auch euer Pech, dass es zu viele sind, um sie noch rechtzeitig zu entschärfen, aber vielleicht wollte ich es ja auch gar nicht erst versuchen.“

Ein Klirren ertönt und das nächste, was Pria sieht, ist ein am Boden liegender Thomas und ein mit einer kaputten Vase in der Hand dastehender Emmett. Die Erleichterung ist ihr nicht nur anzumerken, sondern auch anzusehen. Sie beugt sich zu Thomas herunter und entfernt das unbeschädigte Glasröhrchen aus seinem immer noch klammernden Griff.

Noch drei Minuten und vierundzwanzig Sekunden.

Sie rennen zur Treppe.

„Wartet mal“, meldet sich Ben zu Wort, „wir haben keine Zeit, um die Treppe zu nehmen, uns bleiben nur noch knapp drei Minuten und der Fahrstuhl braucht circa ein bis zwei. Wenn wir die Treppe benutzen sind wir bei drei bis vier, das können wir uns nicht leisten."

„Aber wenn wir den Aufzug nehmen", entgegnet Pria, „laufen wir Gefahr, dass er stecken bleibt oder am wahrscheinlichsten, dass jemand dazu steigt und uns enttarnt."

Auch Emmett schaltet sich in die Diskussion ein. „Also ich finde - in Anbetracht der Tatsache, dass wir gerade sehr wichtige Zeit verlieren - die Idee mit dem Fahrstuhl gar nicht so schlecht. Ben hat recht, es ist unsere einzige Möglichkeit hier lebendig wieder herauszukommen, auch wenn sie einige Risiken birgt." Er drückt entschlossen auf den Knopf neben der Tür. Sie haben Glück, der Aufzug ist schon oben, keine Zeit verstreicht unnötig, in der sie auf ihn warten müssen.

Hektisch laufen sie hinein und drücken wie wild auf dem Feld mit der Eins herum. Die Türen schließen sich und die winzige Kabine setzt ich langsam in Bewegung.

Noch drei Minuten und sechs Sekunden.

Die Fahrt wird jäh unterbrochen – so, wie Pria es befürchtet hat. Die Türen öffnen sich erneut in Etage zehn und ein Junge im Alter von schätzungsweise einundzwanzig steigt zu ihnen. Es ist unglaublich eng zu viert in diesem winzigen Raum und die Türen scheinen sich auch extra lange Zeit zu lassen, bis sie sich endlich wieder gemächlich zu schließen beginnen und die Fahrt weitergehen kann. Der Junge mustert jeden Einzelnen von Kopf bis Fuß. Mit ihrer allgemein geltenden Einheitskleidung fallen sie nicht weiter auf und so ist es nur der Ausdruck, welcher mir Sorgen bereitet. Als er nun Ben erblickt, weiten sich seine Augen und er tritt ehrfürchtig einen Schritt zurück. Jedenfalls, soweit es ihm in dem engen Aufzug möglich ist. Ich merke, wie Pria innerlich unruhig wird und vollauf damit beschäftigt ist, sich nach außen hin nichts anmerken zu lassen.

„Bist du nicht Ben? Ben Maxwell?", fragt der unbekannte Mann aus der Ecke. „Ich habe schon so viel von dir gehört", stoppt er, „aber seit einer ganzen Weile nichts mehr. Was war los?"

„Aufträge", ist das Einzige, was Ben mit starrem Blick darauf erwidert.

„Ich bin Draven, ich arbeite in der Sicherheitszentrale, cooler Job." Er grinst und schiebt seine schwarze Brille zurecht. „Oh, ich vergesse immer wieder, dass ihr nur begrenzt – naja, sagen wir mal - gesprächig seid. Was natürlich auch völlig ok ist, so war das jetzt nicht gemeint", fügt er noch hastig hinzu. „Ich habe euch Wachen schon immer beneidet, ich meine, ich sitze den ganzen Tag vor dem Computer und ihr könnt so coole Actionsachen machen und mit super Maschinengewehren rumlaufen." Draven stoppt, um Luft zu holen und kurz darauf fortzufahren: „Ich muss übrigens auch nach ganz unten." Er deutet auf das schwach leuchtende Einserfeld. „Und dann noch etwas tiefer. Oh, ich glaube das hätte ich nicht sagen dürfen." Er schlägt sich beide Hände vor den Mund. Dann zuckt er mit den Schultern. „Ihr werdet es ja eh nicht weitersagen."

Pria, welche sich gerade wieder entspannt hat, zuckt jäh zusammen, als Emmett sie anstupst und flüstert: „Wir müssen ihn mitnehmen; wenn er hier bleibt, stirbt er."

Sie schaut ihn missbilligend an. „Wir müssen Opfer bringen, das hat Jolina selbst gesagt." „Hörst du eigentlich immer auf sie und nie auf dein eigenes Gewissen? Sie ist nicht hier, nur du kannst die Situation einschätzen", sagt er ernst, doch sie antwortet nur gelassen: „Wenn du so denkst, bist du schwach und wer schwach ist, wird verwundet werden."

Emmett schnaubt. „Und jetzt fällt dir nichts Besseres ein, als einen ihrer bescheuerten Sprüche zu zitieren?“

Noch sechsundfünfzig Sekunden.

Der Aufzug setzt seine Fahrt gemächlich fort. Immer noch schaut Emmett Pria mit diesem Bick an, voller Vorwürfe und getränkt mit Hoffnung.

Sie gibt nach. „Meinetwegen, dann nimm ihn halt mit.“

Zufrieden reibt er sich die Hände und wendet sich an Draven. „Okay, das kommt vielleicht jetzt etwas plötzlich, aber wenn der Aufzug gleich unten ankommt, dann renn so schnell du kannst nach draußen.“

Er nickt verdattert. „Aber…“

„Keine Fragen“, kommt es nur unwirsch aus Prias Mund. Draven nickt gehorsam. Die Tatsache, dass ihn drei wildfremde Leute ansprechen und auch wirklich mit ihm reden, obwohl sie dies eigentlich überhaupt nicht tun sollten, scheint ihn nicht sonderlich zu beeindrucken. Endlich… der Lift kommt zum Stehen und die Türen öffnen sich langsam.

Noch zweiundzwanzig Sekunden.

Sie rennen los. Glas splittert und regnet als winzige, scharfe Scherben auf die von der Explosion erschütterte Erde hinunter. Es reißt ihnen den Boden unter den Füßen weg und ich sehe, wie sie einer nach dem anderen in die scharfkantigen Glassplitter fallen. Pria ist die erste, die wieder steht. Sie reibt sich ihre aufgeschürften Hände an der Hose ab, auf welcher sich langsam tiefrote Flecken ausbreiten. Nicht auf diese achtend, reißt sie die anderen hoch und ich sehe noch mehr blutige Knie, doch sie rappeln sich alle auf und stürzen davon. Alle bis auf einer. Draven. Er bleibt liegen und ist nicht zum Weiterlaufen zu bewegen.

„Komm, steh endlich auf", schreit Pria ihn an und tritt ihm in die Seite. „Wir haben keine Zeit".

Draven stöhnt auf und röchelt leise. Ein wütendes Knurren kommt aus Prias Kehle. Sie hievt ihn hoch und schleift ihn hinter sich her.

„Kann ja sein, dass du es für gemütlicher hältst, dich ziehen zu lassen, aber ich sage dir eins: ich nehme keine Rücksicht auf deinen über den Boden schleifenden Körper, also steh auf oder leb mit den Konsequenzen."

Das Mädchen gefällt mir. Stark und entschlossen, sie gehört eindeutig zu der Sorte Mensch, die ich in meiner Armee brauche, um den Krieg zu gewinnen, in dem wir uns befinden und ich habe die Macht, ihn zu stoppen. Sie rennen durch die Straßen, kommen ihrem Ziel immer näher.

„Meinst du, wir haben Thomas erledigt?", fragt Emmett.

„Niemals", keucht Pria. „Einer seiner Sklaven hat ihn sicher noch rechtzeitig da rausschaffen können. Es gibt bestimmt einen Notfallevakuierungsplan mit passendem Weg nach draußen für ihn. Der ist nicht so einfach auszuschalten."

Bald ist der rettende Gully erreicht und nichts scheint mehr im Weg zu sein, doch dann höre ich es und ich sehe, dass das leise Geräusch auch von ihnen nicht überhört wird. Das gleichmäßige Tacken eines Blindenstocks auf dem Asphalt gleicht dem Geräusch der aufprallenden Tropfen eines undichten Wasserhahnes. Ben hört es zuerst und gibt den anderen ein Zeichen. Es ist wie immer in solchen Situationen nur eine Frage der Zeit, bis sie entdeckt werden. Wenn einem einer der Sinne genommen wird, so prägen sich die andern viel deutlich stärker aus. Wer nicht sehen kann, ist in der Lage, selbst die feinsten Geräusche wahrnehmen zu können. Sie sind zu viert. Einer davon ist nicht mehr in der Lage, selber zu gehen, die

Zweite so erschöpft vom Tragen des Ersten, dass sie beinahe selbst hinfällt. Der Dritte kann es nicht mit seinem Gewissen vereinbaren, einen Menschen mit Behinderung zu überwältigen und der Vierte ist mit seinen Gedanken nur bei dem Mädchen ohne Gedächtnis und ganz sicher nicht in der Verfassung, sich angemessen zu konzentrieren, bis nicht klar ist, was mit Kasra passiert. Ich seufze… es gibt nicht eine Person, auf die ich meine Hoffnung setzen könnte. Ist dies mein Schicksal? Immer wieder an meinen eigenen Leuten zu verzweifeln? Ich kann alles noch so gut planen und doch sind da jedes Mal diese Einflüsse, die ich nicht vorhersehen kann, auf die man sich nicht vorbereiten kann.

Stocksteif verharren sie und der Mann tappt mit seinem Stab auf sie zu. Es ist totenstill und niemand wagt es auch nur, zu atmen, gut darauf bedacht, nicht derjenige zu sein, welchem der Fehler unterläuft. Der Mann geht an ihnen vorbei, so als ob nichts wäre und fast will ich erleichtert aufatmen, als sich Draven windet und stöhnt. Der Mann zuckt zusammen und wendet sich in die Richtung der Rebellen. Dann kommt er sicher auf die Quelle des Geräusches zugelaufen, seinen Stock wie eine Waffe in beiden Händen. Es wird schwarz. Pria ist vor Erschöpfung bewusstlos geworden.

Ich raufe mir die Haare, gehe im Raum auf und ab. Es ist nicht mal so, dass ich ihnen nicht vertraue, ihnen nichts zutraue oder an ihnen zweifle. Es ist nur so, dass ich ihre momentane Verfassung als hinderlich und unprofessionell ansehe und nicht damit rechne, dass alle Beteiligten unbeschadet wieder hier auftauchen werden. Ich hasse es, nicht mitverfolgen zu können, was gerade geschieht. Blind zu sein und uninformiert - das ist das Schlimmste. Es scheint beinahe lächerlich, mir Sorgen um sie zu machen, es steht ja vier zu eins. Okay - im Ernstfall wohl eher zwei zu eins, aber die eins ist blind, dafür aber sehr sicher und stark. Wenn sie alle wieder hier auftauchen und mir von dem schweren Angriff erzählen, werde ich ihnen die kalte Schulter zeigen und sie als lächerlich betiteln, so wie sie es verdient haben. Sie müssen stark und unerschrocken sein, um im Kampf um die Gerechtigkeit überleben zu können. Kräftig und tapfer, so ist meine Armee, sicher und furchtlos zieht sie in den Kampf… meinen Kampf.

Es ist vollbracht - sie haben es geschafft. Mit der kleinen Flasche in der Hand, in welcher eine trübe Flüssigkeit leise vor sich hin schwappt, rennt Emmett zusammen mit Pria zu dem Zimmer, in dem sich Kasra befindet. Er kann es nicht erwarten, sie endlich wieder zu haben. Viel zu lange hatte es gedauert, Pria und Draven durch die Kanalisation zu tragen und auf eine der Liegen im Krankenzimmer zu hieven. Und selbst danach, als er schon im Begriff war, zu Kasra zu stürmen, mussten sie noch sämtliche Fragen beantworten und Formalitäten klären. Ich habe ihm die Anspannung deutlich angesehen, die Ungeduld und das Verlangen. Alles Eigenschaften, die kontraproduktiv für unsere Gruppe sind. Würde er sich in einer anderen Situation befinden und diese Merkmale zeigen, so müsste er gehen. Ich bin zielstrebig und ich habe keine Angst, meine Drohungen wahrzumachen. Sie sind meine Versprechen an die Rebellen und gleichzeitig ihr Gesetz. Als er nun endlich an seinem Ziel ankommt, zittern seine Hände und er ist schweißüberströmt. Sachte drückt Emmett die Klinke herunter und tritt mit klopfendem Herzen ein. Kasra sitzt regungslos am Tisch, es scheint so, als sei die Zeit stehengeblieben, sie hat sich nicht verändert.

Luke springt erleichtert auf. „Oh, gut dass ihr endlich da seid. Ich musste hier die ganze Zeit aufpassen und ich frag mich schon ziemlich lange, warum. Sie hat sich in der gesamten Zeit nicht einmal bewegt. Gut… sie hat geblinzelt und geatmet hat sie auch. Aber sonst? Fehlanzeige. Das macht mich noch total verrückt. Wisst ihr eigentlich, wie es ist, wenn ihr mit jemandem im Raum seid und dieser Jemand euch so was von komplett ignoriert? Versteht mich jetzt bitte nicht falsch, ich bin immer noch super mit ihr befreundet und daran wird sich auch nichts ändern und ich bin auch wirklich dankbar für die Zeit mit ihr alleine, aber so was mache ich trotzdem echt nie wieder. Außer vielleicht, wenn du da sitzt, Pria."

Sie zieht eine Augenbraue hoch und grinst.

Er schnappt nach Luft und fährt sich aufgebracht durch die Haare. „Ich bin ja eigentlich gar nicht so gesprächig", setzt er wieder an, was Pria leise auflachen lässt. „Aber so ein wenig Konversation betreibe ich dann doch ab und an ganz gerne. Das war eine Folter, sag ich euch. Macht das nie wieder mit mir!" Und mit Blick auf Kasra fügt er hinzu: „Aber eine ziemlich hübsche!" Was ihm einen bösen Blick von Emmett und ein belustigtes Grinsen seitens Pria einbringt. Er scheint es nicht zu bemerken, zuckt die Schultern und geht. „Viel Spaß dann noch mit ihr, sagt mir Bescheid, wenn sie wieder mit mir redet." Luke grinst und zieht die Tür hinter sich zu.

„Er nervt", bemerkt Emmett kalt und geht eilig zu Kasra hinüber.

„Also ich finde ihn irgendwie ganz süß", grinst Pria ihn herausfordernd an.

Emmett schnaubt. „Ja, weil er dich anhimmelt, als wärst du ein Gott".

„Wenn schon, dann eine Göttin", verbessert ihn Pria und fügt lachend hinzu: „Bist du etwa eifersüchtig?"

„Meinst du ernsthaft, ich brauche so viel Aufmerksamkeit wie du und bin neidisch auf deinen Fan?", erwidert er trocken.

Sie verzieht beleidigt das Gesicht. „Doch nicht das, du Dummerchen, ich sehe doch, dass du auf sie stehst und es nicht leiden kannst, wenn andere - besonders andere des männlichen Geschlechts - ihr näher kommen." Sie deutet mit dem Kopf in Richtung Kasra.

„Ist es wirklich so auffällig?“, fragt er verlegen.

Sie zuckt nur die Schultern und schaut ihn dann auffordernd an. „Jetzt gib ihr doch endlich die Erinnerungen zurück, eben warst du doch noch so versessen darauf, endlich aus der Krankenstation verschwinden zu können und jetzt brauchst du eine halbe Ewigkeit.“

Emmett wirbelt herum und zieht den Korken aus der Flasche. Dann steht er unschlüssig vor Kasra. „Und jetzt? Soll sie das trinken? Oder wie?“

Pria zuckt mit den Schultern. „Keine Ahnung, ich hab sowas auch noch nie gemacht. Und bisher habe ich mich mehr auf die Wiederbeschaffung konzentriert.“

Emmett zieht die Stirn in Falten. „Was ist, wenn ich es jetzt falsch mache und nichts wieder so wird, wie es einmal war? Wir haben keine zweite Chance.“

Pria macht nur eine undefinierbare Geste, die wohl so viel bedeuten soll wie: ich weiß auch nicht mehr als du.

Emmett atmet einmal tief durch, dann beginnt er. Vorsichtig, damit er nichts verschüttet, führt er das Glas an Kasras Lippen und bringt sie dazu, den Inhalt zu trinken. Manchmal kommt einem die Zeit einfach ewig vor. Schier endlos zieht sich jede einzelne Sekunde hin und es scheint so, als wäre man seinem Ziel niemals weiter entfernt gewesen. Sekunden verstreichen und nichts passiert. Kasra sitzt unverändert auf ihrem Stuhl und starrt mit ausdrucksloser Miene vor sich auf den Tisch.

„Scheiße“, sagt Emmett nur, denn das ist genau das, was er fühlt. Sie haben versagt, endgültig und unwiderruflich versagt. Und gerade, als Emmett sich enttäuscht und verzweifelt abwenden möchte, huscht ein kleines Lächeln über Kasras schmales Gesicht und sie beginnt zu blinzeln.

Chapter 16

Kasra

Einer der gravierendsten Fehler unserer Zeit ist das Vergessen, das Auslöschen unserer Erinnerungen. Wenige kämpfen dagegen an und wieder andere haben den Kampf längst aufgegeben. Ich habe aufgehört, mich in eine der beiden Kategorien einzuordnen, denn ich kämpfe einen Kampf, der schon längst verloren ist. Ohne Hoffnung oder die Kraft, aufzugeben. Ein Wunder, dass ich wieder frei denken kann, wo mir doch noch immer die Freiheit genommen wurde, meine Empfindungen auszusprechen. Gefühle, Gedanken und Emotionen, all das bleibt für die Außenwelt verschlossen, ich kann es nicht zeigen. Eine Wärme breitet sich in mir aus, sie ist angefüllt mit Bildern und Erinnerungen wie mir scheint. Ich verstehe nicht, warum sie in solchen Scharen auf mich einschlagen und bin überwältigt von der Fülle. Es raubt mir fast den Atem, ich bin so glücklich und kann gar nicht begreifen, was da gerade mit mir passiert. Doch das Allerwichtigste ist, dass ich wieder sprechen kann. Das Einzige, was zählt: ich kann wieder ich sein. Lachen, weinen, schreien ganz egal, einfach wieder ich sein. Ich lächele und blinzele in vertraute Gesichter. Ich bin wieder vollends Kasra, nicht nur irgendwie, sondern ganz. Mit all meinen Eigenschaften und Schattenseiten. Ich springe auf und falle Emmett um den Hals. „Danke“, flüstere ich und kleine Freudentränen laufen mir die Wangen hinunter und fallen mit einem in meinen Ohren wunderbar klingenden

Geräusch auf den Boden. Und an Pria gewandt wiederhole ich dieses eine für mich so unendlich wichtige Wort. „Danke, auch dir."

Die Tür springt auf und Ben kommt aufgeregt hereingestürmt. „Es war alles umsonst. Draven hat gesagt, dass die Zentrale unten im Keller liegt und sie höchstwahrscheinlich nicht mal einen Kratzer abbekommen hat. Dort soll alles total geschützt sein mit Technologien, die keiner von uns kennt. Oh, hey Kasra."

Ich melde mich zu Wort. „Ich dachte, es sollte sowieso nur zeigen, dass wir nicht klein und schwach sind, sondern in der Lage, auch wirklich etwas zu verändern. Es sollte ihnen Angst machen, dass wir es überhaupt geschafft haben, das halbe Gebäude unbemerkt anzugreifen und ich denke, das hat es auch. Es ist ärgerlich, dass wir den Kern nicht erreicht haben, aber habt ihr wirklich geglaubt, sie bauen ihre Zentrale einfach mitten in das größte und auffälligste Gebäude unserer Stadt ohne jegliche Sicherheitsvorkehrungen zu treffen? Dann hätten wir sie doch schon längst besiegen können. Meint ihr nicht auch?"

Emmett nickt zustimmend. „Außerdem war es ja nicht umsonst, wir haben Kasra wieder und die Erinnerungen vieler weiterer."

Meine Augen beginnen zu leuchten. Wenn das wirklich wahr sein sollte, gibt es durchaus gute Aussichten auf eine vollständige Rückgabe der Gefühle an alle. Ich muss mich nicht mehr so schrecklich fühlen, nur einen Bruchteil derer retten zu können, die erased worden sind. Zuversicht ist das Wichtigste, was wir haben. Wir können sie aufgeben und uns unterwerfen. Doch wenn wir stark bleiben und uns unsere positiven Gedanken wahren, so können wir alles erreichen. Wir sind Träumer, aber Träumer mit Hoffnung. Und nur das zählt.

„Ja, schon" sagt Ben zögerlich. „Aber es scheint so, als hätte Thomas nur darauf gewartet, dass wir zu ihm kommen. Er war weder überrascht noch besorgt, uns in seinem Büro anzutreffen. Ich hatte beinahe das Gefühl, er hat sich gefreut."

„Aber wir haben Draven", erwidert Emmett, „und neue Informationen. Damit hat er nicht gerechnet."

Ben nickt. „Also werden wir es schaffen?", fragt er.

Wir anderen grinsen „Natürlich werden wir das. Ich meine, wir reden hier von uns. Wer sonst könnte sowas schaffen?" Und jetzt lächelt auch Ben zuversichtlich. Und wenn ich mir sie so alle anschaue, glaube ich auch daran.

Chapter 17

Thomas

Sie haben mir mehr genommen als sie ahnen. Ich habe so lange darauf gewartet und Kasra jedes Mal die Erinnerungen größtenteils behalten lassen. Und wofür? Für nichts! Ich brauche sie, die zu Flüssigkeit gewordenen Gefühle und Emotionen. Kasras Fläschchen sollte mich endlich ganz erlösen. So vielfältig wäre ihr Inhalt gewesen. Wenn ich heute in den Spiegel schaue, sehe ich einen alten Mann vor mir… blass, krank und seiner Medizin beraubt. Die Dunkelheit wirkt nicht nur bei allen anderen, das ist mir schmerzlich bewusst geworden. Doch noch bin ich am Leben und ich werde alles dafür tun, dass es so bleibt. Diese Stadt wird auf ewig mir gehören und sie wird wachsen. Doch dafür muss das Mädchen sterben.

Chapter 18

Linn

Ich verstehe nichts mehr, weiß nicht, warum jeder Tag zu einer Qual geworden ist und warum diese einfach nicht mehr aufhören will. Ich will weg, weiß nicht, wie oder wohin, es ist aussichtslos. Es ist wie ein ewiger Kreislauf - unaufhörlich und vollgestopft mit Wiederholungen. Es ist ein ganzer Tag vergangen und noch immer hat Lian kein einziges Wort mit mir gewechselt. Er verlässt den Raum, wenn ich komme, also tue ich es ihm gleich und wechsele die Richtung, wenn ich ihn sehe. Wir gehen uns aus dem Weg und ich sage mir, dass es so besser ist, auch wenn ich etwas komplett anderes fühle. Die Stunden sind angefüllt mit Schweigen und beschämten Gesichtern, welche ihre Blicke auf den Boden senken, sobald wir zwei in einem Raum sind. Es ist einfach nur merkwürdig. Das Lachen verstummt, jeder kann die Anspannung spüren. Ich weiß, dass sich etwas ändern muss, aber ich habe nicht die Kraft oder den Mut, ihn als erste anzusprechen und den entscheidenden Schritt zu machen.

Ich bin doch nicht diejenige gewesen, die einen Fehler begangen hat. Aber natürlich war ich es in seinen Augen, die auf sie, die arme schwache Elena, losgegangen ist. Ich war es, die sie ungerecht behandelt hat. Und ich war ganz sicher nicht das Mädchen, was ebenfalls Schläge einstecken, über boshafte Worte stehen musste und dies nicht geschafft hat, weil sich genau diese Worte um mein Herz gelegt haben und zudrückten.

Nein, wieso auch, ich bin die Böse und Elena die Gute. Ich kann es verstehen, ich bin die Neue. Ich gehöre nicht dazu. Linn, das Mädchen, welches irgendwann einfach auftauchte und versuchte, alles kaputt zu machen, was sie sich zusammen aufgebaut hatten. Ja, so müssen sie mich sehen. Von wegen „ein Teil der Familie“, das war ich niemals und werde es wohl auch nie sein.

Ich sitze mit angezogenen Beinen auf meinem Schlafplatz und starre vor mich hin, ohne jegliche Ideen, wie ich hier herauskommen soll. Als sich das übliche betretene Schweigen ausbreitet, brauche ich nicht einmal aufzuschauen, ich weiß, dass er gekommen ist. Er lässt sich neben mir auf der Matratze nieder, welche vor dem Streit einmal seine gewesen war. Er hatte sie mit Ben getauscht und mir somit einen weiteren Schlag in die Magengrube verpasst, denn Ben schlief in der unmittelbaren Nähe von Elena. Nur Pria trennt ihn jetzt noch von ihr.

Lian räuspert sich und streckt eine Hand aus, um mich an der Schulter zu berühren. Ich zucke zusammen, schaue aber nicht auf. Er räuspert sich nochmal, also hebe ich den Kopf und blicke ihn fragend an.

„Es tut mir leid“, beginnt er und ich möchte mich gerade freuen, als er hinzufügt „Emmett hat mir erzählt, wie es wirklich abgelaufen ist. Ich hätte nicht meine eigenen Schlussfolgerungen ziehen sollen.“

Ich sollte erleichtert sein, doch ich spüre, wie die Wut in mir wächst. Wieso kann er mir nicht von sich aus glauben, warum braucht er Beweise von anderen, um wieder mit mir zu reden? Und was passiert mit uns, wenn es einmal niemanden gibt, der die wahre Geschichte ans Licht bringt? Wird er mich dann auf ewig hassen, für etwas, dass ich nicht einmal - oder wenigstens nicht alleine - getan habe? Und das alles nur, weil es ihm jemand erzählt, den er schon länger kennt? Was soll ich ihm jetzt antworten? Dass es mir auch leidtut? Ich denke, dies wäre angebracht, also presse ich die vier Wörter heraus und starre auf die Bettdecke.

„So, tut es das?“, fragt er mit hochgezogenen Augenbrauen. „So, wie du es gerade gesagt hast, klingt es nicht sonderlich glaubwürdig.“ Es folgt ein betretenes Schweigen.

„Doch, tut es mir wirklich“, flüstere ich leise, sodass nur er es hören kann. „Alles, was ich will, ist, dass es wieder so ist wie vorher. Ich habe dich gerne, Lian, sogar sehr und ich ertrage es nicht, wenn du mich länger so ansiehst, als wäre ich der schlimmste Mensch, den du kennen würdest.“ Ich schlucke. Es ist die Wahrheit und ich habe Angst, seine Antwort zu hören.

„Es ist so“, beginnt er leise, „ich habe dich auch furchtbar gerne und ich weiß einfach nicht, warum ich so wütend wurde. Elena gehört sozusagen zu meiner Familie, ich kenne sie schon mein gesamtes Leben lang. Ich wollte wohl nicht wahrhaben, dass ein Mädchen, welches ich erst eine kurze Zeit lang kenne, mir wichtiger geworden ist als meine Familie. Ich brauchte etwas Abstand, um mir über die Situation klar zu werden. Es war falsch von mir, so zu handeln. Dich so zu behandeln. Ich weiß, dass es dich sehr verletzt hat und hoffe, du kannst mir irgendwann verzeihen.“

Ich nicke nur, Worte bringe ich nicht zustande. Er rutscht näher an mich ran, legt seine Arme um mich und drückt mich ganz fest an sich. Ich versteife mich und mein Herz beginnt unkontrolliert zu stolpern. Das kann nicht gesund sein und dennoch genieße ich jede Sekunde, in der ich ihm so nah wie möglich sein kann. Ich weiß nicht, ob und wann sich mehr aus dem entwickelt, was wir beide jetzt gerade haben, also muss ich den Augenblick voll und ganz ausnutzen. Er beugt sich vor, kommt mit seinem Gesicht immer näher an meines. Mein Herz rast, ich will das nicht, zumindest noch nicht jetzt, nicht schon heute und vor allem nicht in diesem Augenblick. Verzweiflung und Verlangen liefern sich einen erbitterten Kampf. Letztendlich ist es die Panik, welche diesen stoppt und meinen Kopf dazu bringt, sich wegzudrehen. Nur ein minimales Stück, doch dies reicht schon aus, um ihn in seiner Bewegung verharren zu lassen und sich kurz darauf irgendwie gekränkt wieder aufzurichten. Ich sehe die Enttäuschung in seinem Blick und weiß, dass ich gerade wieder alles kaputt gemacht habe, ohne es zu wollen.

„Ich", setze ich an, doch er schüttelt nur den Kopf. „Schon okay. Wie konnte ich auch nur davon ausgehen, dass du mich auf diese Weise mögen würdest, vor allem, nachdem ich dich so lange ignoriert habe. Es war dumm von mir, dich trifft keine Schuld." Mit diesen Worten erhebt er sich und verlässt den Raum.

„Na toll", seufze ich. Gerade erst hatten wir unseren Streit beendet, da taucht schon der nächste auf. Wenn er jetzt zu Elena geht, ist das meine Schuld. Wieso habe ich das getan? War ich nicht die ganze Zeit über neidisch gewesen, wenn er mit dieser Person auch nur redete? Es hätte vorbei sein können mit der Eifersucht, ein für alle Mal. Es hätte so sein können wie in einer der unzähligen Geschichten mit den Prinzessinnen und ihren Traumprinzen, die ich so geliebt hatte als kleines Kind. Aber nein, meine Unsicherheit muss sich ja jedes Mal in den Vordergrund drängen und jegliche Chancen, eine neue Erfahrung zu machen, zerstören. Ich mache immer alles kaputt.

Kasra kommt, begleitet von einer Schar aufgeregt durcheinanderredender Leute, in den Raum und geht mit sicheren Schritten zielstrebig auf mich zu.

Ich erhebe mich und komme ihr grinsend entgegen. „Dir geht es wieder gut". Ich falle ihr - mit dem Versuch, fröhlich zu lachen - um den Hals.

Sie nickt freudig und legt ihre Hände in meine. Als sie sie wieder wegnimmt, liegt ein kleiner, eng zusammen gefalteter Zettel in meiner Handfläche und ich schließe diese schnell um ihn. „Sie haben es wirklich geschafft". Kasra lächelt. Dann dreht sie sich um und verlässt den Raum. Mit ihr verschwindet die lachende Menschenmenge und es ist endlich wieder angenehm leise.

Vorsichtig falte ich den Zettel auseinander und lese die krakeligen Buchstaben. *Muss dich sprechen. Heute Mittag 11 Uhr in dem Gang mit der Pfütze. Ich weiß nicht weiter.* Ich runzele die Stirn. Was sie mir damit wohl sagen möchte? Ich zucke die Schultern und stecke den Zettel in meine Hosentasche. Dies scheint mir im Moment der einzige Ort zu sein, an dem er sicher vor fremden Augen ist, denn hier unten haben wir wenig Privatsphäre. Alle beobachten jeden meiner Schritte. Neugierige Blicke von überall.

Die restliche Nacht und den anbrechenden Tag über verbringe ich damit, normal auszusehen, mich normal zu verhalten und nicht aufzufallen. Regelmäßig ertappe ich mich dabei, auf die Uhr zu starren, welche monströs über dem Eingang hängt und zu jeder vollen Stunde einen tiefen Ton von sich gibt. Viele Geschichten ranken sich um den Uhrenmacher, welcher diese vor langer Zeit gebaut hatte. Meine liebste besagt, er solle ein wenig verrückt gewesen sein und lauter Zauberwesen wie Elfen, Kobolde, Zwerge und Feen sollen ihm, laut seinen eigenen Angaben, beim Bau dieses Meisterwerkes geholfen haben. Mit ihren winzigen Hämmerchen und Messerchen wurden die filigranen Schnitzereien in das Holz gearbeitet, welche mich so begeistern. Doch durch ein Versehen des schusseligen Meisters wurde eine Fee in der Uhr eingeschlossen und jeder Ton, der fortan erklang, war ein Schluchzer ihrerseits. Es ist eine traurige Geschichte, aber sie verleiht der wunderschönen alten Uhr eine Atmosphäre, die keine andere je aufzubringen vermag und jeden seufzenden Ton unterstreicht. Jedes Mal breitet sich eine Gänsehaut auf meinem gesamten Körper aus, wenn ich daran denke, so ganz alleine in einer Uhr eingesperrt zu sein. Auch jetzt streiche ich mir fröstelnd über die Arme. Es ist kurz vor zehn, also habe ich noch eine ganze Stunde Zeit, dann steht mein Treffen mit Kasra an. Ich habe ein mulmiges Gefühl, wenn ich daran denke - aber was soll schon groß passieren? Und dann ist sie auch schon da, die ersehnte Stunde, es schlägt elf Uhr.

„So“, beginnt Kasra, als ich im Gang auftauche, an dem ich vor kurzer Zeit noch weinend gesessen hatte. Es ist ein komisches Gefühl, wieder hier zu sein, aber ich bin neugierig auf das, was mich erwartet.

„Ich habe mich schon seit einiger Zeit gefragt, ob das alles stimmt, was Jolina uns erzählt, oder ob sie selber irgendwelche geheimen Ziele verfolgt, von denen sie uns nicht in Kenntnis setzen möchte. Das klingt jetzt vielleicht komisch und eventuell sollte ich nicht sofort damit herausplatzen, aber wieso bist du nicht tot?“

Ich stutze. „Bitte... was?“ Entgeistert schaue ich sie an.

„Warum bist du nicht tot?“, wiederholt sie ihre Frage geduldig. „Du und deine Freunde.“

Ich weiß nicht so recht, was sie mit dieser Frage meint, also starre ich sie weiterhin völlig verdattert an. „Ich habe ehrlich gesagt keine Ahnung, was du meinst“, gestehe ich ihr und sie steht auf und kneift mich in den Arm.

„Du bist schon mal kein Geist“, stellt sie zufrieden fest und setzt sich wieder. „Die Sache ist die: seit ich denken kann, wird uns erzählt, dass wir sterben, sobald wir uns außerhalb der dunklen Stadt befinden. Und jetzt tauchst du auf und kommst genau von da und zwar ohne jegliche Anzeichen, von denen Jolina uns erzählt hat.“

„Aber warum solltet ihr sterben, was ist da draußen angeblich so anders? Und warum kommst du denn erst jetzt zu mir?“, frage ich sie vollkommen durcheinander.

„Naja, ich habe mich irgendwie nie getraut, jemanden von euch anzusprechen. Ihr wart ja sozusagen Fremde und ich habe mir gedacht, dass ihr eventuell so etwas wie Zombies oder Geister sein könntet. Was ich jetzt nicht mehr glaube, weil…“

„Weil du mich gekniffen hast?“, beende ich ihren Satz.

Sie schaut betreten in die Pfütze und rührt mit einem langen Stock darin herum. „Jetzt zu deiner anderen Frage. Es heißt, dass wir aufgrund eines Vitamin-D-Mangels sterben würden. Denn das braucht unser Körper und das gibt es nur hier. Wir atmen es ein und es ist in unserem Trinkwasser enthalten. Und außerdem sind wir ja überhaupt nicht an das starke Sonnenlicht gewöhnt. Es würde unsere Haut verbrennen.“ Kasra stockt. „Und da Jolina nie etwas anderes behauptet hat und sie sonst immer dem Rat widerspricht, sind wir alle davon ausgegangen, dass es stimmt.“

Es ist komisch, dass man eine komplette Zivilisation durch eine einfache Lüge dazu bringen kann, wie kleine unwissende Schafe in der Herde zu bleiben und nicht auszubrechen. Es ist total einfach und scheint auch noch effektiv zu sein. Ich muss zugeben, es war schlau, solange man verhindert, dass jemand von außerhalb wiederkommt. Aber wer rechnet schon damit, schließlich wollen ja alle Rebellen raus. Und wer es einmal geschafft hat, kommt ganz sicher nicht wieder.

Ich hole tief Luft und beginne. „Um Vitamin D herzustellen, braucht dein Körper schlicht und einfach Sonnenlicht. Solange ihm dieses zur Verfügung steht, kann er es selber produzieren. Da ihr hier aber in ziemlicher Dunkelheit lebt, müsst ihr es auf eine andere Art und Weise zu euch nehmen. Es ist schlau, zu sagen, dass ihr außerhalb sterben würdet, denn wie sollt ihr auch wissen, wie es wirklich ist, wenn ihr noch nicht einmal richtiges Sonnenlicht kennt? Die Wahrheit ist, wenn du es schaffst zu fliehen, bist du frei und kannst dein eigenes Leben ohne die Darkness-Organisation aufbauen. Das Sonnenlicht kann vielleicht wirklich am Anfang etwas stark für euch sein, aber mit langer Kleidung sollte man das ohne Probleme in den Griff bekommen."

Mit weit aufgerissenen Augen starrt mich Kasra an. Lange sagt keiner etwas. Doch dann fragt sie leise: „Aber warum hat uns Jolina das nicht gesagt? Wir könnten doch alle durch den geheimen Eingang fliehen und das Problem wäre behoben oder nicht? Keiner müsste mehr unter der Tyrannei des Rates leiden."

„Vielleicht", setze ich an „weiß sie es einfach nicht."

„Aber was ist, wenn doch?" Kasra scheint verzweifelt und den Tränen nah. „Was ist, wenn sie es absichtlich für sich behalten hat?"

Ich lege ihr eine Hand auf die Schulter und frage: „Warum sollte sie das tun?"

Sie zuckt mit den Schultern und spricht das aus, was ich mir schon die ganze Zeit über denke. „Wer weiß schon, was Jolina wirklich vorhat. Sie weiht ja niemanden ein, ist so gut wie nie da und überlässt die gefährlichen Aufgaben uns. Wir sollen unseren Kopf dafür hinhalten, dass ihr Plan aufgeht, von dem wir überhaupt keine Ahnung haben. Es ist nicht immer leicht, ihr zu vertrauen und seit ich fast für immer meine komplette Identität verloren hätte, beginne ich ihr Handeln zu hinterfragen."

Ich kann sie verstehen, aber mich nicht wirklich auf ihr Problem konzentrieren. Ich habe meine eigenen und weiß im Moment einfach nicht, ob Jolina auch eines von mir werden könnte und sie somit wichtig für mich wird. Woher soll ich wissen, was sie jetzt tun soll? Es hat doch schon lange wunderbar funktioniert oder etwa nicht? Und außerdem sollte sie Jolina doch besser kennen als ich und selber einschätzen, ob sie ihr ihr Vertrauen schenken kann oder nicht. Vage antworte ich deshalb an Kasra gewandt: „Ich kann dir da leider gerade auch nicht weiterhelfen. Vielleicht finden wir etwas mehr über die Sache heraus, wenn wir Pria fragen. Sie ist doch mit Jolina verbunden und weiß sicher einiges."

Kasra nickt und steht auf. „Übrigens, Lian ist im Speiseraum, nur falls du noch einmal mit ihm sprechen möchtest. Ich glaube, das wäre ganz gut."

Ich lächle. „Danke." Mehr brauche ich nicht zu sagen. Ich habe so das Gefühl, dass sie sowieso schon über alles bestens Bescheid weiß. Wie jeder hier. Ich bleibe noch eine Weile sitzen, nehme den Stock in die rechte Hand und male mit der nassen Spitze Muster auf den grauen Boden während ich überlege, was ich zu Lian sagen könnte.

Als ich den aufgrund der späten Stunde schon recht leeren Speisesaal erreiche, sehe ich ihn schon von Weitem. Er sitzt an einem Tisch in der hinteren Ecke und natürlich ist er nicht alleine, wieso auch, schließlich ist er cool und witzig und gut aussehend. Er kann jede haben, also wieso ausgerechnet mich? Ich will mich gerade wieder umdrehen, da ich mir glaubhaft eingeredet habe, dass ein anderer Zeitpunkt sicher viel günstiger wäre, als er mich sieht und quer durch den Raum ruft, ich solle zu ihm kommen. Peinlich berührt merke ich, wie mir die Röte ins Gesicht schießt und ich beeile mich, mit gesenktem Kopf zu ihm und den gackernden Hühnern zu gelangen. Nicht die beste Entscheidung, die ich treffen konnte - wie mir augenblicklich klar wird.

„Ich verstehe nicht, was er von ihr will, sie ist so ein Niemand und diese Haare erst", höre ich sie murmeln.

Ich atme tief durch strecke meine Brust heraus und zeige allen Umstehenden mein schönstes Lächeln. Sollen sie doch sagen, was sie wollen, mir egal.

„Setzt dich doch." Lian deutet auf einen freien Platz zwischen zwei der blonden Mädchen, welche sich - mit den Augen klimpernd - an ihn schmiegen. Er tut so, als wäre nichts gewesen, bemerke ich frustriert. Er hat einfach alles verdrängt und erwartet von mir jetzt dasselbe.

„Ich denke, da verzichte ich", sage ich möglichst freundlich, „ich passe dann doch nicht so gut zu der Sorte Mädchen, die du auf einmal zu bevorzugen scheinst." Ich mache auf dem Absatz kehrt. Dann halt heute kein Gespräch, soll mir auch recht sein. Schnelle Schritte bringen mich hinaus und sobald sich die Tür hinter mir schließt, macht sich Gemurmel breit. Vor Kurzem hätte es mich verlegen werden lassen. Es wäre mir unangenehm gewesen, doch heute ist es für mich einfach nur Gerede von Personen, deren Leben so langweilig ist, dass sie sich in das anderer einmischen müssen.

Ich suche Kasra. Vielleicht gibt es doch noch mehr herauszufinden, wenn ich mir die Zeit dafür nehme und nicht so egoistisch über mein Problem nachdenke, während er sich mit ein paar Blondinen vergnügt. Wie klischeehaft. Ich werde niemals so sein. Wenn ich Bücher schreibe oder Filme drehe, wird während eines traurigen Augenblicks der schönste Tag in der gesamten Geschichte sein. Kein Regen bei Beerdigungen, keine blonden Zicken und kein dummes Mädchen, was sich Hals über Kopf in den gutaussehenden Jungen verliebt. Ich würde alles anders machen.

Ich finde sie schließlich eng umschlungen mit Emmett im Gemeinschaftsraum. Als sie mich sehen, fahren sie erschrocken auseinander und Kasra beginnt zu stottern: „Also wir sind, also wenn du jetzt denkst, also Emmett und ich, also ich und Emmett, wir sind irgendwie ein Paar."

Ich grinse - auch wenn es sich anfühlt, als würde mir jemand ganz langsam ein Messer ins Herz stechen und es genüsslich drehen. Wieso werden alle um mich herum glücklich und wieso bekomme ich das nicht auch auf die Reihe?

„Das ist echt schön, freut mich für euch", sage ich und keiner der beiden scheint meine Gefühle zu bemerken. „Ich komme dann besser irgendwann anders wieder, wenn du alleine bist", füge ich an Kasra gewandt hinzu. Diese nickt nur und widmet sich dann wieder ganz Emmett.

Völlig alleingelassen gelange ich wieder zu der Pfütze, an der ich auch sogleich meinen Frust auslasse. Ich zerbreche den Stock in viele kleinere Stücke und pfeffere diese sauer ins Wasser. Jedes platschende Geräusch nimmt mir einen Teil der Wut. Ich bin sauer auf mich und mein dummes Verhalten. Mit jedem neuen Aufprall fühle ich mich besser. Ich werfe das letzte Stück von mir weg und kann endlich wieder etwas lächeln, als ich ein Räuspern hinter mir höre.

„Bist du jetzt endlich fertig?", fragt mich Kasra mit verschränkten Armen. „Oder soll ich dieses Mal besser wieder gehen?"

Schnell bedeute ich ihr, sich neben mich zu setzen.

„Was ist denn los?", fragt sie.

Ich antworte: „Ich hab es mir überlegt, wir müssen doch mehr herausfinden. Sonst bleiben wir hier für immer gefangen, planen und planen, aber nichts ändert sich. Wir führen kleine Anschläge durch, welche nur geringen Schaden anrichten und feiern uns wie Helden. Aber raus kommen wir nicht, weil kein Anschlag uns je wirklich weitergebracht hat." Ich stoppe und sehe Kasra tief in die Augen.

Sie nickt ehrfürchtig, dann springt sie auf und ruft: „Ich weiß, was wir machen. Du hältst eine Rede, sodass alle Rebellen darüber informiert werden. Nur so können wir etwas daran ändern, dass wir von Jolina immer in Unkenntnis gelassen werden. Und mit deinem Talent, die Wörter so aneinanderzureihen, dass man dir überall hin folgen würde, wird es kein Problem sein, die anderen zu überzeugen."

Mir wird heiß. „Ich weiß nicht, ob ich das kann", flüstere ich.

„Ach, Unsinn, natürlich kannst du das", muntert mich Kasra auf. „Wenn es einer kann, dann du."

„Okay", ist das Einzige was ich sage… was ich sagen muss. „Aber ohne Pria - Jolina darf davon nichts erfahren." Kasra nickt eifrig.

Kurz darauf lasse ich mich erschöpft und aufgewühlt in mein Bett fallen. Es ist schon spät, weit nach Mittag und ich weiß, dass ich schon längst schlafen müsste, aber ich bekomme einfach kein Auge zu. Viel zu aufgeregt bin ich. Wer kann schon an Schlaf denken, wenn er in der nächsten Nacht eine Rede halten soll? Ich habe sowas noch nie gemacht und dann direkt vor so vielen Menschen. Es macht mir Angst, aber ich weiß, dass es wichtig ist.

Und dann ist es plötzlich soweit. Ich stehe auf einem Tisch mitten im Gemeinschaftsraum. Um mich herum sind alle Rebellen versammelt. Ich schlucke und atme noch einmal tief durch. Meine Stimme zittert vor Aufregung, als ich anfange zu sprechen. „Wem von euch wurde erzählt, ihr würdet sterben, wenn ihr die Stadt verlasst?" Ich mache eine Pause und sehe unzählige, sich zaghaft meldende Hände. Dann fahre ich deutlich sicherer fort. „Und jetzt seht mich an, bin ich tot? Sehe ich aus, als wäre ich außerhalb gestorben?" Gemurmel wird lauter. „Und wie sieht es mit meinen…", ich stocke kurz, „…Freunden aus? Wir sind keine Geister oder Zombies oder was auch immer. Wir sind ganz normale, lebende Menschen so wie ihr." Zustimmendes Nicken. „Es heißt, ihr würdet sterben, weil euch Vitamin D fehlt, sobald ihr hinausgeht. Doch ich sage euch, dies ist eine Lüge." Jetzt wird es richtig laut und

Kasra muss für Ruhe sorgen, damit sie mir wieder alle zuhören. „Ihr braucht die dunkle Stadt nicht, um überleben zu können. Und ihr braucht ganz sicher keinen Anführer, der euch die Wahrheit verschweigt und euch die Freiheit nimmt, durch eigene Entscheidungen und aus freiem Willen zu bleiben und aus Überzeugung bei der Sache mitzumachen. Genau das ist es doch, was euch hier allen versprochen wird. Die Freiheit, eigene Entscheidungen zu treffen und euer Handeln selbst zu bestimmen. Eigenständige Persönlichkeiten zu sein. Also steht für euer Recht ein. Seid keine Schafe, die dem Hirten - ohne nachzudenken - folgen. Seid ihr selbst, Menschen, die alles Mögliche hinterfragen und nach Antworten suchen. Haltet nicht einfach euren Kopf für irgendetwas hin, wovon ihr nicht wisst, welche Gefahren es birgt. Und damit meine ich nicht, dass ihr von jetzt an nur noch hierbleiben sollt, denn dann würde sich nichts ändern. Was ich damit sagen möchte, ist, dass ihr euch eures Handelns bewusst sein und aus freien Stücken zu einer Mission antreten sollt, bei der ihr die möglichen Konsequenzen kennt. Möglicherweise für unsere Sache zu sterben, sich aber selber dafür entschieden zu haben, dass ist es, was uns Rebellen ausmacht. Ich fordere Aufklärung und Information von Jolina. Ich möchte wissen, wofür ich kämpfe. Denn ich möchte Rebellin sein." Mit diesen Worten beende ich meine Rede und hoffe, dass ich die richtige Entscheidung getroffen habe und meine Großmutter stolz auf mich wäre. Tosender Applaus wird laut und ich muss - ohne es zu wollen - grinsen.

„Was ist denn hier los?", donnert Jolinas Stimme durch den Raum, was alle augenblicklich verstummen lässt.

Möglichst unauffällig möchte ich mich vom Tisch gleiten lassen, doch sie hat mich natürlich gesehen.

„Linn, kannst du mir mal bitte erklären, warum hier so ein Lärm ist?"

„Also…“, beginne ich deutlich verunsichert.

„Wir wollen Klarheit“, hilft mir ein bis dahin völlig unbekanntes Mädchen.

„Genau“, springt ein weiteres mit ein.

„Wir wollen die komplette Wahrheit wissen“, brüllt ihr ein älterer Junge entgegen. „Und nicht mehr angelogen und im Ungewissen gelassen werden“. Immer mehr solcher Zwischenrufe sind zu vernehmen und ich fange an zu lächeln. Wenn wir alle zusammenhalten, können wir unsere Ziele erreichen.

„Ruhe“, brüllt Jolina nur und auf einmal ist ihr ihr Alter deutlich anzusehen. Tiefe Falten zieren ihr Gesicht und dunkle Schatten legen sich unter ihre Augen. Sie sieht jetzt nur noch müde aus. Die Menge verstummt. „Was hätte ich denn eurer Meinung nach tun sollen?“, fragt sie mit Blick auf mich gerichtet. „Wenn ich euch von Anfang an gesagt hätte, dass ihr gehen könnt, wer wäre denn dann geblieben? Ein paar wenige vielleicht. Aber es war doch nie unser Ziel, einfach zu verschwinden, wegzulaufen wie scheue Rehe. Was würde das auch bringen? Für uns Einzelne wäre es gut, dass gebe ich zu, aber was ist mit den ganzen anderen verlorenen Seelen hier unter dem Glas? Es war immer unser Ziel, den Rat zu stürzen und ausnahmslos alle zu befreien. Wenn wir gehen, verschwindet mit uns die Hoffnung aller. Die Darkness-Organisation würde doch immer weitermachen. Wir dürfen nicht einfach weglaufen.“ Ich sehe ein, dass sie recht hat, doch so war es doch auch gar nicht gemeint.

„Wir wollen nicht weglaufen“, melde ich mich wieder zu Wort. „Wir wollen nur nicht weiter in Unwissenheit tappen. Wir wollen erfahren, wofür wir uns einsetzen und erfahren, wann es gefährlich wird, wann wir sterben könnten. Wir wollen Rebellen sein, mit allem was dazu gehört.“

Jolina lächelt und ihre gewohnte Sicherheit und Strenge kehrt zurück. „Dann werde ich versprechen, euch von jetzt an einzuweihen und ihr versprecht mir, weiterhin für unsere Sache einzustehen."

„Wir versprechen es", dröhnt es ihr entgegen. Mit einem zufriedenen Gesichtsausdruck dreht sie sich um und verschwindet. Die Revolution hat sie abgewendet. Pria folgt ihr.

Lachend kommt Kasra auf mich zugerannt und umarmt mich stürmisch. „Du warst super! Einfach toll, wie du hier jeden um den Finger gewickelt hast. Das hätte keiner besser machen können!"

Ich strahle sie dankend an. „Wo ist eigentlich Emmett?", frage ich sie dann, was sie noch mehr strahlen lässt.

„Da drüben", sie zeigt auf einen dunkelblonden Wuschelkopf und fügt dann seufzend hinzu: „Er ist ja so süß." Ich verdrehe die Augen und knuffe sie in die Seite. Sie kichert nur und läuft zu ihm hinüber.

Ich habe keine Ahnung, zu wem ich laufen könnte, also mache ich mich einfach auf den Weg irgendwo hin. Ich streife durch die Gänge und lande irgendwann in der Zentrale. Ich weiß nicht, wieso es mich hierhin gezogen hat. Vielleicht, weil ich nicht weiß, was ich sonst tun soll. Hier kann ich wenigstens auf die vielen Bildschirme starren und die Stadt beobachten. Hier ist immer irgendwer und heute sind es sogar zwei. Ben und der Junge, der nach dem Bombenanschlag mit ihnen angekommen ist. Ich habe seinen Namen vergessen, irgendetwas mit D. Ich kann einen Blick auf sein Namenschild erhaschen. Draven ist dort zu lesen. Seltsamer Name, aber auch irgendwie ganz cool. Ich geselle mich zu ihnen und beginne, die Monitore nach etwas Interessantem abzusuchen. Plötzlich wird alles schwarz. Mit einem surrenden Geräusch sind sie abgestürzt.

„Mist!“ Fluchend drückt Ben wie wild auf den vielen bunten Knöpfen herum, um sie irgendwie wieder zum Laufen zu bringen.

Draven schiebt ihn zur Seite und zieht ein schwarzes Kabel heraus, welches er kurz darauf wieder an seinen gewohnten Platz steckt. „Die Modelle, die ihr habt, sind etwas älter, da passiert es schon mal öfters, dass sie sich aufhängen.“ Drei leise Töne erklingen und die Bildschirme wechseln von Schwarz zu Blau.

„Das ist aber komisch“, sagt Draven nach einer Weile. „Normalerweise müssten sie schon längst wieder hochgefahren sein.“

Dann endlich erscheinen die Bilder. Doch es sind nicht wie erwartet die normalen Ausschnitte, welche die komplette Stadt in einzelne Abschnitte unterteilt auf den verschiedenen Computern anzeigen. Stattdessen ist auf jedem Monitor ein und dasselbe Bild zu sehen: der Versammlungsplatz mit der großen Tribüne. Sechs Menschen stehen dort mit Säcken über den Köpfen und neben ihnen ein grauhaariger Mann. Thomas. Er scheint uns anzuschauen, als er zu sprechen beginnt.

„Ihr wollt Krieg? Dann bekommt ihr ihn! Diese sechs Menschen stehen heute hier als unser letztes und unveränderliches Angebot. Sechs Menschenleben gegen eines… klingt doch fair. Es ist meine Stadt - also wird auch nach meinen Regeln gespielt. Wenn ihr nicht bis Sonnenaufgang das Mädchen hier ausliefert, werden diese sechs sterben.“

Die Kamera schwenkt auf die Reihe der sechs. Nacheinander werden ihnen die Säcke vom Kopf gezogen. Es sind alles Kinder. Ihre leeren Blicke starren mir direkt entgegen. Als der letzte Sack angehoben wird, erstarre ich. Es ist eine junge Rebellin, welche ich gestern noch im Schlafsaal gesehen hatte, in ihren Augen spiegelt sich blanke Panik. Es scheint ein makabrer Scherz zu sein, dass ausgerechnet ich es sein soll, die sie jetzt retten kann. Denn wer mit dem Mädchen gemeint ist, liegt auf der Hand. Schließlich wollte er mich schon seit dem Augenblick, in dem er hörte, dass ich noch lebe.

Das Video spielt sich in einer Endlosschleife ab. Immer und immer wieder erscheint das angstvolle Gesicht des Mädchens auf dem Bildschirm neben dem gehässigen Blick von Thomas. Ich habe Angst vor dem, was von mir verlangt wird. Aber war ich es nicht, die eben noch davon berichtet hat, dass man für die Sache einstehen muss, dass man womöglich sogar sterben muss? Und was ist schon ein Leben im Vergleich zu sechs anderen? Nur das es mein Leben ist, macht es so schwer. Du bist selbstsüchtig Linn, sage ich mir und schlucke den Kloß in meinem Hals herunter und fasse eine Entscheidung. Ich werde gehen und ein richtiger Rebell sein.

Chapter 19

Lian

Ich habe sie provoziert, genau das war es doch, was ich erreichen wollte. Und trotzdem fühle ich mich schlechter als vorher. Ich habe sie seit ihrer Rede nicht mehr gesehen. Vielleicht ist es ein schlechtes Anzeichen, dass ihr Bett gemacht ist. Sie verlässt es sonst immer unordentlich. Wozu aufräumen, wenn es innerhalb der nächsten zwölf Stunden wieder verwüstet wird? Ich muss grinsen, wenn ich daran denke, wie sie es mir damals in unserem Haus auf ihrem Bett stehend mit erhobenem Zeigefinger erklärt hatte. Als ich Jolina erblicke, welche sich suchend im Raum umschaut, laufe ich zu ihr. „Hast du Linn gesehen?", frage ich sie gut gelaunt.

„Nein", antwortet sie mir abwesend. „Das ist nicht gut, das ist gar nicht gut. Wenn sie nun wirklich gegangen ist, ohne vorher Bescheid zu sagen. Wir können alles aufgeben, wenn sie fehlt. Dann sind wir nicht mehr vollständig. Aber natürlich, dass ist es ja, was Thomas möchte. Und da er nur bei ihr wirklich sicher ist, verlangt er sie zuerst."

Ich verstehe nichts von ihrem wirren Gefasel, doch Linn in einem Satz mit dem Ratsoberhaupt zu hören macht mich stutzig. Ich packe Jolina an den Schultern und schüttele sie leicht.

„Was ist los?", frage ich die alte Frau verzweifelt. „Wo ist Linn, verdammt nochmal?"

Immer noch total weggetreten, antwortet sie mir: „Das, mein Junge, kann ich dir im Moment nicht so genau sagen.

Vielleicht ist sie noch irgendwo hier. Oder - was eindeutig schlecht für uns wäre - ist sie auf dem Weg zum Versammlungsplatz, um zu sterben."

„Was, wieso?" Ich warte schon gar nicht mehr auf eine Antwort, ich renne los. Was, wenn es meine Schuld ist und sie wegen mir vollkommen durchdreht und deshalb auf dem Weg zu Thomas ist? Ich könnte mir das nie verzeihen.

Es ist kurz vor Sonnenaufgang, als ich durch den Gully ins Freie trete. Ohne auf die Kameras zu achten, renne ich den bekannten Weg entlang. Straße um Straße lasse ich hinter mir, biege um Ecken - nur um festzustellen, dass sie auch hier nicht ist. Die Enttäuschung, sie nirgendwo zu sehen, wächst von Ecke zu Ecke. Meine Lunge schmerzt und ich bekomme kaum noch Luft, als ich sie dann endlich in einer der Gassen nahe dem Versammlungsplatz sehe. Sie geht langsam, so als hätte sie Angst vor dem, was sie erwartet.

„Hey, Linn, warte", brülle ich mit meinem letzten Atem.

Sie zuckt zusammen und dreht sich um. Dann schüttelt sie traurig den Kopf formt mit ihren Lippen das Wort Nein und beschleunigt ihre Schritte.

Ich kann nicht mehr atmen, fühle mich so, als müsste ich jeden Augenblick ersticken. Meine Beine sind schwer wie Steinblöcke und ich schaffe es einfach nicht, sie auch nur einen Millimeter nach vorne zu bewegen. In der Ferne sehe ich Linn, wie sie mit zitternden Schritten um die nächste Ecke biegt. Ich stöhne, beiße die Zähne zusammen. Mir wird klar, dass sie nur noch eine Biegung hinter sich bringen muss, ehe sie gerade auf ihr Ziel zuläuft. Ich zwinge mich, mit neu aufwallender Kraft und Verzweiflung weiterzulaufen. Ich hole sie ein. Gerade, als sie um die letzte Kurve biegen will. Meine Hände greifen nach ihr, doch ich verfehle sie haarscharf. Linn scheint nichts bemerkt zu haben, obwohl ich schnaufe wie eine kaputte

Waschmaschine. Sie ist wohl zu sehr damit beschäftigt, darüber nachzudenken, was mit ihr passieren wird.

Sie dreht sich um. „Sag mal glaubst du, es ist komisch, wenn man stirbt?“ Sie sagt es so, als wäre es eine ganz normale Frage. So, als würde sie mich fragen, ob mir das Wetter heute ebenso sehr gefallen würde wie ihr.

„Ja“, schnaufe ich und packe sie mit letzter Kraft.

„Lass mich los“, flüstert sie mit erstickter Stimme. „Ich muss das machen.“

„Nein, musst du nicht“, antworte ich so ruhig, wie es mir in meinem Zustand nur möglich ist. „Es tut mir leid, was ich gemacht habe. Es war dumm und ich könnte mir nicht verzeihen, wenn du wegen mir zu Thomas gehst. Nur, weil ich so blöd war.“

„Es geht nicht immer nur um dich, Lian“, sagt sie wütend und windet sich in meinen Armen. „Lass mich jetzt endlich los.“

„Wenn es nicht wegen mir ist“, sage ich erleichtert, „warum gehst du dann?“

„Weil er sonst sechs Menschen umbringt, Lian“, flüstert sie mit erstickter Stimme. „Es sind alles Kinder und ich bin nur eine. Hast du nicht gehört, was ich eben noch gesagt habe? Das man bereit sein muss, für seine Sache zu sterben? Irgendwann ist dann der Augenblick da, in dem du beweisen kannst, dass du es ernst meinst. Und das hier ist mein Augenblick.“ Ihre Augen füllen sich mit Tränen. „Also lass mich endlich los.“

Ich schüttele nur den Kopf. Niemals würde ich sie freiwillig gehen lassen. „Ich gehe“, sage ich sicher.

Doch sie lacht nur leise auf. „Spiel hier nicht den Helden, er will nicht dich, er will mich. Sollen etwas sieben Leute sterben? Und wer sagt, dass ich nicht auch gehe, wenn du mich nicht mehr festhalten kannst?“

Ich drücke sie fester an mich. „Dann spiel du auch nicht die Heldin. Wir alle brauchen dich. Jolina meinte, es wäre alles verloren, sobald sie dich hätten. Also schluck deinen Stolz runter, sei verdammt nochmal nicht immer so mutig und denk auch mal an dich." Und an mich, füge ich in Gedanken hinzu. „Wir alle können dich viel mehr gebrauchen, wenn du lebendig bist." Dann sage ich noch laut: „Und wer kann dir versichern, dass Thomas sein Wort hält und die anderen nach dir verschonen wird?"

Sie hört auf zu strampeln und bleibt einfach ganz ruhig stehen.

„Und was ist, wenn er morgen einfach weiter macht? Er könnte die gesamte Stadt abschlachten, wenn er will", wirft sie zögerlich ein.

„Und was hätte er davon?", frage ich sie sanft. „Er profitiert doch davon, dass seine Stadt wächst. Wenn er sie alle umbringt, über wen soll er dann noch herrschen?" Ich sehe, wie die ersten Sonnenstrahlen das Glasdach über uns kitzeln und nehme wahr, dass Linn diese mit Schrecken in den Augen auch bemerkt. Sie lugt um das an der Ecke stehende Haus und versteift sich. Ich sollte nicht zulassen, dass sie es mit ansieht. Vorsichtig strecke ich meine Hand aus und ziehe sie behutsam wieder zu mir. Sie lässt es geschehen. Keinen Moment später ertönt der erste Schuss. Bei jedem weiteren zuckt sie heftig zusammen. Als der letzte verklungen ist, laufen ihr die Tränen übers Gesicht und sie zittert unkontrolliert.

Die Stimme des Ratsoberhauptes schallt über den Platz. „Ihr habt nicht auf mich gehört. Jetzt müsst ihr mit den Auswirkungen eures Handelns leben. Ich spaße nicht und halte immer mein Wort. Also wisst ihr, was das nächste Mal geschehen wird, wenn ihr wieder einmal meine Forderungen ignoriert."

„Und wir sind raus, die Kameras laufen nicht mehr", ertönt eine weitere Stimme. Etwas zersplittert auf dem Boden.

„Warum ist sie nicht gekommen? Warum?", brüllt ein wütender Thomas über den Platz. „Sie ist genau wie ihre Großmutter... total stur und dumm, einfach nur dumm." Ein weiteres wütendes Knurren wird zu uns hinübergetragen und noch ein Gegenstand zerspringt splitternd auf dem Boden. Er wirft anscheinend mit allem, was er zu fassen bekommt, um sich. Ich hebe Linn hoch und trage sie - dieses Mal im Schatten der Häuser – zurück. Sie schmiegt ihren Kopf an meine Brust und durchnässt mit ihren Tränen mein T-Shirt. Schnellen Schrittes durchquere ich die Stadt, auf der Suche nach irgendeinem Gully, welcher uns als Einstieg dienen könnte. Endlich finde ich einen und muss Linn absetzen, bevor ich den schweren Deckel zur Seite schieben kann. Als ich uns hineinhieve und ihn wieder über die Öffnung ziehe, rutscht mir die Taschenlampe aus der Hosentasche und es wird dunkel. Ich drücke sie enger an mich, während ich mit einer Hand die Wände abtaste. Ihr leises Schniefen ist das einzige Geräusch, was durch die scheinbar leeren Gänge schallt. Immer länger zieht sich unser Weg hin. Die Tatsache, dass ich nicht sehen kann, wohin ich laufe, erschwert alles um einiges.

„Du weißt doch, wo wir sind?", fragt sie zwischen ein paar Schluchzern.

Ich bin mir da zwar gerade nicht so sicher, dennoch sage ich: „Natürlich, wir sind fast da."

„Du kannst mich jetzt runterlassen", kommt ihre zögerliche Antwort.

Ich nicke, auch wenn sie es nicht sehen kann und setze sie vorsichtig ab. Sofort tastet sie nach meiner Hand und ich umschließe ihre Finger. Ich will sie nicht im Dunkeln dieser Kanalisation verlieren, wo ich sie doch so gerne nah bei mir habe. Als meine Finger eine Abzweigung ertasten, frage ich verlegen: „Bist du dafür, dass wir nach links oder nach rechts gehen?“

Ich höre ein leises Kichern. „Ich dachte, du wüsstest, wo wir sind? Ich zitiere: Wir sind schon fast da. Aber ich würde mal aus dem Bauch heraus den linken Weg einschlagen.“

Ich will sie in die Seite knuffen, verfehle jedoch ihren Bauch und pieke ins Leere. Ich verliere mein Gleichgewicht und reiße Linn im Fallen gleich mit zu Boden.

Lachend rollt sie sich unter mir weg und zieht mich wieder auf die Beine. „Wenn alle so tollpatschig wären wie du, dann lägen wir unser ganzes Leben auf dem Boden.“

„Das wäre doch auch ganz lustig“, sage ich beschämt und klopfe mir den Dreck von der Hose, auch wenn ich mir nicht ganz sicher bin, ob da überhaupt welcher ist.

Wir haben jegliches Zeitgefühl verloren. Vielleicht sind nur Minuten vergangen, seit wir den Abstieg in die Dunkelheit hinter uns gebracht haben - möglicherweise sind es auch Stunden. Tage werden es nicht sein, immerhin etwas, was ich ausschließen kann, denke ich bei mir und taste mich weiter voran. Die Wände werden zunehmend feuchter und auch die Luft riecht abgestandener, je weiter wir uns bewegen.

„Ich denke, wir sind auf dem falschen Weg“, wirft Linn plötzlich ein, während wir durch seichtes Wasser waten.

Wütend trete ich gegen die Wand, meine Füße sind nass und die Kälte kriecht mein Hosenbein hinauf. Und ja wir sind ganz eindeutig auf dem falschen Weg, aber was soll ich jetzt daran ändern? Ich sehe nichts und kenne mich hier genauso wenig aus wie sie. Wortlos gehen wir weiter, das Wasser wird höher.

„Ich denke, wir sollten umdrehen“, sage ich bestimmt.

Sie lacht. „Ja das wäre eine gute Idee, ich habe meine Badesachen nicht dabei. Außerdem wäre es sehr traurig, wenn ich jetzt hier unten ertrinke, wo du mir doch gerade erst mein Leben gerettet hast."

Ich muss grinsen. Zum ersten Mal bin ich froh über die Dunkelheit, welche hier unten herrscht und ihr die Sicht auf mich verwehrt, denn ich fühle, wie mir die Röte ins Gesicht steigt. Sie schafft es immer wieder, aus den bescheuertsten Situationen etwas Positives herauszufischen.

Wir drehen um und orientieren uns an den Wänden. Je trockener ein Weg zu sein scheint, desto eher entscheiden wir uns für diesen. Irgendwann ist alles wieder staubig, was Erleichterung durch meinen ganzen Körper fluten lässt. In der Ferne sind schwache Lichtstrahlen zu erkennen, in denen die winzigen Staubkörner zu tanzen scheinen. Linn deutet aufgeregt darauf und zieht mich hinter sich her. Wir lenken unseren Blick nach oben zu der schwachen Lichtquelle und blicken durch kreisförmig angeordnete Punkte, welche zu einem Gullydeckel gehören müssen. Wir beschließen, hinauszuklettern und erst einmal durch die Stadt zu laufen, um an einem der Einstiege wieder hinunterzuklettern, die wir mittlerweile im Schlaf wiederfinden könnten. Sie liegen nahe dem Quartier und wir erhoffen uns bessere Chancen, dann auch dort wieder anzukommen. Doch als ich versuche, den schweren Deckel anzuheben und unseren Weg frei zu machen, scheitere ich kläglich. Selbst als Linn mit einspringt und wir mit vereinten Kräften drücken, bewegt sich dieser kein Stück nach oben. Durch die kleinen Löcher erspähe ich den Lastwagen, welcher mit einem Reifen auf unserem Ausstieg parkt. Kein Wunder, dass wir nicht in der Lage waren, ein komplettes Auto hochzustemmen.

„Und jetzt?", fragt Linn entmutigt und rutscht an der glatten Wand hinunter.

Ich lasse mich neben sie fallen und zusammen sitzen wir ideenlos am Boden. „Keine Ahnung", murmele ich. „Vielleicht suchen sie ja alle nach uns und irgendwann werden wir gefunden."

„Hoffentlich", seufzt sie und lässt sich tiefer zusammensinken.

„Vielleicht sollten wir rufen", schlage ich vor.

Sie antwortet so schnell, als hätte sie schon länger mit dieser Frage gerechnet „Und was ist, wenn uns die falschen Leute hören?"

Ich zucke mit den Schultern, etwas anderes fällt mir momentan nicht ein. „Aber wenn wir hier sitzen bleiben, ändern wir auch nichts an unserer jetzigen Situation", werfe ich ein und sie nickt.

„Also entweder laufen wir weiter kopflos hier herum und hoffen auf einen anderen Gully. Oder wir bleiben hier sitzen und hoffen auf Rettung."

Ich lache kurz freudlos auf. „Klingt beides nicht so sonderlich verlockend."

Sie seufzt und steht dann auf. „Wenn wir uns schon für eine dieser hoffnungslosen Varianten entscheiden müssen, dann bin ich für die mit dem kopflos rumlaufen. Wer weiß schon, ob sie uns wirklich suchen und wenn wir hier nur rumsitzen, komme ich mir so machtlos vor."

Ich folge ihrem Beispiel und richte mich mühsam auf. Je weiter wir uns von den zarten Lichtstrahlen entfernen, desto näher kommen wir wieder der vollständigen Dunkelheit. Als sie uns umfängt, scheint es mir so, als würde sich alles noch einmal von vorne abspielen. Blind tasten wir uns den Weg entlang. Einfach weiter - so lautet unsere Devise.

„Warte mal", sage ich und ziehe Linn am Ärmel zurück und wir verharren im stillen Dunkel des Tunnels.

„Was?", flüstert sie leise und ich kann die Aufregung in ihrer Stimme hören.

„Ich glaube, ich habe Stimmen gehört“, antworte ich ihr ebenfalls flüsternd.

„Bist du dir sicher?“, fragt sie und klingt argwöhnisch, „ich kann nichts hören.“

Wir schweigen und lauschen in die Schwärze hinein. Leise, fasst zu leise, um sie überhaupt wahrnehmen zu können, höre ich die Stimmen, wie sie weit in der Ferne aufgeregt rufen. Ich will Linn gerade einen von meinen Blicken zuwerfen, die jedem signalisieren: Hab ich es nicht gesagt, doch dann fällt mir ein, dass sie diesen sowieso nicht sehen würde und ich lasse es.

„Glaubst du, die gehören zu uns?“ höre ich Linns Stimme dicht an meinem Ohr.

„Ich denke nicht, dass sonst jemand freiwillig hier runter klettern würde und dann auch noch einen solchen Lärm veranstaltet.“

Sie murmelt etwas Unverständliches und bringt dann heraus: „Und was ist, wenn es eine Falle ist, Schlauberger?“

„Sonst bist du doch auch nicht so ängstlich und übervorsichtig“, necke ich sie und bekomme als Antwort einen leichten Schlag auf den Arm. Immerhin kann sie auch im Dunkeln treffen, zieht mich eine Stimme in meinem Inneren auf.

„Ja, ja“, murre ich.

„Ja, ja, was?“, fragt Linn verwirrt.

„Ja, ja, nichts“, sage ich nur und hätte zu gern ihren verständnislosen Gesichtsausdruck gesehen.

Wir einigen uns darauf, leise in Richtung der Stimmen zu gehen und nachzusehen, wem sie gehören. Es ist wenigstens ein Anhaltspunkt, den ein Hauch von Wieder-ins-Lager-kommen umgibt. Wir sehen den Schein einer Fackel an den Wänden tanzen, noch ehe wir mehr als drei Kurven hinter uns bringen konnten. Die Stimmen reden aufgeregt durcheinander und es ist uns unmöglich, die Wortfetzen voneinander zu trennen und zu entschlüsseln.

Vorsichtig werfe ich einen Blick in den nächsten Gang. Er ist leer und so bedeute ich Linn, mir unauffällig zu folgen. Auf Zehenspitzen schleichen wir uns im flackernden Licht der fremden Fackel voran. Als ich nun um die nächste Ecke spähe, kann ich sie sehen. Drei Gestalten, welche wild gestikulierend auf uns zu kommen. Linn stößt einen Freudenschrei aus und rennt auf sie zu.

„Was machst du denn da, bist du verrückt geworden?" Ich ziehe sie wieder zu mir zurück hinter die schützende Ecke.

„Wieso?", fragt sie, „das sind doch Pria, Kasra und Emmett." Mit diesen Worten befreit sie ihr Oberteil aus meinem Griff und rennt freudestrahlend zu den dreien. Seufzend gehe ich ihr hinterher und bin froh, hier endlich weg zu können.

„Da seid ihr ja. Wir haben euch schon überall gesucht und Pria meinte, es wäre Zeitverschwendung, weil sie euch eh bekommen hätten. Aber ich habe ihr gesagt, dass das Schwachsinn ist und sie eine doofe Kuh ist, wenn sie so etwas behauptet." Kasra umarmt Linn stürmisch. „Zwischendurch habe ich - ehrlich gesagt - auch mal gedacht, dass ihr von denen da oben erwischt worden seid", gibt sie zu, „aber ich wollte trotzdem nicht einfach wieder umkehren und aufgeben", fügt sie in einem altklugen Tonfall an Pria gewandt hinzu.

Diese schnaubt nur und dreht sich um. Ihre Haare wehen hinter ihr her, während sie das schnelle Tempo vorgibt und wir ihr, halb laufend, folgen. „Seid froh, dass ich überhaupt noch bei euch geblieben bin. Jolina hat uns allen die Anweisung gegeben, in einer Stunde wieder da zu sein. Und wir laufen uns jetzt schon seit fast dreien die Füße ab. Wenn ich nicht ab und an eine Nachricht an sie gesendet hätte, würdet ihr beide jetzt ziemlich in der Klemme stecken."

Kasra verdreht die Augen „Ja, Pria, du bist die Beste und Tollste, die einzig Wahre in dieser Welt. Soll ich vor dir niederknien und dir deine abgelaufenen Füße küssen?“ Sie lacht, doch Pria zieht nur eine Grimasse und konzentriert sich dann wieder ganz auf den Weg.

Schweigend trotten wir hinter ihr her. Pria ist eine Person, die sich nur ungern widersetzt. Sie befolgt die Anweisungen strikt nach Plan. Jolina ist für sie scheinbar die wichtigste Person im Leben. Es muss eine sehr große Ehre gewesen sein, als ausgerechnet sie auserwählt worden war, gedanklich mit ihr zu verschmelzen. Jedenfalls stelle ich mir das in etwa so vor, was da mit ihnen passiert ist. Wir werden mit vielen freudigen Ausrufen und erleichtertem Aufatmen begrüßt.

Menschen, die ich in der ganzen Zeit, welche ich schon hier bin, noch nicht einmal zu Gesicht bekommen habe, verhalten sich auf einmal so, als seien sie meine besten Freunde. Sie klopfen mir auf die Schulter, recken Daumen in die Höhe und applaudieren mir zu. Ich grinse, auch wenn ich nicht weiß, was das alles soll.

„Sie jubeln dir zu, weil du Linn gerettet hast und Jolina uns eben berichtet hat, dass sie von größter Wichtigkeit für unsere Sache ist“, raunt Kasra neben mir. „Sie meinte, dass wir alles aufgeben könnten, wenn wir sie oder dich verlieren. Darum mussten wir euch ja auch wie die Verrückten suchen. Jolina hat alle losgeschickt, die sie nicht unbedingt hier braucht. Du kannst dir gar nicht vorstellen, wie sie getobt hat, als herauskam, dass du jetzt auch noch weg bist. Du kannst echt froh sein, das nicht miterlebt haben zu müssen.“ Dann widmet sie sich wieder lächelnd der brüllenden Menge um uns herum. Winkt und hebt die Hand, damit andere darin einschlagen können. „Ich bin jetzt auch cool“, sagt sie zwinkernd, „ich war schließlich dabei, als ihr wiedergefunden worden seid. Es ist cool, cool zu sein. Demnächst verteilen wir alle noch

Autogramme, spitz schon mal deinen Bleistift an, Lian." Sie lacht und auch ich muss schmunzeln.

Die Menge hört abrupt auf, wie die Wilden auf und ab zu hüpfen und herumzubrüllen, als Jolina den Raum betritt. Sie schafft es, durch ihre bloße Anwesenheit einen Raum voller ausrastender Idioten ruhig werden zu lassen. Die Falten um ihre Mundwinkel tanzen leicht, als sie ein schwaches Lächeln andeutet. In dem Moment wird mir klar, dass dies wohl eine wahre Überwindung für sie ist. Sie lächelt nicht oft und anscheinend auch nicht gerne. Viel lieber straft sie einen mit strengen Blicken und zusammengezogen Augenbrauen, während sie auf dich hinunterblickt.

„Schön, dass ihr wieder da seid. So kann ich mich noch kurz vor meiner Abreise von euch verabschieden und euch verbieten, diese Kanalisation noch einmal ohne meine Erlaubnis zu verlassen." Ihr Lächeln ist wie weggeblasen. „Was habt ihr euch eigentlich dabei gedacht, einfach wegzugehen? Dachtet ihr, ihr könntet einfach alles alleine regeln? Denn dann muss ich gestehen, dass ich euch für schlauer gehalten habe. Ihr seid dumm, wenn ihr glaubt, ihr seid die Einzigen, die etwas verändern können. Ich brauche euch, um die Gruppe stark zu machen. Jeder, ausnahmslos jeder hier ist dazu verpflichtet, meinen Anweisungen zu folgen und mir von seinem Vorhaben zu berichten. Und dazu zählt auch ihr, solange ihr euch zu uns dazu zählt. Ihr habt kein Recht, noch einmal so zu handeln wie heute. Ist das klar? Erst erzählt ihr mir etwas von völliger Transparenz und dann macht ihr genau das, was ihr zuvor an mir kritisiert habt. Ihr müsst euch schon entscheiden, was ihr wollt. Und jetzt ab ins Bett, es ist schon fast Mittag und in wenigen Stunden müsst ihr wieder aufstehen." Sie macht eine scheuchende Handbewegung und mit eingezogenem Kopf und hochgezogenen Schultern schleichen wir zu unseren Matratzen hinüber.

„Warum reist sie denn ab?", flüstert Linn fragend, kurz bevor sich unsere Wege trennen und sie auf die andere Seite des Raumes gehen muss. Ich bereue es, meinen Platz neben ihr für den eingetauscht zu haben, an dem ich neuerdings die Nächte verbringe. Pria schnarcht, doch das ist nicht der einzige Grund.

„Keine Ahnung", flüstere ich leise zurück. „Man sollte meinen, sie würde einfach gehen, wenn es ihr zu stressig wird."

Sie grinst. „Ja, total unlogisch, dass sie jetzt geht, wo doch gerade heute so viel passiert ist."

Ich hebe die Schultern noch ein Stück höher und lasse sie dann fallen. „Ich glaube, niemand versteht sie so richtig."

Jemand räuspert sich hinter uns und ich fahre herum. „Wisst ihr eigentlich nicht, dass es unhöflich ist, über andere Leute zu flüstern?" fragt Pria spöttisch. „Und außerdem geht Jolina, wann sie möchte. Es hat mich sowieso schon gewundert, dass sie so lange bei uns geblieben ist. Normalerweise bleibt sie immer nur für höchstens einen Tag. Muss wohl an euch liegen. Aber warum ihr so besonders sein sollt, weiß ich auch nicht." Sie mustert uns abschätzig.

„Ach, Pria, du bist doch nur neidisch, weil du dir deinen Platz als Jolinas Liebling von jetzt an mit den beiden teilen musst." Kasra kommt angehüpft.

„Da musst du dir ja keine Sorgen machen", fährt Pria sie giftig an. „Du hattest ihn nie und du wirst ihn auch nie haben. Gute Nacht alle miteinander." Sie dreht sich wütend weg und marschiert zur anderen Seite des Raumes, wo sie sich immer noch mürrisch auf ihre Matratze fallen lässt und mit verschränkten Armen Löcher in die Luft starrt. Es scheint fast so, als wollte sie mit ihrem Blick die Decke zum Einstürzen bringen. Als sie bemerkt, dass ich sie anstarre, wirft sie mir einen abschätzigen Blick zu und dreht sich weg.

Ganz am Anfang, als wir sie kennengelernt haben, war sie noch nicht so. Aber es hat wirklich nicht lange gedauert, ihr wahres Ich ans Licht zu bringen. Vielleicht wird man anders, wenn man Angst um seine Stellung hat. Es ist mir durchaus klar, dass sie nicht möchte, dass irgendjemand von uns, die auch noch total neu und unerfahren sind, ihr den Titel „Jolinas Liebling“ streitig machen. Aber was können wir schon groß daran ändern, dass sie mit ihr verbunden ist und daher immer etwas Einzigartiges sein wird? Doch was mich wirklich beschäftigt, ist die Tatsache, dass immer wieder gesagt wird, wir seien etwas Besonderes. Ich kann mir beim besten Willen nicht vorstellen, wie und warum dies der Fall sein sollte. Dieser eine Satz schwebt mir wieder durch den Sinn. Sie meinte, dass wir alles aufgeben könnten, wenn wir sie oder dich verlieren. Sie oder mich. Linn oder Lian. Ich muss unbedingt mit ein paar Leuten reden. Aber vielleicht ist es wirklich besser, damit bis morgen zu warten, schließlich ist es wirklich Zeit, sich auszuruhen und ein wenig zu schlafen. Ein weiterer Pluspunkt ist auch, dass Jolina morgen abreist und ich das Gespräch, welches ihr ganz sicher nicht gefallen wird, ohne ihre Anwesenheit führen kann. Ich gehe hinüber zu meinem Schlafplatz und lege mich neben Pria. Diese dreht sich wieder demonstrativ von mir weg und ich überlege, ob ich wohl meinen alten Platz wieder zurücktauschen kann. Und zum ersten Mal bereue ich es, mit einem Jungen getauscht zu haben, denn ich sehe, wie sich Linn und Ben unterhalten. Ich sehe ihr Lächeln und könnte mich ohrfeigen.

Chapter 20

Linn

Viel zu schnell kommt der nächste Abend und damit die Pflicht, wieder aufzustehen, auch wenn ich lieber einfach weiterschlafen würde.

„Ich schlafe weiter", informiere ich die Person, welche an meinen Schultern rüttelt.

Das Rütteln stoppt, nur damit mir kurz darauf jemand mit einer Taschenlampe ins Gesicht leuchtet. Ich murmele etwas Unverständliches und drehe mich weg, nachdem ich ein paar klägliche Versuche gestartet habe, die Lichtquelle wegzuschlagen.

„Linn, du musst aufstehen. Wenn du jetzt deine Augen aufmachen würdest, könntest du sehen, dass du die einzige Person bist, die noch schläft."

„Ich schlafe gar nicht", murmele ich und versuche mit aller Macht, nach meinem schwindenden Traum zu greifen.

„Dann kannst du ja auch aufstehen", sagt die Stimme genervt.

„Ich will aber nicht", antworte ich trotzig. „Mein Bett ist warm und weich und total gemütlich. Da draußen ist es kalt und ich mag es nicht, wenn es kalt ist."

Ein Lachen ertönt. „Komm schon, öffne wenigstens deine Augen." Die Stimme klingt leicht verzweifelt.

„Nein!" Jetzt grinse ich.

„Ich weiß, welches Spiel du spielst", sagt die Stimme und ich höre, wie sich ein Körper erhebt. Kurz darauf entfernen sich Schritte, ich hebe den Kopf und blinzele leicht. Ben dreht sich um und lächelt triumphierend. „Ich wusste, dass das zieht."

Ich richte mich nun vollends auf und schmeiße mein Kissen nach ihm. Immer noch mit diesem dämlichen Ausdruck im Gesicht duckt er sich unter dem vorbeischnellenden Polster weg, wirbelt herum und fängt es mit einer Hand auf. Ich stöhne und lasse mich zurück auf die Matratze fallen. Das Kissen fliegt mir ins Gesicht. Na toll. Ich strecke ihm meine Arme entgegen und er zieht mich hoch.

„In was für einer grausamen Welt leben wir, dass wir aus unseren gemütlichen Betten aufstehen müssen?", frage ich spaßeshalber.

Ben wird ernst. „Ja Linn, die Welt ist grausam, aber das hat nichts damit zu tun, dass du morgens nicht aus den Federn kommst."

Ich schweige, mal wieder habe ich etwas komplett Idiotisches gesagt und es doch gar nicht so gemeint. Ich komme mir so blöd vor und murmele etwas von Frühstück, dann wende ich mich ab und steuere auf den Speisesaal zu.

„Hey, ich habe das nicht böse gemeint", ruft Ben mir hinterher.

„Ich weiß", sage ich „ich auch nicht". Als ich einen Blick über die Schulter werfe, sehe ich ihn leicht nicken. Dann trete ich aus der Tür.

Etwas tippt auf meine Schulter, ich sehe von meinem Teller auf und wende den Kopf. Lian steht hinter mir und sieht fragend auf den Platz rechts von mir. Ich nicke und er klettert über die Bank und lässt sich neben mir nieder. „Sag mal, hast du nachher Zeit?"

Ich nicke langsam und sehe ihn fragend an.

„Okay, super, ich muss mit dir reden. Hast du Kasra und Pria gesehen?“

Ich hebe eine Augenbraue. „Denkst du wirklich, dass das eine gute Kombination ist?“, frage ich ihn.

Er schüttelt den Kopf und ich sehe, wie seine Augen zu lächeln beginnen. „Nicht wirklich, aber es geht nicht anders.“

„Ben, Emmett, Paul und Elena scheinst du nicht zu brauchen“, bemerke ich nüchtern.

Bei der Erwähnung des ersten Namens zuckt Lian zusammen, was mir eine gewisse Genugtuung verschafft.

„Nein, für das, was ich mit euch besprechen möchte, eignen sie sich nicht. Je mehr Leute am Anfang mitreden, desto komplizierter wird es. Und umso schneller gelangt es an die Öffentlichkeit. Ich denke nicht, dass heute schon der richtige Zeitpunkt dafür ist, vage Vermutungen zu festen Behauptungen zu erklären.“

Ich runzele die Stirn. „Okay“, sage ich gedehnt. „Wann und wo willst du dich mit uns treffen?“

Er zuckt mit den Schultern. „So früh wie möglich, denke ich.“

Ich werfe einen Blick auf die Uhr und nenne ihm einen Zeitpunkt.

Er nickt und steht auf. „Dann sehen wir uns dann im Schlafraum und zusammen suchen wir uns einen leeren Platz in der Kanalisation.“

Ich grinse und stimme ihm zu. „Dann bis später“, sage ich und wende mich wieder meinem Frühstück zu. Als der Teller leer ist, stehe ich auf und spüle ihn. Es ist still hier, ich bin alleine. Das einzige Geräusch, was zu hören ist, ist das Klappern des Geschirrs, welches ich verursache, als ich meinen Teller in das Spülbecken gleiten lasse und beginne, die Essensreste mit dem Schwamm abzuwischen.

„Na?“

Ich höre die Stimme, doch ich drehe mich nicht um. Das Einzige, was sich dreht, sind meine Augen.

„Das habe ich gesehen", sagt Ben schmollend.

„Ach ja - und wie?", frage ich ihn argwöhnisch.

„Okay, okay, ich habe es nicht gesehen, aber ich habe gewusst, dass du so etwas machst. Und übrigens hast du dich gerade selber verraten, als du mich gefragt hast, wie ich es habe sehen können."

Ich lache. „Und was habe ich deiner Meinung nach gemacht?"

„Ach, was weiß ich, deine Augen verdreht oder das mit der einen Augenbraue." Er zieht eine Grimasse. „Mir doch egal. Fakt ist, dass du etwas gemacht hast."

„Und selbst wenn, was ist daran so schlimm?", frage ich nur grinsend, während ich seelenruhig weiter meinen Teller spüle.

Seit wir nebeneinander schlafen, hat sich so etwas wie eine Freundschaft zwischen uns entwickelt. Er kommt näher und stellt sich neben mich. Dann schnappt er sich ein Handtuch und beginnt, meine gespülten Sachen abzutrocknen. Ich werfe ihm einen dankbaren Blick zu und versenke das Messer und die Tasse in dem schaumigen Seifenwasser.

„Sag mal, was hältst du eigentlich von Pria?" Er sieht mich fragend an und es huscht ein nervöser Ausdruck über sein Gesicht. Sie ist eine doofe Kuh, total bestimmend und eifersüchtig auf alles, denke ich und sage: „Sie ist ganz nett. Ich habe nicht so viel mit ihr zu tun. Wieso?"

Er wird rot. „Naja, ich finde sie irgendwie echt toll, aber ich habe keine Ahnung, ob und wie ich es ihr sagen soll. Sie scheint mir nicht der Typ für romantische Worte zu sein."

Bei der Vorstellung, jemand könnte Pria nett finden, würde ich am liebsten laut loslachen oder mich würgend in die Ecke schmeißen. Aber ich möchte niemanden verletzen, also sage ich stattdessen ausweichend: „Du, ich habe echt keine

Ahnung, was Pria mag und was nicht. Ich bin jetzt nicht unbedingt ihre beste Freundin." Obwohl mir beim Thema „nicht mögen" allerdings gleich mehrere Personen - mich eingeschlossen - einfallen würden. „Aber wenn du sie wirklich so gerne magst, würde ich sie ansprechen. Ich meine, was hast du zu verlieren? Selbst, wenn sie nein sagen würde", rate ich ihm und mit einem Blick auf seinen gequälten Gesichtsausdruck füge ich hinzu, „was sie bei dir gewiss nicht tun wird, da du einfach super bist. Und dann kannst du dir sagen, dass du es wenigstens versucht hast. Und das ist doch besser, als einfach tatenlos rumzusitzen und abzuwarten, was die Zeit eventuell bringen könnte."

Ben nickt. „Ich denke, da hast du recht. Aber was genau soll ich sagen? Ich meine „Hey Pria, ich finde dich echt toll, willst du mit mir gehen?", scheint mir doch recht unpassend oder siehst du das anders?"

Ich muss lachen. „Wieso, ich meine dann hast du doch alles gesagt, was du sagen wolltest."

Er schlägt leicht mit dem Handtuch nach mir und fügt dann hinzu: „Ich meine es ernst, Linn".

Ich lasse das Wasser zwischen meinen Fingern hindurch und den übrig gebliebenen Schaum über seine sorgfältig gestylten Haare laufen. Er schüttelt seinen Kopf und der Schaum spritzt zu mir herüber. Wie ein nasser Hund steht er vor mir und ich halte schützend einen Arm vors Gesicht. Dann sehe ich aus dem Augenwinkel, wie Ben sich eine Schüssel nimmt, sie mit Wasser füllt und Anstalten macht, mir diese über meinen Kopf zu kippen. Ich renne kreischend weg, doch das Wasser kommt schneller als erwartet. Tropfend wende ich mich ihm zu und stürze mich auf ihn. Im Fliegen wringe ich den nassen Schwamm, welchen ich noch immer in meiner Hand halte, über ihm aus. Dann falle ich mit einem dumpfen Aufprall auf ihn. Er gibt ein leises Schnaufen von sich und rollt sich dann unter mir weg. Er lacht - nach Luft schnappend - und bleibt neben mir liegen.

Ein Räuspern lässt uns zusammenzucken. Immer noch lachend, aber mit gesenktem Blick richten wir uns auf dem nassen Boden auf. Zwei Wischmopps werden uns entgegengehalten und Jolina sagt: „Noch bin ich da. Es ist mir egal, was ihr treibt, wenn ich weg bin, aber solange ich mich noch in einem Gebäude zusammen mit euch aufhalte, verhaltet ihr euch angemessen." Mit diesen Worten wendet sie sich ab. „Und wenn ich wiederkomme, will ich hier wirklich alles sauber vorfinden", sagt sie leise, ohne sich umzublicken. Schweigend wischen wir den Boden

„Ich glaube, ich sage es ihr", unterbricht Ben die Stille.

Ich nicke. „Ja, ich glaube, das solltest du."

Wir putzen schweigend weiter. Pünktlich finde ich mich im Schlafsaal ein, wo die anderen schon auf mich warten. Zusammen durchstreifen wir die Gänge auf der Suche nach einem ungenutzten Raum. Als wir ihn finden, lassen wir uns an den kahlen Wänden nieder.

„Seit Längerem denke ich über viele Fragen nach, doch eine geht mir einfach nicht mehr aus dem Kopf. Es lassen sich überhaupt keine Antworten finden, also habe ich mich entschlossen, euch einzuweihen", meldet sich Lian zu Wort. „Immer wieder wird uns gesagt, dass wir etwas Besonderes sind. Aber warum? Ich habe keine Ahnung, was uns so besonders macht."

Pria verdreht die Augen. „Ist das alles, was dich beschäftigt? Wie toll du bist? Denn wenn das so ist, hast du anscheinend das Gehirn einer Eintagsfliege. Nicht in der Lage, weiter zu denken, als das, was dich persönlich betrifft", blafft sie, pustet sich eine Strähne aus dem Gesicht und wirft einen gelangweilten Blick in die Runde.

„Vielleicht hast du wirklich diese Meinung von mir", sagt Lian mit zusammengebissenen Zähnen, „aber erstens geht es hier darum, warum ich so toll bin und zweitens will ich dich fragen, ob es dir eventuell möglich ist, das wenigstens für einen kurzen Augenblick auszublenden und dich mal ausnahmsweise auf etwas anderes zu konzentrieren als auf deinen unbändigen Hass auf alles und jeden." Mit gerunzelter Stirn und verschränkten Armen mustert sie ihn von Kopf bis Fuß.

„Ich denke, es hat etwas mit euren Augen zu tun." Kasra atmet tief durch. „Sie werden immer wieder beiläufig erwähnt, so als wollte Jolina nicht, dass wir uns näher damit beschäftigen. Aber anscheinend hielt sie es für zu wichtig, als dass sie es einfach ganz weglassen wollte."

Ich blicke Kasra an und lasse dann meinen Blick zu Lian gleiten. Beide besitzen eine braune Iris, doch kleine goldene Sprenkel durchziehen die von Lian. Zur Pupille hin verdichten sie sich, sodass es aussieht, als würden winzige Funken von dort heraussprühen. Diese Augen scheinen auf eine fast unheimliche Art zu leuchten. Ganz schwach, aber ich stelle mir vor, wie sie in einem ganz dunklen Raum immer noch zu sehen wären. Alles schwarz, nur schwach im Dunklen wie fast tote Asche glimmende Sprenkel. Ein winziges Funkeln, fast unheimlich. Unwillkürlich muss ich an meine Augen denken. Sie sind grau, aber wenn man genau hinschaut, sieht man die dunkleren Flecken und die silbrig schimmernden Stellen.

„Seht ihr das gewisse Funkeln?", fragt Kasra leise. „Aber was soll das sein? Was soll es für Auswirkungen haben?"

„Das wird mir hier jetzt echt zu blöd." Pria will aufstehen, doch ich schmeiße mich auf sie und drücke sie zu Boden.

„Wann hörst du endlich auf, so zu sein? Wir haben dir nichts getan, wir wollen dir nichts tun und du hast echt kein Recht oder einen Anlass, uns so zu behandeln. Was ist aus dem coolen Mädchen geworden, welches sich als Pria vorgestellt hat? Eine eifersüchtige boshafte Person, die niemanden auszustehen scheint."

Der verkniffene Gesichtsausdruck auf ihrem Gesicht weicht einem verschämten Blick auf den Boden. „Es tut mir leid", flüstert sie mit erstickter Stimme.

„Hoffen wir, dass du es ernst meinst", sage ich und richte mich wieder auf, lasse Pria los und setze mich zurück in meine Ecke.

„Dann können wir ja jetzt weitermachen", erwidert Lian gut gelaunt und alle Beteiligten nicken. Wir diskutieren noch eine Weile über mögliche Bedeutungen und stellen die unwirklichsten Theorien auf, doch dann räuspert sich Pria. Sie hat schon eine ganze Weile lang nichts mehr gesagt und so zucke ich erschreckt zusammen.

„Ich denke nicht, dass wir auf eine Lösung kommen, die wir auch wirklich als glaubwürdig und akzeptabel ansehen werden. Und von daher habe ich mich gefragt, ob es eventuell möglich wäre, meine Verbindung in die andere Richtung zu nutzen." Sie wirkt verlegen.

Ich verstehe nicht ganz, also schaue ich sie abwartend an.

„Was ich damit meine, ist", fährt Pria fort, als wir nichts darauf erwidern und sie in unsere fragenden Gesichter sieht, „dass ich versuchen kann, in Jolinas Gedanken einzutauchen. Ich habe noch nie darüber nachgedacht, ob dies möglich wäre und ich bin mir auch nicht so sicher, wie ich das anstellen soll, aber ich meine, versuchen kann ich es ja mal. Diese Aktion birgt nur das Risiko, dass Jolina davon erfährt und das wird sie nicht gerade begeistern."

Ich schlucke, denn es wäre ein riesengroßer Schritt, wenn es wirklich funktionieren würde. Eine Gelegenheit, die wir nicht ausschlagen können. Vielleicht sogar die einzige Möglichkeit, die wir haben. Es könnte uns Antworten auf all unsere Fragen bringen. Klarheit schaffen. Risiko hin oder her, wir müssen es wagen, Pria muss es einfach versuchen.

„Mach es“, sage ich mit Aufregung in der Stimme.

Auch Kasra scheint begeistert. „Ja, du musst es versuchen. Das wäre ja einfach super, wenn du das schaffen würdest.“ Ihre Augen beginnen zu leuchten. „Dann müssten wir nie wieder herumrätseln. Du könntest einfach so in ihren Kopf spazieren und wir hätten die Lösung.“

„So einfach, wie du es hier beschreibst, ist es ganz und gar nicht. Erst einmal muss ich überhaupt herausfinden, wie das funktionieren könnte. Bisher habe ich einfach nur auf Jolinas Eintreffen gewartet. Ich weiß nicht einmal, wie sie es macht. Sie ist irgendwann einfach da.“

Ich lege ihr beruhigend eine Hand auf die Schulter und sage leise: „Versuch es einfach; wenn du es nicht schaffst, wird niemand sauer auf dich sein. Es kann doch nur besser werden. Entweder es klappt oder es klappt nicht. Ganz egal. Und ich glaube fest, dass du das schaffen kannst.“

„Ich finde es irgendwie merkwürdig, dass du so nett zu mir bist, obwohl ich die ganze Zeit über so gemein zu dir war. Das ist mir echt unangenehm!“

„Ähm, Entschuldigung?“, sage ich verwirrt und sie fängt an zu lachen. Dann schließt sie die Augen und eine Falte bildet sich auf ihrer Stirn.

Chapter 21

Pria

Ich kneife die Augen zusammen, konzentriere mich ganz auf das Gefühl, welches immer dann eintritt, wenn sich Jolina bei mir in den Geist einklinkt. Vor meinem inneren Auge tanzen kleine Punkte, doch ich drücke meine Augenlider noch fester nach innen. Fieberhaft durchkämme ich mein Gehirn, auf der Suche nach dieser einen Empfindung der geteilten Seele. Viele Kisten - bis zum Rand gefüllt mit Erinnerungen - türmen sich vor mir auf und ich beginne, sie zu durchwühlen. Nichts ist nummeriert oder mit Daten versehen. Wahllos aufgestapelt und dahin gestellt, wo gerade Platz war. Ich würde niemals so schlampig arbeiten. Aber das hier bin doch ich, mein Gehirn, mein Unterbewusstsein. Ich knurre, vielleicht war ich früher einmal so chaotisch, aber jetzt nicht mehr. Jetzt verläuft mein Leben nach Plan, ich richte mich an genaue Vorschriften und folge den aufgestellten Richtlinien.

Ich nehme mir den nächsten Stapel vor, öffne den Deckel und wühle mit bloßen Händen durch meine Vergangenheit. Wieder kein Treffer. Und auch nach der nächsten und übernächsten Kiste kann ich keinen Erfolg verzeichnen. Suchend blicke ich mich um, ob ich wohl wenigstens einen Extrastapel für Empfindungen angelegt habe? Auch nach längerem Betrachten kristallisiert sich kein eindeutiger Gefühlsstapel heraus.

Ich trete wütend gegen eine große braune Kiste. Wenn es so weiter geht, sitze ich hier bis zum Ende meiner Tage und in der allerletzten Aufhäufung, ganz unten, finde ich dann endlich das Gesuchte. Als alte Frau, vermutlich würde ich es dann gar nicht mehr erkennen, ich hätte vergessen, nach was ich überhaupt all die Jahre gesucht habe. Die Kiste kippt und der Deckel löst sich. Heraus fallen viele Briefumschläge, die meisten sind grau oder gelblich verfärbt, doch einer sticht mir strahlend weiß ins Auge. Ich bücke mich, hebe ihn auf und versuche, ihn zu öffnen. Er ist fest verschlossen und lässt sich nicht aufreißen, so als würde ihn eine weitaus stärkere Kraft verschlossen halten als ein einfacher Klebestreifen. Ich bin enttäuscht, dass ich nicht einmal in meinem eigenen Gehirn in der Lage bin, einen lächerlichen Briefumschlag zu öffnen. Dabei ist dies doch alles nur eine Art Traum, es ist unreal, eine Vorstellung meinerseits. Ich sollte in der Lage sein, alles zu können - sogar zu fliegen, wenn ich das wollte. Ich greife in meine Jackentasche und ein triumphierendes Lächeln breitet sich auf meinem Gesicht aus als sich meine Finger um den kühlen Gegenstand aus Metall schließen.

Ich ziehe das Messer hervor und reiße den Briefumschlag auf. Nebel kriecht aus ihm empor und ich fühle die vertraute Anwesenheit Jolinas. Ich habe es gefunden, denke ich noch, dann umhüllt mich der Dunst schon völlig und ich tauche in ihn hinein, als wäre er aus Wasser. Nach Luft schnappend tauche ich auf und befinde mich in einem großen weißen Raum. Nebelschwaden wandern noch immer zu meinen Füßen. Nur weiße Wände um mich herum. Weder Türen noch Fenster gestatten mir einen Blick nach außerhalb. Oder darauf, hier überhaupt wieder herauszukommen.

Ich konzentriere mich wieder ganz auf das Gefühl der Zweisamkeit und erblicke die Tür, welche sich langsam am anderen Ende des Raumes verdichtet. Sie ist schlicht und ebenfalls weiß, fast wäre sie mir überhaupt nicht aufgefallen, doch das filigrane Goldmuster, was die Tür durchzieht, verrät sie. Ich renne zu ihr hinüber und versuche, ein paar klare Gedanken zu fassen, da mir scheint, dass dies jetzt ziemlich notwendig ist. Ich lege meine Hand auf den goldenen Knauf. Er ist kalt wie Eis und ich ziehe meine Finger mit einem leisen Aufschrei wieder zurück. Nur wenige Augenblicke später lasse ich meine Hand in meinem Jackenärmel verschwinden und versuche es mit eingepackten Fingern noch einmal. Es ist immer noch kalt, aber auszuhalten. Und ich drehe am Knauf, nichts rührt sich. Ich drehe noch einmal, dann rüttele ich an der Tür. Sie bewegt sich kein Stück und ich haue meinen Kopf verzweifelt gegen das von Eisblumen überzogene Holz. Dann kommt mir eine Idee und ich strecke meine Hand hervor und lege sie ohne zu zögern auf das kalte Metall, meine Finger frieren augenblicklich fest. Doch einen Herzschlag später durchfließt mich eine Wärme; sie reicht bis in meine Fingerspitzen und geht in den Türgriff über. Es ist mein Unterbewusstsein, habe ich doch gesagt.

Die Tür entfrostet und gibt mit einem leisen Klacken meinem Druck nach. Vor mir tut sich ein gewaltiger Gang auf, unendlich lang und scheinbar ohne Ende. Ich trete durch die Öffnung und augenblicklich löst sich der weiße Raum in Nebel auf. Ich blicke über meine Schulter und beinahe wäre ich hinten rübergekippt und in die Tiefe gestürzt. Schnell mache ich einen weiteren unsicheren Schritt nach vorne, weg von dem schwarzen Abgrund, welcher sich nur wenige Schritte von mir entfernt auftut. Das letzte Stück des Bodens, das Stück, auf dem ich stehe, beginnt zu bröckeln. Aufgeschreckt mache ich einen Satz nach vorne und der Boden bricht hinter mir weg. Immer größere Stücke beginnen zu abzubrechen, so als wollte sich der gesamte Flur unter mir nach und nach auflösen. Eilig beschleunige ich meine Schritte, um ans andere Ende des

Korridors zu gelangen. Wer weiß, wie lange ich schon weg bin. Nachher werde ich noch von den anderen aus meiner Konzentration gerissen und muss den ganzen Weg noch einmal von vorne gehen.

Ich kann mir auch nicht vorstellen, das Jolina jedes Mal eine halbe Ewigkeit braucht, um in meinen Kopf zu gelangen. Das wäre ja unglaublich umständlich und zeitaufwendig. Alles scheint so, als wollte sie mich unbedingt aus ihrem Kopf fernhalten. Das ist nicht fair, denke ich mir im Weiterlaufen. Im Laufschritt lasse ich die Wände mit dieser grausigen Tapete voller verblichener Streifen an mir vorbei rasen. Sie blättert schon an einigen Stellen ab und lässt die kahle Backsteinwand durchblitzen. Die Holzverkleidung am unteren Ende der Wand passt sich farblich perfekt dem dunkelbeigen Teppichboden an, bemerke ich, kurz bevor ich an dem grauen Durchgang ankomme. Sie sieht aus wie eine exakte Nachbildung der weißgoldenen Tür, welche ich eben durchschritten habe, nur das sie grau ist und die Schnörkel in einem silbrigen Ton schimmern. Ich öffne sie ohne Probleme mit einem gezielten Tritt und trete ein. Da soll nochmal einer sagen, Gewalt wäre keine Lösung.

Das Einzige, was mich von den grauen Wänden, dem grauen Boden und der grauen Decke ablenkt, ist der alte, durchgesessene Sessel in der rechten hinteren Ecke. In einem leichten Rosaton und mit einer wunderschönen Bordüre am unteren Ende zeichnet er sich vor dem grauen Hintergrund ab. Als ich einen Fuß auf den glatten Boden setze, schlägt dieser Wellen und es fällt mir schwer, mich aufrecht zu halten, während ich in die Mitte des Raumes wanke. Dort angekommen, beginnen meine Füße langsam einzusinken. Immer weiter zieht mich der Boden hinab. Ich bin mir nicht sicher, wie normal dies hier alles ist oder ob es nicht doch eine einzige große Falle ist - aufgestellt von Jolina, um mich aus ihren Gedanken rauszuhalten. Mit einem ploppenden Geräusch zieht mich der Boden vollends in sich hinein, nachdem ich alle verzweifelten Versuche, mich zu befreien, aufgegeben habe. Er schließt sich über mir wieder, so als wäre nichts passiert. Für einen kurzen Moment bekomme ich keine Luft mehr, dann falle ich von der Decke in einen weiteren Raum.

Unsanft lande ich auf dem harten Boden und das große Regal vor meiner Nase wankt, von meinem Aufprall erschüttert. Und endlich begreife ich, ich habe es tatsächlich in ihren Kopf geschafft. Es ist hier viel weitläufiger und organisierter als bei mir. Lange und meterhohe Regale türmen sich nebeneinander auf und bilden eine Art Irrgarten, in dem ich krampfhaft versuche, mich zurechtzufinden.

„Gut gemacht", donnert eine Stimme durch den gesamten Raum. „Ich hätte nicht gedacht, dass du es bis hierhin schaffst. Viele vor dir sind schon beim Öffnen des Briefes gescheitert. Ich will erst gar nicht von denen anfangen, die diesen nicht einmal gefunden haben. Fast wärst du im Gang in die Tiefe gestürzt und ich muss sagen, ich hätte zu gerne gewusst, was dann mit dir passieren würde. Denn selbst bis zum Gang ist noch niemand anders vor dir vorgedrungen, also wäre es interessant, herauszufinden, was mit euch geschieht, wenn ihr nicht mehr zurückkönnt. Ich muss dich loben, Pria, du hast mir ein weiteres Mal bewiesen, dass du die Richtige für all das hier bist und ich mich deshalb mit dir verbunden habe. Aber natürlich kann ich es nicht dulden, wenn du einfach weiterhin in meinem Kopf herumspazierst und meine Ordnung durcheinanderbringst. Ich weiß zwar nicht, wonach du genau suchst, aber du wirst es nicht finden, weil ich dich jetzt bitten werde, zu gehen. Und ich werde es kein weiteres Mal tun."

„Aber wieso darf ich nicht hierbleiben? Ich meine, du bist doch auch ständig bei mir. Ich finde es nur fair, wenn dies auf Gegenseitigkeit beruhen würde."

Ein Lachen ertönt. "So… findest du das?"

Ich robbe vorwärts und lasse meinen Blick über die sorgfältig beschrifteten Regale gleiten. Ich habe Glück, dass das Stichwort, nach dem ich suche, mit A beginnt und ich mich nicht erst bis beispielsweise Q durcharbeiten muss.

„Was machst du da?", donnert die Stimme von Jolina wieder über mich hinweg. „Du sollst gehen, habe ich gesagt. Und zwar sofort."

Ich weiß, denke ich, doch ich kann jetzt nicht einfach aufgeben, nicht, wo ich schon so weit gekommen bin. Ich sehe die goldene Plakette mit dem eingravierten Wort „Augen" auf meiner linken Seite und krabbele darauf zu. Dann richte ich mich auf, greife nach dem Ordner und ziehe ihn möglichst unauffällig heraus. Sofort lasse ich ihn hinter meinem Rücken verschwinden – in der Hoffnung, Jolina würde ihn dort nicht sehen. Es bleibt mir keine Zeit, zu überprüfen, ob dies der Ordner mit den gewünschten Informationen ist oder ob er lediglich Erinnerungen an die Augen ihres geliebten Mannes beinhaltete, welcher vor mehreren Jahren von der Darkness-Organisation geschnappt worden ist, doch natürlich hat Jolina alles gesehen.

„Leg das sofort wieder hin", brüllt sie aufgebracht und der Raum beginnt zu beben.

„Ich werde jetzt gehen und entschuldige mich für das unerlaubte Eindringen in deine Gedanken. Ich hoffe, du kannst es mir verzeihen. Ich war neugierig, ob ich es schaffen würde und da dies jetzt geklärt ist, gibt es keinen Grund für mich zu bleiben oder ein weiteres Mal wiederzukommen", sage ich steif und darauf bedacht, nicht umzufallen. Ich gehe rückwärts auf einen Torbogen zu, welcher monströs den Ausgang zu symbolisieren scheint.

„Ich weiß, was du da hinter deinem Rücken hast, Pria, und es gehört dir nicht“, sagt Jolina bedrohlich und mit viel zu ruhiger Stimme.

Ich antworte nicht.

„Was du da hinter deinem Rücken vor mir verbirgst, steht dir nicht zu. Es ist meins und du wirst alles kaputt machen“, brüllt Jolina jetzt.

Ich gehe weiter rückwärts und werfe einen Blick über meine Schulter, noch gute 10 Meter ist der rettende Torbogen von mir entfernt. „Ich habe nichts hinter meinem Rücken versteckt“, versichere ich ihr scheinheilig.

„Du lügst, ich habe es doch gesehen. Du bist hier in meinem Kopf, ich sehe alles“, donnert die Antwort durch den Raum, „und ich kann es nicht ausstehen, wenn mich jemand anlügt und das weißt du.“

Das ist der Moment, in dem ich mich umdrehe und losrenne. Ich weiß nicht genau, vor was ich weglaufe, da Jolina in dieser Art der Wirklichkeit nur eine Stimme zu sein scheint, aber sicher kann ich mir da nicht sein. Und vor allem weiß ich nicht, warum ich auf einmal solch eine Angst vor ihr habe. Den Ordner fest an meine Brust gepresst, steuere ich auf die große Öffnung zu, als ein Gestell zur Seite kippt und mir den Weg versperrt. Das Beben hat zugenommen und auch die restlichen Regale wackeln gefährlich, während sich schon einzelne Ordner verabschieden und polternd zu Boden fallen.

„Bleib stehen, Pria, und gib mir sofort mein Eigentum wieder.“ Die laute Stimme schmerzt in meinen Ohren und ich habe das Gefühl, mein Kopf würde explodieren, wenn sie mich auch nur ein weiteres Mal anbrüllt.

Ich schüttele den Kopf und ducke mich unter dem Hagel aus herausfallenden Mappen weg, welche zielsicher auf mich zusteuern.

„Wir sind doch immer noch auf einer Seite, sei nicht dumm, Pria, und gib mir den Ordner zurück."

Vor mir erscheint eine freie Stelle in einem der noch stehenden Regale, als ich unter dem umgestürzten hervorkrieche und mich aufrappele. Gerade groß genug für meine Beute.

„Du hättest doch einfach mit mir reden können; anstatt das zu tun, beklaust du mich lieber? Ich habe dich für durchaus klüger und loyaler gehalten und ich sage es dir nur noch ein weiteres Mal. Gib mir den Ordner."

Ich stolpere hastig weiter „Und was hätte es genützt, mit dir zu reden?", bringe ich zwischen zwei japsenden Atemversuchen hervor. „Immer, wenn ich es versucht habe, bist du ausgewichen. Selbst mich hast du nie wirklich in deine Pläne eingeweiht, dabei sind wir verbunden. Ich fand es okay, dir blind zu vertrauen, solange bis mir die Augen geöffnet wurden. Du benutzt uns alle und das so gut wie jeden Tag."

Ich habe den Torbogen fast erreicht, als sich ein Tisch mit lautem Quietschen vor mich schiebt und mit der Platte zu mir hin umfällt. Ich schwinge ein Bein darüber und ziehe meinen Körper nach. Nicht, ohne den Ordner fest umklammert in meinen schwitzenden Händen zu halten. Ein weiterer Tisch rutscht mir in den Weg und ich lasse mich unter ihm durchgleiten. Nur langsam tauche ich aus dem sumpfartigen Boden auf und auch der Weg hin zur grauen Tür ist aufgrund des wabernden Bodens nur schwer zu bewältigen. Außer Atem renne ich in den schier endlosen Korridor an den hässlichen Wänden vorbei, hin zu dem nebligen Raum mit dem eisigen Türgriff. Ein zweites Mal durchflutet mich die Wärme, auch wenn sie dieses Mal mit Hektik angefüllt ist und ich immer wieder einen nervösen Blick nach hinten werfe. Vielleicht erwarte ich, dass Jolina mir nun in ihrer menschlichen Gestallt hinterherrennt. Als ich in den Nebel eintauche, ist der einzige Gedanke in meinem Kopf: „Hoffentlich sind die Papiere gleich nicht durchnässt, dann wäre alles umsonst gewesen." Prustend tauche ich in meinem Kopf wieder auf und überlege hektisch, wie ich nun von hier wieder weg, in die richtige Wirklichkeit gelangen kann. Ich packe den Ordner unter einen Stapel mitten im Raum und hoffe, dass Jolina ihn dort nicht sofort finden wird und ich Zeit habe, mich daran zu erinnern. Dann probiere ich, meine Augen aufzumachen, aber es ist schwerer als gedacht, doch dann blinzele ich erleichtert und die Welt vor meinen Augen verschwimmt, mir wird schlecht.

Als endlich alles wieder klar wird, schauen mich drei erwartungsvolle Augenpaare an. Ich stöhne und übergebe mich erst einmal. Angewidert rutscht Kasra ein Stück von mir weg, was mir recht ist, so nah wie sie mir eben auf die Pelle gerückt ist. Linn hält mein Haar zurück und schaut mich abwartend an.

„Ist schon wieder gut", sage ich und versuche, den ekelhaften Geschmack in meinem Mund zu ignorieren.

„Und - hast du es geschafft?" Lian sieht mich voller Anspannung an und ich nicke nur schwach.

Dann berichte ich ihnen von dem kompletten Weg, wie mich Jolina gefunden hat und wie vollkommen verändert sie mir plötzlich erschienen ist.

„Ja und hast du jetzt das, was wir brauchen?", fragt Kasra aufgeregt, als ich mit meiner Schilderung zu Ende bin.

„Ich weiß es ehrlich gesagt noch nicht. Ich hatte keine Zeit, den Ordner aufzuschlagen und nachzusehen. Ihr könnt euch sicher vorstellen, dass ich einfach nur froh war, als ich da endlich heil wegkonnte."

„Und wie kommen wir da jetzt dran?" fragt mich Linn mit hochgezogener Augenbraue.

„Ich denke", beginne ich zögerlich, „dass sich die Informationen jetzt in meinem Gedächtnis befinden, da ich sie ja auch genau dort liegen gelassen habe."

„Wahnsinn", unterbricht mich Kasra. „Das ist so irre, ich kann das gar nicht richtig glauben."

„Aha", sage ich nur wenig einfallsreich und fahre fort. „Es könnte eine Weile dauern. Ihr müsst wissen, es herrscht anscheinend nicht unbedingt die beste Ordnung in meinem Kopf, aber ich werde es schon finden."

Und ich beginne, meine Erinnerungen durchzukramen, aber diesmal auf die ganz normale Weise mit Nachdenken.

„Ich habe ihn", rufe ich aufgeregt, als ich auf den Ordner stoße. Ich öffne ihn und beginne vorzulesen. „Also hier steht: Ich brenne vor Liebe, wenn ich in seine wunderschönen Augen sehe. Ich fühle mich jedes Mal ein wenig mehr so, als könnte ich mich in ihnen verlieren und nie wieder herausfinden. Dieses mächtige Blau zieht mich in den Bann." Ich stoppe… ganz so, wie ich es eher scherzhaft vermutet hatte, befindet sich nun vor meinem geistigen Auge eine vor Liebe nur so triefende Ode an Jolinas einstigen Mann.

„Ich denke, dass ist die falsche Stelle", wirft Kasra ein. „Lies woanders weiter."

„Ja doch", knurre ich; als ob ich das nicht selber gemerkt hätte. „Das Licht ist für uns das Wichtigste. In unserer Zeit ist es mittlerweile so weit gekommen, dass wir fast komplett davon abgeschottet wurden. Wir haben nur noch eine einzige Chance, unser Schicksal zu ändern. Wir müssen das Licht zurück in unsere Stadt holen und es aktivieren. >Notiz an mich: Es ist für die Ausführung des Planes (siehe Ordner Plan) sehr wichtig, dass die Existenz der Lichter ein Geheimnis bleibt. < Erst, wenn die Zeit reif ist, werde ich mich ihnen anvertrauen und gemeinsam lösen wir die Rettung aus. Je mehr Menschen ihre Existenz verbreiten könnten, desto schwieriger wird es für mich, sie hinauszuschicken. Der Rat darf nicht wissen, was ich weiß. Auch wenn unsere Augen uns verraten, werde ich mein Möglichstes tun, davon abzulenken. Doch das Wichtigste jetzt ist es, herauszufinden, wie ich die Aktivierung einleiten kann. Erst dann können wir richtig loslegen. Bis dahin muss ich sie irgendwie hinhalten."

Der Eintrag endet und alle schweigen.

„Habt ihr das alles verstanden?", fragt Kasra kleinlaut. „Wenn ja, könnt ihr mir das bitte erklären?"

Ich runzele die Stirn und beginne das wiederzugeben, was ich aus dem Text herauslesen konnte. „Also, wie ich das verstanden habe, geht es darum, dass der Rat nur mit Hilfe der Aktivierung des Lichtes gestürzt werden kann und wir uns mit unseren Angriffen nur die Zeit vertrieben haben, weil Jolina nicht weiß, wie sie diese Aktivierung starten kann."

Kasra nickt. „So ein Mist! Und ich habe immer geglaubt, wir würden mit jedem Anschlag etwas total Großes und Nützliches vollbringen."

„Dabei haben wir uns die ganze Zeit nur auf einer Stelle bewegt und sind niemals weitergekommen", stimme ich ihr zu.

Linn meldet sich zu Wort. „Außerdem wollte Jolina niemanden einweihen, falls ihr geschnappt worden wärt. Denn dann hätten sie es ganz sicher aus euch herausbekommen."

Ich nicke. „Ja, jetzt ist wenigstens das geklärt und ich kann sie auch verstehen. Aber sie hätte es uns doch genau so erklären können oder etwa nicht?"

„Und jetzt zu dem Kernpunkt des Ganzen", wirft Lian ein, „was hat das jetzt mit den Augen zu tun? Und liege ich richtig, wenn ich davon ausgehe, dass auch Jolina zu unserem Club der coolen Augen gehört?"

„Ich denke schon", meint Linn sachlich. „Schließlich hieß es ja: Auch wenn UNS UNSERE Augen verraten. Also ist sie mit von der Partie."

„Also dann haben wir Jolina, Linn und Lian", zählt Kasra die drei Namen an ihren Fingern auf. „Sonst noch irgendwer?"

Alle schütteln den Kopf. Plötzlich durchzuckt es mich. „Welche Lichtquellen kennt ihr alles?“, frage ich aufgeregt in die Runde.

„Also ich kenne Glühbirnen und…“, fängt Kasra an aufzuzählen, doch ich unterbreche sie.

„Nein, nicht die, die wir auch hier haben. Nur diese, vor denen sie uns abschirmen wollen. Die natürlichen.“

„Sonne, Mond und Sterne“, grinst Linn. „Der Mond ist das Beste. Er ist so groß und ändert jede Nacht seine Gestalt. Er ist einfach wunderschön. Am liebsten mag ich den Vollmond. Und dann gibt es noch die besonderen Nächte, wo zum Beispiel ein Blutmond hoch am Himmel steht.“ Sie holt Luft. „Ach, das langweilt euch bestimmt.“

Ich schüttele ganz langsam den Kopf. Eine Gänsehaut breitet sich auf meinen Armen aus. „Was ist, wenn das das ganze Geheimnis ist?“ frage ich sie vor Aufregung angespannt.

Kasra runzelt die Stirn „Und was?“, fragt sie dann gedehnt, so als wäre ich verrückt geworden. Und bei dem, was ich ihnen gleich unterbreiten werde, fühle ich mich auch ganz so.

„Was ist, wenn es so ist? Drei Lichtquellen und drei Menschen mit besonderen Augen. Jeder der drei übernimmt die Rolle einer dieser Lichtquellen.“

„Moment“, unterbricht mich Linn geschockt. „Du meinst, ich bin…“, weiter kommt sie nicht.

„Ja, das ergibt alles einen Sinn. Nehmen wir mal an, du stehst für das Mondlicht, was auch perfekt zu deinen Augen passen würde. Dann würde Lian mit seinen goldbraunen Augen das Sonnenlicht symbolisieren und Jolina stände für das Licht der Sterne.“

„Das klingt verrückt“, sagt Kasra skeptisch.

„Ich weiß“, antworte ich ihr - immer noch voller Adrenalin. „Aber mir ist heute schon so viel Verrücktes passiert, was ich am liebsten überhaupt nicht glauben würde, da erscheint mir die Tatsache, dass Linn das Mondlicht ist, wie das Normalste von der Welt.“

„Stopp, stopp, stopp - erstmal ist das keine Tatsache“, bremst Kasra mich „und zweitens: woher sollen wir wissen, dass du nicht einfach völlig durchgedreht bist? Pria, du bist plemplem. Kein Mensch kann irgendein Licht sein.“ Sie wedelt mit einer Hand vor ihrem Gesicht herum, um mir zu signalisieren, wie verrückt ich geworden bin.

„Und was ist, wenn es tatsächlich so ist?“, wirft Linn zögerlich ein. „Ich meine, es kann ja durchaus sein. Ich bin früher in jeder Vollmondnacht geschlafwandelt und einschlafen konnte ich auch nur, wenn ich den Mond von meinem Bett aus sehen konnte. Eine Zeitlang habe ich sogar gedacht, dass er zu mir spricht. Aber dann bin ich älter geworden und habe nicht mehr daran geglaubt und mich für verrückt erklärt.“

„Und ich habe nie einen Sonnenbrand bekommen“, springt Lian helfend ein. „Auch nicht, als ich im Hochsommer den ganzen Tag draußen verbracht habe, ohne mich in den Schatten zu stellen. Elena hat mich jedes Mal ermahnt und war dann immer total sauer, wenn sie einen roten Rücken davongetragen hat und ich nicht einmal eine gerötete Nase. Außerdem bin ich auch im Winter knackig braun. Noch etwas, was Elena genervt hat.“ Er lächelt bei der Erinnerung.

„Das sagt doch gar nichts“, flüstert Kasra verunsichert.

„Und ich liebe es, in der Sonne zu liegen“, wirft Lian noch ein. „Erst dann fühle ich mich wirklich lebendig.“

„Okay“, gibt Kasra auf. „Nehmen wir also an, es würde tatsächlich stimmen. Aber selbst wenn, wissen wir nicht, wie wir euch aktivieren können.“

Linn rutscht unentschlossen auf ihrem Platz herum. Ich fixiere sie mit meinem Blick. Was will sie vor uns verbergen? Sie räuspert sich leise. Keiner achtet auf sie. Ein weiterer, deutlich lauterer Räusperer folgt dem ersten. „Ich hätte da eventuell etwas, was uns weiterhelfen könnte", sagt sie schüchtern. „Ich habe es noch keinem gezeigt und vielleicht ist es auch etwas komplett anderes und bringt uns auf eine falsche Spur." Sie schweigt wieder.

„Zeig her", sage ich und sie greift in ihre Jackentasche und holt einen zusammengefalteten Zettel heraus.

„Ich habe es entdeckt, als ich aus Versehen Großmutters Spiegel fallen gelassen habe. Er ist zerbrochen und zum Vorschein kam dieser Zettel." Sie faltet ihn vorsichtig auseinander und beginnt vorzulesen, was dort in schnörkeligen Buchstaben steht.

Schattenlied

Wenn spätabends in frühmorgens übergeht,
wenn der Mond trotz Sonne noch am Himmel steht,
wenn das Sternenlicht funkelt beim ersten Hahnenkrähen,
dann wird das Dunkel das Helle übersehen.
Ein funkelnder Regen erstickt den Nebel.
Ein Traum oder Wahrheit?
Zum Greifen nah oder fern?
Besiegelt das Schicksal, um die Antwort zu klären.
Ein Fehler
und ist er noch so klein
löscht die Flamme,
er wird der Auslöser sein.
Richtet den Blick gen Himmel,
dem Band aus Rauch hinterher.
Dunkel wird herrschen,
Licht gibt es nimmermehr.
Du kannst alles zum Guten,
zum Schlechten wenden.
Das Schicksal liegt nun
in deinen Händen.

Als sie fertig ist, entsteht eine Pause, in der wir über das eben Gehörte nachdenken. Linn hat recht. Es hört sich so an, als könnte es die Lösung für unser Dilemma sein. Aber dazu wartet erst einmal ein Haufen Arbeit auf uns, denn wir müssen dies alles deuten und entschlüsseln.

„Also", beginne ich, „fangen wir mit der ersten Strophe an und klären, was sie bedeuten könnte."

„Oh, oh, das ist leicht", brüllt Kasra. „Damit ist die Tageszeit gemeint, in der wir die Aktivierung durchführen können. Nämlich ganz früh am Morgen, wenn es schon hell ist, aber der Mond noch zu sehen ist. Also, wenn sich Mond und Sonne begegnen. Irgendwie romantisch, wenn man sich vorstellt, dass die zwei ein Liebespaar wären und sich nur in dieser kurzen Zeit sehen könnten."

„Ich finde das eher traurig", sagt Linn mit gesenkter Stimme.

„Die zweite Strophe ist dann schon etwas schwerer", murmelt Lian nachdenklich. „Ich habe keine Ahnung, was mit einem funkelnden Regen gemeint sein sollte. Oder was diese dämlichen Fragen sollen."

Ich grübele, doch auf die Schnelle fällt mir da auch keine Erklärung ein.

„Okay, überspringen wir die und schauen uns lieber die dritte an", meldet sich Linn. „Das bedeutet dann wahrscheinlich, dass wir keine Fehler machen dürfen. Denn wenn uns doch einer unterläuft, ist er der Auslöser für unser Scheitern und die Flamme, welche für das Licht steht, geht aus." Nach einem kurzen Zögern fügt sie hinzu: „Was natürlich heißen könnte, dass wir sterben."

„Die nächste mache ich", rufe ich und beginne. „Hier werden dann die Auswirkungen beschrieben, falls wir scheitern. Es scheint so, als hätten wir dann keine Chance mehr, irgendetwas zu drehen und ins Positive umzuwandeln. Wir haben nur eine einzige Chance."

„Das klingt nicht so gut", meint Kasra und kaut an ihren Fingernägeln. „Und die letzte Strophe sagt nur aus, dass ihr es entweder schaffen oder vergeigen könnt. Nicht sehr hilfreich. Also müssen wir die zweite Strophe entschlüsseln, sonst kommen wir nicht wirklich weiter." Nachdem sie dies gesagt hat, widmet sie sich wieder voll und ganz ihrer Maniküre.

„Das müssen wir wohl", seufze ich und streiche mir das Haar aus der Stirn. „Wenn ich nur wüsste, was damit gemeint ist."

„Hallo", fällt Kasra mir ins Wort. „Wenn wir wüssten, was damit gemeint ist. Wir sind ja ein Team."

Linn lacht. „Ja, das sind wir wohl."

Chapter 22

Linn

Der Junge gegenüber von mir beugt sich wispernd zu dem Mädchen zu seiner Rechten. Ich mustere ihn argwöhnisch. Weiß er nicht, dass er sich gerade der Klatschtante schlechthin offenbart? Was er ihr gerade mitzuteilen versucht, weiß sie höchstwahrscheinlich sowieso schon. Wenn ich nur verstehen könnte, was er sagt. Denn „Stuh schn von Bns Ofnbring grt" hört sich nicht sonderlich aufschlussreich an und so rutsche ich unauffällig ein paar Meter weiter nach vorne. Und was ich dann mitbekomme, gibt mir ein ungutes Gefühl, denn ich weiß, dass ich daran schuld bin.

„Sie hat angeblich total verstört geguckt und dann geantwortet: „Schätzchen, mit dir doch nicht. Für wen hältst du dich?""

„Echt jetzt?" Ein erstaunter Ausdruck schleicht sich in das Gesicht der Klatschtante, ein seltener Anblick, den man voll und ganz auskosten muss. „Pria würde so etwas doch niemals sagen. Also ich meine, reden wir hier von derselben Pria? Weißt du, ich bin zwar für alle Neuigkeiten zu haben, aber verarschen lasse ich mich dann doch nicht." Die Klatschtante steht ärgerlich auf und ich folge ihrem Beispiel hastig. Wenn ich mit dem richtig liege, was ich vermute, dann hieß der komisch verdrehte Satz von vorhin nicht „Stuh schn von Bns Ofnbring grt", sondern „Hast du schon von Bens Offenbarung gehört?"

„Oh, nein", sage ich mit schlechtem Gewissen und versuche, Ben ausfindig zu machen. Als ich ihn endlich sehe, befinde ich mich weit weg von den anderen - mal wieder im Ort der tausend Tränen, wie ich den Gang mit der großen Pfütze getauft habe.

„Hey", sage ich schüchtern. „Willst du mit mir darüber reden?", frage ich leise und unbehaglich.

„Eigentlich möchte ich gerade mit keinem reden", murmelt Ben ebenfalls leise.

Ich nicke und wende mich ab. Ich kann ihn verstehen. „Es tut mir so leid", sage ich bedrückt und reibe mir fröstelnd die Arme.

„Linn?"

„Hm?", mache ich, bleibe stehen und drehe mich wieder um.

„Es ist doch nicht deine Schuld."

„Aber ich habe dir gesagt, dass du sie fragen sollst. Ich habe dich ermutigt und ohne mich wärst du jetzt nicht so traurig, enttäuscht und..." Weiter komme ich nicht.

„Dann hätte ich sie wann anders gefragt und ich wäre zu einem anderen Zeitpunkt enttäuscht worden. Die Leute hätten irgendwann später darüber diskutieren können, was sie geantwortet hat." Ich sehe den Schmerz in seinen Augen.

„Was hat sie denn gesagt?", erkundige ich mich vorsichtig, nicht sicher, ob das jetzt der richtige Zeitpunkt für diese Frage ist, aber ich muss sie einfach stellen. Ich weiß ehrlich nicht, wie man auf die Idee gekommen ist, Pria anzudichten, sie würde Schätzchen sagen und den armen Ben wie eine fiese Diva abweisen.

„Sie hat schlicht und einfach gesagt, dass diese Welt viel zu grausam wäre, als dass man sich ausruhen dürfe, um sich so banalen Dingen wie der Liebe zu widmen. Außerdem hat sie noch betont, dass sie einfach keine Zeit hätte und es nicht an mir liegen würde, ich mir aber das nächste Mal doch bitteschön einen besseren Moment aussuchen solle und sie mich ansonsten echt cool findet. Ja, sie hat sogar gesagt, dass sie zu einem anderen Zeitpunkt ja gesagt hätte. Und was, bitteschön, bringt mir das?"

„Also war es doch ein bisschen meine Schuld", sage ich zerknirscht.

Ben schüttelt den Kopf, dann lacht er gequält auf. „Es ist ja nicht einmal so, dass ich über ihre Reaktion sonderlich geschockt bin. Das ist einfach eine zu typische Antwort für Pria. Doch ich hätte mir schon eine andere gewünscht. Es ist einfach ein richtig beschissenes Gefühl und ich weiß, dass es komisch sein wird, sie das nächste Mal zu sehen. Ich kann den Kontakt ja nicht abbrechen, das will ich ja gar nicht. Aber ich kann ihr hier unten nicht einmal aus dem Weg gehen. Und alle wissen es. Sie werden unsere ausweichenden Blicke sehen und uns mit interessierten Augen inspizieren. So wie bei dir und Lian. Ich hasse es."

Ich nicke, nun ebenfalls gequält. Wer hätte sich nicht gewünscht, dass aus ihnen etwas wird? „Sie weiß gar nicht, was sie verpasst", sage ich leise „Aber manchmal sind wir einfach dumm. Und erst im Nachhinein wird uns klar, dass wir gerade einen riesengroßen Fehler begangen haben und alles so schön einfach sein könnte, wenn wir nur für einen kurzen Moment auf unser Herz und nicht auf unseren Verstand gehört hätten."

„Du sagst das so, als sprichst du aus Erfahrung." Ben kommt zu mir herübergerutscht und ich lasse mich neben ihm auf den Boden fallen.

„Erfahrung kann man es nicht nennen, aber die Situation war schon ähnlich." Und leise füge ich hinzu: „Viel zu ähnlich - leider."

Er legt einen Arm um mich. „Dann fühlen wir uns jetzt einfach zusammen mies“, beschließt Ben und lockt somit ein kleines Lächeln aus mir heraus.

Ich lehne mich an ihn und lasse meinen Kopf auf seine Schulter sinken. „Sag mir, was wir jetzt machen sollen“ sage ich, ohne meinen Kopf zu bewegen und ihn anzuschauen.

„Ich weiß es nicht, Linn. Vielleicht sollten wir einfach gar nichts tun. Unser Leben weiter leben, als wäre nichts geschehen. Es einfach vergessen.“

Ich schnaube. „Du meinst, du kannst es einfach ausblenden und nicht mehr daran denken? Ich will dich jetzt nicht beunruhigen, aber du wirst jedes Mal wieder daran erinnert werden, wenn du sie siehst. Es reicht schon, wenn Pria am anderen Ende des Raumes steht und du auf ihren Hinterkopf starrst. Und ich werde jedes verdammte Mal daran erinnert, wie dumm ich doch war, wenn Lian auch nur erwähnt wird. Verstehst du das, Ben? Er muss nicht einmal im selben Raum wie ich sein.“

Er lacht. „Und was hast du so unglaublich Dummes gemacht?“

Ich atme tief durch. Er ist der Erste, dem ich davon erzähle. Der Einzige, dem ich mein Herz öffne und ich hoffe, dass er der Richtige dafür ist. „Ich habe ihn abgewiesen, als er unseren Streit beenden wollte. Dabei habe ich mir nichts sehnlicher gewünscht, als endlich mit dem ewigen gegenseitigen Ignorieren aufzuhören und dann bekomme ich die Chance und vermassele sie.“

„Ich denke, das sieht er nicht so tragisch, wie du denkst“, muntert er mich auf.

„Das sagst du doch nur so“, erwidere ich und füge noch bitter hinzu: „Und selbst, wenn er nur halb so reagieren würde, wie ich es mir ausmale, wäre das eindeutig zu viel zum Verkraften.“

„Kann es sein, dass du die ganze Situation ein wenig dramatisierst?“, fragt Ben mit einem auffordernden Grinsen und einer erhobenen Augenbraue.

Ich weiß, dass er sie nur hebt, um mir zu zeigen, dass auch er diesen coolen Trick beherrscht, doch ich lasse mich davon nicht aus der Fassung bringen. „Nein, ganz und gar nicht. Wieso sollte ich das auch tun?“ Ich blicke Ben entrüstet an, was ihn noch mehr zum Lachen bringt.

„Oh doch, kleine Linn, ich weiß zwar nicht genau, warum, aber du tust es ganz gewaltig.“

Ich boxe ihm in die Seite. Einmal für das, was er gesagt hat, aber vor allem für die kleine Linn.

Er reibt sich gespielt die Seite. „Aua, wofür war das denn? Linn wechselt die Fronten. Sie kehrt nun hinüber zur dunklen Seite der Stadt.“ Dass seine dramatischen Worte nicht von irgendeiner total lächerlichen Musik unterlegt sind…

„Alles wieder gut?“, fragt er irgendwann.

„Alles wieder gut?“, wiederhole ich seine Frage.

„Ja“, antwortet er, ohne zu zögern.

„Dann ist bei mir auch wieder alles in bester Ordnung“, sage ich.

„Und was wäre, wenn ich nein gesagt hätte?“

„Dann hätte ich dir noch eine verpasst und meine Frage wiederholt“, sage ich gut gelaunt und stehe auf.

„Du bist unverbesserlich, Linn. Was würde ich nur ohne dich tun?“

„Vermutlich nicht viel“, helfe ich ihm auf die Sprünge. Und zusammen verlassen wir wieder besser gelaunt den traurigen Ort der tausend Tränen. Vielleicht würden Tausend auf Dauer nicht reichen, überlege ich und grübele über eine geeignetere Zahl nach. Doch mir fällt keine passende ein und der Ort der unendlich vielen Tränen scheint mir dann doch ein wenig übertrieben. Aber wer weiß schon, was die Zukunft bringt?

Möglicherweise finden die vielen Generationen nach uns den Gang und benutzen ihn auf dieselbe Art und Weise wie wir heute. Dann könnte der Name doch ganz passend sein. Aber vielleicht trocknet die Pfütze auch bald, nachdem wir die Welt gerettet haben, aus. Dann wäre es viel zu übertrieben.

***

Auch wenn ich stets optimistisch zu denken versuche, geistert Lian an diesem Tag unaufhörlich in meinem Kopf herum und ich beginne, mich beim Abendessen langsam zu fragen, ob er da vielleicht eingezogen sei. Doch dann entdecke ich ihn einen Tisch weiter und verwerfe den Gedanken ganz schnell. Dafür beginne ich mir immer öfter einzureden, dass ich nicht verrückt bin. Ich weiß nicht, ob es hilft, aber auf einen Versuch kommt es an.

Als ich gerade dabei bin, mich unter meine Decke zu manövrieren, kommt Ben angeschlendert. „Lian hat mich gerade gefragt, ob wir unsere Schlafplätze wieder zurücktauschen."

„Ja und?", will ich ihn anbrüllen und ein kribbelndes Glücksgefühl breitet sich in meinem gesamten Körper aus.

Doch es wird jäh gestoppt, als Ben fortfährt: „Aber was denkt er sich eigentlich? Er liegt gerade genau neben Pria, als ob ich da heute gerne mit ihm tauschen würde. Der Junge hat echt kein Gefühl für so was."

„Hm", murmele ich nur abwesend, voll und ganz darauf konzentriert, nicht gleich in Tränen auszubrechen. Ich war Lian für einen kurzen Moment so nah.

„Linn? Sag doch was. Du müsstest dich jetzt wie eine gute Freundin verhalten und mir zustimmen, was für ein riesiger Blödmann Lian…" Er stoppt, als er meine Grimasse sieht und schlägt sich mit der Hand gegen die Stirn. „Ach ja, Mist. Sorry

- hatte ich total vergessen. Ich tausche mit ihm, wenn du willst. Gar kein Problem. Ehrlich."

Ich schüttele nur lächelnd den Kopf und dann zwinge ich mich, ihm mitzuteilen, dass ich genauso gerne neben ihm liege, was sogar fast der Wahrheit entspricht, aber eben nur fast. Und dass ich ihm das niemals antun würde.

„Dann ist ja alles geklärt." Zufrieden schmeißt sich Ben auf sein Bett, verschränkt die Arme hinter seinem Kopf und schaut an die Decke.

Pünktlich um zehn Uhr wird das Licht gelöscht und es wird stockfinster um mich. Ach, was würde ich nur für ein Fenster geben, durch das ich den Mond – meinen Mond - anschauen könnte? Leise summe ich die Melodie vor mich hin, welche meine Großmutter mir immer vor dem Schlafengehen vorgesungen hat. Auch in ihrem Lied ging es um diese nächtliche Lichtquelle. Ob sie es gewusst hat? Ich denke nicht. Aber vielleicht hat sie etwas geahnt, schließlich wusste sie so gut wie alles. Und dann dieses Lied. Ich schließe die Augen und versuche, mich an den Klang ihrer Stimme zu erinnern. Dann rolle ich mich zusammen, die einzige Schlafposition, in der ich auch ohne Mondlicht einschlafen kann und steige hinab in das Reich, was sich Schlaf und Traum teilen. Harmonisch regieren sie Seite an Seite, denn sie wissen, ohne das eine gibt es das andere nicht. Und ohne das andere wäre das eine eben einfach nur bedeutungsloser Schlaf.

Ich bin nicht allein, dass bin ich nie. Doch heute sind es eindeutig zu viele Menschen um mich herum. Sie bilden einen Kreis und greifen mit ihren Händen und langen Fingern nach mir. Doch ich bin nicht alleine. Hinter mir stehen Lian und Jolina. Wir bilden ein Dreieck, Rücken an Rücken. Um uns herum die unheimliche Masse.

„Was macht ihr nun?“, fragt eine tiefe, männliche Stimme. „Jetzt, wo ihr den rechten Zeitpunkt verpasst habt? Seht, der unnatürlich helle Vollmond verschwindet und die Sonne übernimmt nun endgültig ihre Regentschaft. Nichts kann mich nun mehr aufhalten. Ihr seid schwach, zu schwach für mich. Niemand wird euch mehr zur Hilfe eilen.“ Er deutet selbstsicher nach oben und als ich es endlich wage, mit meinem Blick seinem ausgestreckten Finger zu folgen, erschrecke ich und ziehe scharf die Luft ein. Über uns hängen dutzende Käfige, angefüllt mit Menschen, deren Gesichter mir bekannt vorkommen. Es sind alles Rebellen, unsere Rebellen. Verzweifelt versuchen sie, den Gefängnissen aus grauem Metall zu entkommen und stecken ihre Arme und Beine durch die viel zu engen Öffnungen der Gitterstäbe.

„Und das ist noch nicht alles“, spricht Thomas argwöhnisch weiter.

Die Menge teilt sich und gibt den Blick auf einen Haufen ausdruckslos ins Leere starrenden Leute frei. Ich sehe Kasra, Pria und Ben. Luke und viele andere, die mir mittlerweile sehr wichtig geworden sind. Mir läuft es eiskalt den Rücken hinunter.

„Das kannst du nicht machen“, brülle ich ihm entgegen. Meine Stimme klingt heiser und gar nicht so, als würde sie mich noch unterstützen wollen.

„Und wie ich das kann“, antwortet Thomas mit einem boshaften Lächeln. „Das siehst du doch“, sagt er und lacht heiter. „Heute ist ein Freudentag, meine Liebe, also zeig mir ein freundliches Gesicht oder willst du deine letzten Stunden mit dieser Falte auf der Stirn verbringen?“ Er lacht noch lauter. „Aber weißt du, was? Die meisten Menschen sterben mit Falten im Gesicht, nur sie sind dann nicht so unglaublich jung wie du.“

Langsam geht er auf uns zu, ich senke meinen Blick und starre auf seine frisch polierten Lackschuhe, welche das letzte Licht des Mondes widerspiegeln. Als der kleine leuchtende Punkt verblasst, sacke ich in mich zusammen. Jetzt ist alles verloren. „Es ist zu schade, mein liebes Kind. Du gleichst deiner wundervollen Großmutter sehr. Ich habe sie geliebt, musst du wissen, sogar sehr. Sie war der einzige Mensch, dem ich alles ohne zu zögern anvertraut habe. Doch leider war sie wenig begeistert von meinen Vorstellungen und Idealen. Sie hätte neben mir über das alles hier herrschen können." Er macht eine ausschweifende Handbewegung. „Niemand sonst hätte ihr so etwas Großartiges bieten können. Doch stattdessen entschied sie sich für ein Leben fernab unserer Zivilisation, um ein Dasein in Einsamkeit zu fristen. Sie hat schon immer falsch gehandelt, die Gute. Und jetzt muss nicht nur sie, sondern auch ihre zauberhafte Enkelin dran glauben. Wie sie wohl reagieren würde, wenn sie das mitbekommen würde? Zu schade, dass sie heute nicht hier sein kann, aber ich kann auch nicht alles haben, so sehr ich es auch möchte. Einer von euch beiden muss mehr leiden und das bist du, weil du diese verdammten Augen besitzt, welche dir nun so überhaupt nichts mehr nützen."

Ich spucke ihm auf seine schwarzen Schuhe; so redet er nicht von meiner Großmutter.

„Na, na, na, so benimmt sich aber keine Dame." Er schüttelt nur den Kopf. „Heute lasse ich es dir durchgehen, dass du so ungezogen bist, da dies deine letzte Stunde auf dieser Erde sein wird. Ich kann verstehen, dass du wütend bist, aber glaube mir, es ist nur zu eurem Besten. Und zum Wohle der gesamten Stadt… der gesamten Menschheit." „Was bringt dir eine Stadt wie diese? Macht? Aber was sonst noch?" Ich drehe mich um und blicke Lian an. Es ist das erste Mal heute, dass er sich zu Wort meldet.

Mit einem leicht schief gelegten Kopf wendet sich Thomas jetzt auch ihm zu und schreitet um unser Dreieck herum. „Das ist ein Traum, mein Lieber, wie soll ich dir eine Antwort auf deine Frage geben, wenn dein Unterbewusstsein diesen nicht kennt?"

„Das ist ein verdammter Traum?" Lian scheint erstaunt und wütend zugleich zu sein.

„Ja, das ist es", sagt Thomas bestimmt. „Ich dachte, dass ihr das wisst, schließlich seid ihr gerade zu Bett gegangen."

Lian lacht freudlos auf. „Oh, ja, das stimmt, wie habe ich das nur vergessen können?" Seine Stimme trieft vor Ironie.

„Linn, du wusstest natürlich sofort, dass es ein Traum ist oder etwa nicht?", fragt er ärgerlich an mich gewandt.

„Ich ähm, keine Ahnung", stottere ich verwirrt. Alles scheint so echt, als könnte ich seine Berührung an meinem Arm wirklich spüren.

„Beweise es", fordert Lian Thomas nun auf.

Dieser lacht nur spöttisch. „Und was wünscht sich ein so großer Junge wie du? Vielleicht ein paar Bauklötze?" Er lacht weiter, doch Lian schaut ihn nur genervt an.

„Wie sollen Bauklötze bitte beweisen, dass wir uns hier nicht in der realen Welt bef…?" Weiter kommt er nicht, denn ein lautes Krachen ertönt, gefolgt von einem zweiten. Die Erde bebt und ich klammere mich an seinem Arm fest.

„Was ist das?", brülle ich über den Lärm hinweg.

„Keine Ahnung", schreit Lian zurück.

Doch dann sehe ich es. Riesige Klötze in verschiedenen Farben und Formen fallen auf uns herab.

„Ich kann die Farben sehen", sage ich irritiert, da alles andere im schummrigen Licht der Stadt grau und farblos wirkt.

Die Steine fallen wie überdimensional große Farbkleckse auf Gebäude und Straßen. Überall, wo sie aufprallen, zerplatzen sie wie Farbbomben und hinterlassen bunte Sprenkel in der ganzen Stadt.

„Okay, wir glauben dir“, brülle ich immer noch heiser zu Thomas hinüber und schütze meinen Kopf mit den Armen vor den herunterstürzenden Geschossen. „Du kannst damit aufhören.“ Und ich setze noch ein „Wirklich!“ hinzu, als nichts passiert.

„Hat deine Großmutter dir nicht beigebracht, immer schön bitte zu sagen, wenn du etwas möchtest?“, fragt Thomas argwöhnisch über den Lärm hinweg.

„Also gut: bitte höre endlich damit auf, das ist ja grauenhaft.“

„Ich dachte, du wolltest ein wenig Farbe haben“, sagt Thomas beleidigt, doch die Schlacht stoppt abrupt.

„Wenn das ein Traum ist“, sage ich an Lian und Jolina gewandt, welche noch immer einfach dasteht, ohne eine Regung zu zeigen, „dann können wir doch einfach weggehen oder etwa nicht? Es ist ja nur ein Traum.“ „Mein Traum“, füge ich in Gedanken noch hinzu.

Lian nickt. „Lass es uns versuchen“, sagt er bestimmt und geht auf die wie eine Wand um uns herumstehende Menge zu. Ihre Arme greifen nach mir und reißen an meinen Kleidern und Haaren. Jeder scheint mich berühren zu wollen, als ich seinem Beispiel folge und auf die Massen treffe.

„Hübsches Mädchen“, flüstern sie. „Gib uns deine Seele, damit wir wieder eine haben“. Lange knorrige Finger mit schwarzen Fingernägeln greifen nach mir und packen meinen Arm. Dann werde ich in die Menge hineingezogen und unter ihr begraben. Die Menschenmasse verdichtet sich und ich schreie.

„Linn, Linn! Hör auf zu schreien. Alles ist gut. Hier sind keine langen Fingernägel oder was auch immer, du hast nur geträumt. Verstehst du? Nur geträumt." Ben zieht mich hoch.

„Was?", frage ich verwirrt und schlaftrunken.

Er seufzt. „Du hast geträumt, Linn. Es war ein Alptraum, nicht mehr und nicht weniger."

„Okay, ich habe es jetzt verstanden", sage ich gedehnt. „Du kannst mich jetzt loslassen."

Er schaut auf seine Hand, die immer noch auf meiner Schulter liegt und nimmt sie schnell weg.

„Aber danke, dass du mich aufgeweckt hast. Noch länger hätte ich es echt nicht durchgehalten." Ich schüttele mich, als mir erneut ein Schauer über den Rücken läuft.

„Kakao?", fragt Ben nur und ich nicke dankbar. Dann schleiche ich hinter ihm her in die Küche.

„Was machst du denn hier?", frage ich entgeistert, als ich Lian dort erblicke.

„Nach was sieht es denn aus?"

Ich verdrehe die Augen, nur Lian kann eine so bescheuerte Antwort geben. „Es sieht danach aus, als ob du ganz alleine in der Küche sitzt und auf ein halbvolles Glas Wasser starrst", antworte ich so gelassen wie möglich. Er muss ja nicht wissen, dass er mich manchmal so ziemlich auf die Palme bringt.

„Exakt das tue ich", sagt Lian und grinst. „Wenn du es doch weißt, wieso fragst du dann überhaupt?"

Ich balle meine Hand zu einer Faust und sage ihm dann ganz ruhig: „Weil ich wissen möchte, warum du das tust."

Er lacht. „Weil ich schlecht geschlafen habe."

Ich gehe hinüber zum Schrank und nehme mir eine saubere Tasse heraus. Dann öffne ich eine neue Wasserflasche und sage mir, dass es für Kakao dann doch ein bisschen zu früh ist.

„Was hast du denn geträumt?“, frage ich und nehme einen großen Schluck von meinem Wasser. Dabei bemerke ich, dass Ben den Raum verlassen hat und ich lächele.

Lian kratzt sich nervös an seinem Kopf. „Wir haben verloren, waren umringt von tausend Menschen und du hast Thomas auf die Schuhe gespuckt, was ich ziemlich cool fand.“

Das Porzellangefäß fällt mir klirrend aus der Hand und zerspringt am Boden. „Es war alles so echt“, sage ich mit zittriger Stimme. „So, als könnte ich wirklich selber entscheiden, was ich mache.“

Lian steht auf und holt einen Besen. „Ja, das stimmt, aber woher weißt du das?“

„Ich denke, ich habe denselben Traum gehabt. Wenn riesige Bauklötze aus Farbe auf dich heruntergefallen sind, nur weil du nicht glauben wolltest, dass wir uns in einem Traum befinden, dann ja.“ Meine Stimme ist einem erstickten Flüstern gewichen und verabschiedet sich jetzt ganz, als Lian ganz langsam zu nicken beginnt.

Ich schiebe den Stuhl zurück, setze mich ihm gegenüber an den Tisch und bemühe mich, wieder in einen annähernd normalen Tonfall zu verfallen. Vielleicht wissen wir nicht, wie wir es schaffen können, die Aktivierung zu vollziehen, aber zumindest wissen wir jetzt genauer, wann wir es tun müssen.

„Das war ein Hinweis“, sage ich aufgeregt. „In einer Vollmondnacht, in der der Mond unnatürlich hell scheint, so hat es Thomas gesagt.“ Ich rutsche näher an den Tisch heran, beuge mich zu Lian rüber und flüstere: „Vielleicht ist es schon eine der nächsten Nächte.“

„Aber bis dahin sollten wir ausgeschlafen sein“, entgegnet dieser nur - ohne mit der Wimper zu zucken.

„Oh nein, mein Lieber, wenn du damit meinst, dass wir wieder schön ins Bett gehen sollten, sage ich dir, dass ich da nie wieder hin möchte.“ Mein Tonfall ist frostig und bestimmt.

Lian soll nicht denken, ich würde es mit meinen Worten nicht ernst meinen. Und um das von mir Gesagte zu unterstreichen, blicke ich ihm fest in die Augen - und zwar ohne zu blinzeln. Wie hypnotisiert starre ich ihm entgegen, doch er gibt nicht nach, also bin ich es, die klein beigibt.

Unentschlossen stehe ich auf und gehe in Richtung Schlafsaal… und sei es auch nur, um zu beweisen, dass auch ich dazu bereit sein kann, ihm nachzugeben und deutlich schlauer zu handeln als in gewissen anderen Situationen. „Vielleicht", flüstert die vernünftige Stimme in mir, „solltest du wirklich öfter mal auf andere hören und deren Ratschläge nicht ignorieren, sondern beherzigen." Alles ist gut, sage ich mir. Linn, du solltest einfach zurück ins Bett gehen, deine Augen schließen und keinen Gedanken mehr an merkwürdige Träume verschwenden. Aber es ist schon sehr, sehr dunkel hier und ich bin mir nicht sicher, ob ich meinen Instinkten trauen und wieder umkehren oder ob ich über meinen Schatten springen und einfach ein paar weitere Schritte in Richtung Bett machen sollte. Gedankenverloren streiche ich mit den Fingern an der Wand entlang. Es sind doch nur meine zu real wirkenden Ängste, welche mich davon abhalten, einfach wieder ins Traumland zurückzukehren, sage ich mir und atme tief durch. Ich habe das Gefühl, das hier nicht überstehen zu können und meine Gedanken wandern zu der Idee, wie einfach es doch wäre, alles ungeschehen zu machen und noch immer in dem alten Zuhause zu wohnen.

Es wird oftmals angenommen, dass das Geträumte in keiner Weise mit der Realität gleichzusetzen ist. Wir verarbeiten lediglich das von uns in der Wirklichkeit Erlebte. Dies würde auch die Tatsache erklären, warum ich heute nach unserem aufschlussreichen, zugleich aber auch total gruseligen Gespräch von den dramatischen Folgen unseres Scheiterns träume. Doch es ist keineswegs irgendwo bewiesen, dass zwei

Menschen denselben Traum träumen können. Sicherlich ist dieses Phänomen schon öfter aufgetreten, doch ohne jegliche Beweise muss man von dem Unmöglichsten ausgehen. Denn solange nicht das Gegenteil bewiesen ist, kann alles möglich sein.

Chapter 23

Kasra

„Du hast was?“ Pria starrt mich entgeistert an. „Bist du denn vollkommen irre? Und wieso sagst du mir das jetzt einfach so?“

Oh Gott, ja wieso hatte ich das gerade getan? „Ich, ich weiß es nicht“, stottere ich verlegen. Und wieso habe ich mir ausgerechnet als allererste Pria ausgeguckt? Was ist nur los mit mir?

Mit aufgerissenen Augen greift sie nach meiner Hand und zieht mich quer durch den Raum. Dann packt sie auch Linn und gibt Lian zu verstehen, uns zu folgen.

„Ich bin mir nicht sicher, was du vorhast“, sage ich verzweifelt.

„Ich werde den anderen jetzt genau das gleiche sagen, was du mir soeben eröffnet hast.“

Ich schlucke. „Aber was ist, wenn ich das gar nicht will?“, frage ich leise und spüre, wie sich ein dicker Kloß in meinem Hals bildet. Ja - es war ganz sicher die falsche Entscheidung, mich Pria zuerst anzuvertrauen. Wenn sie mich nicht gerade hinter sich herschleifen würde, hätte ich keinen sicheren Schritt mehr machen können, so weich sind meine Knie. Es hilft alles nichts… erst einmal muss ich mich beruhigen. Es ist doch so, dass ich es gewollt habe. Ich habe lange darüber nachgedacht, wann ich damit endlich an die Öffentlichkeit gehe und wenn es jetzt soweit sein soll, ist das doch okay. Oder etwa nicht?

Pria gibt mir einen leichten Schubs, damit ich weitergehe. Ich habe gar nicht bemerkt, dass ich wie angewurzelt stehen geblieben bin und verfalle jetzt wieder in einen chaotischen Stolperschritt.

„Du weißt, dass das moralisch total daneben ist?“, fragt mich Pria zischend.

Mit eingezogenem Kopf stolpere ich weiter - ohne etwas zu sagen.

„Total daneben“, wiederholt sie. „Total daneben.“

Vermutlich sollte ich einfach froh sein, es endlich loszuwerden, mein kleines Geheimnis, was nun keines mehr ist. Mein Stimmungstief sinkt weiter ab.

In meinem Körper löst sich eine kleine Panik aus. „Pria, hör auf“, flüstere ich, „bitte, ich will das nicht.“

„Das hättest du dir früher überlegen sollen“, meint diese nur und zieht uns weiter hinter sich her.

„Pria, lass sie in Ruhe. Was ist los mit dir?“, eilt Lian mir zur Hilfe.

„Was mit mir los ist? Mit mir ist gar nichts los. Frag lieber mal, was bei Kasra falsch gelaufen ist.“

Er seufzt hilflos. „Okay, Kasra, was ist bei dir falsch gelaufen?“ fragt er ironisch.

Ich zucke zusammen. „Ich kann anderen Leuten die Gefühle nehmen“, sage ich dann ganz leise, fast flüsternd.

Lian verschluckt sich hustend und auch Linn schnappt keuchend nach Luft.

„Seht ihr, habe ich es nicht gesagt?“, fragt Pria triumphierend. „Sie ist ein Monster.“

Meine Augen füllen sich mit Tränen, ich habe das doch alles nicht gewollt. Mit aller Kraft reiße ich mich von Pria los und renne so schnell wie möglich von ihnen allen weg.

„Musste das jetzt sein, Pria?“, fragt irgendwer leise, doch ich schaue mich nicht mehr um, um nachzusehen, von wem es kommt. Was macht das auch für einen Unterschied? Ich schniefe. Wieso habe ich ihnen vertraut? Es war doch klar, dass sie so reagieren würden. Was mache ich mir hier gerade eigentlich vor? Es ist ja nicht das erste Mal in meinen Leben, dass ich mich für meine Gabe hasse, welche sich hier mal wieder wirklich als Fluch entpuppt. All die Jahre hat Jolina mir bei jedem Zweifler weisgemacht, ich würde etwas Nützliches zur Gemeinschaft beitragen, wenn ich dadurch an geheime Informationen kommen würde. Immer wieder hat sie mir versichert, dass ich all das, was ich genommen habe, auch eines Tages wieder zurückgeben kann. Was ist, wenn sie mir jedes Mal ins Gesicht gelogen hat? Wenn das stimmt, hat Pria recht, dann bin ich ein Monster.

Alles um mich herum verschwimmt, als die Tränen anfangen zu laufen. Stolpernd gelange ich zu meinem Ziel, einem Ausstieg, einem Gully. Ich stemme ihn hoch und klettere heraus, noch ehe mir jemand nachkommen und mich an meinem Vorhaben hindern könnte. Immer noch weinend klettere ich auf ein Fenstersims in der unteren Etage und ziehe mich von dort an dem Balkon hoch. Als Nächstes stelle ich einen Fuß auf das Geländer und manövriere mich aufs Dach, indem ich meine Finger ans Ende kralle und mit meinen Füßen nach einer Mulde in der Wand suche, in die ich sie hineinstellen könnte, um mich abzudrücken.

Der Weg über die Dächer hat den Vorteil, dass man dort oben von keiner Kamera erfasst werden kann. Er birgt allerdings auch das Risiko, dass man wirklich auf sich alleine gestellt ist, da auch den Rebellen keine Möglichkeit mehr gegeben ist, dich im Auge zu behalten. Was sich in meinem Fall allerdings als äußerst nützlich erweist. Außerdem ist es rutschig und schmal dort oben. Man muss einen guten Gleichgewichtssinn besitzen, um hier balancieren zu können. Und da ich nicht so sonderlich gut drin bin, lasse ich mich auf alle

Viere fallen und krabbele, halb rutschend, über den Dachfirst. Um mir Klarheit zu verschaffen, was meinen Fluch oder meine Gabe betrifft, je nachdem, wie man es sehen mag, zwinge ich mich trotz dieser beachtlichen Höhe weiterzukriechen.

Ich überlege, zu wem ich eigentlich gelangen möchte, als ich mich aufrichte und mit einem kleinen Sprung das Hausdach wechsele. Schwankend und nach Gleichgewicht ringend, stehe ich mit ausgebreiteten Armen auf einem Bein. Als ich mich wieder gefangen habe, rast mein Herz wie verrückt. Fast scheint es so, als würde das Adrenalin, welches meinen Körper durchflutet, mein Erinnerungsvermögen stark beeinträchtigen. Denn ich kann mich beim besten Willen an keinen anderen von mir gelöschten Menschen erinnern, als an das kleine blonde Mädchen, welches ich als allererstes - sozusagen zu Übungszwecken - bekommen hatte. Aber sie wohnt am anderen Ende der Stadt. Wenn ich meinen Weg über die Dächer in dem Tempo fortsetze, komme ich niemals heute noch an. Ich muss den Bus nehmen, den einzigen, der in dieser Stadt fährt. Es ist zwar vollkommen leichtsinnig, dort einzusteigen, aber auch eindeutig zeitsparender als die andere, deutlich sicherere Variante. Manchmal muss man es einfach wagen, vor allem dann, wenn man sowieso von allen gehasst wird.

Endlos lang zieht sich die Fahrt hin. Rings um mich herum viele Leute. Ich überlege, was sie wohl denken, da ich ja jetzt aus eigener Erfahrung mit Überzeugung sagen kann, dass wir immer noch in der Lage sind, dies frei zu tun. Da gibt es diejenigen, die sich leise mit jemandem unterhalten, sie überlegen, was sie antworten sollen. Und ich weiß, dass ihr nächster Besuch bei einem wie mir nicht mehr allzu weit entfernt ist. Dann sind da diejenigen, die lesen. Sie überlegen sich, wie die Handlung fortgesetzt werden könnte. Dicke schwarze Wälzer, freigegeben vom Rat… die Auswahl dieser Werke ist nicht groß.

Und dann sind da noch Leute wie ich - ununterbrochen auf einen Punkt vor uns hinstarrend, gehen uns eventuell die merkwürdigsten Dinge durch den Kopf. Je nachdem, in welchem Stadium der Wiederherstellung unserer Gefühle wir sind. Dinge, die nur für unsere Köpfe bestimmt sind und ja nicht ausgesprochen werden. Der Bus stoppt, die Türen öffnen sich und viele Leute strömen in den ohnehin schon überfüllten Gang zwischen den Sitzen. Es sind Starrer. Sie lenken ihre Blicke auf die Köpfe der Sitzenden und verweilen dort. Wie schon gesagt, es sind Starrer. Aber immer noch besser als die stummen, nicht starrenden Leute, welche den Großteil der Busbesetzung ausmachen. Frisch erased, gruselig.

Als der Bus das nächste Mal hält, steige ich aus. Froh, endlich wieder wegzukommen, beschleunige ich meine Schritte. Auf der Suche nach der Hausnummer 28 blicke ich mich um. Alles hier kommt mir so verdammt bekannt vor, denn es ist meine alte Wohngegend. Bevor ich von Pria gefunden wurde, habe ich in dem Haus Nummer 36 zusammen mit meinen Eltern gewohnt. Für mich war Pria immer so etwas wie eine große Schwester gewesen, eine Ansprechpartnerin, eine Vertraute. Nichts hatte mich auf ihre Reaktion vorbereitet. Wie eine Schockwelle ist sie über mich hinweggerollt. In meinem Kopf wirbeln die Gedanken durcheinander. Ich vermisse meine Eltern, weiß aber, dass ich niemals wieder zurückkehren kann. Genauso sehr vermisse ich die alte Pria, die mich vor allem und jedem beschützt hat, der auch nur einen Millimeter größer war als ich.

Prüfend werfe ich einen Blick über die Straße, dann steige ich durch das lediglich angelehnte Fenster im Untergeschoss in das Haus mit der Hausnummer 28 ein. Auf Zehenspitzen schleiche ich die knarzige Holztreppe empor. Ich weiß, wo sie wohnt, was sie mag und was nicht. Kenne ihr Lieblingsessen und auch sonst bin ich bestens aufgeklärt. Und so ist es ein

Leichtes für mich, ihre Zimmertür ausfindig zu machen und hineinzuschlüpfen - wie ein flüchtiger Traum.

Sie ist mittlerweile fünf Jahre alt und eigentlich zu groß, um noch Mitternachtsschlaf zu halten. Doch hin und wieder packt sie die Müdigkeit und ihr kleiner, schwerer Kopf sinkt mitten im Malen auf ihre Brust. Vorsichtig strecke ich meine Hände aus und lasse sie einen kurzen Moment über ihrem hängenden Kopf in der Luft verweilen. Dann besinne ich mich auf meine Fähigkeit; es muss einfach klappen. Ich muss in der Lage sein, alles auch rückwärts anzuwenden. Ich spüre das vertraute Kribbeln und augenblicklich durchfließt mich eine wohlige Wärme - angefüllt mit Kinderlachen. Alles ist so wie immer, wunderbar normal. Ich sehe die Lichtfäden, welche schlängelnd zu meinen Fingern emporsteigen. Sie sind so schön, dass sie mir jedes Mal den Atem verschlagen.

„Wow“, hauche ich ehrfürchtig, „so wunderschön.“

Es fühlt sich alles so vertraut an, dass ich für einen Moment vergesse, wo ich bin und was ich gerade tue. Doch dann durchzuckt es mich wie ein Blitzschlag. Es ist verkehrt. Alles läuft falsch.

„Nein, nein“ stammele ich geschockt. „Ich will das nicht“, verzweifelt schüttele ich meine Hände über ihrem Kopf, doch nichts ändert sich. „Die andere Richtung, komm schon fließ andersherum.“ Keineswegs von ihr in mich, sondern von mir in sie soll es fließen. Nicht so wie immer, anders halt. Ich bin hergekommen, um alles zum Guten zu wenden und um zu beweisen, dass ich nicht so grausam bin, wie alle denken. Doch jetzt sieht es fast so aus, als ob ich gerade meine dunkle Seite noch weiter ans Licht bringe.

Ich ziehe meine Hände weg und die funkelnden Bänder aus Licht erlöschen mit einem leisen Zischen. Nur kleine Glitzerpartikel rieseln traurig auf die Erde herab und erinnern mich an das Geschehene. Traurig mache ich mich wieder auf den

Rückweg und diesmal macht es mir auch gar nichts aus, den langen Weg über die Dächer zu nehmen. Ich will nicht wirklich zurück, sondern einfach nur weg.

Tränen der Wut, Trauer und Verzweiflung laufen mir heiß über die Wangen, während eine Stimme in mir immer wieder provozierend flüstert: „Du bist ein Monster, Kasra. Du hast es doch schon immer gewusst. Habe ich nicht immer wieder gesagt, dass es rein gar nichts bringt, davor wegzulaufen? Du wirst es auch noch verstehen, das bist du… Kasra, das Monster."

Nein, niemals. Ich bin lieb und gehöre zu den Guten. Und jeder, der etwas anderes behauptet, ist ein Lügner. Jemand, der mir schaden möchte. Ich breche wieder in Tränen aus. Froh darüber, dass mich in diesem Moment niemand so sehen kann, lasse ich ihnen freien Lauf.

„Warum weinst du nur? Hast du denn deinen Großvater total vergessen? Vielleicht ist es an der Zeit, ihm mal wieder einen Besuch abzustatten." Die Stimme in meinem Kopf klingt fast flehentlich, so als könnte sie es nicht mehr ertragen, mich weinen zu sehen. Ich ändere die Richtung, als die Stimme ein wenig ärgerlich hinzufügt: „Nicht alleine, du Dummerchen. Nimm sie mit."

Ich nicke und wende mich wieder der mir so vertrauten Wohngegend zu. Ein weiteres Mal steige ich leise in das Reihenhaus Nummer 28 ein und finde das kleine Mädchen immer noch in derselben, zusammengesunkenen Pose an ihrem Maltisch sitzen. Vorsichtig hebe ich sie hoch und drücke sie fest an meine Brust.

„Bitte, wach jetzt nicht auf", flüstere ich leise und schleiche aus der Tür, hinüber zu der knarrenden Treppe. Ich weiß nicht, wo sich ihre Eltern aufhalten und ich würde es auch sehr begrüßen, einer Begegnung aus dem Weg zu gehen. Sie haben nicht nach ihrer Tochter geschaut, also werden sie ihr Fehlen jetzt auch nicht bemerken, rede ich mir ein, während ich einen Fuß sachte auf die oberste Stufe der Treppe stelle.

Das Mädchen schlägt die Augen auf, als ich mit ihr bereits um mehrere Ecke gebogen bin. Sie blinzelt und öffnet dann den Mund. Schnell presse ich ihr meine Hand davor und beschleunige meine Schritte. Man darf uns nicht bemerken. Aus Sicherheitsgründen habe ich mich entschieden, die Straße zu nehmen und die Dächer zu meiden. Es ist nur ein Katzensprung bis zu dem alten Uhrengeschäft meines Großvaters, doch mit einem zusätzlichen Gewicht auf dem Arm, welches von Minute zu Minute schwerer zu werden scheint, brauche ich viel länger als geplant. Ich spähe vorsichtig um die Ecke und das Mädchen beißt mir in meine Hand.

„Aua", keuche ich auf und ziehe sie von ihrem Mund weg und sie fängt an zu schreien. Offensichtlich habe ich ihr nicht allzu viel weggenommen. Jedenfalls nicht annähernd so viel, wie ich gedacht habe.

„Du musst leise sein", flehe ich sie an. „Sonst sind wir beide dran."

Sie verstummt. „Ich kenne dich nicht und meine Mama hat gesagt, ich soll niemals mit jemandem alleine sein, den ich nicht kenne und ich kenne dich nicht", sagt das kleine Mädchen mit Nachdruck.

Ich nicke. „Das ist auch sehr gut, dass deine Mama dir das gesagt hat, aber ich habe dir etwas sehr Wichtiges weggenommen und möchte es dir jetzt gerne wieder zurückgeben. Danach bringe ich dich dann wieder nach Hause zu deiner Mama."

„Und meinem Papa", verbessert sie mich.

„Ja und auch zu deinem Papa", nicke ich und lächele sie an.

„Du hast geweint", stellt das kleine Mädchen fest. „Warum hast du geweint?"

Ich seufze. „Weil ich etwas sehr Böses gemacht habe und nicht weiß, ob ich es wieder gut machen kann", antworte ich ihr mit einem schwächer werdenden Lächeln. Immer noch trage ich sie weiter durch die Straßen.

„Ach so", sagt die Kleine nur und zuckt mit den Schultern. Dann fängt sie an zu strampeln. „Ich kann selber laufen", sagt sie „ich bin nämlich schon groß." Dabei streckt sie die Arme über ihren Kopf, um mir zu zeigen, wie groß sie schon ist.

Durch die Veränderung ihrer Position rutscht sie mir durch die Arme und ich kann sie gerade noch an den Händen packen, ehe sie hinfällt. Eine Weile lasse ich sie neben mir her laufen, doch mit ihren kurzen Beinen dauert es einfach ewig, bis wir die nächste Biegung erreichen und ich schlage ihr vor, sich huckepack auf meinen Rücken zu setzen. „Wie ein ganz großes Mädchen, das ganz alleine auf einem Pferd reitet", betone ich, um sie davon zu überzeugen. Sie nickt und ich nehme sie wieder hoch.

„Wohin gehen wir denn, Kasra?", fragt sie mich.

Ich stutze. „Hast du mir nicht gerade noch erklärt, dass du mich nicht kennst und deshalb nicht mit mir mitgehen dürftest?", frage ich sie vollkommen verdutzt.

Eine helle Stimme ertönt und erklärt mir von hinten. „Ja, habe ich."

Ich warte auf weitere Informationen, aber für sie scheint meine Frage damit ausreichend beantwortet zu sein. Schweigend setzen wir unseren Weg fort.

„Weißt du auch noch, wie ich heiße?" fragt das Mädchen nach einer Weile und legt ihren Kopf auf meine Schulter.

Lilly, wie hätte ich diesen Namen jemals vergessen können. Den ersten, den ich gehört habe, den ersten, den ich niemals wieder vergessen kann. „Lilly" sage ich leise. „Du heißt Lilly."

„Ja", kräht die Kleine glücklich. Und dann fängt sie an, leise vor sich hinzusingen. „Lilly und Kasra, Kasra und Lilly."

So wie es aussieht, haben ihre Eltern sie an dem dafür vorgesehenen Termin nicht zum Erasen gebracht. Sonst hätte sie jetzt niemals so fröhlich sein können. Nicht, nachdem ich ihr wieder einmal etwas weggenommen habe.

„Wann sind wir da?" Lilly wippt ungeduldig auf und ab.

„Jetzt gleich", beruhige ich sie. Und um sie bei Laune zu halten, fange ich an, mit ihr zu reden. „Du kennst doch sicher das alte Uhrengeschäft meines Großvaters?", frage ich und ich spüre, wie sie nickt. „Und genau dahin möchte ich mit dir", fahre ich fort.

„Aber warum denn das?", fragt sie verwirrt. „Brauchst du eine neue Uhr?"

Ich lache. „Nein, aber du wirst schon sehen."

„Was ist es? Was werde ich dort sehen? Ist es toll? Kannst du schneller laufen?" Lilly hüpft aufgeregt auf und ab und ich habe Mühe, sie sicher weiterzutragen.

Als endlich das Geschäft in der Ferne auftaucht, seufze ich erleichtert auf. Es ist so schön. So wunderhübsch hatte ich es gar nicht mehr in Erinnerung. Die Tür ist groß, rund und aus massivem Holz mit kunstvollen Schnitzereien verziert. Lauter kleine Uhren verschiedenster Art - eingeflochten in verschnörkelte Ranken. Manchmal denke ich, die unzähligen Uhren würden wie Beeren an den geschnitzten Stängeln wachsen und man bräuchte sich nur eine zu pflücken, die man besonders schön fand. Jedes Mal, wenn ich hierherkomme, sieht die riesige Eingangstür ein wenig anders aus. Aber vielleicht liegt aus auch nur daran, dass ich so selten hier bin und sie so detailreich angefertigt wurde, dass ich einfach immer wieder etwas Neues auf ihr entdecken kann. Heute zum Beispiel siehe ich eine kleine Taschenuhr, welche auf der rechten Seite von einem knorrigen Ast zu baumeln scheint. Ihr Ziffernblatt ist mit kleinen, ineinander übergreifenden Kreisen verziert. Über der großen Tür hängt wie immer die schwarze, schlichte Uhr mit den römischen Ziffern anstelle der sonst üblichen Zahlen. Ihre Zeiger sind ebenfalls aus schwarzem Metall und ziehen wie kleine Pfeile ihre täglichen Runden. Auch wenn alles gräulich und farblos ist, liebe ich diesen Laden einfach.

Die Zeit fasziniert mich. Man kann sie nicht festhalten oder gar einfangen. Man hat nur irgendwann einen Apparat erfunden, mit dem man sie ablesen kann. So viel hat sie uns gewährt, doch nicht mehr. Sie bleibt ein Mysterium, denn wer weiß schon, was später einmal passieren wird, und das ist es, was ich so an ihr liebe.

Ich öffne die Tür mit einer Hand und trete ein. Wir werden von einem lauten Ticken empfangen. Unregelmäßig und durcheinander versucht jede Uhr, um unsere Aufmerksamkeit zu kämpfen. Und so vergeht keine Millisekunde, in der nicht wenigstens eine Uhr ihr leises Ticken von sich gibt. Es gibt keine Zeit der Stille in diesem Raum. Wunderbar.

Ich suche mit meinen Augen die vielen Uhren ab, welche alle eine andere Uhrzeit anzeigen. Nicht eine gibt es doppelt und das hat einen ganz bestimmten Grund. Als ich an einer kleinen silbergrauen hängen bleibe, die die Form einer Schneeflocke hat, muss ich lächeln. Ich habe es nicht vergessen. Ich weiß immer noch, welche er meint. Sie ist zwar klein und unscheinbar, aber durch ihre Form und die Kratzer, mit der ihre wohl einstmals glatte Oberfläche übersät ist, zeigt mir, dass diese Uhr etwas Besonderes ist. Für ein ungeschultes Auge wirkt sie normal, höchstwahrscheinlich wird sie übersehen, aber für mich ist es ganz klar. Sie ist es.

Dann wende ich mich der Standuhr zu, welche klobig und unübersehbar neben dem Eingang steht. Das perfekte Gegenstück. Und drehe vorsichtig an ihren Zeiger, bis sie die identische Uhrzeit wie die Schneeflockenuhr anzeigt. Es ist der Schlüssel für das, was dieser Laden wirklich verkauft. Ein Regal schiebt sich erst nach vorne und dann zur Seite. Es gibt den

Blick in einen schmalen Gang frei. Ich ziehe Lilly, die ich mittlerweile abgesetzt habe, an einer Hand hinter mir her. Als wir den Gang betreten, schließt sich das Regal hinter uns wieder.

„Was war das?", fragt mich Lilly verunsichert.

„Das", sage ich stolz „war die Öffnung des wahren Ladens meines Großvaters."

Lilly runzelt die Stirn und ich erkläre es ihr möglichst einfach.

„Mein Großvater hat ein besonderes Geschäft und das möchte ich dir zeigen. Aber es ist ein großes Geheimnis und deswegen muss es sich immer hinter dem Regal mit den vielen Uhren verstecken. Es darf nämlich nicht von allen Leuten gefunden werden. Du spielst doch sicher auch gerne Verstecken?", frage ich sie und Lilly nickt eifrig. „Und da möchtest du auch nicht gefunden werden, oder?", frage ich weiter und sie schüttelt energisch den Kopf. „Und deswegen dürfen wir auch nichts verraten. Denn sonst ist es ja blöd. Du findest es sicher auch ganz doof, wenn jemand dein Versteck verrät?" Lilly nickt wieder. „Super", sage ich erfreut. „Und um in das Geschäft hineinzukommen, muss ich die Uhr finden, welche meinem Großvater am besten gefällt. Es ist immer eine andere, da er die Uhren austauscht. Und dann muss ich die Zeit dort ablesen und genau dieselbe in der Uhr einstellen, die das genaue Gegenteil der schönen Uhr ist." Ich weiß nicht, ob sie das verstanden hat, also füge ich erst gar nicht hinzu, dass sich die Zeit auf beiden Uhren wieder verstellt, sobald sich das Regal wieder geschlossen hat. Damit das Geheimnis auch eines bleibt.

„Toll", sagt Lilly nur und springt hüpfend voraus.

„Da ist ja meine kleine Kasra." Mein Großvater breitet die Arme aus, als wäre ich immer noch sein kleines Mädchen, was vor Freude jauchzend in seine Arme springt. Ich lächele und nehme ihn in den Arm. Er drückt mich ganz fest an sich. „Dich habe ich ja ewig nicht mehr gesehen!"

„Übertreib mal nicht", erwidere ich ihn schmunzelnd. „Ich war doch erst…, " stoppe ich. Wann war ich denn das letzte Mal hier?

Der alte Herr lacht. „Ja, da musst selbst du nachdenken, obwohl du nicht mal ansatzweise so alt bist wie dein lieber Opa, den du viel zu selten besuchen kommst."

„Okay gut, du hast gewonnen, aber jetzt zum wichtigen Teil."

Mein Großvater schaut empört. „Ist es dir etwa nicht wichtig genug, mich wiederzusehen?" Er schaut gespielt beleidigt auf den Boden und ich seufze gequält auf.

„Doch natürlich, aber…"

„Immer höre ich dieses ABER", beschwert sich mein Großvater aufs Neue.

„Aber", setze ich wieder an „ich wollte Lilly ein paar Farben zeigen."

„Was hast du angestellt, dass du ein kleines Mädchen mit hierhin nimmst? Das ist riskant, meine Liebe." Er scheint Lilly erst jetzt wirklich bemerkt zu haben.

Diese, wohlwissend, dass sie gerade als klein bezeichnet wurde, verschränkt die Arme vor der Brust und stampft ärgerlich auf. „Ich bin nicht mehr klein. Ich bin fünf Jahre alt. Das ist groß." Wieder streckt sie ihre Arme in die Luft. „So groß."

„Ja, das stimmt", versichere ich ihr grinsend. „Komm mal mit, ich zeige dir was ganz Tolles."

Wir treten durch einen großen, schweren Vorhang vom Vorraum in das eigentliche Zimmer. An den Wänden türmen sich Regale - angefüllt mit tausend verschiedenen Einmachgläsern in unterschiedlichen Formen und Größen. Manche sind noch bis zum Rand gefüllt, andere wiederum fast leer. Gefühle sind schwerer einzufangen als Farben und von daher auch teurer. Sie können nur in flüssiger Form gelagert werden und bei jedem Öffnen des Glases verdunstet ein winziger Teil des Gefühls. All das ist es, was sie so kostbar und leider auch so teuer macht. Nicht jeder, der den Laden kennt, kann sich Gefühle leisten und von daher sind diese Gläser meist noch voll, wenn ich mal wiederkomme.

Anders sieht es mit den Farben aus. Wie feiner Sand liegt noch eine dünne Schicht auf dem Glasboden mit der Aufschrift himmelblau. Ebenfalls rar sind die Farben limettengrün und zitronenfaltergelb. Doch ein rot ist noch relativ voll und ich beschließe, es damit zu versuchen. Vorsichtig steige ich auf die lange Leiter, welche am oberen Ende des Regales fest gemacht ist und sich auf Rollen und innerhalb einer Schiene an jede gewünschte Stelle bewegen lässt. Dann greife ich mir das Einmachglas mit dem Etikett, auf dem in verschnörkelten Buchstaben sonnenuntergangsrot zu lesen ist und steige mit ihm wieder langsam hinunter.

Kurz spiele ich noch mit dem Gedanken, ihr eine Erinnerung, beispielsweise eine mit dem Namen Schneemannbauen zu schenken, einfach, weil es sich schön anhört, aber auch diese flüssige Substanz ist fast aufgebraucht.

„Aha, du hast dich also für das wunderschöne Sonnenuntergangsrot entschieden", nickt mein Großvater. „Eine wunderschöne Farbe."

„Ich weiß", sage ich, „ich kenne viele Rottöne. Wir haben spezielle Lampen, so welche, die die Farben nicht komplett schlucken, wenn man sie einschaltet."

„Es muss wunderschön bei euch sein. Und wenn ich nicht meinen Laden hätte, in dem ich ab und an ein paar Farben und Gefühle auftanken könnte, würde ich sofort kommen." Sein Blick wandert über die langen Regalreihen.

„Das weiß ich doch, Großvater", sage ich aufmunternd. „Aber die Menschen hier brauchen dich in deinem Laden. Wir brauchen dich hier." Und mit einem Blick auf Schneemannbauen füge ich noch mahnend hinzu: „Aber du könntest echt mal wieder aufstocken. Die Hälfte deiner Ware ist fast aufgebraucht."

Er nickt. „Wie immer hast du recht, meine Liebe. Ich sollte dich öfter sehen, damit du mir mehr deiner schlauen Tipps geben kannst. Und damit du mich weiter antreibst und an Dinge erinnerst, die ich immer wieder vergesse. Sei froh, dass du noch so jung bist. Es ist lästig, alt zu sein!"

Ich lache. „Du musst echt immer übertreiben." Dann gehe ich hinüber zu einem großen Wandschrank, öffne ihn und hole eine kleine, flache Dose heraus. Mit einem ploppenden Geräusch öffnet sich das Einmachglas und ich fülle mithilfe einer schmalen Schaufel etwas Sonnenuntergangsrot in die flache Dose. Nur ganz wenig. Dann reiche ich das wieder verschlossene Einmachglas an meinen Großvater und die kleine Dose an Lilly.

„Was ist das?", fragt diese leise und nimmt sie ehrfürchtig entgegen.

„Das ist eine wunderschöne Farbe", sage ich ebenfalls leise. „Du musst die Dose aufmachen und dran schnuppern. Es hält aber leider nur solange an, wie du die Farbe auch riechen kannst. Wenn du die Dose wieder zumachst, kannst du das Rot auch nicht mehr sehen. Aber du kannst zum Beispiel etwas davon in dein Wasser mischen. Du musst dann allerdings aufpassen, dass du nur ganz wenig nimmst. Wenn du es dann getrunken hast, kannst du die Farbe den ganzen Tag lang sehen."

„Am besten erklärst du es ihrer Mutter auch noch einmal. Lilly ist zwar schon groß", sagt er und wirft einen lächelnden Großvaterblick auf sie, „aber eben auch erst fünf Jahre alt."

Ich nicke verkrampft. Das wird nicht so leicht werden, ihr zu erklären, warum ich sie mitgenommen habe, aber ich weiß, dass ich es jedenfalls versuchen muss. Sie hat Lilly schließlich auch nicht zum Erasen gebracht. Und das bedeutet für mich, dass sie höchstwahrscheinlich freundlich reagieren wird.

Währenddessen reißt Lilly den Deckel der Dose auf und steckt ihre Nase in den sandartigen Inhalt. Sie holt tief Luft und muss niesen. Ich lache und nehme ihr die Dose wieder aus der Hand, damit sie nicht den ganzen Inhalt verschüttet.

„Das war schön", sagt Lilly ehrfürchtig, „kann ich nochmal?"

„Zuhause", sage ich zu ihr und sie fängt an zu quengeln „Och bitte, bitte, nur noch einmal ganz kurz. Kasra, bitte. Du hast gesagt, ich soll daran riechen, also will ich das jetzt auch. Bitte jetzt."

Doch ich schüttele nur stur den Kopf. „Wenn wir uns beeilen, bist du ganz schnell wieder bei deiner Mama und dann kannst du auch wieder daran riechen."

Sofort fängt die Kleine an zu drängeln. „Können wir jetzt gehen? Kasra, ich will jetzt nach Hause. Sofort."

Verzweifelt und genervt stöhne ich auf und umarme meinen Großvater noch ein letztes Mal ganz schnell, weil Lilly an meiner Jacke zieht und schon stehen wir wieder draußen vor dem Laden. Begleitet von einem leisen, melodischen Ticken machen wir uns zusammen auf den Rückweg.

Chapter 24

Nick

Ich beobachte sie schon etwas länger; länger, als mir lieb ist, muss ich zugeben. Doch bald ist es soweit und der große Tag wird ihnen mehr offenbaren, als ihnen lieb sein wird. Endlich ist der Zeitpunkt, auf den ich nach meinem Sturz sehnlichst gewartet habe, da. Mein Großvater wird stolz auf mich sein. Ich werde vorbereitet sein und sie nicht.

Chapter 25

Linn

„Wo verdammt nochmal bist du gewesen und wer ist das da?" Pria zeigt anklagend auf Lilly, die Kasras Hand hält und sich hinter ihrem Rücken versteckt und ihr einen ängstlichen Blick zuwirft.

„Das kann dir doch egal sein", schleudert Kasra ihr als Antwort entgegen. „Halte dich aus meinem Leben raus. Du hast es sowieso schon komplett zerstört. Reicht dir das nicht?"

„Ich hab was?" Pria wird jetzt richtig wütend, was ich daran erkenne, dass ihre Hände geballt in den Jackentaschen verschwinden und sich eine tiefe Furche auf ihrer Stirn bildet.

„Mein Leben zerstört", wiederholt Kasra sauer.

„Ach ja?", fährt Pria sie an. „Und wer von uns beiden hat das Leben unzähliger anderer Menschen zerstört? Ich habe nur die Wahrheit gesagt. Verstehst du… die Wahrheit."

„Ich habe gedacht, wir wären Freunde!", brüllt Kasra. „Und das macht keine Freundin. Ich hasse dich, Pria, ich hasse dich wirklich." Sie nimmt das kleine Mädchen auf den Arm, was mittlerweile angefangen hat, zu weinen und marschiert quer durch den Raum auf die Tür zu.

„Und trotzdem kannst du nicht einfach Kinder mitbringen", schreit Pria ihr hinterher. „Dazu hast du nicht das Recht."

Es kommt keine Antwort von Kasra.

Ich laufe ihr hinterher „Na toll, gleich ist sie wieder weg“, sage ich zu Pria.

„Ach und seit wann ist es meine Schuld?“, fragt sie beleidigt.

„Das habe ich doch gar nicht gesagt“, antworte ich ihr im Vorbeilaufen. „Ich meine damit nur, dass sie es uns sicher selber sagen wollte und du doch überhaupt nicht weißt, warum sie es gemacht hat.“

„Aus lauter Nettigkeit wohl ganz bestimmt nicht“, knurrt Pria.

Ich werfe ihr nur einen Blick zu, von dem ich hoffe, dass er ihr sagt, sie solle noch einmal über alles nachdenken. Dann verschwinde auch ich durch die Tür. „Kasra, warte doch mal“, rufe ich dem davonstapfenden Mädchen hinterher. „Lass uns reden“, versuche ich es noch einmal, als ich sie schnaufend einhole. Völlige Ignoranz prallt mir entgegen.

Irgendwann unterbricht Kasra die Stille unwirsch. „Du willst reden? Und warum tust du es dann nicht?“

Ich seufze… mit dem völlig normalen und unkomplizierten Gespräch wird es dann wohl doch nichts. „Also erst mal: wer ist denn die Kleine auf deinem Arm? Sie ist echt total süß!“

Ich scheine das Eis zwischen uns ein wenig gebrochen zu haben, denn sie lächelt und fügt glücklich hinzu: „Das ist Lilly, ich wollte ihr das zurückgeben, was ich ihr weggenommen, aber es hat nicht funktioniert.“ Kasra macht eine gequälte Pause. „Dann habe ich ihr eine Farbe gekauft.“

Mein Stirnrunzeln nimmt sie nicht zur Kenntnis und ich wage nicht, sie zu unterbrechen, aus Angst, sie würde dann aufhören zu sprechen.

„Und dann wollte ich sie wieder zuhause abliefern, doch als ihre Mutter mich gesehen hat, hat sie mich angefleht, Lilly doch mit dahin zu nehmen, wo ich mich aufhalten würde. Sie wollte nicht, dass man ihr das Kind wegnimmt, weil sie schon mehrere Erasungen hatte ausfallen lassen. Und jetzt ist sie hier."

Ich nicke. „Und willst du mir, ähm, von deinem - sagen wir mal - Nebenjob erzählen?"

Ihre Miene versteift sich und ihr Ausdruck wird wieder ernst. „Ich bringe sie erst weg und dann können wir meinetwegen reden."

Ich kann ihr klopfendes Herz bis zu mir hin hören. „Okay, super. Treffen wir uns dann im Schlafsaal? Wir setzen uns gemütlich auf mein Bett und reden in Ruhe?"

Kasra nickt nur wortlos und geht in Richtung Küche. Ich sehe noch, wie sie dem verwunderten Ben das kleine Mädchen in die Arme drückt, doch dann bin ich auch schon um die nächste Ecke gebogen.

Nervös spielt Kasra mit den Bändern der Kapuze, welche an ihrem Pullover herunterhängen. Sie löst den Knoten und macht ihn dann wieder neu, nur um diese Prozedur unzählige Male zu wiederholen. Sie berichtet stockend von dem Tag, an dem sie ein gewisses Kribbeln zum ersten Mal gespürt hatte und erzählt von den vielen Menschen, von denen sie stets nur den Hinterkopf zu sehen bekam. Und wie ihr jedes Mal ein Schauer über den Rücken gelaufen war, wenn sie dann doch in eines der Gesichter schauen musste und den leeren Ausdruck gesehen hatte. Kasra beschreibt das wunderbare Leuchten der Gefühle und Erinnerungen. Sie sagt, es sei wie eine Droge. Man weiß, dass es schlecht ist, kann aber doch nicht aufhören, weil man unbedingt diese Wärme spüren und dieses Licht sehen möchte. Ich kann sie verstehen und auch wieder nicht. Die ständige Angst, entdeckt zu werden, würde mich wahnsinnig machen. Ein wenig Wärme und Licht ist da kein Ausgleich.

„Weiß Emmett davon?", frage ich sie leise.

Stumm nickt Kasra. „Er hat es gehört, als ich es Pria gesagt habe. Ich wollte es ihm eigentlich zuerst sagen, aber ich habe mich nicht getraut. Ich dachte, er würde mich dann hassen. Und jetzt hat er sich wahrscheinlich nicht einmal darum geschert, dass ich weg war. Er hat sich nämlich einfach abgewandt und ist weggegangen. Ich hatte nicht einmal die Gelegenheit, ihm alles zu erklären, weil ich Pria hinterhergerannt bin, damit ich es wenigstens euch selber sagen konnte. Doch das war dann ja auch nicht möglich. Ich glaube, er hasst mich jetzt wirklich. Dabei wollte ich das doch alles gar nicht machen. Jolina hat mich nur immer und immer wieder dazu überredet, weil sie die Informationen brauchte." Ihre Stimme erstickt und ihre Augen sind rot und voller Tränen. „Ich liebe ihn, aber ich habe ihn nicht verdient. Ich bin ein Monster, Linn", flüstert sie heiser und dann brechen die Tränen aus ihr heraus.

Ich nehme sie in den Arm und will sie trösten, weiß aber nicht genau, wie ich das anstellen soll. Also sage ich nur vage: „Nein, bist du nicht. Es wird sich schon alles wieder klären. Emmett hasst dich nicht."

Doch anscheinend war das nicht richtig, denn Kasra fängt nur noch stärker an zu schluchzen.

„Wir schaffen es, die Gefühle der anderen Leute in Fläschchen zu füllen und dann können wir allen das zurückgeben, was ihnen ursprünglich gehört hat."

„Und wie?", bringt Kasra schniefend heraus. Sie schenkt mir aber ein schwaches Nicken.

„Wir fragen Jolina", sage ich nach einigem Zögern. „Uns bleibt nichts anderes übrig. Außerdem weiß sie sicher weiter."

Wieder ein Nicken.

Als wir auf dem Rückweg Emmett begegnen, zieht Kasra ihren Kopf ein und versteckt sich hinter meinem Rücken. Als er das sieht, verdunkelt sich sein Blick und er murmelt im

Vorbeigehen etwas von zu seinen Fehlern stehen. Kasra verkrampft sich und krallt ihre Hände in meinen Pullover. Dabei reißt sie ihn so sehr zu sich hin, dass der Ausschnitt mich beinahe erwürgt.

„Los, sprich dich mit ihm aus", bringe ich röchelnd hervor. Keine gute Idee, denn der Pulli drückt nun nur noch fester auf meinen Hals, weil sich Kasra umso verzweifelter daran festhält. So, als wäre er das Einzige, was sie am Umkippen hindern würde. Vorsichtig, aber bestimmt, entziehe ich ihr meine Kleidung und schnappe unkontrolliert nach Luft. Dann schiebe ich sie sachte in die Richtung, in die Emmett soeben verschwunden ist. Schwankend läuft sie ihm hinterher und blickt sich noch einmal unsicher zu mir um. Ich nicke ihr aufmunternd zu und sehe, wie sie um die nächste Ecke biegt.

Ein Klatschen lässt mich herumfahren. Jolina steht hinter mir und applaudiert spöttisch. „Na prima, da bin ich mal nicht in unmittelbarer Nähe und alle meine Leute konzentrieren sich auf alles Mögliche, nur nicht auf das eigentlich Wichtige."

Jetzt bin ich diejenige, die den Kopf einzieht. „Hallo, Jolina, ich wusste ja gar nicht, dass du wieder da bist", sage ich leise und noch immer um Atem ringend.

„Du bist ja auch die Erste, die mich heute zu Gesicht bekommen hat", sagt sie nur gelangweilt und fügt dann noch streng hinzu: „Wie sollte ich denn bitte noch länger weg bleiben, wenn ich Pria in meinem Kopf erwische und mich die Nachricht ereilt, dass Kasra weggelaufen wäre? Und außerdem", fügt sie noch leise hinzu, „hast du doch sicher denselben Traum wie ich gehabt. Den Traum, den außer uns beiden auch noch Lian gehabt hat."

Ich zucke heftig zusammen: Nicht einen Moment habe ich daran gedacht, dass auch Jolina diesen Traum geträumt haben könnte. Wie selbstverständlich bin ich davon ausgegangen, dass dies eine Sache zwischen Lian und mir wäre.

„Ach, komm schon, du musst doch gewusst haben, dass ich auch davon weiß. Ihr habt ja schließlich schon ganz schlau herausgefunden, dass wir drei den natürlichen Lichtern entsprechen. Du dem Mond, er der Sonne und ich den Sternen."

Ich stutze. „Woher...?"

„Woher ich das weiß?", unterbricht sie mich unwirsch. „Hast du etwa vergessen, dass ich eine Verbindung zu Pria habe? Sie hat Zugriff auf meine Vergangenheit, doch ich kann in ihrem Kopf alles finden. Vergangenes, aber auch das, was gerade in dem Moment geschieht. Lediglich die Zukunft kann ich nicht mit Gewissheit sehen. Ich kann sie höchstens erahnen. Es ist, als könnte ich sie ganz leicht schmecken, nur einen winzigen Augenblick lang habe ich diesen zarten Geschmack des Ungewissen auf der Zunge." Sie seufzt. „Es ist zu schade. Ich meine, was könnte ich alles erreichen, wenn ich die Zukunft kennen würde? Ich könnte Dinge verändern, von denen ich nur träumen könnte. Ich könnte manipulativ in das Geschehen eingreifen. Aber ich mag mir gar nicht vorstellen, was passieren würde, wenn diese Macht in die falschen Hände geraten würde."

Ich schlucke. Selbst wenn sie auf unserer Seite steht, habe ich das ungute Gefühl, dass diese Macht selbst in ihren Händen in den falschen wäre.

Abwartend schaut mir Jolina in die Augen, fieberhaft durchwühle ich meinen Kopf nach Informationen über das, was jetzt von mir verlangt wird. Soll ich bloß nicken und ihr somit signalisieren, dass ich ganz ihrer Meinung bin? Oder hat sie mir eine Frage gestellt, die ich aus irgendeinem Grund nicht mitbekommen habe? Aber selbst wenn, was soll ich antworten? Ja? Oder vielleicht besser nein? Ich habe keine Ahnung.

„Und was ist jetzt?" Die ältere Dame klingt ungeduldig.

„Ähm“, sage ich nur gedehnt, weil ich absolut keine Ahnung habe, was sie von mir möchte.

„Wolltet ihr mich nicht etwas fragen?“, wiederholt Jolina noch einmal.

„Ähm, ja“, nicke ich erleichtert. „Also wir haben uns gefragt, ob du eventuell eine Möglichkeit kennen würdest, mit der Kasra alle…,“ stocke ich kurz und suche nach einem angemessenen Wort, „ausgeliehenen Erinnerungen wieder abgeben kann?“

„Vor genau diesem Problem stand ich auch einmal und Fakt ist, dass man dabei niemals alleine sein kann. Man braucht jemanden, der einem die Erinnerungen wieder entziehen kann. Doch der derjenige darf sie nicht wie sonst in sich aufnehmen, sondern muss sie außerhalb behalten und sie dann in ein Gefäß umleiten. Es ist ein äußerst schwieriger Prozess, ein fast unmögliches Unterfangen, da es sich mit den Gefühlen und dem Geist der entziehenden Person so verhält wie mit Magneten. Das eine zieht das andere an. Sie wissen, dass sie zusammengehören und man muss große Kräfte walten lassen, um dieses Bestreben zu unterbinden.“

Es scheint schwieriger zu sein, als ich gedacht habe. In meiner eigenen Version musste Kasra lediglich den Finger ausstrecken und das Fläschchen würde sich mit der milchig weißen Flüssigkeit füllen.

„Und da der Rat nicht möchte, dass die Erinnerungen von jemand anderem außer ihnen kontrolliert werden, halten sie die Identitäten derer, die die Fähigkeit besitzen, zu erasen, streng geheim. Man braucht ja bekanntlich zwei, denn wenn man alleine ist, hat man keine Chance. Das ist auch der Grund, warum Kasra nie ganz alleine beim erasen war. Ich musste viel in Gang setzen, um jemanden zu finden, der Kasra fast alle Erinnerungen in sich aufnehmen lässt. Ich brauche diese ja. Der Rat sollte sie nicht bekommen. Sondern ich, denn ich bekomme immer, was ich will." Auf Jolinas Gesicht stiehlt sich ein überlegenes Lächeln. Es ist kalt und ohne jegliches Gefühl.

„Und wie sollen wir dann eine zweite Person finden?", frage ich und reibe mir fröstelnd über die mit Gänsehaut übersäten Arme. Dabei sollte man meinen, das Licht macht einen weicher, schießt es mir durch den Kopf. Doch anscheinend hat es nicht bei jedem diese Wirkung.

„Das, meine Gute, haben wir doch bereits", sagt sie nur und wendet sich ab.

„Machst du Witze?" Kasra steht bis über beide Ohren strahlend vor mir. „Es ist einfach nur super gelaufen. Emmett hat mir zugehört und versteht mich. Wow, ich bin so erleichtert! Nichts von wegen traurig. Ich bin glücklich, überglücklich!" Sie nimmt meine Hände und dreht sich mit mir lachend im Kreis. „Du bist die tollste Freundin der Welt, Linn." Und ernst fügt sie hinzu: „Ich hab dich lieb!"

„Hm", mache ich nur abwesend, „das ist doch toll."

„Ja, ist es und du könntest dich da auch ein bisschen mehr für mich freuen." Sie guckt mich gespielt böse an und verschränkt die Arme vor der Brust. „Sonst nehme ich das wieder zurück."

„Was?", frage ich verwirrt und Kasra schüttelt nur beleidigt den Kopf. „Komm mal mit", sage ich wie aus dem Nichts und ziehe sie hinter mir her.

„Hey, lass das. Ich kann doch wohl noch selber entscheiden, wohin ich gehe und wohin nicht." Zeternd stolpert sie hinter mir her und ich staune über die Vielzahl der Schimpfwörter, die sie auf Lager hat. Als wir in dem kleinen Raum ankommen, in dem es sich Jolina bequem gemacht hat und der ausschließlich für sie zur Verfügung steht, wie sie uns bereits am ersten Tag unmissverständlich zu verstehen gegeben hat, sitzt sie mit übereinander geschlagenen Beinen auf ihrem Bett und schaut auf die kleine goldene Uhr an ihrem Handgelenk.

„Fast hättet ihr es geschafft, mich zu überraschen und früher zu erscheinen. Aber mich zu verblüffen ist bis jetzt noch niemandem gelungen. Ebenso wenig euch. Ihr seid auf die Minute pünktlich." Sie lässt ihren Arm wieder sinken und deutet neben sich auf die Matratze. „Setz dich, mein Kind. Oder bist du doch aus einem anderen Grund hier aufgetaucht?"

Als sich keine von uns rührt, seufzt sie und sagt abwartend: „Kasra, nun setz dich doch endlich. Auch wenn es manchmal so aussieht, habe ich nicht den ganzen Tag Zeit, auf irgendwen zu warten."

Kasra wirft mir einen anklagenden Blick zu und macht dann aber Anstalten, sich neben Jolina zu setzen.

„Und jetzt her mit dem Gefäß", sagt diese nur und streckt ihren faltigen Arm zu mir aus.

„Welches Gefäß?" frage ich verwirrt und sehe, wie sie mit ihren Augen rollt.

„Natürlich den Behälter, in den ich die Erinnerungen umleite, du Dummerchen. Also von dir hätte ich echt erwartet, dass du an so etwas denkst. Aber auch die sonst so gut durchorganisierte Linn kann mal etwas vergessen. Da bin ich ja beruhigt, dass ich wieder die Einzige bin, die alles perfekt zu meistern scheint."

„Und wer sagt das?", knurre ich nur leise.

„Was hast du gesagt, mein Kind?" erkundigt Jolina sich spitz.

„Nichts, wirklich nichts Wichtiges", versichere ich ihr schnell und füge noch hastig hinzu: „Ich kann schnell eine leere Flasche aus der Küche holen."

„Nicht nötig, ich habe bereits an alles gedacht. Setz dich einfach irgendwo hin und mach es dir so bequem wie möglich."

Ich blicke mich im ansonsten leeren Ram um, sehr lustig. Dann setze ich mich einfach auf den Boden und starre Jolina finster an. Wenn sie doch eh alles hier hat, wieso muss sie dann noch so überheblich fragen und mir unter die Nase reiben, dass ich etwas vergessen habe, von dem ich nicht einmal wusste, dass ich es mitbringen sollte? Als wenn das nicht jedem anderen auch passieren könnte. Generell ist hier gerade etwas sehr merkwürdig.

Sie legt ihre Hände auf Kasras Kopf, dann bewegt sie diese leicht nach oben und es scheint so, als würde sie die nun sichtbaren weißen Lichtfäden aus ihrem Kopf herausziehen. Mit Gewalt und nicht mit Sanftheit, wie ich es bisher angenommen habe, entfernt sie die Erinnerungen, die nicht Kasra gehören, aus ihrem Bewusstsein. Als sie fertig ist, keucht Kasra auf und in Jolinas Fingern befindet sich ein Ball aus Licht, der sich in sich selbst zu winden scheint. Wie heller Rauch einer erlöschenden Kerze, welcher sich einfach nicht verflüchtigt.

„Wunderschön", hauche ich ehrfürchtig, was Jolina dazu veranlasst, Kasra zu sagen, sie solle sich jetzt auf das Licht konzentrieren und alles schnell in das neben ihr liegende Reagenzglas gleiten lassen. Als dies geschieht, verschließt Jolina alles sicher mit einem Korken. Kasra hustet und würgt, ich springe schnell auf, um zu ihr zu gelangen, doch es ist schon zu spät. Hustend spuckt sie Blut auf den Boden und ich kann nur mit Mühe dem Einschussgebiet entkommen.

„Was hast du mit ihr gemacht?", schreie ich Jolina wütend und ängstlich entgegen. „Du solltest ihr nur die überschüssigen Gefühle nehmen und sie nicht umbringen." In mir kocht es. Erst das Geschwafel von Unfehlbarkeit und jetzt das. Ich verstehe diese Frau nicht. Ist sie nun wirklich die Person, die sie vorgibt zu sein oder handelt es sich bei der Anführerin der Rebellen vielleicht um die schlimmste Person von allen?

„Ich habe sie nicht umgebracht", sagt diese ruhig. „Das sind ganz normale Nebenwirkungen, die treten jedes Mal auf. Kasras Körper ist geschwächt und sie reagiert wie jeder andere auch."

In dem Moment kippt Kasra nach vorne und ich mache einen Satz auf sie zu, um sie auffangen zu können.

„Ach ja, alles ganz normal?“, werfe ich ihr immer noch wütend an den Kopf. „Das kommt mir hier wirklich nicht so vor.“ Meine Stimme trieft vor Ironie. Mit aller Kraft stemme ich Kasra wieder hoch und lege sie unter den wachsamen Blicken Jolinas auf ihr ganz persönliches Bett.

Sie sagt nichts, aber ich sehe, wie ihre Gesichtsmuskulatur verräterisch zuckt. „Das ist ja auch kein natürlicher Vorgang. Dein Geist ist nicht dafür gemacht, dass man ihm Dinge, die er erworben hat, wieder wegnimmt. Was hast du denn gedacht? Dass es total entspannend ist?“ Sie hebt spöttisch eine Augenbraue.

„Ja“, kommt es aus zwei Mündern gleichzeitig. Ich drehe mich erschrocken wieder zu Kasra.

„Nach meinen Behandlungen hat noch nie jemand so reagiert wie ich heute“, sagt sie schwach und wischt sich mit dem Handrücken über den Mund.

„Das liegt daran, dass du diese Gabe in die Wiege gelegt bekommen hast. Aber nicht jeder bekommt alles, was er will, einfach so. Manche Leute müssen dafür arbeiten, dafür kämpfen. Aber das kannst du wahrscheinlich nicht verstehen, du hattest es ja immer leicht. Ich musste mir schon immer alles selber holen. Ich bekomme nie etwas umsonst. Nicht damals und nicht heute.“ Jolina wirft ihr Haar zurück und funkelt uns wütend an. „Ich bin eine ältere Frau, dass leugne ich nicht. Aber ich habe in meinem Leben mehr erreicht als jeder andere hier. Mehr, als ihr alle zusammen jemals erreichen werdet. Ich habe bei null angefangen, in einem düsteren Kellerloch eingesperrt. Und seht mich an… wo ich jetzt bin, kann mir keiner etwas anhaben. Ich bin eure Anführerin. Ich kann alles, was auch ihr könnt und noch so manches mehr.“

Es ist auf einmal gespenstisch still. Zu still für mich; ich fühle mich unbehaglich.

„Soll das heißen, du hast dir diese Fähigkeit einfach irgendwie angeeignet?", will Kasra wissen und durchbricht so die Stille.

„Ja, das soll es heißen", sage ich fröstelnd.

„Aber das geht doch gar nicht. Das ist nicht natürlich. Das ist falsch." Kasra wirkt verzweifelt und schaut verwirrt und hektisch zwischen Jolina und mir hin und her.

„Das ist wahr", sagt Jolina ausdruckslos. „Aber es ist auch wahr, dass diese Fähigkeit an sich unnatürlich ist und nur ich alleine es geschafft habe, so etwas ohne Geburtsrecht zu vollbringen. Fragt nicht wie, ich werde dieses Geheimnis hüten wie kein anderes."

„Das war mir klar", sage ich, ohne den Blick von ihr abzuwenden.

„Gut", sagt sie nur. „Ihr müsst wissen, dass ich sehr hinter unserer Sache stehe. Ich tue alles, was nötig ist, um an mein Ziel zu gelangen. Ich bin schon immer der Meinung gewesen, dass der Rat die falschen Entscheidungen trifft. Als sie mich damals gefangen hielten, war das Tagebuch das Einzige, was mir Hoffnung gegeben hat. Ich dachte, wenn ich es nicht schaffe, bis zum Sturz des Rates zu überleben, würde es demjenigen, der es lesen würde, helfen, an meiner Stelle zu kämpfen. Damals wusste ich noch nicht, dass ich als Licht unbedingt bis zum bitteren Schluss am Leben bleiben muss. Und als ich das herausgefunden habe, riss ich ein paar Seiten wieder heraus. Auf ihnen habe ich das Geheimnis, mein Geheimnis aufgeschrieben. Wenn ich eh dabei sein würde, so sagte ich mir, gibt es auch keinen Grund, es mit den anderen zu teilen."

„Aber ist Teilen nicht eines unserer vielen Prinzipien, die wir besser machen wollen als der dunkle Rest der Stadt?", frage ich argwöhnisch, um ihr die Widersprüchlichkeit ihrer Worte zu verdeutlichen.

„Das ist etwas ganz anderes, mein Kind." Ihre Worte klingen gepresst und falsch.

Ich werfe ihr einen Blick zu, von dem ich hoffe, dass er ihr zu verstehen gibt, dass ich genauso viel von dieser Aussage halte wie von der davor. Ich bedeute Kasra, mir zu folgen und marschiere mit erhobenem Kopf aus dem Raum. Ohne mich umdrehen zu müssen, bin ich mir sicher, dass Kasra die Tür hinter sich zuknallt, denn ich höre das Krachen klar und deutlich.

„Und du hast all die Jahre nicht gemerkt, wie sie wirklich ist?", frage ich Kasra entgeistert. „Ich meine, so etwas kann man ja nicht einfach ignorieren."

„Vielleicht wollten wir es ja auch einfach nicht sehen", antwortet sie zaghaft. „Immerhin war sie stets für uns da, hat alles geplant. Für manche war sie wie eine Heilige, andere sehen in ihr bis heute noch den Elternersatz. Wir mussten unsere Familien verlassen, als wir hierhergekommen sind. Das war eine Entscheidung, die nicht mal so eben getroffen werden konnte."

Ich nicke und stapfe weiter vor ihr her. „Ich bin der Meinung, wir organisieren uns selber. Schließlich müssen wir bald agieren, bevor der Zeitpunkt vorbei ist. Und in Jolinas Pläne habe ich im Moment nicht wirklich Vertrauen. Außerdem habe ich auch nicht vor, auf sie zu warten und tatenlos hier herumzusitzen, nur um dann blind das auszuführen, was sie mir sagt, ohne den Zusammenhang zu kennen."

„Okay", sagt Kasra gedehnt. „Wem soll ich Bescheid geben?"

„Also erst einmal Ben, Pria, Emmett und Lian. Und wenn alles grob geregelt ist, rufen wir so viele wie möglich zusammen."

„Das klingt nach einem Plan, aber vergiss nicht, dass wir Jolina letzten Endes auch brauchen“, sagt Kasra und nickt eifrig. „Also dann um elf in der Küche? Wir haben das Abendessen verpasst und das wäre dann doch eine gute Gelegenheit, es nachzuholen, oder?“

Ich wende mich zu ihr um, grinse und nicke dann. „So machen wir es, bis später dann.“

Hier trennen sich unsere Wege. Ich biege nach links ab, während Kasra weiter geradeaus geht, um jeden Einzelnen für unsere kleine Versammlung ausfindig zu machen. Ich fühle mich so unvorbereitet, so schutzlos und unwissend. Wie sollen wir es schaffen, diese riesengroße Aktion auf die Beine zu stellen - ohne zu wissen, was wir überhaupt wann machen müssen, damit alles rund läuft? Wir haben nur diesen einen geeigneten Tag. Doch wann genau wird er kommen? Wie viel Zeit bleibt uns noch? Und woher wissen wir, dass ausgerechnet er dieser perfekte Tag ist?

Chapter 26

Lian

„Wieso hast du Elena mitgebracht?“, zischt Linn wütend. „Ich kann mich nicht daran erinnern, dass sie eingeladen war.“

„Aber vielleicht gehört sie ja auch dazu. Seit wir hier sind, werden Paul und sie total ausgeschlossen, so als würden sie überhaupt nicht zu uns gehören“, versuche ich möglichst sachlich zu sagen. „Nur weil wir eine wichtige Rolle in dem Ganzen hier spielen heißt das noch lange nicht, dass sie weniger wichtig sind.“ Ich verschränke die Arme vor der Brust und schaue sie auffordernd an.

„Und bei Paul hast du ja anscheinend auch kein Problem“, füge ich noch provozierend hinzu.

„Ja, habe ich tatsächlich nicht, weil er nämlich keine aufgeblasene blöde Kuh ist.“ Sie verschränkt ebenfalls die Arme vor der Brust und erwidert meinen Blick.

Und weil er kein Mädchen ist, füge ich in Gedanken hinzu. Außerdem muss Linn ja nicht wissen, dass ich Elena nur aus Versehen geweckt habe, weil ich beim Aufstehen zu laut war. Dann lehne ich mich grinsend zurück.

Die Versammlung dauert lange… zu lange für meinen Geschmack. Es ist auch viel zu früh am Abend, ich bin noch müde vom traumlosen Tag. Irgendwann höre ich nur noch mit einem Ohr zu und lasse die Diskussion auf mich niederrieseln wie nervigen Regen. Es wird viel argumentiert, doch umso mehr Vorschläge gemacht werden, desto weiter entfernen wir uns von einer Lösung. Uns fehlen einfach noch zu viele Puzzlestücke, um das fertige Bild erahnen zu können, aber das wollen die meisten von uns einfach nicht einsehen und so reden sie weiter und weiter, ohne sich von der Stelle zu bewegen.

„Was sagst du dazu, Lian?"

Ich hebe den Kopf. „Wozu?", frage ich.

Links und rechts tauschen sie verständnislose Blicke und sagen dann wenig hilfreich: „Na, zu allem. Zum großen Ganzen, zu unserer Diskussion"

„Also", beginne ich vage. „Wenn wir nicht einmal wissen, was wir an besagtem Tag - von dem, wie ich anmerken möchte, wir auch nicht wissen, wann er überhaupt ist - überhaupttun sollen, macht meiner Meinung nach alles hier keinen allzu großen Sinn."

„Hallo, meine Lieben!" Alle zucken zusammen und wenden sich der Tür zu. Jolina steht dort und schaut belustigt auf uns hinunter. „Sagt mir nicht, ihr habt es nicht auch gespürt."

„Was gespürt?", fragt Linn mit zusammengekniffenen Augen.

„Na, das Kribbeln, was denn sonst?" Jolina verdreht die Augen. „Doch, natürlich hast du es gespürt. Das habt ihr beide", gibt sie sich selbst die Antwort auf ihre Frage. „Aber ihr seid eben doch nur die unwissenden Kinder, für die ich euch gehalten habe. Ihr denkt, ihr würdet das alles hier ganz alleine schaffen. Nun - da habt ihr euch getäuscht. Ihr braucht mich, sogar dringend, aber das wollt ihr natürlich nicht zugeben. Ihr sitzt stattdessen lieber in irgendeinem abgeschotteten Raum und lasst die Zeit damit verstreichen, dass ihr irgendwelche unsinnigen Theorien auf die Beine stellt, von denen sich nicht eine einzige beweisen lässt. Ich bin das dritte Licht, wie wollt ihr es ohne mich schaffen?" Sie funkelt uns herausfordernd an und fügt dann noch missmutig hinzu: „Aber ich gebe auch zu, dass ich euch ebenso sehr brauche wie ihr mich. Nur zusammen können wir es schaffen."

Ich nicke und aus dem Augenwinkel sehe ich, dass auch Linn dies widerwillig zugibt.

„Morgen ist der Zeitpunkt", sagt sie dann. „Das wird ganz schön knapp!"

„Wenn spät abends in früh morgens übergeht,
wenn der Mond trotz Sonne noch am Himmel steht,
wenn das Sternenlicht funkelt beim ersten Hahnenkrähen,
dann wird das Dunkel das Helle übersehen."

zitiert sie leise vor sich hin. „Also morgen früh ist es dann so weit, uns bleiben nur noch wenige Stunden", schließt sie dann ihr Fazit.

„Hast du das Gedicht von deiner Großmutter?", fragt Jolina leise.

„Ich denke schon, dass sie es mir irgendwie gegeben hat. Es war hinter unserem Spiegel", antwortet Linn achselzuckend.

„Ich habe es so lange nicht mehr gehört", fährt Jolina versonnen fort.

Linn schaut sie entgeistert an. „Du kennst es? Woher?"

„Ich hatte eine Vision", kommt die Antwort nach einigem Zögern. „Es war ganz merkwürdig, aber ich habe niemals daran gezweifelt, dass irgendetwas an den Worten wahr sein könnte. Komisch, oder?"

Ich bin mir nicht sicher, aber ich meine, Linn murmeln zu hören: „Das ist ja nichts Neues bei dir."

„Wie dem auch sei, ich finde, wir sollten nun überlegen, wie wir es anstellen, den Rat endgültig von seinem unverdienten Thron zu schmeißen", bricht Kasra das Schweigen.

„Ein funkelnder Regen erstickt den Nebel
Ein Traum oder Wahrheit?
Zum Greifen nah oder fern?
Besiegelt das Schicksal, um die Antwort zu klären."

wiederholt Linn die nächste und noch unaufgeklärte Strophe. „Was soll damit gemeint sein?", fragt sie grübelnd. „Also ich meine, das macht doch alles keinen Sinn. Wie kann etwas nah und zugleich fern sein? Ob ich mich gerade in einem Traum befinde oder nicht, dass lässt sich doch wohl ganz einfach herausfinden. Und wie sollen wir bitte - während wir schlafen - irgendetwas ausrichten können? Das ist doch komplett bescheuert." Und mit diesen Worten beendet sie ihren Vortrag und schnappt aufgebracht nach Luft.

„Wenn etwas zum Greifen nah ist, muss es direkt neben jemandem sein. Aber fern bedeutet ziemlich weit weg", schlussfolgert Jolina.

„Ja, das war uns alles schon lange klar", kontert Linn ärgerlich. „Was willst du uns damit sagen, was wir noch nicht wissen?"

„Ich will damit sagen", fährt Jolina unbeirrt fort, „dass wir insgesamt drei Personen sind."

„Ja und weiter?", frage ich mit gerunzelter Stirn.

„Und das heißt, dass wir zu dritt nah und auch fern voneinander sein können."

Sie erntet verwirrte Blicke und seufzt. „Die Hellsten seid ihr ja auch nicht gerade. Also gut, ich erkläre es euch. Nehmen wir mal an, Du als Sonne bist der Mittelpunkt, von dem wir ausgehen. Dann steht Linn neben dir, sozusagen zum Greifen nah, weil sie der Mond und damit die stärkere Macht in der Nacht ist. Ich wiederum stehe irgendwo ganz weit weg, fern eben. Habt ihr es jetzt verstanden?"

Wir nicken, denn wenn man es so betrachtet, scheint es logisch und einfach und ich frage mich, warum wir da nicht schon früher drauf gekommen sind.

„Ja und dann stehen wir da und warten ab, was passiert oder was?", fragt Pria trocken.

„Nicht ganz“ ist das Einzige, was Jolina uns verrät. Andere in ihre Pläne einzuweihen war ja bekanntlich noch nie ihre Stärke.

„Würdest du uns wenigstens erzählen, wo wir hin müssen?“ frage ich gerade heraus.

„Am großen Platz stehen drei der den Würfel tragenden Säulen. Es sind die imposantesten, da sie aus Marmor sind und sich so von den übrigen Metallträgern abheben“, überlegt Kasra laut. „Das wäre doch eine Möglichkeit, so als Metapher für euch, die unsere Gemeinschaft stützt.“

„Es geht hier aber nicht um Metaphern, Kasra“, fällt Pria ihr ins Wort. „Oder?“ Sie blickt hilfesuchend zu Jolina, welche verschmitzt in sich hineinlächelt.

„Vielleicht doch, mein Kind. Wir müssen endlich anfangen, die Dinge aus einer anderen Perspektive zu betrachten. Nichts ist mehr das, was es vorgibt zu sein, von daher scheint mir der Gedanke, dass wir uns an den drei Säulen aufstellen, gar nicht so abwegig. Zumal sie in der richtigen Position stehen. Zwei links und rechts von der Tribüne und eine am anderen Ende genau zwischen ihnen. Sehr gut, Kasra.“ Und an Pria gewandt, sagt sie: „Nimm dir ein Beispiel an ihr und du wirst bald eine Menge mehr sehen können.“

Pria verzieht ihr Gesicht und wendet sich demonstrativ ab.

„Zu dieser Jahreszeit geht die Sonne zwischen fünf und sechs Uhr auf, was für uns bedeutet, dass wir uns um spätestens fünf Uhr an unseren Plätzen befinden sollten“, gibt Linn zu bedenken.

„Dann haben wir jetzt nur noch genau…“, ich werfe einen Blick auf meine Armbanduhr und in mir zieht sich alles zusammen, „zehneinhalb Stunden, bis wir dort sein müssen“, beende ich meinen angefangenen Satz.

Ein geschocktes Raunen geht durch die Menge. Keiner hat damit gerechnet, dass uns nur noch so wenig Zeit bleibt, um eine Apokalypse zu verhindern.

„Was? Das schaffen wir doch niemals", ertönt es von der Tür und ich fahre herum. Dort steht Luke mit riesengroßen Augen und starrt uns an.

„Was machst du denn hier?", fragt Pria entgeistert. „Ich glaube, du bist noch etwas zu jung, um hier mitreden zu dürfen.

„Ich bin aber nicht viel jünger als Kasra", sagt dieser beleidigt und schiebt seine Unterlippe vor. „Und die darf immer dabei sein."

„Ich könnte das System des Rates hacken, wenn euch das irgendwie weiterhilft", ertönt eine weitere Stimme aus Richtung Tür und Draven streckt den Kopf zu uns herein.

Pria seufzt gequält auf und macht dann eine genervte Handbewegung. „Dann kommt schon rein. Wie viele von euch stehen denn noch da draußen?"

„Nur wir, sonst niemand mehr", beeilt sich Luke hastig zu sagen.

„Na immerhin", seufzt Pria ein weiteres Mal, aber diesmal vor Erleichterung.

„Du könntest herausfinden, was für morgen noch vor fünf Uhr geplant ist", wendet sich Linn an Draven. „Vielleicht kann uns das irgendwie weiterhelfen."

Er greift in seine braune Ledertasche, die er stets bei sich trägt und fischt ein Tablet heraus.

„Was hast du da?", fragt Pria alarmiert.

„Das ist ein Tablet", stellt Draven klar.

„Ja, schon klar, aber woher hast du das?"

„Na, ich brauchte das für meine Arbeit in der Zentrale des Rates", gibt er trotzig zurück. „Was hast du denn gedacht?

Dass ich mir das aus eurem Schrottsystem zusammengebastelt hätte?"

Pria geht gar nicht weiter auf seine provozierende Frage ein, sondern wirft ihm nur ärgerlich an den Kopf: „Und dir ist nicht einmal in den Sinn gekommen, dass sie uns über dein blödes Tablet orten können? Ich frage mich, wieso sie nicht schon längst hier einmarschiert sind. Ich wusste doch, dass es eine total dämliche Idee war, dich hierher zu bringen."

„Vielleicht", entgegnet er ärgerlich, „sind sie noch nicht hier, weil sie mich gar nicht orten können. Hast du schon mal daran gedacht, erst einmal ruhig zu klären, was überhaupt Sache ist, bevor du wie eine Irre drauf loskeifst? Ich kenne mich sehr gut mit Technik aus, also kann ich auch dafür sorgen, dass dieses Tablet…, " er hebt es triumphierend in die Luft, „für den Rat unsichtbar wird."

„Ach, ja - und wie bitteschön hast du das gemacht?", fragt Pria immer noch bissig.

„Wenn eure schrullige Anführerin ihre Geheimnisse haben darf, dann darf ich das auch." Immer noch leicht schmollend beginnt er, verschiedene Kombinationen auf dem Bildschirm einzutippen und konzentriert seine Brille zurechtzurücken. Scheinbar ewig tippt er und ich spüre, wie die Anspannung wächst und die Luft in unserem ohnehin schon kleinen Raum immer dicker wird.

„Mist", flucht Draven urplötzlich und schaut auf.

„Was ist? Bist du nicht reingekommen?", fragt Linn besorgt.

„Nein, das ist es nicht, ich war sofort drin", antwortet er ausweichend.

„Was ist es dann?", erkundigt sie sich.

„Sie wissen von morgen." Mehr sagt er nicht. Mehr braucht er nicht zu sagen.

„Heißt das, wir haben einen Spion oder so etwas unter uns?", fragt Kasra sofort, doch Draven schüttelt nur den Kopf.

„Nein, sie wissen nicht, was wir geplant haben. Aber sie wissen, dass morgen der richtige Zeitpunkt ist. Hier, lest selbst. Das ist gerade reingekommen“, sagt er und dreht den Bildschirm so, dass wir lesen können, wovon er uns kurz davor berichtet hat.

>Betreff: Der richtige Zeitpunkt<
>An: Ratsvorsitzenden (Thomas)<
>Absender: Unbekannt<

Sehr geehrter Herr Ratsvorsitzender,
aus vertraulichen Quellen, die ich hier nicht weiter nennen werde, da sie für den folgenden Verlauf nicht weiter wichtig sind, habe ich in Erfahrung bringen können, dass der von Ihnen so dringlich benötigte Termin schon am Morgen des nächsten Tages eintritt. Ich bedauere zutiefst, Ihnen nicht früher Bescheid gegeben zu haben, aber meine eigenen Informanten unterbanden mir dies. Des Weiteren möchte ich noch anmerken, dass die Rebellen sich ebenfalls in dem Wissen befinden, dass der morgige Tag ihre einzige Chance sein wird. Wie Sie nun weiter vorgehen, ist gänzlich Ihnen überlassen. Doch Sie sollten in der Erkenntnis handeln, dass Ihre Gegner sehr wohl in der Lage sind, Größeres zu bewegen. Das dies bisweilen noch nicht eingetreten ist, ist Ihr ganz persönliches Glück. Doch Sie sollten nicht immer darauf vertrauen, denn eines Tages könnte sich das Blatt wenden und die Folgen wären verheerend für Sie und für mich. Von daher schreibe ich Ihnen in meinem ganz persönlichen Interesse und hoffe für Sie, dass meine Information sinnvoll genutzt und ich nicht enttäuscht werde. Lassen sie Ihren Enkel die wichtigste Entscheidung treffen, er ist ein kluger Junge, weitaus klüger als Sie, wenn ich das so sagen darf, ohne Ihnen zu nahezutreten.

Mit durchaus freundlichen Grüßen
im Augenblick noch Unbekannt

„Das ist schlecht, wirft uns aber nicht komplett durcheinander“, versucht Pria die aufgebrachte Menge zu beruhigen. „Wir hätten sowieso damit rechnen müssen, dass sie davon in Kenntnis gesetzt worden sind. Also bleibt alles beim Alten, nur das wir jetzt besser planen können.“ Sie klingt fast optimistisch, als sie aufsteht und dies sagt. Jolina schaut sich dieses Spektakel nur mit verschränken Armen von der Seite aus an, ganz die mürrische alte Lady, die sie schon immer war.

„Wusstet ihr, dass Thomas einen Enkel hat?“, wirft Kasra mit gerunzelter Stirn ein. Wir verneinen einstimmig. „Bestimmt ist es so ein dürrer Junge, der nie aus seinem Zimmer gehen darf“, vermutet sie. „Und er liegt dann sein ganzes Leben im Bett und ist absolut schwach. Eigentlich ist er total schlau, weil er den ganzen Tag nichts Besseres zu tun hat als zu lesen. Aber das sieht sein Großvater nicht, weil er ihn für krank hält.“ Zufrieden mit ihrer Theorie und sich selbst reibt sich Kasra die Hände und steht auch auf. „Dann wäre ja jetzt erst einmal alles geklärt. Ich muss nämlich mal ganz dringend etwas essen, sonst sterbe ich nämlich, bevor Thomas dafür verantwortlich sein kann.“

Keiner lacht über ihren makabren Witz und sie verzieht beleidigt ihre Mundwinkel. „Das sollte lustig sein. Ihr könntet wenigstens so tun, als ob... mir zuliebe.“

Leises Murmeln erhebt sich, aber keiner macht Anstalten, ihrer Bitte zu folgen und wenigstens etwas zu lächeln.

Kasra pustet sich eine Haarsträhne aus dem Gesicht und dreht sich hocherhobenen Hauptes um. Klimpernd fällt ein kleiner Gegenstand aus ihrer Jackentasche, doch das scheint sie gar nicht zu bemerken, denn sie marschiert in dieser Haltung aus der Tür. Aus dem Augenwinkel scheint es mir fast so, als würde sie noch einmal extra ihre Schultern nach unten drücken und ihren Körper straffen. Aber möglicherweise ist dies auch nur Einbildung gewesen.

„Was ist das?", fragt Luke, der den Gegenstand aufhebt.

„Ein kleines Abhörgerät", stellt Draven fest. „Jemand muss es unbemerkt in ihre Tasche getan haben. Aber wer?"

„Und wenn sie es selber war?", äußert Pria kritisch.

„Niemals, sie hätte uns schon so oft verraten können. Das war nicht ihr Werk." Jolina scheint sich sehr sicher zu sein, denn sie fügt noch hinzu, dass es jetzt eh keine Rolle mehr spielen würde und wir uns auf wichtigere Dinge zu konzentrieren hätten.

Noch neun Stunden:

Die Zeit rieselt uns unter den Fingern weg wie in einer Sanduhr mit viel zu großem Loch. Keiner weiß, wie es weitergehen soll, den größten Teil der Zeit sitzen wir nur tatenlos rum - auch wenn wir wissen, dass wir eine Fülle an Dingen tun könnten, die weitaus sinnvoller wären als das. Wir könnten uns ausruhen oder noch einmal das machen, wozu wir richtig Lust haben. Denn falls alles schief läuft, werden wir nie wieder die Gelegenheit dazu haben. Wir sollten an einem Plan feilen, der auch wirklich eine Chance hat, zu bestehen. Egal, was wir tun könnten, wir suchen uns natürlich die unsinnigste aller Möglichkeiten heraus, so sind wir.

„So, jetzt ist Schluss mit dem Herumlungern, meine Lieben, jetzt wird gehandelt." Jolina kommt fröhlich in den Schlafsaal, in dem wir uns alle versammelt haben und klatscht begeistert in die Hände. „Wer nicht mehr in der körperlichen Verfassung ist, mitzudenken - aus Gründen wie Verwirrung oder Panik -, geht jetzt nicht hinter uns her."

Aber jeder will dabei sein und mithelfen. Wir sind vor genau drei Stunden, um fünf Uhr, aufgestanden. Und keiner sieht es ein, jetzt einfach nur tatenlos herumzusitzen und darauf zu warten, dass andere irgendeine Lösung finden. Niemand möchte zugeben, dass er hinsichtlich des nächsten Morgens Angst hat.

„Ich habe mich wohl nicht deutlich genug ausgedrückt", sagt Jolina, als sie die unzähligen unsicheren Gesichter sieht. „Ihr bleibt hier, sonst kann ich nicht arbeiten." Sie hat ihre Stimme merklich erhoben und viele halten sich erschrocken die Ohren zu oder zucken zumindest zusammen. Dann rennen sie wie eine aufgescheuchte Rehherde auseinander und in weniger als dreißig Sekunden sitzen sie im Schneidersitz auf ihren Betten. Wir Übrigen verlassen den Raum - angefüllt mit Hoffnung, Kampfesgeist und ein wenig Zweifeln. Aber am meisten mit Hoffnung.

Noch sieben Stunden:

Die Hoffnung schwindet mit jeder Minute, die verstreicht. Unruhig geht Pria in der Zentrale auf und ab. Mal bleibt sie stehen, aber das ist nie von langer Dauer.

Mit ein paar gekonnten Bewegungen hat es Draven geschafft, die Karte der dunklen Stadt auf die weiße Wand zu projizieren und auf unser Gebiet samt Versammlungsplatz heranzuzoomen. Nun steht Jolina über einen Tisch gebeugt, auf dem die Karte ebenfalls zu sehen ist, und zeichnet schwarze Linien und Symbole an irgendwelche Stellen. Die von ihr gemalten Zeichen erscheinen fast zeitgleich auch auf dem Bild an der Wand. Gesprochen wird nicht. Ab und an streicht sich die ältere Frau ein paar durch die Zeit weiß gewordenen Haarsträhnen wieder hinters Ohr, die ihr einfach nicht gehorchen wollen und gibt ein ärgerliches Grunzen von sich. Es ist das einzige Geräusch - wenn man mal von Prias ärgerlichen Atmern absieht, die sie immer mal wieder in Richtung Jolina schickt.

„So, das müsste genügen.“ Zufrieden steckt Jolina die Kappe auf den Stift. „Ich habe uns mal das Gröbste markiert.“ Sie zeigt auf die vielen Striche und Formen und erwartet wohl, dass wir in Beifall ausbrechen oder Ähnliches, denn sie verliert ihren fröhlichen Gesichtsausdruck, als sie von uns keine Erwiderung bekommt. „Ich arbeite wirklich nur mit Idioten zusammen“, sagt sie ärgerlich. „Erst meckert ihr herum, wenn ihr nicht in meine Pläne eingeweiht werdet und wenn doch, dann zeigt ihr auch keine Reaktion.“

„Vielleicht, weil wir alle müde sind und du uns noch nicht einmal erklärt hast, was das Gekritzel zu bedeuten hat“, sage ich monoton. „Sollen wir etwa hellsehen?“

Zustimmendes Gemurmel von rechts und links.

„Hier, die Sonne, das bist du.“ Jolina geht um den Tisch herum und deutet mit dem Stift, den sie immer noch in der Hand hält, auf ein kleines Symbol neben der Tribüne. „Und folglich ist das hier“, sie zeigt auf eine Mondsichel am anderen Ende, „Linns Position.“ Dann schreitet sie hocherhobenen Hauptes auf die andere Seite der Projektion und erläutert uns ihren Standort. „Mit den Linien habe ich uns drei verbunden, es entsteht ein Dreieck.“ Sie fährt die schwarzen Linien mit ihrem Stift nach und sieht wieder ganz zufrieden aus.

„Und was hat das große X in der Mitte des Dreiecks zu bedeuten?“, fragt Linn interessiert.

„Warte doch einfach ab“, fährt Jolina sie an. „Ich komme noch dazu. Das ist der exakte Mittelpunkt der Stadt und gleichzeitig auch der Mittelpunkt von uns dreien. Zufrieden?“

Linn nickt hastig.

„Unsere gesamte Kraft sammelt sich an diesem Punkt und ist in der Lage, sich von dort aus über die ganze Stadt auszubreiten." Nacheinander deutet sie auf die vielen Kreise, welche immer größer werden und sich in immer weiteren Abständen voneinander befinden. Ähnlich wie die Ringe, die entstehen, wenn man einen Stein ist Wasser wirft. „Das sind die Impulse", klärt Jolina auf. „Ich bin mir noch nicht sicher, wie wir sie auslösen und ob dies überhaupt der richtige Weg ist, aber ich habe davon geträumt, dass sich unsere Macht bündelt, und zwar genau hier." Sie deutet wieder auf das große X.

„Und die vielen kleinen Dreiecke überall, was sollen die darstellen?", fragt Kasra und zeigt mit ausgestrecktem Finger auf die Karte.

„Das seid ihr", erklärt Jolina sofort. „Ihr befindet euch im Schutz des Schattens hinter Häuserecken oder Sonstigem, was euch Sicherheit bietet."

„Oh, super!" Kasra steht auf und rennt zu ihr nach vorne und piekst in die Wand. „Kann ich dann dieses Dreieck sein? Das ist am schönsten."

„Meinetwegen", sagt Jolina schmunzelnd und es ist das erste Mal seit unendlich langer Zeit, dass auch ihre Augen wirklich mitlächeln.

Noch fünf Stunden:

Es ist Mitternachtspause. Wir befinden uns alle im Speisesaal, doch die Stimmung ist nicht wie sonst heiter und ausgelassen, sondern angespannt und leise. Wir können die übrig gebliebenen Stunden jetzt schon an nur einer Hand abzählen. Geistesabwesend starre ich auf meine Finger. Es sind so wenige. Zum ersten Mal in meinem Leben hege ich den absurden Wunsch, mehr als nur fünf Finger an einer Hand zu besitzen. Nur weil ich mir einrede, dann noch mehr Zeit zu haben.

„Kannst du mir mal bitte den Salzstreuer rüberreichen?", fragt eine Stimme irgendwo ganz in meiner Nähe.

Ich reagiere nicht, sondern starre einfach nur weiter auf meine Finger und bewege sie leicht. Seit wir hier angekommen sind, ist noch gar nicht so viel Zeit vergangen und doch fühlt es sich an, als wäre das hier jetzt zu meinem Zuhause geworden. Manchmal wundere ich mich, wieso mir immer noch keine Schwimmhäute gewachsen sind, denn ich mache ständig den Abwasch, um mich vor anderen anstehenden Aufgaben zu drücken. Ich stehe überhaupt nicht auf Arbeiten wie putzen, aufräumen oder irgendwelche dreckigen Rohre in der Kanalisation reinigen. Schnell habe ich die Methode entwickelt, immer dann mit dem Spülen anzufangen, wenn jemand für solche Arbeiten gesucht wurde. Vielleicht habe ich auch insgeheim gehofft, Linn hier anzutreffen, denn Staubwischen gehört ebenfalls nicht zu ihren favorisierten Beschäftigungsmöglichkeiten.

Etwas trifft mich am Kopf. Ich fasse an meine Schläfe und fühle etwas Warmes und Matschiges, was nun beginnt, mir über das linke Auge zu laufen. Dann blicke ich in die Richtung, aus der das Geschoss so urplötzlich gekommen war und sehe Kasra, die bereits den zweiten Löffel mit Kartoffelpüree belädt und in die richtige Abschussposition bringt. Ich wische mir die Essensreste aus dem Gesicht und werfe ihr einen ärgerlichen Blick zu.

„Was soll das?", frage ich sie gereizter, als ich es eigentlich geplant hatte.

„Ich will das Salz haben und du Blödmann starrst die ganze Zeit nur auf den Tisch", erklärt sie.

„Du hättest auch einfach fragen können", protestiere ich. Doch sie kontert: „Habe ich doch, aber du reagierst ja auf gar nichts."

Ich taste meine Haare nach weiterem Essen ab und ernte dafür einen belustigten Blick von Linn, die mir gegenübersitzt und das Geschehen aufmerksam verfolgt.

„Du hast da eine Erbse", sagt sie grinsend und zeigt auf mein Ohr.

Kasra beginnt zu lachen. „Weißt du eigentlich, wie schwer es war, das kleine Ding da reinzuwerfen? Ständig sind die wieder rausgefallen oder an deinem Kopf abgeprallt."

Ich blicke auf den Boden und tatsächlich… um mich herum liegt der gesamte Inhalt von Kasras Teller verstreut. Ich befreie die Erbse aus meinem Ohr und schiebe Ihr das Salz rüber. „Sorry".

Doch sie zuckt nur mit den Schultern und sagt: „Eigentlich kannst du das jetzt behalten, ich habe eh nichts mehr, was ich damit würzen könnte."

„Hier, du kannst mein Essen haben", sagt Linn und reicht ihren Teller weiter. „Ich habe sowieso keinen Hunger mehr." Dann schiebt sie ihren Stuhl zurück und steht auf, während Kasra sich wie ein hungriges Tier auf ihre zusätzliche Portion stürzt, die sie mit eindeutig zu viel Salz für jeden anderen ungenießbar macht.

Noch vier Stunden:

Sie geht einfach weg, bricht eine Regel, die Jolina für äußerst wichtig hält. Linn verlässt den Raum - ohne darauf zu warten, dass ihr Tisch zu Ende gegessen hat. Und ich mache es ihr nach. Und wäre heute ein anderer Tag, müssten wir zurückkommen und so lange sitzen bleiben, bis auch der Letzte am Tisch fertig gegessen hat. Jolina legt sehr viel Wert auf den Zusammenhalt in der Gemeinschaft und ist stets darauf bedacht, dass auch wir diesen achten und ehren. Aber heute ist heute, nicht morgen, nicht gestern.

„Ein Traum oder Wahrheit, das muss es einfach sein. Sonst bleibt nichts mehr übrig", murmelt Linn vor sich hin, während sie den Raum verlässt.

„Und was denkst du, ist damit gemeint?“, frage ich und laufe zu ihr hin.

Sie dreht sich erschrocken um und stottert dann überrumpelt: „Keine Ahnung, ähm, was meinst du?“

„Gegenfrage, nicht schlecht“, grinse ich und hole endgültig auf.

„Und wenn ich jetzt noch eine Antwort bekomme, ist der Tag gerettet“, sagt sie. „Dann müsste ich mir keine weiteren Gedanken darüber machen und wir könnten bestens gelaunt in den Kampf ziehen.“

Den sarkastischen Unterton überhöre ich geflissentlich. „Was ist denn dein größter Traum?“, frage ich sie gespannt.

Doch ohne mir eine Antwort zu geben, sagt Linn nur ausweichend: „Woher weißt du, dass es in dem Gedicht um meinen Traum geht? Es könnte genauso gut deiner gemeint sein oder der von Jolina.“

„Unwahrscheinlich“, falle ich ihr ins Wort. „Das Ganze soll doch gut ausgehen. Wenn es auf Jolina bezogen wäre, würde am Ende nur noch sie leben und die ganze Welt stünde in Flammen.“

Linn grinst. „Ja, wahrscheinlich.“

Und schweigend gehen wir nebeneinander den Flur entlang.

Noch 60 Minuten:

„Du weißt, dass ich Panik schiebe?“, fragt Linn, während sie sich an meinem Arm festkrallt.

„Ist nicht zu übersehen“, antworte ich ihr und wackele demonstrativ mit meinem Arm.

„Oh, Entschuldigung, ich habe das irgendwie gar nicht gemerkt, dass ich mich da festgehalten habe“, flüstert sie heiser. „Wir können das nicht schaffen… wir wissen nicht, was zu tun ist." Sie wippt unruhig mit ihren übereinander geschlagenen Beinen und schaut alle drei Sekunden wieder zur großen Uhr. Jedes Mal ist ihr Blick ein wenig hektischer geworden. „Ich weiß einfach nicht, wie man jetzt noch so ruhig sein kann wie du." Ihre Stimme zittert, genau wie ihr ganzer Körper.

Ich lege einen Arm um sie und sage: „Es macht doch überhaupt keinen Sinn, sich jetzt so viele Gedanken zu machen, damit schadest du nur dir selbst. Wir gehen da gleich raus, stellen uns so auf, wie Jolina es uns gesagt hat und dann lassen wir die Situation einfach auf uns zu kommen."

„Du spinnst doch", sagt sie mit klappernden Zähnen. „Was soll das denn bitte für ein Plan sein?"

„Der einzige, den wir zur Zeit haben", füge ich in Gedanken hinzu und ziehe sie noch ein bisschen enger zu mir heran. „Wir schaffen das!" Ich will beruhigend klingen und spreche dann weiter: „Das ist wie in jeder guten Geschichte. Das Gute gewinnt und das Böse verliert."

„Und was ist, wenn unsere Geschichte keine gute ist?", fragt Linn leise. „Was ist, wenn wir kein Happy End bekommen?"

„Kriegen wir", versichere ich ihr. „Außer, du zählst dich zu den Bösen."

Und endlich lächelt sie, wenn auch nur schwach.

Es ist so weit:

Die große Uhr zeigt fünfzehn Minuten vor fünf an, unsere Aufbruchzeit und schlagartig wird es laut. Alle wuseln wie die Irren durch die Räume, auf der Suche nach irgendetwas, was sie in den letzten Sekunden noch Hilfreiches machen könnten. Jolina hat uns strikte Anweisungen gegeben. Jeder weiß genau, was er zu tun hat. Und trotzdem sind wir dieses eine wichtige Mal nicht wirklich gut vorbereitet. Walkie-Talkies werden verteilt und die erste Gruppe wird losgeschickt, um an ihre Posten zu gelangen. Es ist die, welche sich um den Versammlungsplatz herum versteckt. Als sie weg sind, ist die Hälfte unserer Leute verschwunden und uns anderen wird klar, wie wenige wir doch eigentlich sind. Die zweite Gruppe, welche sich unter die Menschenmenge mischen wird, tritt ihren Weg an, sobald ihnen per Walkie-Talkie Bescheid gegeben wird. Dies wird der Zeitpunkt sein, an dem sich die Menschen dort versammeln. Wir gehen schon früher. Wir, das sind: Linn, Jolina, Kasra, Ben, Emmett, Pria, Paul, Luke und ich. Wir gehen jetzt.

Chapter 27

Linn

Das Kind beginnt zu schreien. Die Mutter beugt sich zu ihm hinunter und versucht verzweifelt, es zu beruhigen. Sie weiß, dass es nicht schreien darf, nicht heute und besonders nicht hier.

„Scht!" Sie wiegt ihr Kind in den Armen, doch ein Wimmern bleibt und es hält an – egal, wie aufgelöst die junge Mutter es zum Schweigen bringen will.

Möglichst unauffällig gehe ich zu ihr herüber; ich möchte ihr helfen. Ein trauriges Lächeln huscht über ihr Gesicht und da weiß ich, es ist eine Falle.

Blankes Entsetzen packt mich. Wie konnten sie eine Frau, in der Gefühle wuchsen, dazu bringen, uns zu verraten? Sie müsste doch wissen, wie der Rat ist. Das Kind hat aufgehört zu weinen, doch das tröstet mich nur mäßig. Was hatte sich die Frau dabei gedacht?

„Es tut mir leid", haucht sie und wendet sich dann ab.

Ich werde wütend, denn wenn es ihr wirklich leidtäte, wieso hat sie es dann überhaupt gemacht? Diese Stadt ist eine einzige große Lüge und ich bin in ihr gefangen - wie eine wehrlose Fliege im Spinnennetz, die auf ihren sicheren Tod wartet.

Ich ducke mich und versuche, irgendwie in der Menge unterzutauchen, doch es ist schon zu spät. Grobe Hände packen mich und ziehen mich mit einem Ruck nach oben. In einer unangenehmen Position werde ich hinter dem breiten Mann her geschleift. Ich wehre mich nach Leibeskräften, schlage und trete um mich, doch der Griff um meine Handgelenke ist eisern und schnürt mir die Blutzufuhr ab. Ein zweiter Mann geht an mir vorbei und ich sehe, wie er die Frau mitsamt Kind am Arm packt und in der Menge verschwindet.

Ich höre noch, wie sie leise wimmert: „Ich habe doch alles gemacht, wie ihr es mir aufgetragen habt. Ich darf jetzt gehen, das ist ein Missverständnis. Bitte nehmt mir nicht meine Tochter."

„Bei uns gibt es keine Missverständnisse", kommt die grimmige Antwort so schnell, als hätte der Mann nur darauf gewartet, diesen Satz endlich sagen zu dürfen.

„Abschaum", brummt der Mann, der mich gepackt hat. „Elendiger Abschaum, diese Leute. Kommen angekrochen und heucheln uns einen vor, nur weil sie sich dann erhoffen, verschont zu werden. Das ist dumm, sehr dumm."

„Aha", sage ich wenig intelligent, aber ich weiß nicht, ob diese Aussage an mich oder nur einfach so daher gesagt worden ist.

„Wer hat dich denn aufgefordert, etwas zu sagen?", fährt der Mann mich an und schließt seine Hände noch fester um meine Handgelenke. „Ihr steht nochmal eine Stufe tiefer, ihr seid…", stockt er, weil ihm anscheinend kein Wort einfällt, was uns annähend beschreiben könnte.

„Doppelter Abschaum?", helfe ich freundlich.

„Ja, ja, genau." Er scheint immer noch ein wenig verwirrt, aber ich muss ein kleines Lachen unterdrücken. Doch augenblicklich wird mir meine Situation wieder klar und ich stocke.

„Hast du Angst?", fragt er grinsend.

„Wieso sollte ich?", gebe ich trotzig zurück.

Der Mann schüttelt bloß seinen Kopf - ohne das hämische Grinsen zu verlieren. „Oh Schätzchen, da fallen mir eine

Menge Gründe ein, soweit kannst du wahrscheinlich nicht einmal zählen."

„Danke gleichfalls!" Mein Tonfall ist eisig, denn unter keinen Umständen will ich ihm deutlich machen, dass ich beinahe vor Angst sterbe.

Sein Grinsen wird breiter. „Dir wird dein hübsches Lachen schon noch vergehen. Aber eigentlich sollte ich mich nicht beklagen, denn so wird es doch viel lustiger. Stellen wir uns einmal vor, du wärst so eine kleine graue Maus, die vor Angst zittert. Obwohl... ich glaube, das würde mir auch gefallen." Er lacht laut auf. „Das wird ein Spaß, wie es ihn hier lange nicht mehr gegeben hat, du wirst schon sehen." Und gespielt erschrocken fügt er hinzu: „Aber nicht für dich. Sorry."

Die Menschenmenge teilt sich und der Mann hebt mich kurzerhand hoch und wirft mich wie einen Sack über die Schulter, dann schreitet er hocherhobenen Hauptes in Richtung Tribüne.

Ich trommele mit beiden Fäusten auf seinem Rücken herum, doch er scheint dies nicht einmal wahrzunehmen, während meine Handgelenke nur weiter anzuschwellen scheinen. Oben angekommen setzt er mich neben dem erwartungsvoll dreinblickenden Thomas ab und stellt sich - meine beiden Arme festhaltend - hinter mich. Er hat sie merkwürdig verdreht und ich kann einen kleinen Aufschrei nicht unterdrücken, der den Mann dazu veranlasst, einfach noch ein Stück weiterzudrehen und mich in die Knie zu zwingen.

„Es reicht", schallt die Stimme von Thomas über den Platz. Das erste Mal, dass ich mich darüber freue und das einzige Mal in meinem weiteren Leben, denke ich bei mir.

„Wo ist der Junge?" Thomas Stimme klingt rau und barsch.

Ich blicke mich - immer noch kniend - suchend um. Ja, wo steckt Lian nur?

„Hier, Großvater“, ertönt eine vertraute Stimme, die mein Herz schneller schlagen lässt. Aber nein, das kann nicht sein, oder doch? Ich habe es doch mit eigenen Augen gesehen, er ist tot, er… Weiter komme ich mit meinen Gedanken nicht, denn da sehe ich ihn inmitten der vielen Leute!! Es ist Nick.

Meine Euphorie wird jäh gestoppt, als ich sehe, wen er da mit einem ebenfalls verdrehenden Griff festhält und nun stolz wie eine Trophäe präsentiert. Es ist Lian. Irgendwie will dieses Bild nicht ganz zusammenpassen. Ich realisiere es erst wirklich, als Lian neben mir auf der Tribüne steht und ich unsanft hochgerissen werde. Es fühlt sich so unwirklich an, so als würde ich ertrinken. Meinen letzten Atemzug habe ich vor einer halben Ewigkeit gemacht und jetzt scheint es so, als würde ich wie ein Stein auf den Grund des Meeresbodens sinken, während sich meine Lunge statt mit Luft mit Wasser füllt. Nur dass es kein Meer ist, in dem ich ertrinke, sondern die vielen Gefühle, die mich zu erschlagen scheinen. Niemals! Was hat er eben gesagt? Großvater? Wer? Thomas? Hilfe… nein.

„Hallo Linn, so sieht man sich wieder“, grinst er mich freundlich an.

Ich kann nur schwach nicken, denn atmen kann ich noch immer nicht. Lügner, Blödmann, verlogener Mistkerl. Am liebsten würde ich ihm jede erdenkliche Gemeinheit an den Kopf werfen, auf ihn spucken und ihm irgendwie zeigen, wie abscheulich ich ihn finde. Aber ich kann es nicht - und zwar nicht nur, weil ich nicht sprechen kann, sondern auch, weil ich ihn einmal so unglaublich gerngehabt habe und dieses Bild des früheren Nicks nicht mehr aus meinem Kopf zu bekommen ist.

Manchmal wünsche ich mir, mein Kopf wäre wie ein Computer. Immer, wenn ich irgendetwas vergessen möchte, drücke ich auf „Löschen“ und alles ist wieder gut. Aber das Leben ist nicht immer so einfach; man muss lernen, damit klar zu kommen, wie es einem serviert wird. Mit oder ohne Schirmchen.

„Wie kann es sein, dass du hier bist?“, schaffe ich es da endlich, die ersehnte Frage zu stellen.

Nick lacht überheblich. „Ihr Idioten seid ja alle schön brav in den Wald gelaufen, um einen Ast zu suchen, mit dem ihr mich zu euch hochziehen wolltet. Blöd nur, dass so niemand sehen konnte, wie ich die Felswand einfach wieder runtergeklettert bin und mich für euch in Pose geworfen habe.“ Er grinst. „Und nochmal runtergeklettert, um nachzuschauen, ob ich wirklich tot bin, seid ihr natürlich nicht. Viel zu riskant, wo doch schon einer drauf gegangen ist.“ Dann wendet er sich an den Typen, der mich noch immer eisern im Griff hat. „Komm schon, du musst sie doch nicht so festhalten. Sie ist süß, wirklich.“ Nick schaut den Mann streng an und Sekunden später lockert sich der Griff um meine Handgelenke ein wenig. Ich atme erleichtert auf und bewege zur Probe meine Finger.

„Also ich finde, ein „Danke“ hätte ich jetzt schon verdient“, sagt Nick gespielt enttäuscht.

„Danke“, erwidere ich sarkastisch und werfe ihm einen bösen Blick zu. Was denkt er sich eigentlich? Dass ich ihn immer noch mag? Dass es mir überhaupt nichts ausmacht, dass er uns verraten und von Anfang an angelogen hat?

„Ich habe euch vermisst“, sagt Nick nun grinsend.

„Ach wirklich?“, kommt es emotionslos von Lian zurück.

„Ja, ich musste immer an euch denken und daran, wie schön es doch wäre, wenn ihr alle zusammen mit mir auf der richtigen Seite stehen würdet. Noch habt ihr die Chance, zu wechseln.“

„Sieht das dein gestörter Großvater genauso?“, fragt Lian abschätzig.

Nick verengt den Griff und Lian schnappt keuchend nach Luft. Dann raunt Nick ihm so laut ins Ohr, dass selbst ich noch jedes einzelne Wort klar und deutlich vernehmen kann: „Ich an deiner Stelle würde mich nicht so aufblasen, mein Lieber. Ich habe dir gerade ein Friedensangebot gemacht und du trittst es mit Füßen und beleidigst unser Oberhaupt. Wärst du nicht mal ein guter Freund von mir gewesen, hättest du gerade dein Todesurteil unterzeichnet. Also pass gut auf, was du zu mir sagst."

„Unter guter Freundschaft verstehe ich aber etwas anderes." Lians Worte kommen flach aus seinem Mund.

„Ach, dir ist nicht mehr zu helfen." Nick tritt ihn ärgerlich mit einem Fuß.

„Du widerst mich an", presst dieser zwischen den Zähnen hervor. „Los, wir tauschen", wendet sich Nick an den Mann, der mich noch immer viel zu eng festhält.

„Das Leben ist kein Wunschkonzert, Junge", antwortet dieser nur genervt. „Was sagt denn dein geschätzter Herr Großvater dazu?"

Und endlich meldet sich Thomas wieder zu Wort, der sich bis dato im Hintergrund aufgehalten hat und höchstwahrscheinlich nach Jolina suchen ließ.

„Mein Enkel weiß schon, was er tut", ist seine knappe Antwort und ich muss an die Nachricht denken, in der es hieß: Lassen Sie Ihren Enkel die wichtigste Entscheidung treffen, er ist ein kluger Junge, weitaus klüger als Sie, wenn ich das so sagen darf, ohne Ihnen zu nahezutreten. Aber welche ist die wichtigste Entscheidung? Wenigstes hat sie ihn zum Nachdenken angeregt und eventuell wird Nick nicht so hart sein, wie Thomas es gewesen wäre.

Der Mann brummelt etwas Unverständliches vor sich hin schubst mich dann aber zu Nick rüber, welcher mich auch sogleich packt und dem Mann Lian überlässt.

„Und was ist mit dir, Linn?", fragt er leise. „Kommst du mit mir mit?"

Ich schüttele den Kopf.

„Zu schade", seufzt er, „wir hätten sicher viel Spaß zusammen gehabt."

„Das denke ich nicht", sage ich nur, ohne ihn anzusehen und sein Griff verhärtet sich.

„Jetzt fang du nicht auch noch so an. Du hast dich verändert, Linn. Und ich Idiot habe auch noch versucht, dich auf eurem Weg durch den Wald auf den rechten Weg zu führen. Wir haben Händchen gehalten."

Ich schweige.

„Im Nebel, weißt du nicht mehr?" Er klingt ärgerlich, so als würde es in eine ganz andere Richtung laufen, als er es sich vorgestellt hatte.

„Vielleicht hast du endlich mal recht damit, dass ich mich verändert habe. Ich bin stärker geworden und wenn dir das nicht passt, kann ich dir auch nicht helfen", bringe ich mit zusammengepressten Zähnen hervor. Nick war es, der mich immer wieder von den anderen weggelockt hat. Meine Wut auf ihn steigert sich ins Unermessliche.

„Du sollst stark sein? Du kannst im Augenblick nicht einmal dir selber helfen", schnaubt Nick abschätzig. „Das kann nur ich, aber das scheint ihr beide nicht verstehen zu wollen."

„Schön… und was hast du jetzt vor?" frage ich bissig.

In Nicks Blick beginnt es irre zu funkeln. „Das wirst du schon noch früh genug merken", grinst er.

Neben mir spannt sich Lian an und auch ich zucke heftig zusammen. Wie kann jemand erst so unglaublich nett sein und dann zu so einem Monster werden? Ich werfe einen Blick hinter mich und sehe die zwei Säulen. Wenigstens stehen wir nun auf unseren vorgesehenen Plätzen. Ich werfe Lian einen Blick zu und sehe, dass er lächelt. Er hat es also auch bemerkt. Jetzt müssen wir nur noch hoffen, dass auch Jolina ihren Platz findet, bevor sie von einem von Thomas´ Männern entdeckt wird.

Sie stehen bewaffnet überall um uns herum und schaffen es durch ihre bloße Anwesenheit, die Menschenmenge einzuschüchtern.

„Wir ziehen es nur noch nicht jetzt durch, da wir auf Jolina warten müssen und die Sonne laut unseren Berechnungen erst in einer Viertelstunde aufgeht", sagt Nick in die Stille hinein so, als hätte man ihn gefragt. „Seid froh und genießt eure letzten Minuten." Dann fügt er noch grinsend hinzu: „Ach... und Linn... ich könnte dich am Leben lassen, denn es reicht ja prinzipiell aus, wenn wir nur einen oder zwei von euch töten würden." Er streicht mit einer Hand über mein Gesicht, was bei mir eine Gänsehaut verursacht, so angeekelt bin ich von seinem Vorschlag. „Du würdest ein wunderbares Leben an meiner Seite führen. Eines, von dem du im jetzigen Augenblick nur träumen kannst."

Ich drehe meinen Kopf und entreiße ihm die Haarsträhne, die er zwischen seine Finger genommen hat.

„Gib es auf, Nick, ich habe diese Diskussion vor Jahren auch schon einmal geführt", meldet sich Thomas zu Wort. „Es ist sinnlos, denn diese Familie denkt nicht nach, sie ist so besessen von ihren eigenen Vorstellungen, dass es für sie gar nicht in Frage kommt, auch mal die andere Seite zu betrachten."

„Aber...", setzt Nick an, doch sein Großvater unterbricht ihn. „Du kommst darüber hinweg, mein Junge und jetzt stell dich nicht so an, sondern zeige Stärke, wie es sich für unsere Familie gehört."

„Ja, Großvater." Nick stellt sich aufrecht hin und rammt mir seinen Ellbogen in den Rücken, damit ich mich ebenfalls gerade hinstelle.

Ich keuche auf und folge seiner unausgesprochenen Anweisung, ohne zu zögern. Uns bleibt nur noch eine Viertelstunde Zeit, um zu überlegen, wie wir eine Reaktion auslösen können.

Aber was wir in mehreren Stunden nicht geschafft haben, ist unmöglich in wenigen Minuten nachzuholen.

Nick hält eine Armbanduhr an mein Ohr, während er sagt: „Hörst du, wie sie tickt? Das ist deine Zeit, die abläuft, weil du es so willst."

Will ich es wirklich so? Nein! Aber habe ich eine andere Wahl, mit der ich mich nicht selber verrate? Wohl kaum.

„Ich stehe dazu", mehr bringe ich nicht raus, denn meine Stimme zittert.

So langsam wird Thomas hinter uns unruhig. „Ist denn keiner von euch Idioten in der Lage, eine alte Frau aufzuspüren und sie endlich auf die Tribüne zu bringen?", schnaubt er wütend und tritt mit einem Fuß gegen das Mikrofon, was sich daraufhin aus seiner Verankerung löst und scheppernd zu Boden fällt. Dann dreht er sich immer noch wütend um und hämmert mit beiden Fäusten gegen den Monitor, welcher am Ende der Tribüne aufgebaut worden ist und nun als Rückwand dient. Klickend erscheint nun ein schwarzer Text auf dem weißen Untergrund.

Thomas,
ich habe mehr von Ihnen erwartet, doch stattdessen benehmen Sie sich gerade wie ein Kleinkind. Es ist wirklich nicht meine Absicht, Sie jetzt hier bloßzustellen, aber ich kann und werde nicht länger wegsehen und darauf warten, dass Sie endlich zur Tat schreiten werden. Meine Zeit ist ebenso wie meine Geduld begrenzt und ich werde Sie nun nur noch einmal dazu auffordern, Ihren Enkel entscheiden zu lassen. Auch wenn ich Ihnen damit den großen Auftritt vermassele. Sie brauchen doch nur einen zu erledigen und das Problem wäre aus unserer kleinen, perfekten Welt geschafft.
Warum zögern sie? Sie brauchen Jolina nicht. Sie ist schon älter, das sollte sich sowieso irgendwann von selber klären.

Mit ungeduldigen Grüßen
Unbekannt

„Welche Entscheidung ist denn verdammt noch mal die wichtigste?“, brüllt Thomas gereizt über den Platz. Stumme Gesichter starren ihm emotionslos entgegen. „Zeig dich! Wer bist du?“, schreit er ungehalten weiter. „Ich lasse mir von niemandem in mein Vorgehen einreden. Ich bin Thomas, das Ratsoberhaupt, der Anführer dieser Stadt, meiner eigenen Welt. Und wer bist du? Ein Niemand, ein unbekannter Niemand.“

Nick legt ihm beruhigend einen Arm auf die Schulter. „Großvater… bitte.“ Und leise fügt er hinzu: „Da unten sind höchstwahrscheinlich viele Rebellen versammelt. Sollen sie dich so sehen? Das ist peinlich und schwach. Du sagst mir doch immer, ich soll stark sein. Also benimm dich doch bitte auch so.“

Nick hat seinen Griff gelockert und hält mich jetzt nur noch mit einer Hand fest. Das ist meine Chance, sage ich mir und sammele all meine Kräfte, um mich mit einem kräftigen Ruck zu befreien. Ich entreiße ihm meinen Arm und renne zu Lian. Kurz bevor ich bei ihm ankomme, sehe ich aus dem Augenwinkel, wie Nick wütend auf mich zugestürmt kommt. Ich lasse ihn nah genug an mich herankommen und hole dann aus, um ihm mit voller Kraft in den Bauch zu treten. Ich verfehle mein Ziel nicht, brauche aber zu lange, bis ich wieder weiterlaufen kann und seine Hand erwischt mich am Arm. Seine Finger bohren sich in meine Haut und hinterlassen tiefe Kratzer, als ich es schaffe, mich aus seinem Griff zu winden. Mir bleibt keine Zeit, meine Verletzung genauer zu betrachten, denn ich sehe, wie sich Lian ebenfalls zu befreien versucht, dabei aber kläglich scheitert. Der Mann, der ihn gepackt hält, spannt alle Muskeln an drückt Lian fest an seine Brust.

Mit einem wilden Kampfesschrei stürzt sich Nick wieder auf mich, doch ich kann im letzten Moment ausweichen und er kracht in den großen Mann hinein, welcher lediglich ein „Uff“ von sich gibt, sich aber keinen Millimeter von der Stelle bewegt.

„Warum macht denn keiner etwas?“, kreischt Thomas aufgebracht.

„Sir“, klärt ihn einer der Männer auf, „es besteht die Chance, Ihren Enkel zu treffen. Aber kommen Sie erst einmal von der Bühne runter.“ Er hält dem Ratsvorsitzenden eine Hand hin, aber dieser belächelt ihn nur und steigt alleine hinab.

„Denken Sie etwa, ich bin so ein gebrechlicher alter Mann, dass ich nicht einmal alleine die Treppe hinuntersteigen kann?“, fragt Thomas den Mann argwöhnisch.

„Nein, Sir, ich dachte nur…“, antwortet dieser unsicher.

„Was dachten Sie?“

„Nichts, Sir.“

„Das ist gut“, sagt Thomas steif. „Verschwenden sie Ihre kostbare Zeit nicht damit, zu denken; uns bleiben lediglich fünf Minuten, um dieses erbärmliche Pack auszuschalten.“

Unterdessen versuche ich vergeblich, Lian zu befreien. Doch der Mann will einfach nicht lockerlassen. Er grinst nur hämisch auf uns herab und lässt seine Muskeln spielen. Urplötzlich lässt er Lian los und schubst in zu Boden. Dann springt er von der Bühne und ist in der Menge untergetaucht. Ich stolpere zurück und falle ebenfalls hin. Was bezweckt er? Ich verstehe die Welt nicht mehr. Doch dann fällt es mir wie Schuppen von den Augen und ich rappele ich mich blitzschnell auf und greife nach Nick, der bewusstlos auf dem Boden der Tribüne in unmittelbarer Nähe liegt. Ich hieve ihn hoch und brülle Lian zu, er solle gefälligst neben mich kommen und mir helfen.

„Sie wollen uns erschießen und zwar jetzt. Niemand wartet mehr auf Jolina, das ist ihnen zu riskant", kläre ich Lian auf, als er verdutzt neben mir steht und wir Nick wie einen Schutzschild vor uns halten. Zugegeben - es ist ziemlich gemein, ihn dafür zu verwenden, aber in Anbetracht der Tatsache, was er mit uns gemacht hat, erscheint es mir nur fair, dass er uns jetzt beschützt. Auch wenn dies mehr unfreiwillig geschieht.

„Sir, wir können nicht schießen", ertönt die Stimme eines Wachmannes.

„Und warum nicht?", fragt Thomas genervt und dreht sich zu uns um.

„Ihr Enkel, Sir", lautet die knappe Antwort.

Manchmal muss man Verluste auf sich nehmen

erscheint ein einzelner Satz auf dem Monitor hinter uns. Der Mann schaut Thomas fragend an, doch dieser starrt wie gebannt auf den Bildschirm. Dann wendet er sich langsam um und macht eine fade Handbewegung. „Meinetwegen, wenn ich es dann endlich hinter mir habe."

Ich erstarre. „Das ist nicht sein Ernst", flüstere ich heiser und starre Lian mit weit aufgerissenen Augen an. „Das kann er doch nicht wirklich wollen?"

Lian zuckt nur hilflos mit den Schultern.

„Und was machen wir jetzt?", frage ich verzweifelt. In dem Moment piept die Armbanduhr, welche leise tickend an Nicks Arm baumelt.

„Es ist so weit", stellt Lian die Situation sachlich klar. „Jetzt ist es sowieso zu spät. Oder weißt du, was wir nun tun müssen?"

Ich schüttele traurig den Kopf und lasse Nick los. Mit einem dumpfen Aufprall bleibt er zu unseren Füßen liegen.

„Ich…", beginnt Lian zögernd, während die Männer ihre Waffen auf uns richten. „Ich liebe dich, Linn."

„Ich liebe dich auch", flüstere ich mit Tränen in den Augen. „Wieso muss es jetzt zu spät dafür sein?", frage ich mit einem Kloß im Hals.

„Es ist nie zu spät dafür", lächelt Lian und kommt einen Schritt auf mich zu. Dann legt er vorsichtig seine Lippen auf meine. Und zusammen warten wir auf den Schuss.

Etwas klirrt, und es hört sich so an, als würde Glas splittern. Erschrocken lösen wir uns voneinander und starren in Richtung Himmel. Tausende kleine Splitter rieseln auf uns herunter. Es ist der Würfel, welcher sich nun in seine Einzelteile zerlegt und als funkelnder Regen auf die Stadt fällt.

„Ein funkelnder Regen erstickt den Nebel", flüstere ich ehrfürchtig und schmiege mich an Lians Brust.

„Du bist mein Traum, Linn, und jetzt ist er Wirklichkeit geworden."

Ich lächele, während mein Herz zu hüpfen beginnt. „Und du bist meiner, Lian", sage ich leise und unendlich glücklich.

„Du hast mich lange nicht mehr Gemüse-Lian genannt", grinst er mich verschmitzt an.

Ich lächele zurück. „Für einen Lauch hast du aber auch einfach zu attraktive Bauchmuskeln."

„Wir haben es geschafft, Leute", kreischt Kasra da auf einmal neben meinem Ohr. „Oh", haucht sie dann. „Wie schön."

Ich blinzele in den Morgenhimmel, der sich über uns orange und rot färbt und lächele nur noch breiter. Ja, wir haben es geschafft.

„Jetzt macht doch endlich, erschießt sie", ertönt da Thomas' wütende Stimme. „Das ist ein Befehl! Erschießt sie!"

Doch keiner hört ihm zu, alle starren nur wie gebannt nach oben und betrachten fasziniert den allerersten Sonnenaufgang ihres Lebens.

Jolina taucht hinter uns auf und sagt schmunzelnd: „Da habt ihr mich gar nicht gebraucht, obwohl mein Wunsch ja auch in Erfüllung gegangen ist."

Ich drehe mich zu ihr um. „Und was war dein Wunsch?"

Sie grinst. „Ich wollte in dieser Stadt endlich wieder einen Sonnenaufgang sehen."

Ich nicke: „Ein berechtigter Wunsch, genieße ihn. Aber was machen wir jetzt mit Thomas?"

Sie winkt ab. „Ach, der bekommt gerade schon seine Strafe."

Ich hebe eine Augenbraue und wende meinen Blick dann an die Stelle, wo er eben noch stand. Tausende Menschen erwachen aus ihrem hypnoseartigen Zustand und blinzeln verschlafen der Sonne entgegen. Dann scheinen sie sich zu erinnern und stürzen auf den Vorsitzenden des grauen Rates zu. Dieser hebt nur hilflos seine Arme über den Kopf, doch die Meute überrollt ihn einfach.

Sie haben mich enttäuscht

flackern die Buchstaben ein letztes Mal über den Bildschirm, da wird er auch schon von mehreren Menschen umgeworfen, welche jubelnd hinterherspringen.

„Wer hat das geschrieben?", frage ich verwundert, doch Jolina zuckt nur die Schultern.

„Wer weiß? Anscheinend ist er zu feige, sich hier persönlich zu zeigen."

„Vor dem sollten wir keine Angst haben", stellt auch Kasra klar.

„Nein, ganz sicher nicht", lacht Pria und fällt uns strahlend um den Hals. „Ihr wisst gar nicht, was ich mir für Sorgen um euch gemacht habe."

Und Arm in Arm wandern wir durch die funkelnde Stadt - der Sonne entgegen.

Auch wissen wir nicht, dass es noch andere solcher Städte gibt, abgeschirmt voneinander, um jegliche Gedanken an eine Flucht nach Anderswo zu verhindern, doch das wird sich in naher Zukunft ändern. Wer nicht weiß, dass er wegkann, der bleibt. Wir wissen nicht, was uns erwartet, ob wir erwartet werden, aber das ist in diesem Moment nicht wichtig. Wir sind frei und wir haben uns - und das ist alles, was zählt. Ein neuer Morgen ist angebrochen und für uns damit eine neue Welt.

Epilog

Der alte Mann zieht den Schlüssel aus seiner Hosentasche und beginnt, die Tür des antiken Ladens aufzuschließen. Immer wieder redet er sich ein, dass es so besser wäre. Immerhin ist doch für die Allgemeinheit alles gut ausgegangen. Und hat er es wirklich anders gewollt?

Er seufzt leise auf. Jetzt wird wohl niemand mehr in seinen Laden kommen und die vielen Uhren bestaunen, die es dort zu sehen gibt. Niemand wird mehr in den geheimen Teil finden, in dem sich meterhohe Regale unter der schweren Last der in Flaschen abgefüllten Gefühle biegen. Wird man sich überhaupt noch an ihn erinnern?

Es hat ihn so viel Mühe und Zeit gekostet, alles so zu arrangieren, dass man die Spur nicht zu ihm zurückverfolgen kann. Lange hat er an dem ersten Text gefeilt, welchen er an Thomas geschickt hat. Immer wieder hat er Zeilen verworfen, sie umgeschrieben oder ganz gelöscht. Lange hat er darüber nachgedacht, seinen Finger über dem Wort „Senden" schweben lassen und ihn dann letztendlich doch wieder zurückgezogen, bis er es eines Abends durchgezogen hat.

Eigentlich sollte er froh darüber sein, dass die Rebellen diese Schlacht gewonnen haben. Allein schon wegen seiner Enkelin. Ob sie ihn wohl jemals wieder besuchen wird – jetzt, wo alles anders ist?

Mit gemischten Gefühlen schließt er sachte die Tür hinter sich und zieht jede einzelne seiner Uhren ein letztes Mal auf. Dann verschließt er den geheimen Eingang… für immer, wie er sich sagt. Denn ab heute wird er nicht mehr gebraucht.

Niemals wieder, denn die Existenz des alten Mannes wurde zerstört.

Dann greift er nach seiner goldenen Taschenuhr, klappt sie auf und streicht liebevoll über das Foto, welches ihn mit seiner kleinen Kasra zeigt. Der alte Mann wischt sich lächelnd eine Träne aus dem Augenwinkel, lässt die Uhr zuschnappen und verlässt sein Zuhause… für immer, wie er sich sagt.

Danksagung

Es gibt so viele Menschen, die dazu beigetragen haben, dass mein Roman nun Wirklichkeit geworden ist.

Zuerst möchte ich mich bei meinen Eltern bedanken, ohne die mein Manuskript vermutlich noch immer in der Schublade verstauben würde. Danke für eure riesige Unterstützung, auch sonst in meinem Leben. Auch danke an meine beiden Schwestern, die sich immer wieder meine neuen Kapitel angehört haben. Ihr seid fantastisch.

Ein besonderer Dank geht an Janine Freyenberg, die mir dieses unglaubliche Cover gezaubert hat. Ich liebe es so sehr und könnte mir keinen schöneren Einband wünschen

Stefanie, danke, dass du mein Manuskript durchgelesen und mir so gute Kritik dazu gegeben hast. Und auch danke an Silke Fischer, die mir immer mit Autorinnen-Rat zur Seite stand und mich an Jens Bachmann vermittelt hat, dem ich auch danken möchte.

Außerdem danke ich Danny für ihre große Hilfe bei dem Projekt, ohne dich hätte ich das nicht geschafft.

Kira Kaltwasser